삶에서 문학으로,
문학에서 삶으로

삶에서 문학으로, 문학에서 삶으로

초판발행일 ┃ 2020년 1월 17일

지은이 ┃ 장경렬
펴낸곳 ┃ 도서출판 황금알
펴낸이 ┃ 金永馥

주간 ┃ 김영탁
편집실장 ┃ 조경숙
인쇄제작 ┃ 칼라박스
주소 ┃ 03088 서울시 종로구 이화장2길 29-3, 104호(동숭동)
전화 ┃ 02) 2275-9171
팩스 ┃ 02) 2275-9172
이메일 ┃ tibet21@hanmail.net
홈페이지 ┃ http://goldegg21.com
출판등록 ┃ 2003년 03월 26일 (제300-2003-230호)

값은 뒤표지에 있습니다.

ISBN 979-11-89205-57-7-93800

*이 도서는 한국출판문화산업진흥원의 '2019년 출판콘텐츠 창작 지원 사업'의 일환으로
 국민체육진흥기금을 지원받아 제작되었습니다.
*이 도서의 국립중앙도서관 출판예정도서목록(CIP)은 서지정보유통지원시스템 홈페이지
 (http://seoji.nl.go.kr)와 국가자료종합목록 구축시스템(http://kolis-net.nl.go.kr)에
 서 이용하실 수 있습니다. (CIP제어번호 : CIP2020000258)

삶에서 문학으로,
문학에서 삶으로

장경렬 평론집

황금알

'문학적인 것'이란 무엇인가

　어느 날 아침, 늦잠에서 깨어나 뭉그적거리는 동안 나에게 돌연히 원론적인 의문 하나가 떠올랐다. 문학이란 무엇인가. 대학에 들어간 이후 거의 50여 년 가깝게 문학을 공부하고 문학 선생이 되어 40여 년 가깝게 학생들에게 문학을 강의해 온 당사자가 나 아닌가. 그런데 지금 새삼스럽게 '문학이란 무엇인가'라니? 뜬금없이 '문학이란 무엇인가'라는 질문이 잠에서 깨어난 나를 아침부터 괴롭히는 이유가 뭔가. 이유는 간단하다. 그동안 써 놓았던 글의 일부를 모아 평론집 출간 준비 작업을 새벽까지 했기 때문이다. 아니, 그보다는 지난밤 궁리 끝에 평론집의 제목을 "삶에서 문학으로, 문학에서 삶으로"라는 거창한 제목으로 정했기 때문이다. 바로 그 때문이리라. 그렇다면, 당연히 '삶이란 무엇인가'라는 물음도 나를 괴롭힐 만한데, 젊잖게 뒤로 물러나 앉아 있는 이 물음과 달리 '문학이란 무엇인가'라는 물음은 꺼도 곧 다시 울리는 자명종처럼 내 신경을 계속 건드렸다.

　마침내 지극히 원론적인 답 하나가 떠올랐다. 문학이란 삶을 문학적으로 형상화한 것. 그럴듯하지 않은가. 이 같은 답과 함께 상황을 정리하려는 순간, 또 하나의 물음이 뒤를 이었다. 문학이란 '삶을 문학적으로 형상화한 것'이라면, 이때의 '문학적으로'가 의미하는 바는 무엇인가. 아니, 단도직입하자면, '문학적인 것'이란 무엇인가.

무엇이 '문학적인 것'인가. 되풀이해서 자문해 보았지만, 이 물음에 대한 답은 쉽게 떠오르지 않았다. 이윽고 그동안 읽었거나 강의 교재로 삼았던 온갖 문학 작품이 기억에 떠올랐지만, '문학적인 것'이 의미하는 바는 한마디로 정리되지 않았다. 곧이어 온갖 이론서에서 마주했던 용어나 개념을 떠올려 보기도 했지만, 명쾌한 답이 좀처럼 떠오르지 않았다. 그리하여, 잠자리에서 누운 채 몸과 함께 머리를 이리 돌리기도 하고 저리 돌리기도 했지만, 허사였다.

그처럼 오랜 세월을 문학 공부와 문학 강의에 바쳤음에도 불구하고, 이처럼 간단한 질문에 대해 명쾌한 답을 내놓을 수 없다니! 한숨이 나오려는 순간, 어렴풋이 기억에 떠오르는 것이 있었다. 지금으로부터 7년 전에도 이 문제와 확실하게 한판 씨름을 한 적이 있었다. 수업을 끝내고 강의실에서 나오려 할 때 한 학생에게 받은 '특별 주문' 때문에 이 문제를 놓고 골똘히 상념에 잠긴 적이 있었던 것이다. 그렇다, 그때의 상념을 정리하여 짤막한 글을 쓰기까지 했다. 이를 다시 읽어 보자는 생각에 자리에서 일어나 책상 앞에 앉았다. 그리고 저장해 두었던 그 글을 찾았다. 이 자리에서 그 글을 소개하자면 다음과 같다.

이번 학기가 시작될 무렵이었다. 수업을 마치고 강의실에서 나오는 나에게 한 학생이 이런 주문을 했다. "선생님, 작품에 대한 문학적인 이야기도 해 주세요." 이에 대해 나는 "물론 그래야지"라고 대답하고 나서 돌아서는 순간, 갑자기 이런 의문이 들었다. "문학적인 이야기라니? 내가 이번 시간에 강의한 것은 문학적인 것이 아니었던가?"

물론 학생이 그런 주문을 한 이유가 있긴 하다. 서울대학교 인문대학에는 '소그룹 고전 원전 읽기'라는 특별한 강의가 있고, 바로 이번 학기에 내가 개설한 이 강좌를 수강하는 학생의 주문이라는 점에서 그러하다. 이렇게 해명해도 여전히 이해가 되지 않을 분들을 위해 약간의 부연 설명을 하자면 다음과 같다. '소그룹 고전 원전 읽기'란 말 그대로 동서양의 고전을 학생들에게 읽히기 위해 마련된 강의다. 말하자면, '누구나 읽어야 한다고 믿지만 누구도 읽지 않는 고전'의 세계로 학생들의 관심을 유도하기 위한 강의다. 그것도 '원전'으로. 실제로 5명에서 10명 정도의 학생들과 얼굴을 마주하고 앉아 해당 작품을 원문으로 읽다 보면, 평소의 강의 시간에 수박 겉핥기식으로 다룰 수밖에 없던 책이나 작품의 텍스트에 대한 깊이 있는 이해를 꾀할 수 있게 된다. 영문학과 선생인 나는 물론 영문학 분야에서 고전으로 여겨지는 문학 작품 가운데 한 편을 골라서 이를 학생들과 함께 읽고 있으며, 다른 교수들도 그렇겠지만 이 강의를 맡아 할 때 나는 무엇보다도 작품에 대한 정확하고 꼼꼼한 읽기에 역점을 둔다. 그리고 그러다 보면 자연히 일반 강의 시간에 작품을 다룰 때보다도 한층 더 많은 시간을 텍스트 자체에 대한 해석과 이해에 할애하게 마련이다. 학생이 "문학적인 이야기"를 주문한 것은 바로 이 때문이다. 텍스트 자체에 대한 해석과 이해에 집중하다 보면 작품의 문학적 특성이나 의의에 대한 논의에는 소홀해지게 마련이기 때문이다.

하지만 텍스트 자체에 대한 해석과 이해는 문학적인 것이 아니라는 말인가. 나의 의문은 여기서 시작되었다. 텍스트 자체에 대한 정확한 해석과 이해는 문학 작품에 대한 공부의 선결 조건이자 기본이 아닌가. 그렇다면, 어찌하여 텍스트에 대한 해석과 이해가 '문학적인 것'이 아닐 수 있겠는가. 그것이 '문학적인 것'이라면 "문학적인 이야기도 해 주세요"라는 주문은 과연 가당키나 한 것일까. 하지만 학생의 이 같은 주문을 가당치 않은 것으로 치부해 버릴 수는 없다. 문학적이지 않은 고전에 대한 이해를 도모할 때도 텍스트에 대한 정확한 해석과 이해는 필수적인 것이기 때문이다. 다시 말해, 텍스트에 대한 해석과 이해는 문학만의 것이 아니다. 따라서 텍스트에 대한 해석과 이해를 '문학적인 것'이라고 단정할 수는 없다. 그런 의미에서 보면, 학생의 주문은 가당한 것이었다.

생각이 여기에 미치자, 갖가지 의문이 고개를 들기 시작했다. '문학적인 것'이란 과연 무엇인가. 그동안 내가 수행해 온 문학 공부와 강의는 '문학적인 것'이었던가. 만일 '문학적인 것'이었다면, 무슨 이유에선가. 어떤 근거에서 내가 지금까지 이어 온 문학 공부와 강의를 '문학적인 것'이라고 주장할 수 있는가. 만에 하나 그런 주장을 할 수 없다면, 내가 그동안 문학이라는 거창한 이름 아래 해 온 작업은 도대체 무엇이란 말인가. 혹시 나는 '문학적인 것'이 무엇인지도 모른 채 문학을 공부하고 강의해 왔던 것 아닐까. 설마! 그보다는 따로 의문을 제기할 필요가 없을 정도로 자명한 것이 '문학적인 것'이기 때문에, 마치 해가 동쪽에서 떠서 서쪽에서 진다는 사실만큼이나 자명한 것이기 때문에, '문학적인 것이란 무엇인가'에 대해 따로 의문을 품지 않았던 것은 아닐까. 하지만 과연 그럴까. 그런 의문에도 불구하고, 이렇게 생각해 보기도 했다. 이제까지 누구도 '무엇이 문학적인 것인가'와 같은 의문을 나에게 제기하지 않았다는 점에서 보면, 나는 누구나 동의하는 정통적인 의미에서의 '문학적인 것'을 공부하고 강의해 왔다고 해야 하지 않을까. 하지만 그렇다고 하더라도 그것이 뭐 그리 대단한 것인가. 대단한 것도 아닐 뿐만 아니라 자부할 만한 것도 아니다. 나는 여전히 '문학적인 것이란 무엇인가'라는 의문에서 벗어나지 못하고 있기 때문이다.

도대체 '문학적인 것'이란 무엇인가. 그동안 내가 문학을 공부할 때나 강의할 때처럼, 이른바 문학 작품의 주제나 의미 또는 의의를 탐구하고 비유적인 또는 함축적인 의미를 따지고 밝히는 일이 '문학적인 것'일까. 하지만 무언가의 주제든, 의미든, 의의든, 이를 탐구하고 비유적인 또는 함축적인 의미를 따지고 밝히는 일도 문학만의 것은 아니다. 여타의 학문 분야에서도 해당 분야에서 중요한 것으로 여겨지는 저술에 대해 유사한 작업을 하지 않는가. 그렇다면 도대체 '문학적인 것'은 무엇이란 말인가.

문제의 원점으로 돌아와, 내 학문 분야의 작업이 '문학적인 것'인 이유는 다름 아닌 '문학 작품'을 대상으로 수행하는 것이기 때문이라는 데 생각이 미치기도 했다. 하지만 '문학 작품'이라는 것이 따로 있는 것일까. 물론 누가 봐도 문학 작품으로 인정하는 것이 있기는 하다. 하지만 보기에 따라 문학 작품일 수도 있고 아닐 수도 있는 것은 어찌할 것인가. 예컨대, 플라톤의 수많은 저술이나 에드워드 기번(Edward Gibbon)의 『로마 제국 흥망사』과 같은 예는 각각 철학 텍스트나 역사 텍스트일 수도 있지만 문학 작품으로 볼 수도 있지 않은가. 또는 프리드리히 니체(Friedrich Nietzsche)의 온갖 저술이 오로지 철학만의 것일까. 이를 문학 작품으로 여기지 말아야 할 이유가 따로 있는 것일까. 만일 그럴 이유가 따로 없다면, 역사학과나 철학과에서 이러저러한 텍스트들을 강의 시간에 다루는 것과 내가 영문학과 강의 시간에 이러저러한 텍스트들을 다루는 것 사이의 근본적인 차이란 도대체 무엇인가. 이런 의문 때문에 누군가가 나서서 문학 강의는 누구나 명백히 '문학 작품'으로 인정되는 것만 다루자고 제안했다고 하자. 하지만 그처럼 범위를 좁힌다면 문학 공부만큼 답답하고 재미없는 것도 없을 것이다.

이런 어려움 때문에 전혀 다른 관점에서 '문학적인 것'에 대한 탐구가 이루어질 수도 있다. 예컨대, 미술에서 문제 되는 것이 선과 색채이고 음악에서 문제 되는 것이 음이듯, 문학에서 문제 되는 것은 언어라는 관점에서 논의를 시작할 수도 있겠다. 하지만 언어가 어찌 문학만의 것인가. 언어는 인간이 일상의 삶을 영위하는 데 기본적인 의사소통과 생각의 도구가 아닌가. 이로 인해, 언어 가운데서도 일상의 궤도에서 벗어나 특수하게 사용된 비일상적인 언어가 곧 문학의 언어라는 주장도 있을 수 있다. 그리고 그처럼 비일상적인 언어로 이루어진 것이 문학 작품이라는 주장이, 나아가 문학 작품에 담긴 비일상적인 언어가 문학을 '문학적인 것'으로 만든다는 주장이 뒤따를 수도 있다. 하지만 '일상의 궤도에서 벗어나 특수하게 사용된 비일상적인 언어'가 어찌 문학만의 것인가. 아주 쉬운 예로, 사람들이 모여 있는 자리에서 누군가가 재담이나 농담을 했다고 하자. 이 경우 그가 동원하는 것은 말 그대로 '일상의 궤도에서 벗어나 특수하게 사용된 비일상적인 언어'다. 하지만 누구도 재담이나 농담을 '문학적인 것'이라고 하지 않는다. 심지어 특정 상품에 사람들의 관심을 끌기 위해 제작된 광고 문안에도 이른바 '비일상적인 언어'는 얼마든지 등장한다. 요컨대, 문학의 언어란 따로 존재하는 것이 아니다. 결국 이런 식으로 '문학적인 것'이 무엇인가를 따지는 일은 무망한 것이 되기 쉽다.

그러니 어찌 다시금 원점으로 돌아와 '문학적인 것'이란 도대체 무엇인가라는 물음을 되묻지 않을 수 있겠는가. 이 같은 의문이 지난 몇 달 동안 내 머리에서 떠나지 않았다. 이제 학기를 마감할 때가 되었지만, 여전히 나는 '문학적인 것'에 대한 의문에서 벗어나지 못했다. 지난 수십 년 동안 문학을 공부하고 또 문학을 강의해 온 내가 이제 와서 이런 의문을 놓고 고민을 이어가고 있다니! 참으로 한심하지 않은가.

한심하다, 한심해! 한심하다는 생각을 달그락거리는 필통 속 연필깎이처럼 마음속에 간직한 채 연구실과 강의실 사이를 오가는데, 어느 날 시구절 하나가 머리에 떠올랐다. "시는 의미해서 안 되고/ 다만 존재해야 할 뿐"(A poem should not mean/ But be). 미국의 시인 아치볼드 매클리시(Archibald Macleish)의 이 시구는 참으로 묘하다. 만일 "시는 의미해서 안 되고/ 다만 존재해야 할 뿐'"이라면, 이 구절이 담긴 매클리시의 시조차 시이기에 의미해서는 안 된다. 그처럼 의미해서 안 된다면, "시는 의미해서 안 되고/ 다만 존재해야 할 뿐"이라는 언사를 의미 있는 것으로 받아들여서는 안 된다. 하지만 시를 의미 있는 것으로 받아들이지 않는 것 그 자체가 "시는 의미해서 안 되고/ 다만 존재해야 할 뿐"이라는 언사를 의미 있는 것으로 받아들이기에 가능한 일 아닌가! 결국 누구도 '의미의 굴레'에서 빠져나갈 수 없다. 이처럼 모순된 것이 이 시 구절이다.

문득 이 같은 모순 자체가 우리네 인간이 살아가는 삶의 기본 조건이 아닌가 하는 데 생각이 미쳤다. 시적 의미에 대한 부정이 '무의미해야 하는 시'를 통해 이루어지는 '의미 있는' 시적 행위이듯, 누군가가 삶의 의미를 부정한다고 해도 이 역시 '무의미해야 하는 삶'을 통해 이루어지는 '의미 있는' 삶의 행위 아닐까. 요컨대, 시의 '의미 있음'을 부정할 수 없듯, 우리는 삶의 의미를 부정하더라도 삶 자체가 '의미 있는 것'—적어도 '의미 없다'는 의미를 지닌 것—임을 부정할 수 없다. 이런 맥락에서 보면, '문학적인 것이 무엇인지 모름'도 문학적인 것에 대한 그 나름의 '앎'을 말하는 것일 수 있다. 즉, '모름'도 '의미 있는 앎의 한 단계'일 수 있는 것이다. 만일 이처럼 '의미 없음'도 '의미 있음'이고, '삶의 의미를 부정하는 삶'도 '의미 있는 삶'일 뿐만 아니라 '모름'도 '앎'이라면, 세상에 모순이 아닌 것이 어디 있겠는가. 이처럼 모순이 지배하고 있는 곳이 세상이라면, 우리가 어찌 시적 의미란 무엇인가, 삶이란 무엇인가, 문학적인 것이란 무엇인가와 같은 의문에서 벗어날 수 있겠는가.

누구도 이 같은 물음에서 빠져나갈 수 없다. 문제는 이 같은 물음에서 빠져나갈 수 없다는 사실 그 자체에 있는 것이 아니다. 오히려 빠져나갈 수 없음을 의식하지 않으려 하거나 외면하려는 데 문제가 있다. 만일 세상의 모순 그 자체를 의식하지 않으려 하거나 외면하려 한다면, 세상이란 있어도 그만이고 없어도 그만인 것이 될 수 있다. 그렇게 되면, 우리의 존재 자체도 두루뭉술하고 막연한 것, 의미 있음과 없음의 차원을 벗어난 '의미 이전'의 것이 되지 않을 수 없다. 말하자면, 자체 내의 모순을 끊임없이 의식하는 동시에, 해답이 없음에도 불구하고 모순에 버텨 해답을 구하려는 무망한 몸짓을 버리지 않는 것, 그것이 곧 우리가 취해야 할 올바른 태도일 것이다.

'문학적인 것'이 무엇인가를 찾으려는 나의 무망한 시도는 사실 문학 공부를 시작할 때 이미 예정된 것이었고, 해답이 없음을 알면서도 물음을 던지고 해답을 찾으려는 무망한 시도는 그 순간부터 이미 시작되었는지도 모른다. 그리고 내가 이어 온 문학 공부든 강의든 이는 바로 그러한 시도의 궤적인지도 모른다. 그리하여 내가 문학 공부와 강의를 버리지 않는 한, '문학적인 것'이란 무엇인가라는 물음은 겉으로 드러나든 안에 숨어 있든 앞으로도 계속될 것이다. 그리고 나는 해답이 없음에 절망하는 동시에 여전히 절망하지 않으면서 이 물음에 대한 답을 찾으려 할 것이다. 그리하여 다시 묻는다. '문학적인 것'이란 무엇인가.

아이고머니나, 그때도 나는 명쾌한 답을 내놓지 못했다! '문학적인 것이란 무엇인가'라는 물음을 제기하는 것으로 시작하여 '문학적인 것이란 무엇인가'라는 물음으로 글을 끝낸 것이다! 지금 이 순간의 나와 마찬가지로 명쾌한 답에 이르지 못한 채 머뭇거리는 내가 글에서 짚이지 않는가. 물음에 대한 답 찾기가 애초 문학 공부를 시작할 때 예정되어 있었다니? 이 같은 시도는 이제까지 그러했듯 미래에도 계속될 것이라니? 이는 책임 회피일까, 아니면 말 그대로 문학도라면 누구든 어쩔 수 없이 마주해야 하는 현실일까. 어느 쪽이든, '문학적인 것'에 대한 답 찾기가 미완의 과제임에도 불구하고, '문학'을 내세워 "삶에서 문학으로, 문학에서 삶으로"를 평론집의 제목으로 삼는 것은 옳은 일일까.

하지만 이렇게 생각해 보기도 한다. 현재 준비 중인 평론집 자체가 물음에 대한 답을 찾으려는 또 한 차례의 시도일 수 있으리라. 즉, '문학'과

'삶'을 명제로 내세워 '문학적인 것이란 무엇인가'라는 물음을 겉으로 드러내든 안으로 숨기든 물음을 던지고 해답을 찾는 과정의 하나일 수도 있으리라. 그러니까 물음에 대한 답이 없음에 절망하는 동시에 여전히 절망하지 않으면서 진행하는 답 찾기일 수도 있으리라. 어쩌면, 적어도 '삶'과 대비될 때, '문학'과 '문학적인 것'이 의미하는 바가 뜻하지 않은 곳에서 돌연히 그 모습을 드러낼 수도 있지 않을까. 이처럼 변명 아닌 변명을 거듭하는 동안, 내 마음은 이번 평론집의 제목을 더 이상 문제 삼지 말자는 쪽으로 기울어졌다.

이번 평론집은 4부로 구성하였다. 제1부는 문학도로서 내가 우리 시대와 우리 사회의 문학 작품을 읽는 독자 가운데 한 사람의 자격으로 수행해 온 '문학 비평' 또는 '평론' 행위에 대한 반성과 비판의 글로 이루어져 있다. 제2부는 최근에 시도한 시인들의 시에 대한 작품 읽기 가운데 일부를 정리한 것이며, 제3부는 주변의 인간 세상에서 목격되는 인간의 삶을 향해 작가가 던지는 직간접적인 비판의 시선을 엿보게 하는 소설에 대한 작품 읽기 가운데 몇 편을 모은 것이다. 제4부는 작가가 문학 작품에서 역사적 사실을 다룰 때 제기 가능한 문제를 검토하기 위한 자리다. 이 경우 무엇보다 문제 되는 것은 어느 선까지 역사적 사실에 충실해야 하는가의 문제일 것이다. 사실 '무엇이 역사적 사실인가'의 문제 자체도 논란의 대상이 되지 않을 수 없기에, '역사적 사실에 충실한가, 충실하지 않은가'의 문제 역시 문제가 되지 않을 수 없다. 아울러, '무엇이 역사적 사실인가'에 대한 답이 자명한 경우라고 해도, 작품의 주제나 내용과 관련하여 문학 작품을 창작하는 이들이 '예술적 허용'(artistic licence)—즉, '시적 허용'(poetic licence) 또는 '문학적 허용'(literary licence)—의 자유를 어느 선까지 누릴 수 있는지의 문제도 결코 만만한 과제가 아니다. 제4부에서는 몇몇 문학 작품을 논거로 삼아 간략하게나마 이 문제를 다루고자 했다.

언제나 그러하듯, 평론집을 출간함으로써 내가 끼치는 민폐가 이루 말할 수 없는 것임을 잘 알고 있다. 지극히 소수만이 찾을 평론집 출판으로 인해 출판사가 감내해야 하는 재정적 출혈을 생각하면, 이런 일을 계속해야 하는 나 자신에 대해 자괴감이 들 때가 한두 번이 아니다. 자괴감에도 불구하고, 이미 지면을 통해 활자화된 나의 글에 대한 수정본을 마련하여 제출하는 심경으로 이제까지 여러 권의 평론집을 출간해 온 것이 사실이다. 말하자면, 그동안 세상을 어지럽힌 나의 글에 대한 되읽기와 되짚어보기를 시도하고, 미진하기는 마찬가지이겠지만 그 결과를 한자리에 모아놓는 일이 내가 생각하는 평론집 출간 준비 작업이다. 그러니까 이는 나에게 일종의 자기반성 행위에 해당하는 것이다. 이 사실은 이번 평론집의 경우에도 예외가 아니다.

이번의 평론집 출간은 도서출판 황금알의 김영탁 주간의 관심과 격려 및 배려와 도움이 아니었다면 사실상 불가능했을 것이다. 그의 따뜻한 관심과 격려가 있었기에 출간 준비 작업을 계속할 수 있었고, 그의 배려와 도움에 힘입어 마침내 출간에 이르게 되었다. 어찌 김영탁 주간께 감사의 마음을 한아름 가득 두 팔 안에 담아 전하지 않을 수 있으랴.

전에 발표한 글을 놓고 내 나름의 수정 작업에 힘을 쓰긴 했지만, 언제나 그러하듯 여전히 문제 되는 곳이 한두 군데가 아닐 것이다. 어쩌다 이번 평론집과 마주하여 이를 확인하는 독자가 있다면, 가차 없는 비판과 질책의 말을 건네주기 바란다. 다시금 수정할 기회가 찾아올 것 같지는 않지만, 적어도 나의 아둔함과 무지를 깨우치는 소중한 기회는 될 것이다.

2019년 11월 초순
장경렬

차례

제3부 삶을 향한 성찰의 눈길을 따라서

제4부 역사적 사실과 문학적 형상화 사이에서

제1부

문학 비평의 정도를 찾아서

문학 비평과 나

지난 2017년 5월 20일 학교 연구실에서 밀린 원고를 쓰는 중이었다. 써지지 않는 글을 쓰느라 고군분투하는 나의 귀로 언뜻 익숙한 음악의 선율이 스쳤다. 나지막하게 틀어 놓은 라디오에서 흘러나오는 음악의 선율은 바흐의 독주 바이올린을 위한 소나타 가운데 하나의 첫 소절이었다. 참으로 오랜만이다. 이는 지난 1980년대 말에서 2000년대 전반까지 오디오 기기의 성능을 가늠하는 평론 활동을 하던 시절에 즐겨 찾던 곡이다. 시청 중인 오디오 기기가 음원(音原)의 위치를 얼마나 정확하고 안정적으로 살리고 있는가를, 고음 영역의 음을 얼마나 선명하게 또한 음악적으로 재현해 내는가를 가늠하고자 할 때 즐겨 찾던 선율이었다. 그리고 그 당시 내가 곁에 둔 CD 음반은 도이체 그라모폰에서 나온 슐로모 민츠(Schlomo Mintz)의 〈독주 바이올린을 위한 바흐의 소나타와 파르티타〉였다. 언뜻 감지한 바로는 라디오에서 흘러나오는 선율은 내 귀에 익숙한 슐로모 민츠의 것이 아니었다. 잠시 후 이어진 진행자의 설명에 의하면, 스쳐 듣다가 귀를 모았던 것은 헨릭 셰링(Henryk Szeryng)의 연주였다. 내가 이처럼 셰링의 연주와 만나게 된 것은 KBS FM 제1방송의 '명연주 명음반'이라는 프로그램 덕택이었다.

비록 연주의 분위기가 다르긴 했지만, 오랫만에 귀 기울이는 바흐의 바이올린 선율이 나에게 갖가지 생각을 떠올리게 했다. 우선 내가 소장하고 있는 CD 음반은 3장으로 이루어져 있으며, 유학생 시절 54달러를 지불하고 구매한 것이라는 생각이 떠올랐다. 정확하게 말해, 내가 구매한 것이 아니라 매장에서 누군가가 구매해서 나에게 선물한 것이었다. 누가 무슨 경위로?

사연을 말하자면 다음과 같다. 텍사스대학교 영문학과에서 유학생으로 문학을 공부하던 시절 나는 특기를 살리되 취미 삼아 한국인이든 미국인이든 주변 사람들의 값나가는 전자 기기가 고장 나면 이를 수리해 주곤 했다. 그런데 어느 날 같은 대학교의 공대 전자공학과에 다니는 한국인 학생이 자신의 오디오 앰프가 동작을 멈췄다며, 수리를 부탁해 왔다. 우선 가장 흔하게 말썽을 일으키는 앰프 출력단의 트랜지스터를 점검해 보니, 아니나 다를까 그곳에 문제가 있었다. 출력단의 파워 트랜지스터 4개가 모두 망가져 있었다. 약 20여 달러에 부품을 사다가 교체하자 앰프가 다시 정상으로 동작했다. 그런데 며칠 잘 작동하다가 다시 동작을 멈추는 것이 아닌가. 논리적으로 따져 보면, 출력단의 트랜지스터를 망가뜨리는 원인이 회로 어딘가에 따로 있는 것이다. 이를 찾기 위해 기기 내부를 점검하려 했지만, 온갖 보정 장치로 인해 회로가 너무 복잡하여 작업이 쉽지 않았다. 보통 웬만한 전자 기기의 경우 머릿속으로 회로를 그려 가며 수리를 할 수 있었는데, 이번에는 그럴 수가 없었던 것이다. 수리를 부탁한 친구의 학과가 전자공학과이니만큼 그가 쉽게 회로도를 구할 수 있으리라는 생각에 이를 구해 달라고 부탁했더니, 며칠이 걸리리라는 예상을 뛰어넘어 바로 다음날 어딘가에서 이를 구해 왔다.

엄청나게 복잡한 회로도를 펼쳐 놓고 이를 참조해 가며 기기의 회로를 따라 전압을 측정해 보았으나, 문제가 어디에 있는지를 좀처럼 찾을 수 없었다. 풀리지 않는 까다로운 수수께끼와 만난 셈이었다. 그런 수수께끼를 풀 듯 오랜 시간 씨름한 끝에 마침내 고장의 원인을 찾아 낼 수 있었는데, 말썽을 일으킨 것은 놀랍게도 중심 회로 변두리의 보정 장치에 있는 작디작은 콘덴서였다. 전력단의 전해 콘덴서를 제외하고 좀처럼 말썽을 일으키지 않는 것이 콘덴서인데, 이 조그만 부품의 내부에서 합선이 일어나 회로 전체에 미약하나마 과전압이 걸려 있었던 것이다. 불과 몇 센트밖에 하지 않는 이 부품을 구입하여 납땜으로 교체함으로써 앰프의 수리를 완료할 수 있었다.

앰프 수리가 끝나자 수리를 맡겼던 친구가 수리비를 지불하겠다고 했다. 그 당시 나는 어떤 전자 기기 수리를 하더라도 맥주나 CD 음반으로 수리비를 대신했다. 취미 생활을 돈으로 훼손하고 싶지 않다는 마음에서였다. 내 입장을 설명하고 그를 설득하여 찾은 곳이 음반 가게였는데, 그곳에서 내가 수리비 대신에 선택한 것이 슐로모 민츠의 바이올린 독주곡 음반이었던 것이다.

문학 비평에 대한 나의 생각과 입장을 피력하기 위한 자리에서 이처럼 엉뚱한 이야기를 장황하게 늘어놓는 이유는 무엇인가. 한마디로 말해, '나에게 문학 비평이란 무엇인가'를 자기반성적으로 되돌아보고자 할 때 그보다 더 시사적인 일화는 없어 보이기 때문이다. 어느 날 나는 분석 대상인 문학 작품에 부여할 수 있는 전체적으로 일관된 의미망을 모색한 다음 이 같은 의미망의 일관성을 깨뜨리는 요소가 있음을 발견하고는 이를 놓고 생각에 잠기게 되었는데, 어느 순간 내가 전자 회로를 다루듯 문학 작품을 다루고 있는 것은 아닌가하는 생각이 갑작스럽게 머리를 스쳤다. 앞선 일화가 증명하듯, 전자공학과 학생의 앰프를 수리해 줄 정도로 나는 전자기기 수리나 조립에 기량을 갖추고 있을 뿐만 아니라 그 일에 익숙해 있다. 그 때문인지 몰라도, 혹시 나는 나도 모르게 문학 작품을 분석하고 평가하는 일을 전자 기기를 점검하고 수리하거나 조립하는 일처럼 수행하고 있는 것은 아닌지? 아니, 문학도의 태도와 마음보다는 기술자의 태도와 마음이 문학 작품에 대한 나의 분석과 평가의 저변을 이루고 있는 것은 아닌지? 그 때문에, 나의 문학 비평은 문학적 감수성에 호소하는 유연한 것이 아니라 기술자 특유의 결벽증이 앞서는 딱딱하고 메마른 것이 되고 있는 것은 아닌지? 전자 기기의 경우, 단 하나의 부품에 결함이 있거나 배선 하나만을 잘못 연결해도 기기가 정상적으로 작동하지 않는다. 혹시 나는 그러한 전자 기기를 수리하거나 조립할 때의 태도와 마음으로 문학 작품을 분석하고 평가하고 있는 것은 아닌지? 그리하여 문학적 호소력이나 감성적 깊이가 결여된 글을 문학 비평이라는 허명 아래 끊임없이 재생산하고 있는 것은 아닌지?

사실 나는 아주 어린 시절부터 전자 기기에 매혹되어 있었다. 원인이 어디에 있는지 몰라도, 초등학교 1학년 시절부터 그랬다. 아직도 기억에 생생한 것은 그 나이에 어쩌다 구한 전자 기기 부품 하나가 나에게 주는 마음의 평화와 즐거움이었다. 심지어 잠자리에 들 때도 나는 그 부품을 멀리할 수 없었다. 이를 배게 옆에 놓고 바라보면서 미래에 전자공학자나 물리학자가 되어 있는 내 모습을 상상하다가 잠이 들기도 했다. 전자 회로와 관련 이론에 대해 체계적으로 공부하기 시작한 것은 중학생이 되어 물리반 활동을 하면서부터이지만, 초등학교 시절부터 나는 잘 이해되지도 않는 온갖 관련 책을 찾아 읽기도 하고 간단한 회로의 라디오나 전자 장치를 만들기도 했다. 그런 일에 몰두해 있을 때는 학교 공부를 할 때와는 달리 새벽까지 깨어 있거나 밤을 새워도 졸음이 나를 괴롭히지 않았다!

그런데도 나는 고등학교 2학년에 진급하면서 이과가 아닌 문과를 택했으며, 대학 진학을 앞두고 영문학을 공부하기로 마음먹었다. 물론 그 당시 가르침을 주시던 훌륭한 선생님들의 영향도 있었겠지만, 이는 오랜 생각 끝에 내 스스로 결정한 일이었다. 내 젊음과 삶을 바쳐야 할 것은 인간의 삶과 세계를 다루는 문학—문학 가운데서도 폭과 깊이가 월등할 것으로 짐작되는 영문학—을 공부하는 일이라는 데 생각이 미쳤던 것이다. 전자 기기와 전자 회로에 대한 관심과 흥미는 어찌할 것인가. 이는 살아가는 동안 내내 즐길 취미의 영역에 남겨 두기로 하자.

아무튼, 대학을 들어와 문학을 공부하는 동안 내 마음에는 갈등이 끊이지 않았다. 나를 갈등케 하던 원론적 의문 가운데 하나는 이것이었다. 즉, 훌륭한 문학 작품과 그렇지 않은 문학 작품을 나누는 판단 기준은 무엇인가. 그와 같은 기준이 과연 있기나 한 것일까. 혹시 문학에 관여하는 사람들이 있지도 않은 그런 기준이 있는 것처럼 위장하고 있는 것은 아닌지? 과연 문학에서 객관적인 가치 판단이라는 것이 가능한지? 그럴 수 있다면, 어찌 그처럼 판단이 경우마다 또한 사람마다 다른 이유는 무엇인지? 의문은 이뿐이 아니었다. 문학이 추구하는 바는 무엇인가. 삶의 보편적인 진리? 아니면, 인간의 삶과 세계에 내재된 본질적인 의미? 설사 이 가운데 하나라고 하자. 그렇다면, 무엇이 보편적인 진리이고 무엇이 본질적인 의미인가. 이 같은 진리나 의미라는 것이 실제로 존재하기나 하는 것일까.

판단 기준의 존재 여부나 객관성을 묻는 일, 또는 진리나 의미의 실재 여부를 따지는 일, 내가 이 같은 일에서 쉽게 벗어나지 못했던 것은 혹시 전자 회로를 들여다보는 태도와 마음으로 문학을 바라보고자 한 데서 비롯된 것은 아닐지? 전자 회로는 보이지 않지만 전기라는 '실체'에 의해 작동한다. 바로 이 전기에 해당하는 것이 문학에서는 무엇인가. 문학에 대한 이 같은 의문에도 불구하고, 나는 학부를 마치고 대학원 석사 과정에서도 계속 영문학을 택했다. 영문학을 통해 문학—즉, 가치 판단과 판단 기준의 문제든, 보편적 진리나 의미의 문제든, 이와 관련하여 무언가 '실체'가 문학의 언어 안에 존재하는 것처럼 스스로를 신비화하는 문학—의 정체를 추적하는 일을 아직은 멈출 수 없다고 생각했기 때문이다.

마침내 석사 과정을 마칠 때 영국의 문학 이론가인 새뮤얼 테일러 코울리지(Samuel Taylor Coleridge)의 상상력 이론에 관해 학위 논문을 썼지만, 그것으로 문학을 '탈신비화'할 수는 없었다. 문학의 '아우라'를 있는 그대로 살리되 문학을 '탈신비화'할 수는 없을까. 다시 말해, 살해하지 않고 해부할 수는 없을까. 내가 텍사스대학교 영문과로 유학을 떠날 때 목표한 바는 그것이었다. 요컨대, 문학 작품의 문학성을 있는 그대로 보존하되 문학 비평의 두 과제인 분석과 평가를 효과적으로 수행하는 길을 모색하는 것이 나의 목표였다. 다행히도, 유학 생활 동안 문학 이론과 비평 이론에 해박할 뿐만 아니라 문학 비평의 온갖 문제에 관해 탁월하고 명쾌한 견해를 지닌 분을 지도교수로 모시게 되었고, 그 분의 도움에 힘입어 문학 및 문학 이론과 비평 이론에 대해 폭넓게 공부할 기회를 얻게 되었다.

그렇다면, 이제 학부생 시절의 의문이 풀렸는가. 아니다, 의문은 그때뿐만 아니라 지금 이 순간까지도 여전하다. 사실 이 같은 의문은 영원한 것이고 영원히 해결되지 않으리라는 것을 나는 알게 되었다. 나아가, 문학이 문학으로 존재하는 이유는 이처럼 영원히 해결이 불가능한 그 무언가를 보듬어 안고 있기 때문이라는 것, 인간의 삶에 내재된 수수께끼에는 궁극의 답이 없지만 이에 대한 답을 추구하는 일을 멈추는 순간에 삶은 삶으로서의 소중한 의미를 잃는 것처럼 문학도 도달 불가능한 답을 향한 추구를 멈추는 순간에 문학으로서의 존재 이유를 상실하리라는 것, 문학의 숲을 헤매며 답을 찾는 문학도가 숲 속에서 긁히고 찢기고 넘어지는 바람에 결국에는 그에게 남는 것이 상처뿐이라도 그 숲을 헤매는 일을 멈출 수 없다는 것, 그러는 가운데 얻은 상처가 곧 영광일 수 있다는 것, 상처뿐인 영광이라고 해도 이는 결코 포기할 수 없는 영광이라는 것, 그것이 내가 얻은 결론이었다. 그리고 그 결론이 내 마음에 평화를 가져다주었다.

텍사스대학교에서 문학을 공부하는 동안 문학 작품 이외에 다양한 문학 이론과 문학 비평 이론 및 철학과 논리학 관련 서적과 만날 수 있었는데, 그 가운데 특히 많은 시간 공을 들여 읽은 것은 폴 드 만(Paul de Man)의 글이었다. 드 만은 그의 글에서 다음과 같은 물음을 던진 적이 있다. "[문학] 비평이 자체의 근원에 대해 성찰하는 경지에 이를 만큼 스스로를 면밀히 검토하는 일에 진정으로 게을리 하고 있지 않은가." 요컨대, 문학 비평에서 궁극적으로 문제가 되는 것은 '자기 성찰'이라는 것이다. 드 만에 따르면, 표면적으로 "타자에 대한 관찰이나 해명"의 형태를 취하지만, "항상 자신에 대한 관찰을 유도하는 수단"이어야 하는 것이 문학 비평이기 때문이다. 문학 비평은 비평의 대상을 향해서가 아니라 자기 자신을 향해 던지는 시선이어야 한다는 것, 문학 작품을 향한 '나'의 준엄한 시선은 곧 '나 자신'을 향한 준엄한 시선이어야 한다는 것, 결국 비평적 분석과 평가는 이를 수행하는 '나 자신'에 대한 분석과 평가이어야 한다는 것, 그것이 바로 내가 드 만으로부터 얻은 소중한 교훈이었다.

마음의 평화와 함께 이 같은 교훈을 얻고 한국으로 돌아와서, 그 동안 나는 문학 작품을 분석하고 평가하는 일에 적지 않은 시간을 보냈다. 그리고 그러한 작업을 진행하는 동안 작품에 대한 나의 이해와 분석과 평가에 대해 끊임없이 되돌아보고자 노력했다. 하지만 그런 노력이 얼마나 의미 있는 것이었는가는 여전히 되돌아보아야 할 과제다.

어쩌면, 내가 문학 작품을 분석하고 평가하는 작업에 시간을 보내면서도 '문학 평론가' 또는 '비평가'라는 호칭을 붙이는 일에 조심스러워 했던 이유도 자의식에 따른 것임을 부정할 수 없다. 사실을 말하자면, 신문 기자나 잡지 편집자가 그런 호칭을 붙여 이를 활자화한 경우를 빼고 나는 스스로 나 자신을 '문학 평론가' 또는 '비평가'로 밝힌 적이 없다. 과연 나는 '문학 평론가' 또는 '비평가'라는 호칭에 값할 만한 일을 하고 있는가. 나는 단순히 영문학을 공부하는 문학도로서 우리 문학 작품에 대한 나름의 '꼼꼼한 읽기'를 시도하는 독자, 말 그대로 한 명의 독자에 불과한 존재 아닌가. 그것이 내가 판단하는 나의 실체다.

여기서 다시 옛날의 일화로 돌아가자. 유학을 마치고 귀국하여 오랜 시간이 지났을 때였다. 같은 과의 동료 교수 가운데 한 분이 지방 출장을 다녀 온 뒤에 나에게 이렇게 물었다. "당신, 옛날 유학 시절에 전자공학과 학생의 앰프를 고쳐준 적이 있소?" 그리고 그가 말을 이었다. "그 학생이 현재 지방의 유명한 공대 전자공학과 교수로 재직 중인데, 그가 그 얘기를 주변 사람들에게 아무렇지도 않게 한다는 것이오. 전자공학과 교수로서 체면이 서지 않는 그런 얘기를 왜 하는지 모르겠소." 나는 그 이유를 안다. 그는 자신이 전자 회로를 이론적으로 연구하고 설계하는 '학자'이지, 전자 기기를 수리하거나 조립하는 '기술자'가 아님을 알고 있기 때문이다. 다시 말해, 그는 자신의 위치를 정확하게 알고 있기 때문이었다. 마찬가지로 내가 나 자신에게 '문학 평론가' 또는 '비평가'라는 호칭을 부여하는 데 주저하는 것은 내 자신이 영문학을 공부하는 '문학도'일 뿐 문학 평론 또는 비평이라는 지난한 작업을 전문적으로 수행할 수 있는 '문학 평론가' 또는 '비평가'가 아님을 알고 있기 때문이다.

이러저러한 생각에 잠기는 동안에도 라디오에서 아름다운 음악의 선율은 계속되었다. 마치 지금 이 순간 어디에선가 시인들과 작가들이 언어적 형상화를 통해 소중하고 아름다운 문학 작품 창작 활동을 이어가고 있듯. 하지만, 지금 내가 음악의 선율에 귀 기울이듯, 그들이 창작한 작품을 향해 세심한 눈길을 주는 것을 뛰어넘어 내가 할 수 있는 일이란 무엇일까. 혹시 그 이상의 일을 할 수 없음에도 불구하고, 문학 작품에 대한 분석과 평가라는 명분 아래 그들의 작품을 둘러싼 '아우라'를 훼손시키고 있는 것은 아닌지? 말하자면, 해부하기 위해 살해하고 있는 것은 아닐지? 내가 어떤 일을 하든, 적어도 나는 나의 모든 행위에 대해 반성적 성찰을 멈추지 말아야 한다는 점만은 알고 있다.

자아 성찰로서의 문학 비평과 비평의 소임

1. 문학 작품과 문학 비평

잡지 편집에 관여하는 한 선배 교수가 이렇게 말한 적이 있다. 편집을 하면서 가장 어려운 것은 새로운 필자를 찾는 일이라고. 항상 등장하는 필자의 이름과 마주하면 사람들은 짜증을 낼 것이기에. 아, 그 사람, 또 그 이야기겠지. 그래서 목차의 이름만 보고 새로운 읽을거리가 없다는 생각에 잡지를 덮어 버릴 수 있다고. 그 말을 듣는 순간 나는 뜨끔하지 않을 수 없었으니, 나야말로 같은 이야기를 계속해서 되풀이하는 사람이라는 생각 때문이었다. 예컨대, 문학 비평을 논할 때를 보자. 문학 비평은 궁극적으로 자기 성찰의 길을 가야 한다느니, 비평은 결국 자신에 대한 비평이어야 한다느니, 자아 성찰의 결여가 비평의 문제라느니, 항상 그런 이야기를 되풀이하고 있지 않은가. 하지만 이처럼 비평이란 자아 성찰의 비평이어야 함을 주장하면서도 내 자신이 정말로 나를 엄격하고 모질게 비판해 본 적이 있었던가. 변명과 원칙론만을 들먹이다가 마는 사람이 나 아닌가.

그럼에도 불구하고, 나는 문학 비평이란 여타의 모든 비평 행위와 마찬가지로 자아 성찰의 행위여야 한다는 말을 되풀이하지 않을 수 없다. 물론 원론적으로 말해 문학 비평은 문학 작품을 대상으로 한 분석과 판단의 행위다. 하지만 이 같은 분석과 판단의 과정에, 또는 분석과 판단이 일단 이루어진 후에, 나 자신의 분석과 판단을 되돌아보고 비판하는 동시에 바로잡아야 한다는 점에서 본다면, 비평에서 무엇보다 중요한 것은 여전히 자아 성찰이다. 답답하긴 하지만, 그렇게 말하지 않고서는 달리 그보다 더 중요하게 할 말이 있다고 생각되지 않는다. 바로 이런 태도부터 반성해야 하는 것 아닌가. 이 딜레마를 어떻게 극복할 것인가.

뾰족한 수가 없기에, 나는 다시금 되풀이해 말한다. '비평'(criticism)이란 '위기'(crisis)에 직면하여 상황을 파악하고 자신의 위상을 새롭게 정립하려는 모든 시도를 지칭하는 개념이라고. (이와 관련하여, 'criticism'와 'crisis'이라는 말은 동일한 희랍어 어원에서 나온 것임을 유의하기 바란다.) 아울러, 인간이 진지하게 수행해야 할 비평 행위 가운데 하나가 문학 비평이기에, 문학 비평 역시 궁극적으로 지향해야 할 것은 르네 웰랙의 말대로 "자기비판, 내적 성찰, 자신의 느낌에 대한 검토"[1]라고. "자신의 느낌"에 대한 검토일 뿐만 아니라, 자신의 이해와 판단에 대한 엄정한 검토이어야 한다고. 폴 드 만이 말하듯, 문학 비평은 "타자에 대한 관찰이나 해명"의 형태를 취하지만, 그럼에도 여전히 "항상 자신에 대한 관찰을 유도하는 수단"이어야 한다고. 이 자리에서 항상 하던 말을 한마디만 더 덧붙이기로 하자. 만일 문학 비평이 "자신에 대한 관찰을 유도하는 수단"이어야 한다면, 이 같은 관찰은 문학 작품과 만날 때의 비평가를 향해서뿐만 아니라 비평가의 비평 행위 그 자체를 향해서도 이루어져야 한다고. 따라서 드 만의 말에 기대어 이렇게 묻지 않을 수 없다고. "비평이 자체의 근원에 대해 성찰하는 경지에 이를 만큼 스스로를 면밀히 검토하는 일에 진정으로 게을

---

[1] René Wellek, *Discrimination: Further Concepts of Criticism* (New Haven: Yale UP, 1970), 129쪽.

리 하고 있지 않은가?"[2]

"비평이 자체의 근원에 대해 성찰하는 경지"란 비평 자체에 대한 원론적 검토를 의미하는 것일 수 있다. 즉, 반성적 성찰은 실천적인 문학 비평 행위 도중에 이루어질 수도 있지만, 그에 앞서 문학 비평 행위에 대한 원론적 이해와 검토의 과정에도 이루어져야 한다. 그렇다면, 원론적 이해와 검토는 어떤 방향으로, 어떤 방법에 따라, 어떤 시각에서 이루어져야 하는가. 하지만 이런 물음 자체가 어불성설(語不成說)은 아닐지? 이제까지 문학 비평과 관련하여 제시된 그 모든 다채로운 비평 방법론은 비평 자체에 대한 원론적 물음에 대한 나름의 성실한 답이 아니었던가. 그런 관점에서 보면, 새삼스럽게 원론적 이해와 검토를 운위하는 것은 가당치 않아 보이기도 한다. 하지만 여전히 원론적 이해와 검토를 운위하지 않을 수 없음은 그 모든 비평 방법론에도 불구하고 새로운 비평 방법론이 계속해서 등장하고 있기 때문이다. 아울러, 계속해서 등장하는 방법론에도 불구하고 비평은 제대로 길을 찾아가고 있는가에 대한 의문이 수그러들지 않기 때문이다.

따라서 이제까지의 비평 방법론들이 주목하지 않았지만 그럼에도 여전히 중요한 논점이 있다면 그것이 무엇인가를 검토하지 않을 수 없다. 내가 판단하기에 이 같은 논점 가운데 하나가 문학 작품과 문학 비평의 관계다. 문학 작품과 문학 비평의 관계라니? 너무도 빤한 것이 양자의 관계 아닌가. 즉, 문학 작품을 대상으로 하여 분석과 평가를 시도하는 것이 바로 문학 비평 아닌가. 하지만 보는 각도를 달리하면 양자의 관계가 말처럼 자명한 것은 아니다. 이와 관련하여, 우리는 무엇보다 문학 작품의 소임과 문학 비평의 소임 사이에 어떤 차이가 있는가를 주목하지 않을 수 없다. 먼저, 문학 작품의 소임은 인간의 삶과 현실을 이해하고 비판하는 동시에 그

---

2) 폴 드 만의 논의는 Paul de Man, *Blindness and Insight*, 제2판 (1970; Minneapolis: U of Minnesota P, 1983), 8-9쪽 참조.

것의 본원적 의미를 추구하는 데 있다고 할 수 있다. 한편, 문학 비평의 소임은 문학 작품을 이해하고 비판하는 동시에 그것의 문학 작품으로서 갖는 의미를 추적하는 데 있다고 할 수 있다. 요컨대, 문학 작품의 탐구 대상이 인간의 삶과 현실이라면 문학 비평의 탐구 대상은 문학 작품이다. 너무나도 빤한 이 같은 개념 구분을 이 자리에서 시도함은 무엇 때문인가. 이는 무엇보다 문학 비평이 문학 작품의 역할을 대신하려 드는 경우가 적지 않기 때문이다. '문학 비평이 문학 작품의 역할을 대신하다'니? 이 말이 뜻하는 바는 무엇인가. 문학 작품을 창작하는 시인이나 작가와 문학 비평을 수행하는 비평가 또는 평론가의 역할에 초점을 맞춰 이 말이 뜻하는 바를 새롭게 정리해 보기로 하자.

2. 문학 비평의 직접적 관심사와 궁극적 관심사[3]

시인이나 작가의 직접적인 관심이 인간의 삶과 현실을 이해하고 성찰하는 데 있다면, 비평가의 직접적인 관심은 문학 작품을 이해하고 성찰하는 데 있다. 즉, 시인이나 작가의 시선이 인간의 삶과 현실을 향해야 한다면, 비평가의 시선은 문학 작품을 향해야 한다. 나아가, 시인이나 작가가 궁극적으로 목표하는 바가 인간의 삶과 현실에 대한 이해와 성찰을 통해 인간의 삶과 현실이 의미하는 바가 무엇인지를 탐구하는 데 있다면, 비평가가 궁극적으로 목표해야 하는 바는 문학 작품에 대한 이해와 성찰을 통해 문학 작품이 의미하는 바가 무언인지를 탐구하는 데 있어야 한다. 즉, 시인이나 작가가 추구하는 바가 인간의 삶과 현실이라는 '실제 세계'(the actual

---

3) 이하의 논의는 필자의 텍사스대학교 영문과 박사 학위 논문 *The Limits of Essentialist Critical Thinking: A Metacritical Study of the New Criticism and Its Theoretical Alternatives* (Seoul: Seoul National UP, 1990)의 결론 부분에서 가져온 것임.

world)를 대상으로 하여 그 세계의 의미를 추적하는 데 있다면, 비평가가 추구하는 바는 '실제 세계'에 근거하여 시인이나 작가가 구축해 놓은 문학 작품이라는 '가능 세계'(the possible world)를 대상으로 하여 그 세계의 의미 구조를 추적하는 데 있어야 한다. 이로 인해, 시인이나 작가가 추구하는 인간의 삶과 현실 그 자체의 의미—즉, 인간의 삶과 현실이 암시하거나 감추고 있는 것으로 추정되는 무언가의 의미—를 마치 자신이 시인이나 작가가 되기라도 한 양 추구하는 것은 물론, 시인이나 작가를 대리하여 또는 그의 입장에서 이를 밝히는 것은 비평가의 역할이 아니다.

그럼에도 불구하고, 우리 주변에는 마치 자신이 시인이나 작가가 되기라도 한 양 '비평을 넘어서는 비평'을 자신의 직분으로 알고 있는 비평가 또는 평론가가 있다. 시인이나 작가만큼이나 인간의 삶과 현실 자체에 대해 창조적 이해력을 지니고 있다는 투의 자기 과시를 일삼는 비평가 또는 평론가가 있는 것이다. 또는 작품이 암시하는 바의 궁극적 의미가 무엇인지를 쉬운 언어로 드러내 밝힐 수 있다는 믿음에 따라 시인이나 작가의 '대변인 역할'을 맡아하는 비평가 또는 평론가가 있다. 이를테면, 천체의 신비로운 운행과 이상 현상과 마주하여 신 또는 절대자의 숨은 뜻을 밝히는 점성술사와도 같은 존재가 비평가 또는 평론가인 것처럼 생각하는 이가 있는 것이다. 엄밀하게 말해, 그런 이는 비평가 또는 평론가가 아니라 기존의 시인이나 작가에 기생하는 이류 시인이나 작가일 뿐이다. 이처럼 자신의 위치와 역할에 대한 이해를 결여한 비평가 또는 평론가의 글은 "문학에 기생하는 해설"[4] 이상의 의미를 지니지 못할 것이다.

이상의 관점을 체계화하고자 할 때 우리는 이른바 '메타시스템(meta-system)'의 개념을 도입할 수 있는데, 무엇보다 '인간의 삶과 현실' 또는

4) Allan Rodway, "Criticism," *A Dictionary of Modern Critical Terms*, ed. Roger Fowler (London: Routledge & Kegan Paul, 1973), 44쪽.

'현상 세계'란 이른바 '본질 세계'—플라톤 식의 표현을 동원하자면, '이데아'—로 불리는 것의 반영(反影)에 해당하는 하나의 메타시스템이라고 할 수 있다. 또한 '문학 작품'이란 '인간의 삶과 현실' 또는 '현상 세계'를 반영하는 또 하나의 메타시스템으로 이해될 수 있으며, '문학 비평'이란 '문학 작품'을 기반으로 하여 그 위에 세워진 또 다른 유형의 메타시스템으로 이해될 수 있다. 마찬가지 논리에 따라, '비평 이론' 또는 '문학 이론'이란 실제적인 '문학 비평'을 전제로 하여 그 위에 구축된 또 하나의 메타시스템으로 정의될 수 있을 것이다.

나아가, '시스템'과 '메타시스템'으로 이루어진 이원론적 체계를 바탕으로 하여, 우리는 '궁극적 관심사,' '직접적 관심사,' '언어 행위'라는 세 요소가 문제되는 삼원론적 체계를 정립할 수 있다. 먼저 '문학 작품'이라는 '언어적 실체'는 '인간의 삶과 현실' 또는 '현상 세계'에 일차적인 관심을 보이지만, 궁극적으로는 그 세계의 이면 또는 저변에 숨어 있는 무언가의 '의미'를 드러내기 위한 것이라고 할 수 있다. 이어서, '문학 비평'이라는 '언어적 실체'는 '문학 작품'에 일차적인 관심을 보이지만, 궁극적으로 '실제 세계'에 근거하여 '문학 작품' 안에 구축된 이른바 '가능 세계'를 천착하기 위한 것으로 볼 수 있다. 동일한 논리에 근거하여, '비평 이론' 또는 '문학 이론'이라는 '언어적 실체'는 '문학 비평'을 직접적인 논의 대상으로 삼되 궁극적으로 '문학 작품' 자체에 대한 탐구 방식이나 유형을 규명하기 위한 것이라고 할 수 있다. 이상의 관계를 도식화하면 다음과 같다.

a) 본질 세계	b) 실제 세계	c) 문학 작품		
	a) 가능 세계	b) 문학 작품	c) 문학 비평	
		a) 문학 작품	b) 문학 비평	c) 비평/문학 이론

a) 궁극적 관심사 b) 직접적 관심사 c) 언어적 실체

이 같은 도식에 비춰보는 경우 우리는 비평가 또는 평론가의 역할은 좀 더 명확하게 설명할 수 있을 것이다. 그의 궁극적 관심사는 현실화된 '가능 세계' 가운데 하나인 '실제 세계'를 그 일부 요소로 포함하고 있는 이른바 '가능 세계'이지,[5] '실제 세계'가 숨기고 있는 '본질 세계'가 아니다. 다시 말해, 실제 세계가 숨기고 있는 '본질'은 시인이나 작가가 아닌 비평가 또는 평론가의 논리적 언술 행위에 의해 밝혀지거나 설명될 수 있는 성질의 것이 아니다. 이는 이미 문학 작품에 구현되어 있는 그 무엇일 따름이다. "예술 작품은 나름의 방법으로 존재자의 존재를 개진한다"[6]는 하이데거의 명제에 기대어 말하자면, '존재자의 존재' 또는 '본질'은 개별적이고도 구체적으로 작품을 통해 우리에게 이미 개진되어 있는 그 무엇이다. 비평가 또는 평론가 쪽에서 문학 작품이 개진하고 있는 '실제 세계'의 '본질'을 드러내 밝히고자 하는 경우, 이로써 우리에게 제시되는 것은 결코 '본질' 자체가 아니다. 이는 기껏해야 '환원된' 추상 논리에 지나지 않는다. 요컨대, 비평가 또는 평론가는 스스로의 역할을 시인이나 작가의 역할과 혼동함으로써 문학 작품이 이미 개진하고 있는 '실제 세계'의 '본질'을 '재차' 밝히고자 하는 어리석음을 범하지 말아야 한다. 그런 작업을 통해 얻어지는 것은 고작해야 문학 비평이라는 허명 아래 작품에 덧붙이는 사족(蛇足)일 뿐이다.

그렇다면, 어떻게 해야 문학 비평에서 우리의 관심을 세계의 '본질'에 대한 탐구가 아닌 '가능 세계'에 머무르게 할 수 있을까. 이와 관련하여 논리학에서 말하는 '가능 세계'에 대한 정의를 이 자리에 소개할 수 있다.

---

5) '실제 세계'는 수많은 '가능 세계' 가운데 하나임을 유의할 것이다. 즉, '실제 세계'란 현실화하고 실현된 '가능 세계'다.

6) Martin Heidegger, *Holzwege* (Frankfurt am Main: Vittorio Klostermann, 1957), 28쪽.

가능 세계란 [중략] 가능한 상황이나 상태를 말한다. 이는 하나의 상정 가능한 상황, 또는 세계가 어떠할 수 있는가(또는 어떠 할 수 있었던가)에 대한 가상적인 묘사다. 사실 책들이라는 것은 가능 세계에 대한 부분적인 설명에 해당하는 것이다. 비허구(논픽션)를 다룬 작품은 실제 세계를 기술해 준다. (또는, 적어도 그렇게 하려고 하거나 그러는 척 한다.) 허구를 다룬 작품은 여타의 가능 세계들을 기술하며, 하나의 가능 세계는 완벽하거나 자체로서 완결된 것이다.[7]

원론적으로 말하자면, 문학 작품이란 허구의 산물이며, 이에 따라 다양한 '가능 세계'를 제시한다. 이 때문에 비평가 또는 평론가가 해야 할 일은 우선 작품이 어떤 방법으로 '가능 세계'를 드러내고 있는가, 또한 작품 속의 '가능 세계'가 어떤 의미 구조와 형태를 취하고 있는가를 파악해야 한다. 또한 문학 작품이 드러내고 있는 '가능 세계'를 체험하고 이해하는 동시에 재구성해야 한다. 하지만 실재하지 않은 채 잠재적으로만 존재하는 '가능 세계'를 어떻게 체험할 수 있겠는가의 문제가 제기될 수도 있다. 한마디로 말해, 모든 '가능 세계'는 '가능 세계' 가운데 하나인 '실제 세계'—즉, 현실화하고 실현된 '가능 세계'—와 수많은 측면에서 특성을 공유하고 있기 때문에 가능하다. 말하자면, 자코 힌티카(Jaakko Hintikka)의 말대로 "개개의 인물에 대한 교차 확인 방법—즉, 하나의 가능 세계에서 형상화된 어떤 한 인물이 다른 세계에서 형상화된 인물과 동일인인가 동일인이 아닌가의 문제를 이해하는 방법—이 우리에게 주어져 있는"[8] 한, 이는 심각한 문제가 될 수 없다.

---

7) Daniel Bonevac, *Proof* (Austin; U of Texas at Austin, 1985), p. 13.
8) Jaakko Hintikka, "Semantics for Propositional Attitudes," *Reference and Modality*, ed. Leonard Linsky (Oxford: Oxford UP, 1979), p. 158.

3. 다시 문학 작품과 문학 비평의 관계를 돌아보며

이제 다시 논의의 원점으로 돌아가, '문학 작품과 문학 비평의 관계'라는 주제를 실제 비평의 관행에 비춰 재검토하기로 하자. 이 자리에서 내가 특히 문제 삼고자 하는 것은 다음과 같은 관행이다. 즉, 언제부터인가 거의 예외 없이 우리나라에서 발간되는 시집이나 중단편소설집 등 작품집의 뒤에는 '작품 해설'이라는 것이 자리를 잡게 되었다. 이는 "책의 끝에 본문 내용의 대강(大綱)이나 간행 경위에 관한 사항을 간략하게 적은 글"(국립국어원 인터넷 표준국어대사전)로 풀이될 수 있는 예전의 간략한 발문(跋文)과는 성격이 다른 것으로, 수록된 작품에 대한 비교적 장문(長文)의 작품론 형태를 또는 작품론과 작가론 양자를 아우르는 형태를 취한다. 이른바 '작품 해설'은, 모든 작품집이 그러하듯 여러 편의 다양한 시 또는 중단편소설을 한자리에 모아 놓기 때문에, 이에 대한 전체적인 이해가 쉽지 않으리라는 우려의 마음을 반영한 것으로 보아야 할 것이다. 말하자면, 시인이나 작가의 작품 세계에 다가갈 수 있도록 독자에게 길잡이를 제공하자는 데서 본래의 취지를 찾을 수 있다.

작품집에 수록된 이 같은 '작품 해설'이 대상 시인이나 작가의 작품 세계—즉, 작품이 펼쳐 보이는 '가능 세계'—를 이해하고 파악하는 데 중요한 역할을 함으로써 의미 있는 길잡이가 되는 경우도 없지 않다. 하지만 작품 해설의 존재 이유를 의심케 하는 경우도 없지 않다는 데 문제가 있다. 그 원인은 당사자가 시인하든 시인하지 아니하든 이른바 '주례사 비평'으로 요약될 수 있는 작품 해설의 태도와 무관하지 않은 것으로 판단된다. 때로는 수록 작품 또는 시인이나 작가를 향해 의례적으로 던지는 막연한 찬사가, 때로는 작품 세계에 대한 논의에서 벗어나 시인이나 작가에 대한 인간적 이해에 근거하여 이어지는 작품을 둘러싼 정황적 잡담이, 때로는 작품의 의미와 내용에 대한 초보적이고도 자의적인 풀어쓰기(paraphrase)가, 때로는 수록 작품과 관련이 없을 뿐만 아니라 설득이 쉽지 않은 해설자 자신의 문학관과 주장이 '작품 해설'을 장식하기도 한다. 경우에 따라서는 시인이나 작가가 그런 종류의 '주례사 비평'을 기대하며 친분이 두터운 지인에게 해설 원고를 청탁하는 예도 없지 않아 보인다. 그리하여, 누군가는 기꺼운 마음으로든 마지못해서든 '주례사 비평'에 해당하는 작품 해설을 써야 할 것 같은 유혹을 느끼지 않을 수 없도록 구조화를 향해 나아가고 있는 것이 우리 문학계의 현실이 아닐지?

나의 자의적인 판단에 따른 것일지 모르지만, 우리 문단에서 '해설다운 해설'의 전범을 보인 비평가 또는 평론가 가운데 단 한 분만을 꼽으라면 누구보다 김현(1942~1990)을 앞세울 수 있다고 믿는다. 김현이 남긴 작품집 안의 작품 해설을 살펴보면, 그 안에서 살아 숨 쉬는 것은 오로지 논의 대상인 작품이다. 그의 글에서는 작품 이해와 상관없는 군더더기가 짚이지 않는다. 아울러, 스스로 시인이나 작가가 되어 문학 작품을 '다시 쓰려는 시도'도, 그의 대변인이 되어 '자의적으로 풀어쓰려는 시도'도 짚이지 않는다. 당연히, 요령부득이라고 하지 않을 수 없을 만큼 자신의 문학관과 주장을 앞세우는 해설자의 조급함도 짚이지 않는다. 그는 다만 시인이나 작가가 구축해 놓은 문학 작품이라는 '가능 세계'에 대한 성실하면서도 예리하고 깊이 있는 탐구를 이어가고 있을 뿐이다. 이 같은 탐구는 무엇보다 문학에 대한, 그리고 문학 작품에 대한 깊은 애정과 이해에서 비롯된 것이리라.

김현이 우리에게 남긴 작품 해설의 전범이 아직 살아 있음을 확인케 하는 작품 해설도 없지 않지만, 이는 혹시 반쯤 잊히고 반쯤 퇴색된 '유산'에 불과한 것 아닐지? 김현의 비평에 상응하는 작품 해설을 작품집에서 기대한 만큼 자주 찾아보기 어렵기 때문에 하는 말이다. 또한, 그 때문인지 몰라도, 오히려 작품 해설이 '첨가되어 있지 않은' 작품집 또는 '작가나 시인 자신의 말이 작품 해설을 대신하고 있는' 작품집과 마주하면 반갑기까지 하다. 그렇다, 김현과 같은 비평가 또는 평론가의 해설을 기대할 수 없다면, 있는 그대로 자신의 작품 세계를 독자에게 제시하거나 또는 자신의 작품 세계에 대한 자신의 입장과 견해를 밝히는 것이 더 바람직할 것이다. 그것이 바로 시인이나 작가가 취해야 할 정도(正道)일 것이다. 보잘것없는 나의 식견 때문이겠지만, 세계 어느 곳의 문학 작품집을 살펴보더라도 작품 해설이 관례적으로 작품집의 한구석을 차지하는 예는 생각만큼 흔치 않았다. 그런데 유독 우리에서는 자신의 작품집에 이른바 작품 해설을 덧붙이는 일에서 누구도 좀처럼 자유롭지 못한 이유가 무엇일까. 추측건대, 작품 해설을 넣는 것이 어느 사이엔가 관행에서 관습으로 굳어졌기 때문일 것이다. 관습으로 굳어졌기에 해설이 없는 작품집을 내면 어딘가 갖춰야 할 것을 갖추지 않은 것 같아 불안하고, 불안하기에 어떻게 해서든 해설을 넣고자 하는 것—심지어 '주례사 비평'을 첨가하는 것—은 아닐지? 이로 인해, 해설에 대한 수요가 적지 않다 보니, 비평적 안목을 결여한 잡문과도 같은 해설이 때에 따라 작품집을 장식하게 되는 것은 아닐지?

논의를 마무리할 시점에 이르러 문득 생각에 잠긴다. 이 같은 비판을 내세우는 나 자신은 과연 그런 비판을 할 자격이 있는지? 나 역시 그동안 시집이나 소설집에 따라붙는 작품 해설을 적지 않게 써 왔고, 어쩔 수 없는 경우에는 앞으로도 그런 유형의 작업을 피할 수 없을 것이다. 부끄럽게도, 그뿐만이 아니다. 그 동안 썼던 글들을 다시 찾아 읽어 보면, 작품의 의미 해석하기에 급급할 뿐, 그처럼 경계하면서도 시인이나 작가의 대리인 또는 대변인이라도 된 듯 그가 말하고자 한 바를 해설이라는 명분 아래 '되풀이'한 적도 헤아릴 수 없이 많다. 그럼에도 진지한 자아 성찰을 시도했던 적이 과연 얼마나 되는가. 이처럼 문학 비평 또는 평론을 하는 사람의 본분에 대해 내 스스로 천명한 비평의 원칙을 지키지 않은 적이 허다하기에, 부끄럽고 참담한 심경일 때가 한두 번이 아니었다.

그런 주제에 감히 타인을 향해 비판의 목소리를 내다니! 작품집의 작품 해설이 '주례사 비평'이라는 이유로 이를 비판하다니! 자신도 범한 동시에 지키지 못할 말을 쏟아 내는 것이 부끄럽지 않은가. 부끄럽고 참담하다. 부끄러움과 참담함에도 불구하고, 언제나 그러했듯 나는 다음과 같은 변명 아닌 변명으로 일관한다. 적어도 나는 나에게 무엇이 문제인지 알고 있다고. 나를 포함하여 비평에 관여하는 모든 사람이 문제가 무엇인가를 인식할 때, 조금이라도 나은 비평의 미래가 가능할 것이라고. 그리고 다시 원칙론을 들먹인다. 비평이란 타자에 대한 관찰과 비판의 형태를 취하지만 궁극적으로 자기 자신에 대한 관찰과 비판이어야 한다고. 부끄럽고 참담한 줄 알면서도 이 같은 말을 멈추지 못하다니, 아아, 이런 어리석음이란!

평론의 어려움과 평론가의 불안감
— 오디오 기기 평론과 문학 평론 사이에서

1. 오디오 기기 평론과 문학 평론

오래 전에 모 대학 영문과의 초청으로 문학 평론과 관련하여 특강을 하러 간 적이 있었다. 그런데 특강이 있기 며칠 전 게시판에 나붙은 특강 안내문을 보고 그 대학의 교수 한 분이 행사를 주관하던 영문과 교수에게 전화를 했다고 한다. 전화를 해서 자기는 오디오 잡지에서 '장경렬'이라는 이름을 자주 보는데, 그 '장경렬'이 혹시 오늘 게시판에 소개된 '장경렬'이 아닌가를 물었다는 것이다. 흔하게 보는 이름이 아니라서 혹시 동일 인물일지도 모른다고 생각했다고 한다. 물론 평소에 나와 가깝게 지내는 영문과 교수는 그 '장경렬'이 바로 이 '장경렬'임을 확인해 주었다.

예정된 날짜가 되어 학교를 찾아가 특강을 마치고 강의실에서 나오던 나는 특강이 끝날 때까지 문밖에서 기다리던 그 교수—즉, 전화로 '장경렬'의 정체를 확인하던 교수—와 만나 인사를 나누게 되었다. 문밖에서 기다리다니? 문학 평론을 떠나, 또는 문학 평론과 관계없이, 그 교수는 오디오 기기 평론가로서의 나를 만나고 싶었던 것이다. 그날 저녁 나의 오디오 기기 평론에 깊은 관심을 갖고 있던 그 교수의 초대로 멋진 저녁 식사를 즐기게 되었는데, 식사를 즐기는 동안 주된 화제가 된 것은 물론 문학 평론이 아니라 오디오 기기 평론이었다. 문학 평론에 대해 이야기하러 갔다가 오디오 기기 평론으로 그날의 일정을 마무리하게 되었던 셈이다.

문학 평론과 오디오 기기 평론을 병행하던 시절, 나에게는 나의 평론과 관련하여 이것저것 묻는 독자의 전화가 심심치 않게 오곤 했다. 그런데 전화를 건 사람은 예외 없이 오디오 기기 평론의 독자였다. 전국 각지에서 오는 오디오 기기 평론 독자들의 전화를 받으면서 나는 이런 생각을 하곤 했다. 나의 문학 평론에 대한 일반인의 관심이 오디오 기기 평론에 대한 관심의 반만큼이라도 되었으면 좋겠다고. 사실 문학도이자 문학 선생인 나에게 문학 평론이 본업과 관계되는 것이라면, 오디오 기기 평론이야 여기(餘技)에 해당하는 것이다. 따라서 전자에 더 신경을 쓰는 것이 사실이었다. 하지만, 나를 찾던 독자의 전화 통화가 증명하듯, 문학 평론을 하는 사람으로서의 '장경렬'에 대해 관심을 갖는 일반인은 거의, 아니, 아예 없었다면, 오디오 기기 평론을 하는 사람으로서의 '장경렬'에 대해 관심을 갖는 일반인은 예상 외로 높았다. 하기야 문학 전문지인 『현대문학』조차 나에게 오디오 기기 평론과 관계되는 이 글을 써 달라고 요청할 정도니, 어찌 문학 평론과 관련된 나의 아쉬움을 공연한 것이라고 할 수 있겠는가.

과거를 돌아보자면, 문학 평론을 하는 사람으로 나를 알고 있는 사람이라면 누구나 내가 오디오 기기 평론을 한다는 사실을 신기하게 여겼다. 온갖 전자 공학 분야의 전문어를 써가며 오디오 기기의 특성을 논하는 나의 글을 읽은 사람이라면 도대체 이 사람이 문학 평론을 하는 사람이라는 사실이 믿어지지 않는다고도 했다. 그래서 자주 사람들에게 받는 질문이 어떻게 해서 오디오 기기 평론을 하게 되었냐는 것이었다. 사실 전자 회로에 대한 나의 관심은 초등학교 시절부터 시작되었고, 중고등학교 시절에는 이미 온갖 전자 기기를 조립하고 수리하는 일로 상당히 이름을 날렸었다.

그런 과거 경력에 대한 향수 때문인지 몰라도 나는 오디오 기기 평론과 헤어진 지 오래된 지금에도 문학 작품을 읽어야 할 시간에 가끔 전자 기기 회로를 들여다본다. 문학 작품을 읽을 때 느끼는 긴장감에서 벗어나기 위해서이기도 하지만, 문학 평론에서 느끼지 못하는 색다른 즐거움을 전자 기기 회로를 읽는 데서 느끼기 때문이다.

이쯤 이야기하면 사람들은 내가 오디오 기기 평론과 문학 평론을 전혀 다른 차원의 작업으로 받아들이고 있다고 생각할 것이다. 과연 그럴까. 물론 그렇지만은 않으니, 오디오 기기 평론을 할 때 느낄 법한 불안감이 문학 평론을 할 때 느낄 법한 불안감과 다르지 않기 때문이다. 어떤 오디오 기기가 뛰어난 성능을 갖추었다고 평가하는 일은 어떤 문학 작품이 뛰어난 문학성을 갖고 있다고 평가하는 일과 근본적으로 다를 바 없는 것이기 때문이다. 말하자면, 어느 쪽이든 가치를 평가하는 작업이기 때문에, '나'의 평가가 타당성이나 객관성을 갖는 것인가에 대한 불안감을 지울 수 없다는 점에서 근본적으로 양자는 다른 종류의 작업이 아니다. 어찌 보면, 이 같은 불안감을 지울 수 없다는 바로 그 이유 때문에, 오디오 기기 평론이든 문학 평론이든 평론이라는 작업은 한번 해 볼 만한 가치 있는 일이 아니겠는가.

말할 것도 없이, 문학에 조예가 있는 분들이라면 누구든 문학 평론을 하는 사람이 느낄 법한 불안감의 정체에 대해서는 잘 알고 있을 것이다. 하지만 오디오 기기 평론을 하는 사람이 느낄 법한 불안감의 정체가 무엇인지에 대해서는 확실하게 짚지 않을 것이다. 오디오 기기 평론을 하는 사람이 느끼거나 느낄 법한 불안감은 구체적으로 어떤 것일까. 물론 그가 느끼거나 느낄 법한 불안감은 무엇보다 평가 대상인 오디오 기기의 성능에 대한 평가가 얼마나 객관적이고 타당한가를 쉽게 증명하기 어렵다는 데서 비롯된다. 마치 문학 평론을 하는 사람들의 불안감이 평가 대상인 문학 작품의 작품성에 대한 평가의 객관성과 타당성을 쉽게 증명하기 어려운 데서 비롯되듯.

이렇게 설명해도, 대부분의 사람에게는 여전히 오디오 기기 평론을 하는 사람이 느끼거나 느낄 법한 불안감의 정체가 쉽게 짚이지 않을 것이다. 그런 이들을 위해 불안감의 원인과 관련하여 쉬운 설명을 이끄는 예를 하나 소개하자면, 이는 바로 오디오 기기 테스트에 자주 이용되는 이른바 'A/B 테스트'다. A/B 테스트란 서로 다른 두 종류—즉, A와 B—의 오디오 기기에서 나오는 소리를 '즉석'에서 비교하는 일을 말하는데, 이 고전적 방법은 오디오 기기의 성능을 측정하는 방법 가운데 가장 널리 사용되는 방법이기도 하고, 또한 가장 효과적인 방법이기도 하다. 실제로 A와 B를 비교해서 하나를 뽑고 이렇게 뽑힌 대상을 A로 삼은 다음 제3의 대상을 B로 삼아 비교해 그 가운데 다시 하나를 뽑고, 다시 또 다른 제4의 대상과 비교해 역시 하나를 뽑는 식으로 A/B 테스트를 진행할 수 있는데, 어떤 관점에서 보면 이른바 미인 선발 대회라든가 정치 지도자 선거조차도 이러한 A/B 테스트의 일종이라고 할 수 있겠다.

물론 A/B 테스트를 신봉하는 사람들이 적지 않다. 그들의 주장에 의하면, 하늘 아래 똑같은 것은 하나도 없으며, 바로 A/B 테스트를 통해 이 '진리'를 확인할 수 있다는 것이다. 하지만 이 A/B 테스트를 신뢰하지 않는 이들은 전혀 다른 주장을 펴기도 한다. 이 고전적 방법은 손쉽고 확실한 방법이긴 하나 완벽하게 신뢰할 수 있는 방법일 수 없다는 데 따른 것이다. 사실 여러 기종의 기기를 놓고 A/B 테스트를 계속하다 보면 처음에 테스트했던 기기의 성능이 어떤 것이었는지를 잊게 되는 경우가 허다하다. 또는 동일한 두 개의 기기를 놓고 A/B 테스트를 반복하더라도 얼마간의 시간 간격을 두고 하게 되면, 간혹 전혀 다른 결과가 나오는 경우도 있다. 심지어 오디오 기기들에 대한 무작위적 A/B 테스트—즉, 어느 것과 어느 것을 테스트하는지 밝히지 않은 채 A/B 테스트하는 이른바 '블라인드 테스트'—를 하게 되면, 듣는 귀뿐만 아니라 말하는 입까지 두 개가 되는 경우도 흔하다. A와 B를 잠시 혼동하여 A를 A라고 말하다가 금방 A를 B라고 바꿔 말하는 경우도 비일비재하다는 뜻이다. 이처럼 A/B 테스트를 해 보면 사람들의 청각적 기억 능력이라는 것이 얼마나 형편없는 것인지가 쉽게 드러나게 마련이다.

어찌 오디오 기기 평론을 하는 사람이라면 불안감을 느끼지 않을 수 있겠는가. 아무튼, 이제 이 A/B 테스트의 구체적인 사례를 들어 오디오 기기 평론가들이 느끼거나 느낄 법한 어려움과 불안감에 좀 더 가까이 다가가 보기로 하자.

2. 오디오 기기 평론과 A/B 테스트

2-1. 카버의 앰프와 제1차 산타페 목장의 결투

오디오의 역사를 살펴보면, A/B 테스트가 갖는 양면성으로 인해 이 테스트 방법의 유용성과 무용성에 대한 논쟁이 끊이지 않았음을 알 수 있다. 논쟁사(論爭史)를 한 권 분량의 책으로 써도 될 만큼 계속되어 온 일련의 논쟁들 가운데 특히 유명한 것을 들자면, 1985년에 시도되었던 밥 카버 (Bob Carver)의 앰프에 대한 『스테레오파일』(*Stereophile*)의 A/B 테스트다. 오디오 기기 평론계의 최고 권위지로 일컬어지는 『스테레오파일』이 그렇게도 말이 많은 A/B 테스트를 했다는 사실도 놀랍지만, 그 결과는 더욱 놀라운 것이었다. 이는 진실로 '하나의 사건'이라고 말해도 지나치지 않은 정도의 오디오 기기 평론계의 '사건'이었다.

사건의 발단은 이렇다. 먼저 카버라는 인물을 간단하게나마 소개할 필요가 있는데, 그는 '전자장 앰프'(Magnetic Filed Amplifier)라는 새로운 개념의 파워 앰프로 오디오계에 신선한 충격을 주었던 사람이다. '전자장 앰프'란 앰프에 사용되는 전원 장치의 전력 용량이 음성 신호의 크기에 따라 자동적으로 조절되도록 만든 앰프로서, 크기와 무게는 얼마 안 되지만 수백 와트 정도의 출력을 갖는다는 놀라운 장점을 갖고 있다. 사실 새로운 개념의 회로나 기기를 들고 나와 어느 날 갑자기 유명해지는 오디오 기기 전문가나 회사가 많은 곳이 미국이긴 하지만, 카버와 그가 차린 회사는 창의적이라는 측면에서뿐만 아니라 도전적이라는 측면에서도 특히 주목할 만하다. 카버는 1985년 초 『스테레오파일』의 발행인인 레리 아치볼드(Larry Archibald)에게 다음과 같은 도전적 제안을 했던 것이다. "『스테레오파일』사가 선정하는 어떤 종류의 최고급 앰프와 비교해도 전혀 소리를 구별할 수 없는 600불짜리의 '싸구려' 앰프를 만들어 보이겠다"는 것이 그의 제안이었다. 당연하지만, 이에 대해 아치볼드는 물론 오디오계의 도사 격인 『스테레오파일』의 J. 고든 홀트(J. Gordon Holt)도 역시 회의적인 반응을 보인다. 이들의 반응은 "만일 그런 일이 가능하다면 왜 진작 그런 앰프가 나오지 않았겠느냐"는 것이다. 이에 카버는 자신의 본거지인 워싱턴 주의 린우드에서 『스테레오파일』사가 있는 뉴멕시코 주의 산타페로 불원천리 달려가게 되고, 『스테레오파일』사는 당시로서는 최고급이었던 몇 천 달러짜리 진공관 모노 앰프를 '도전용'으로 내 놓는다.

그리하여 카버가 몇 년 후에 사용한 표현대로 '산타페 목장의 결투'가 이루어지게 되었던 것이다. 하기야 뉴멕시코가 미국 남부에 있고 미국 남부는 소 떼와 카우보이를 연상시키는 곳이기도 하니, 카버의 도전을 'OK 목장의 결투'와 빗대어 이야기한다고 해도 무리는 아닐 것이다. 이 결투의 결과를 흥미진진하게 기다리는 사람들을 위해 카버는 산타페에 있는 어느 호텔의 방에 틀어박혀 린우드에서 끌고 온 앰프에 대한 개조 작업에 착수

한다. 그가 납땜인두와 각종 부품들과 씨름을 한 끝에 만들어 낸 것이 후에 카버 회사의 대표적인 제품이 된 앰프인 'M-1.0t'의 원형이다. 이윽고 이렇게 해서 탄생된 카버의 앰프와 『스테레오파일』사가 '도전용'으로 제시한 앰프를 놓고 A/B 테스트가 이루어지게 된다. 그런데 놀랍게도 결과는 카버의 승리로 끝난다. 『스테레오파일』에 나오는 표현을 빌리자면, "앰프를 바꾸어 가면서 똑같은 음악을 들을 때마다, 똑같은 소리가 들려 왔다. 청취 테스트가 이틀째 계속되었을 때, 우리는 수건을 던졌으며 결국 밥의 승리를 인정하게 되었다." 당시의 테스트 과정 및 내용과 결과에 대한 보고서는 1985년에 출간된 『스테레오파일』의 제8권 6호에 실리게 되었고, 물론 카버는 'M-1.0t'를 선전할 때마다 이 이야기를 들먹이면서 자랑에 열을 올리게 되었다. 원하는 사람에게는 누구에게나 당시의 보고서 별쇄본을 보내 주겠다는 문구를 담은 제품 선전 광고가 몇 년 동안이나 계속 오디오 잡지들을 장식했던 것도 물론이다. 그와 같은 잡지의 광고를 보면 카버는 도전적인 인물일 뿐만 아니라 이재에도 밝은 인물이라는 느낌을 누구나 갖지 않을 수 없을 것이다.

2-2. 카버의 앰프와 제2차 산타페 목장의 결투

사실 권투 경기나 레슬링 경기라도 한 것처럼 『스테레오파일』이 "수건을 던졌다"라는 표현을 사용했던 것이 카버를 더욱 의기양양한 도전자로 자신의 모습을 부각하게 했는지도 모른다. 그렇지 않고서야, 『스테레오파일』사와 벌인 이 시합을 카버가 '산타페 목장의 결투'라고 했겠는가. 이 '산타페 목장의 결투'에서 승리자는 물론 카버이나, 결투는 여기서 끝나지 않고 1987년 다시금 재연된다. 『스테레오파일』사의 해명에 따르면, 제1차 결투가 있은 후에 "카버의 M-1.0t는 별거 아니다"라는 항의 서신과 전화가

『스테레오파일』사에 쏟아져 들어 왔다고 한다. 더 이상 빗발치는 항의를 견딜 수 없을 지경에 이르게 되자, 홀트를 비롯한『스테레오파일』의 '황금 귀'(golden ear)들—말하자면, 더할 수 없이 귀가 밝아 오디오 기기 평론계에서 대가(大家)의 대접을 받는 사람들—은 자기네들끼리 모여 카버의 앰프와 그들이 앞서 선정했던 최고급 진공관 앰프 사이의 A/B 테스트를 재개한다. 관람자들의 흥미를 돋우려는 듯, 이번의 A/B 테스트에서는 카버의 앰프와 '도전용' 앰프 사이에는 음질상의 차이가 있다는 사실을 이 '황금 귀'들이 확인한다. 그리하여『스테레오파일』은 린우드의 카버에게 이 소식을 전한다.

이 소식을, 아니, 비보를 접하고 카버는 또 한판의 결투를 위해 '산타페 목장'으로 떠난다. 며칠 동안에 걸친 조정과 논의 끝에 '최후의 결투'가 카버와 홀트 사이에 이루어지게 되었는데, 그 방식도 말할 것도 없이 A/B 테스트였다. 하지만 이번의 A/B 테스트는 일종의 '블라인드 테스트'에 해당하는 것이었다. 말하자면, 카버는 두 앰프를 전환하는 스위치를 손에 쥐고, 홀트는 자신의 귀를 갖고 결투에 임하게 되었던 것이다. 그런데 이 결투는 홀트의 승리로 끝난다. 카버와 홀트는 다섯 번의 A/B 테스트를 했는데, 다섯 번 가운데 네 번이나 홀트는 두 앰프 사이의 차이를 정확하게 구별해 냈던 것이다.

카버 자신의 익살스러운 표현을 빌리자면, 그는 "쩔뚝이며" 린우드로 돌아가지 않을 수 없었다. 하지만 자신의 패배를 도저히 인정하기 어렵다는 판단 아래 그는 지난번 '결투'에서의 문제점을 지적하는 장문의 항의 서한을『스테레오파일』에 보낸다. 사실 카버는 이처럼 항의를 하는 것으로 그치지 않고, 그가 이제까지 자신의 앰프 판매 전략에 사용했던 잡지 광고까지 끌어들인다. 즉, 자신의 앰프를 극찬한 캐나다의 오디오 잡지인『디 이너 이어 리포트』(The Inner Ear Report)의 보고서 별쇄본은 "요구만 한다면 무료로 보내 주겠지만,"『스테레오파일』의 제2차 보고서 별쇄본은 "1페니짜리 동전 50,000개를 소포로 부치면 보내 주겠다"라는 익살 반, 악담 반의 대문짝만한 광고를 다름 아닌 『스테레오파일』에 게재했던 것이다. 이에 기분이 언짢아진 『스테레오파일』은 광고 게재를 비롯한 카버 회사와의 모든 관계를 앞으로 단절할 것임을 그 해 8월호(제10권 5호)를 통해 선언한다. 그러한 선언에도 불구하고, 카버의 모든 항의와 심지어 「비방」까지도 군말 없이 광고를 통해서든, 투고란을 통해서든 게재해 주었던 『스테레오파일』의 편집 태도는 실로 배울 만한 것이라고 하지 않을 수 없다.

2–3. 『스테레오 리뷰』의 A/B/X 테스트

'산타페 목장의 결투' 이외에 A/B 테스트와 관련된 사건으로 또 하나 주목할 만한 것이 있다면, 이는 영향력이 막강한 또 다른 미국의 오디오 전문지인 『스테레오 리뷰』(Stereo Review)의 주관 아래 이루어진 것이다. 『스테레오 리뷰』는 각종 앰프에 대한 청취 테스트를 시행한 다음 이에 대한 보고서를 1987년 1월호에 발표했는데, 여기에 사용된 테스트 방식은 넓게 보아 A/B 테스트라고 할 수 있지만 우리가 일반적으로 알고 있는 것과는 약간의 차이가 있다. 『스테레오 리뷰』가 동원했던 방식은 이른바 'A/B/X 테스트'라는 것으로, 여기에는 세 개의 스위치가 사용된다. 우선 두 개의 오디오 기기를 각각 스위치 A와 B에 연결하고 나서 그 가운데 하나를 또 하나의 스위치인 X에 연결한다. 그런 다음 이 X에 연결된 오디오 기기의 소리가 A에 연결된 기기의 소리인지 또는 B에 연결된 기기의 소리인지를 판별하는 방식으로 진행되었던 것이다.

『스테레오 리뷰』의 테스트와 관련하여, 또 하나 흥미로운 점은 "오디오 기기마다 개성적인 소리를 내고 이를 구별할 수 있다"는 주장을 믿는 사람들과 그런 주장에 회의하는 사람들을 따로 분류하여 테스트를 시행했다는 점이다. 이들이 뉴욕 오디오 랩스(New York Audio Labs)가 제작한 12,000달러짜리 당시 최고 가격의 진공관 앰프인 퍼터먼(Futterman)에서 시작하여 220달러짜리 파이오니어 리시버의 앰프 부분에 이르기까지 다섯 종류의 앰프에 대해 A/B/X 테스트를 시행했는데, 이 테스트에 사용된 앰프와 테스트 결과를 밝히자면 다음 도표와 같다.

『스테레오리뷰』의 A/B/X 테스트에 사용한 앰프 일람표

제작 회사	앰프 모델명	당시 가격
뉴욕 오디오 랩스	Julius Futterman	$12,000
마크 레빈슨	ML-II	$2,000
파이어니어	SX-1500 (리시버)	$220
NAD	NAD2200	$550
데이비드 해플러	DH-120	$260

『스테레오 리뷰』의 각종 앰프에 대한 A/B/X 테스트 결과 보고서

종류	앰프명	참가자수	테스트 방법	테스트 시간	정답/총응답	정답율 (%)
1	Levinson vs. Pioneer	1 believer**	A/B/X	2시간 이상	4/16	25
2	Hafler vs. Futterman	1 believer**	A/B/X	2시간 이상	7/16	44
3	Hafler vs. NAD	8 skeptics***	A/B/X	1-2시간	63/128	49
4	Futterman vs. Pioneer	8 skeptics***	A/B/X	1시간 이내	74/128	58
5	Futterman vs. Levinson	8 skeptics***	A/B/X	1시간 이내	63/128	49

6	Futterman vs. Levinson	5 believers**	A/B/X	2시간 이상	43/76	57
7	Futterman vs. Pioneer	4 believers**	A/B/X	2시간 이상	30/64	47
8	Futterman vs. Pioneer	4 believers**	Cable swap*	1시간 이내	10/20	50
9	Hafler vs. Levinson	4 believers**	A/B/X	1–2시간	28/64	44
10	Hafler vs. Levinson	4 believers**	Cable swap*	1시간 이내	12/20	60
11	Futterman vs. NAD	2 skeptics***	A/B/X	1–2시간	14/32	44
12	Futterman vs. Hafler	2 skeptics***	A/B/X	1–2시간	21/32	66

(* Cable swap: 스위치를 사용하지 않고 선 연결 지점을 바꿈/ **believer: 앰프의 음질 차이를 믿는 사람/ ***skeptic: 앰프의 음질 차이를 신뢰하지 않는 사람)

청취 테스트 결과 종합

앰프명	정답 회수 (정답/총응답)	정답율 (%)
Futterman vs. Hafler	28/48	58
Futterman vs. Pioneer	114/212	54
Futterman vs. Levinson	106/204	52
Hafler vs. NAD	63/128	49
Levinson vs. Hafler	40/84	48
Futterman vs. NAD	14/32	44
Pioneer vs. Levinson	4/16	25

통계학상의 복잡한 이론을 들먹이지 않는다고 하더라도, 제대로 앰프의 소리를 구별해 낸 경우는 대략 50퍼센트에 불과하다. 두 개 가운데 하나를 무작위로 고를 확률이 50퍼센트라는 사실을 고려하면, 결국 이 테스트

에서 사람들이 앰프의 음질을 구별해 냈던 것은 순전히 우연에 따른 것이었다고 결론을 내리지 않을 수 없다. 바꿔 말해, A/B/X 테스트를 시행한 결과 모든 앰프는 음질 면에서 별다른 차이가 없다는 결론에 이르게 된 것이다. 12,000달러짜리 앰프를 구입하거나 220달러짜리 리시버(파워앰프에다가 프리앰프와 튜너까지 하나로 이루어진 보급용 전자 기기)를 구입하거나 음악적으로 얻을 수 있는 효과는 마찬가지라는 뜻이다. 과연 그럴까.

이 충격적인 보고서를 놓고 각계각층은 어떤 반응을 보였을까. 충분히 예상할 수 있는 반응이 나왔던 것도 사실이다. 무엇보다 궁금한 것은 뉴욕 오디오 랩스의 반응이다. 뉴욕 오디오 랩스의 하비 로젠버그(Harvey Rosenberg)는『스테레오파일』제10권 5호의 독자 투고란에 자신의 심경을 토로한 바 있는데,『스테레오 리뷰』에서 호되게 얻어맞는 그가『스테레오파일』의 독자 투고란이라는 엉뚱한 장소에 가서 하소연을 하게 된 셈이다. 따지고 보면, 카버한테 모욕을 당한『스테레오파일』로서는 로젠버그에게 당연히 동정적이지 않을 수 없었으리라. 어쨌든,『스테레오파일』에 보낸 장문의 서신을 통해 로젠버그는 자신의 괴로운 심정을 전생의 업보에 빗대어 하소연하면서,『스테레오 리뷰』가 시행한 테스트의 방법상 문제점과 오류를 조목조목 열거한다. 로젠버그의 주장은 "반쯤 하다가 중단한 테스트는 테스트가 아니다"(Half a test is no test)라는 그의 말이나 "그대가 모른다는 것이 다만 그대가 알고 있는 유일한 것이다"(what you do not know is the only thing that you know)라는 시인 T. S. 엘리엇(Eliot)의 알 듯 모를 듯한 시 구절 인용문에 함축적으로 담겨 있다고 할 수 있을 것이다.

당연히 모든 논쟁에는 찬성론자와 반대론자가 동시에 있을 수 있다. 『스테레오 리뷰』의 A/B/X 테스트에 대해서도 예외는 아니었는데, 갈릴레이, 뉴톤, 오펜하이머 등의 거창한 이름을 들먹이며 격려를 보낸 사람도 있고, "진리가 너희를 자유롭게 하리라"라는 성경 구절까지 인용하면서 "모든 앰프는 같은 소리를 낸다"라는 나름대로의 '진리론'을 편 사람도 있다(『스테레오 리뷰』 동년 3월호 독자 투고란). 하지만 찬성론자들의 열광적인 목소리와 마찬가지로, 4월호의 독자 투고란을 메우고 있는 반대론자의 목소리 또한 드높았다. 뉴욕 오디오 랩스의 고급 앰프와 파이오니어의 싸구려 리시버가 같은 소리를 낸다고 하니, 이제는 메르세데스 벤츠의 최고급 승용차와 포드의 에스코트가 같은 속도로 달릴 수 있는 이상 두 자동차가 마찬가지라는 헛소리를 할 것이냐고 질책을 했던 사람도 있다. 보다 냉정한 사람은 테스트상의 문제점을 지적하면서 이런 엉터리 테스트를 하는 잡지인 『스테레오 리뷰』에 대한 앞으로 정기 구독을 중지할 것을 선언한 사람도 있었다. 사실 『스테레오 리뷰』는 이전에도 유사한 A/B 테스트를 오디오 케이블과 CD 플레이어에 대해서도 시행한 적이 있었는데, 마찬가지로 어느 것을 사용하더라도 별 차이가 없다는 결론을 내린 바 있다. 어떤 독자는 이 같은 바보짓을 더 이상 참을 수 없다고 화를 내면서 역시 정기 구독 정지를 선언하기도 했다.

3. 가치 판단의 어려움에도 불구하고

나는 어느 쪽 편일까. 그리고 문제가 있다면 문제는 무엇일까. 따지고 보면, A/B 테스트의 문제에 대해 양쪽 진영 모두가 납득할 수 있을 정도의 만족스러운 해명을 할 수 있는 사람은 어디서도 찾기 어려울지도 모른다. 하지만 내가 앞에서 오디오계의 도사라고 치켜 올린 고든 홀트의 의견에 귀를 기울이는 경우 어찌하여 이렇게 의견이 갈리는가에 대해 상당한 정도로 납득할 수도 있다. 무엇보다도 A/B 테스트와 같이 비교적 짧은 시간을 통해 이루어지는 청취 테스트를 통해서는 오로지 현저하게 드러나는 차이만을 밝혀낼 수 있다는 것이 홀트의 주장이다. 며칠이나 몇 달 동안 오랜 기간에 걸쳐 테스트를 할 때 비로소 각각의 앰프가 갖는 특징과 개성, 장점, 문제점 등이 드러나게 된다는 것이다. 카버와의 첫 대결에서 패했던 이유가 바로 여기에 있었던 것이 아닐까라는 것이 그의 추정이기도 하다.

물론 A/B 테스트를 통해 각각의 앰프가 지니는 특성을 간편하게 판단해 낼 수 있음은 사실이다. 하지만 홀트가 말한 바와 같이 비교적 짧은 시간 동안의 A/B 테스트를 통해서는 도저히 특정한 앰프의 특성을 전체적으로 파악할 수는 없다. 특히 '피로 요인'(fatigue factor)과 같은 것은 장시간의 청취에 의하지 않고서는 결코 파악되지 않는다. (이때의 '피로 요인'이란 잠깐 시청을 했을 때는 아무렇지도 않지만, 오랫동안 시청을 하다 보면 귀에 거슬리거나 귀가 아프다는 느낌이 들 수도 있는데, 그 원인이 무엇이든 이를 지칭하는 용어다.) 요컨대, A/B 테스트는 오디오 기기의 성능 차이 가운데 두드러진 것을 즉석에서 확인할 수 있게 한다는 점에서 유용한 것이기도 하지만, 문제점도 적지 않은 것이다. 모름지기 미인 선발 대회에서 뽑힌 미인이나 한두 번의 유세 장면을 보고 선출한 국회의원에 대해 깊이 실망한 기억이 있는 분이라면, 즉석에서 귀를 번쩍 열어 주는 아름다운 목소리나 미사여구에 쉽게 속지 않을 것이다. 바로 이 평범한 진리가 오디오 기기 평론에도 마찬가지로 적용된다.

물론 이런 종류의 어려움은 오디오 기기 평론을 하는 사람만의 것이 아니다. 문학 평론을 하는 사람뿐만 아니라 음악을 평론하는 사람, 미술을 평론하는 사람, 연극을 평론하는 사람 등등 예술 분야의 평론에 종사하는 사람이라면 누구라도 피할 수 없는 것이 가치 판단이기 때문이다. 사실 가치 판단이 쉽지 않음은 객관적인 평가 기준이 존재하지 않기 때문만이 아니다. 가치 판단이란 개인에 따라 다를 뿐만 아니라 시대나 민족의 '취향'

에 따라서도 얼마든지 달라질 수 있다는 점에서 평론을 하는 사람이 느끼는 어려움과 불안감은 더욱 증폭될 수밖에 없다. 취향이라는 복병의 공격으로 인해 애초 위태로운 상황에 처해 있는 가치 판단은 더욱 위태로운 상황으로 몰릴 수밖에 없으니, 아예 오디오 기기 평론이든 문학 평론이든 포기하고 이 세상을 평론이 없는 세상으로 만드는 데 앞장서는 것이 어떨지?

이 같은 유혹에 나는 굴복할 수 없으니, 상처뿐인 영광이라고 해도 평론을 하는 사람의 몫으로 주어진 이 가슴 아픈 영광은 충분히 추구할 만한 가치가 있는 것이라고 믿기 때문이다. 마치 상처뿐인 삶이라고 하더라도 삶이란 살아 볼 가치가 있는 것이듯. 그리하여, 오디오 기기 평론이야 취미 삼아 즐기던 여기에 불과한 것이기에 여건과 환경이 바뀌자 쉽게 포기할 수 있었지만, 나는 최소한 문학 평론이라는 작업은 포기하지 않을 것이다. 평론이든 가치 판단이든 그것이 없는 세상이란 어쩌면 '재미없는 천국'과도 같은 것일 수 있기에. 나는 '재미없는 천국'보다는 '재미있는 지옥'을 택하고 싶다. 그리고 한마디 더 하자면, 나의 본령이 문학 평론이기 때문이기도 하지만, 오디오 기기 평론 쪽보다는 문학 평론 쪽이 더 생생하게 '재미있는 지옥'을 체험케 한다는 것이 나의 생각이다. 오디오 기기 평론과 달리 문학 평론이 이제나저제나 마음을 쓰지 않을 수 없는 내 필생의 과제로 남게 된 것은 이 때문이기도 하다. 거듭 말하거니와, 비록 '문학 평론가' 또는 '비평가'라는 거창한 직함을 아직도 받아들이기 꺼려하는 것이 현재의 '나'이지만, 그럼에도 문학을 공부하고 문학 작품을 읽는 독자로서 내가 할 수 있는 평론 또는 비평 행위는 앞으로도 멈추지 않을 것이다.

제2부

시어의 미로에서 삶의 의미를 헤아리며

고향을 향한 시인의 상념,
그 깊이를 짚어 보며

— 김상옥의 시「참파노의 노래」·「안개」·「사향」과 시인의 고향 생각

기(起), 초정 시비를 둘러싼 오석을 찾아서

통영의 남망산 공원에는 초정 김상옥(艸丁 金相沃)의 시비(詩碑)가 있다. 지난 2007년 3월 29일 제막식과 함께 통영의 시민과 관광객에게 공개된 이 시비는 대체로 큼직한 돌덩어리 하나에 대표작 한 편을 새겨 놓은 여느 시비와 비교할 때 여러 면에서 돋보인다. 우선 화강암 재질의 기반에 육면체의 오석(烏石)을 올려놓은 다음 다시 그 위에 소리굽쇠 모양의 화강암 재질의 조형물을 얹은 형태로 제작된 시비부터 이채롭다. 초정의 대표작인「봉선화」가 새겨진 이 시비가 이처럼 독특한 모습을 하고 있긴 하나, 그보다 더욱 나의 눈길을 끌었던 것은 시비 주위에 적당한 간격을 두고 배치해 놓은 열 개의 그리 크지 않은 육면체의 오석들이었다. 그 오석들 위에는 초정의 또 다른 대표작인「백자부」·「제기」·「어느 날」등과 함께 시서화(詩書畵)에 두루 능했던 초정의 그림 몇 점이 새겨져 있다. 어느 시인의 시비를 찾더라도, 중심부에 시비가 있고 그 주위에 시인의 시 세계를 한층 깊이 음미할 수 있는 조형물이 배치되어 있는 예를 찾기란 쉽지 않을 것이다.

문제는 이 오석들이 걸터앉기에 딱 알맞은 크기와 높이의 조형물이라는 점에 있다. 이를테면, 남망산 공원을 올랐다가 도중에 잠깐 앉아 쉬어갈 수 있는 '엉덩이 받침대'의 역할을 할 수도 있다는 것이다. 외경(畏敬)의 대상인 시인 초정의 시나 그림을 깔고 앉다니? 제막식에 참석했을 때 나는 이 점을 떠올리고는 심기가 불편했었다. 하지만 생각하기 나름이 아닌가. 초정의 시와 그림이 우리의 마음에 위안을 주듯 그의 시비가 우리의 몸에도 위안을 준다면, 더 이상 바랄 것이 무엇이겠는가. 세월이 흐르고 흘러 그 위에 걸터앉던 사람들의 스침으로 인해 닳고 닳아 마침내 오석 위에 새겨진 초청의 작품과 그림의 윤곽마저 흐려지고 끝내는 지워질 수도 있겠지만, 그만큼 오랜 세월 초정 시비 주위의 오석들이 지금의 자리를 지키면서 사람들의 마음과 몸 양쪽에 모두 위안을 줄 수 있다면, 그보다 더 바랄 것이 무엇이겠는가.

오석에 걸터앉든 걸터앉지 아니하든, 또는 걸터앉기 전이든 후이든, 사람들은 아마도 그 위에 새겨 놓은 시와 그림에 눈길을 줄 것이다. 그리고 어쩌면 그들의 눈길은 특히 초정의 육필이 담긴 원고용지 한 장을 새겨 놓은 오석을 향할 수도 있겠다. 원고용지라는 것이 이미 구시대의 유물이 된 지 오래 아닌가. 그런 원고용지 자체뿐만 아니라 그 위에 시인이 남긴 평소의 자연스러운 필적이 어찌 사람들의 눈길을 끌지 않겠는가. 아울러, 원고용지에 담긴 원고에는 군데군데 퇴고의 손길이 확인되거니와, 이 부분도 사람들의 각별한 눈길을 끌 수 있겠다. 어쩌면, 어떤 부분을 어떻게 고쳤나에 대한 호기심에 이끌려 사람들은 원교용지에 담긴 시인의 필적 한 자 한 자에 눈길을 줄 수도 있으리라. 이제 초정의 시비 주위의 오석을 찾아 호기심어린 눈길을 보내는 그들의 눈길을 따라 우리 모두 그 위에 담긴 시 구절을 함께 읽어 보기로 하자.

늙고 지친 참파노
인제는 曲藝에도 손을 씻고
철겨운 눈을 맞으며
종로의 人波 속을 누비고 간다.

길을 찾으면 있으련만
봄이 오는 머언 남쪽 바닷가

　아마도 고등학생 시절 초정의 시조 「백자부」가 수록된 국어 교과서로 공부했던 내 또래의 사람이라면, 위의 시 구절을 읽고 아일랜드의 시인 윌리엄 버틀러 예이츠(William Butler Yeats)의 「이니스프리의 호도(湖島)」("The Lake Isle of Innisfree")를 떠올릴 수도 있겠다. 그 당시 이 시 역시 외국의 명시 가운데 한 편으로 국어 교과서에 수록되어 있었기에. 아니, 시에 대한 감상과 이해의 폭이 넓은 사람이라면 누구라도 이 시를 자연스럽게 떠올릴 수도 있으리라. 아무튼, 「이니스프리의 호도」는 예이츠가 1888년 런던에 머물 당시 플리트 스트리트를 지나가던 도중 갑작스럽게 어린 시절 여름 한때를 보냈던 조국 아일랜드의 슬라이고 지방 호수의 섬을 기억에 떠올리고 창작한 것이라고 한다. 예이츠의 시는 3연으로 이루어져 있지만, 이 자리에서는 마지막 연만을 함께 읽기로 하자.

나 이제 일어서 가련다. 밤이나 낮이나 내 귀에
철썩이는 호숫가의 낮은 물결 소리 들리기에.
길 위에 서 있을 때나, 잿빛 포도 위에 서 있을 때나,
내 마음 깊은 곳에서 울리는 그 소리 들리기에.[1]

---

[1] I will arise and go now, for always night and day/ I hear lake water lapping with low sounds by the shore;/ While I stand on the roadway, or on the pavements grey,/ I hear it in the deep heart's core.—William Butler Yeats, "The Lake Isle of Innisfree" 마

예이츠가 머나먼 객지인 런던의 플리트 스트리트에서 이니스프리의 호도를 떠올리는 것처럼, 초정은 "철겨운 눈"이 내리는 서울의 종로 어딘가에서 인파 속을 누비고 걸어가는 도중 "봄이 오는 머언 남쪽 바닷가"를 떠올리고 있는 것이다. '철겹다'니? 이는 '제철에 뒤져 맞지 아니하다'(국립국어원 인터넷 표준국어대사전)는 말로, 시인은 때 늦게 내리는 눈을 맞으며 걸어가다가 "봄이 오는 머언 남쪽 바닷가"를 떠올리고 있는 것이리라. 말할 것도 없이, 예이츠에게 이니스프리의 호도가 어린 시절의 오랜 추억이 서린 곳이었듯, 초정에게 고향 통영의 바닷가는 어린 시절의 아슴푸레한 추억을 일깨우는 곳이었으리라. 문제는 이 시에 등장하는 "참파노"—시인의 의하면, "인제는 곡예에도 손을 씻"은 "늙고 지친 참파노"—가 누구인가다. 오석에 새겨진 초정의 원고만을 읽더라도 우리는 시인이 자신을 "늙고 지친 참파노"에 빗대고 있음을 감지할 수 있지만, 도대체 그가 말하는 "참파노"가 누구인지는 알 길이 없다. 그는 누구인가.

이러한 의문 때문에, 초정의 시비를 찾았다가 참파노가 누구인지를 인터넷을 통해서든 책을 통해서든 찾아보는 사람도 있으리라. 아니, 위의 구절이 등장하는 「참파노의 노래」를 시집에서 찾아 읽는 사람도 있을 것이다. 물론 찾아 읽기 전에는 오석에 새겨진 것이 그 자체로서 한 편의 완성된 시일 것으로 추측하는 사람도 있으리라. 그렇다 해도, 여전히 참파노에 대한 무언가 부가적인 설명을 기대하며 시집에서 시를 찾아 읽을 수도 있으리라. 어떤 동기에서든 번거로움을 마다하지 않고 시를 찾아 읽는 경우, 그는 「참파노의 노래」가 상상 속에서 고향을 찾는 시인의 마음이 담긴 7연으로 이루어진 시의 앞부분임을 확인하게 될 것이다.

지막 연. 번역은 논자의 것임.

아무튼, 초정은 1963년 40대 중반의 나이에 고향을 떠나 서울로 이주했지만, 그 이후 고향을 노래하거나 고향에서 보낸 어린 시절을 회상하는 작품은 좀처럼 발표하지 않았다. 그가 10대 후반에 일경의 감시를 피해 두만강 강가 등 함경도 지방을 떠돌던 시절에 고향을 노래하거나 고향에 두고 온 사람들을 그리워하는 내용의 작품을 여러 편 남겼던 것과 대조된다고 생각하는 사람도 있을 것이다. 하지만 기약 없는 떠도는 삶을 살아갈 때의 객지 생활과 언제라도 마음만 먹으면 한달음에 이를 수 있는 곳에 살 뿐만 아니라 언제든 고향을 찾을 수 있는 자유가 허락된 시절의 객지 생활이야 다를 수밖에 없지 않겠는가. 그럼에도, 오석에 새겨진 시 구절만으로도 쉽게 감지할 수 있듯, 시인은 이제 나이가 들어 다시 고향을 떠올리는 작품을 발표한 것이다. 갑작스럽게 이처럼 고향 생각을 노래한 이유는 무엇일까.

이와 관련하여, 우리는 「참파노의 노래」가 초정의 나이 70세일 때 펴낸 시집 『향기 남은 가을』(상서각, 1989)에 수록된 작품임을 주목해야 할 것이다. 이 시집의 출간 시기에 비춰볼 때 문제의 시는 시인의 나이 60대에 창작된 것으로 추정되는데, 이런 추정을 가능케 하는 것은 『향기 남은 가을』에 바로 앞선 시집이 회갑을 기념하여 61세의 나이에 출간한 『묵(墨)을 갈다가』(창작과비평사, 1980)이기 때문이다. 나이가 들수록 떠나온 고향 생각이 더욱 간절해진다는 일반의 통념을 뒷받침하기라도 하듯, 초정은 이 작품에서 새삼스럽게 고향의 바닷가를, 그것도 서울의 길거리 한복판에서 고향의 바닷가를 떠올리고 있는 것이다. 새삼스럽다니? 거듭 말하지만, 고향을 떠나 서울에 정착한 다음 고향 생각을 담은 작품이 초정의 시 세계에서는 좀처럼 짚이지 않기에 하는 말이다. 그렇다고 해서, 아주 없는 것은 아니다. 『묵을 갈다가』에 수록했다가 형태만을 바꿔 『향기 남은 가을』에 다시 수록한 몇몇 작품 가운데도 고향을 떠올리는 작품이 한 편 있기는 하다. 그것은 「안개」라는 시로, 이 자리에서 우리는 초정이 나이 든 후에 남긴 고향 노래인 「참파노의 노래」 전문과 「안개」에 대한 작품 읽기를 시도 하고자 한다. 그리고 글을 마무리하는 자리에서 초정이 젊은 시절에 남긴 여러 편의 고향 노래 가운데 특히 대표작으로 보아도 무리가 없는 「사향 (思鄕)」을 주목하고자 한다.

승(承), 「참파노의 노래」를 찾아서

무엇보다 「참파노의 노래」의 전문을 찾아 읽는 것이 순서일 듯하다. 『김 상옥 시 전집』에 수록된 이 시의 전문은 다음과 같다.

늙고 지친 참파노
인제는 曲藝에도 손을 씻고
철겨운 눈을 맞으며
종로의 人波 속을 누비고 간다.

길을 찾으면 있으련만
봄이 오는 머언 남쪽 바닷가
내 前生의 젤소미나
너는 이날 거기서 뭘 하느냐?

내 그만 돌아갈까
雨裝모양 걸쳤던 코오트
그 체크무늬에도 봄은 오는가.

쑥국이며 햇상추 쌈
울밑에 돋아난 향긋한 방풍나물

그런 조촐한 저녁床 앞에
너와 함께 그날처럼 앉고 싶구나.

"참파노오 참파노오
참파노가 왔어요!"

흐린 날 외론 갈매기
목이 갈리던 그 울부짖음
뒤끝이 떨리던 喇叭소리
지금도 쟁쟁 내 귓전을 울린다.

언제나 事務的인 이승에선
눈만 껌벅인 젤소미나
내 역시 골은 비었어도
아직 추스릴 눈물만은 간직했다.

— 「참파노의 노래」 전문[2]

거듭 묻지만, "참파노"는 누구인가. 물음에 대한 답의 단서는 시인이 "참파노"의 입장에서 던지는 다음의 물음에서 찾을 수 있다. "내 전생의 젤소미나/ 너는 이날 거기서 뭘 하느냐?" 참파노와 젤소미나! 그들은 1954년에 이탈리아의 영화감독 페데리코 펠리니(Federico Fellini)가 만든 영화 〈길〉(La Strada)의 남녀 주인공이다. 아마도 초정은 그의 나이 30대인 1950년대에 이 영화를 관람했을 것이다. 그리고 추측건대 이 영화가 그의 마음속 깊은 곳에 울림을 주었으리라. 만일 초정이 60대의 나이에 「참파노의 노래」를 창작했다는 추정이 무리한 것이 아니라면, 그가 몇 십

---

2) 민영 엮음, 『김상옥 시 전집』(창작과비평사, 2005), 525-26쪽.

년의 세월이 흐른 후에도 여전히 그 영화를 기억에서 되살릴 수 있었던 것은 그 시절에 마음속 깊은 울림이 있었기 때문이리라. 여기서 간단하게 영화를 소개하기로 하자.

〈길〉은 길 위를 떠돌며 차력사 연기로 먹고 사는 참파노와 그를 따라 떠도는 소녀 젤소미나의 이야기다. '맹하다'고 할 정도로 착하디착한 소녀 젤소미나는 가족의 생계를 위해 1만 리라에 팔려 참파노와 함께 길을 떠돈다. 그렇게 해서 두 사람의 떠돌이 생활이 이어지는 동안, 거칠고 투박한 참파노의 학대와 무시에도 불구하고 젤소미나는 마침내 그에게 사랑의 감정까지 느끼게 된다. 하지만 그녀의 감정을 아랑곳하지 않은 채 온갖 못된 짓을 되풀이하는 참파노로 인해 젤소미나는 마음의 상처를 입기도 한다. 마음의 상처를 입은 젤소미나는 그의 곁을 떠나려는 시도도 하지만, 자신이 그에게 필요한 존재라는 생각 때문에 결국에는 그의 곁을 지킨다. 그렇다고 해서, 이어지는 참파노의 못된 행위를 젤소미나가 무신경하게 견딜 수 있었던 것은 아니다. 참파노는 수녀의 도움으로 하룻밤 머물게 된 수녀원에서 귀중품을 훔치려다가 쉽지 않자 그 일에 젤소미나까지 끌어들이려 한다. 그뿐만 아니라, 그와 견원지간인 외줄타기 곡예사인 일 마토를 길에서 우연히 만나 본의 아니게 죽이기까지 한다. 이처럼 남을 죽이고도 일말의 죄책감을 느끼지 않는 그로 인해 젤소미나는 깊은 마음의 병을 얻는다. 결국에는 정신의 끈을 놓은 듯한 젤소미나를 바닷가에 버려둔 채 참파노는 혼자 길을 떠난다. 그리고 4-5년의 세월이 흐른 뒤 그는 공연을 위해 우연히 젤소미나를 버려두고 떠났던 곳에 이른다. 그리고 그곳에서 빨래를 널던 한 여인의 입에서 흘러나오는 선율에 그는 옮기던 발걸음을 멈춘다. 젤소미나가 트럼펫으로 들려주던 선율이었던 것이다. 여인을 통해 참파노는 젤소미나가 아무런 말도 없이 오로지 트럼펫으로 문제의 선율만을 되풀이하다가 죽음에 이르렀음을 알게 된다. 그 소식을 접한 날 밤 참파노는 술에 취해 바닷가에서 엎드려 흐느낀다. 젤소미나를 향한 회한의 마음 때문일까.

「참파노의 노래」의 제1연과 제2연에서 우리는 자신의 모습을 영화 속 참파노의 모습에 투사하는 시인과 만날 수 있다. 아니, 나이든 자신의 현재 모습에서 참파노—그것도 "인제는 곡예에도 손을 씻"은 "늙고 지친 참파노"로 각색된 참파노—의 모습을 보는 시인과 마주할 수 있다. 이윽고 서울의 한복판에서 고향의 바닷가를 떠올린 시인은 "늙고 지친 참파노"의 마음으로 그곳에 남겨둔 "내 전생의 젤소미나"를 기억에 되살린다. 마치 영화 속의 참파노가 이제는 세상을 떠난 젤소미나를 바닷가에서 떠올리듯. 그렇다면, "내 전생의 젤소미나"는 누구일까. 여기서 우리는 잠깐 초정의 따님 김훈정 씨가 전하는 일화에 귀 기울일 수도 있으리라. 따님에 따르면, 초정은 지극정성으로 자신을 돌보던 아내가 다쳐 입원했을 때 문병을 갔다가 병상의 아내를 바라보며 "자네를 전생에서 본 것 같네"라고 말했다고 한다. 이어서 입원한 아내가 세상을 떠났다는 소식을 접하고 식음을 전폐한 시인은 엿새 만에 유명을 달리했다고 한다. 이처럼 애틋하게 정을 나누던 아내가 시인에게 "내 전생의 젤소미나"였을까. 하지만 60년을 해로하는 동안 오래 떨어져 지낸 적이 없을 뿐만 아니라 이 시를 쓸 무렵 시인의 곁을 지키고 있던 아내에게 "너는 이날 거기서 뭘 하느냐?"라고 묻는 것은 자연스러워 보이지 않는다. 따라서 "내 전생의 젤소미나"는 아내가 아니다. 어쩌면, 누군가 특정한 대상을 지칭한다기보다는 바닷가에 지내던 어린 시절 시인이 알고 지냈음 직한 착하디착하고 어리숙한 고향의 소꿉동무와 같은 여자아이라면 그가 누구든 이에 해당할 수 있으리라. 이제는 찾을 길 없는 그와 같은 마음속의 여자아이를 향해 "너는 이날 거기서 뭘 하느냐?"라고 묻는 시인의 모습에서 우리는 바닷가에 엎드려 눈물을 흘리는 영화 속 참파노의 모습을 겹쳐 떠올릴 수도 있으리라.

시의 제3연에 이르러, 시인은 노산 이은상이 「가고파」라는 시에서 노래했듯 문득 고향의 바닷가로 돌아가고 싶다는 충동을 느낀다. "내 그만 돌아갈까." 그리고 철 늦은 눈 때문에 "우장모양 걸쳤던 [체크무늬의] 코오트"에 눈길을 주며, 서울에는 봄이 와도 봄 같지 않은 봄임을 떠올린다. "그 체크무늬에도 봄은 오는가"라는 시인의 물음에서 우리는 그런 생각에 젖어 있는 시인의 마음을 읽을 수 있으리라.

이윽고 제4연에서 우리는 고향의 봄을 떠올리는 시인과 만날 수 있다. "쑥국이며 햇상추 쌈/ 울밑에 돋아난 향긋한 방풍나물"로 이루어진 "조촐한 저녁상"은 시인의 마음속에 시각적으로나 후각적으로뿐만 아니라 미각적으로 살아 숨 쉬는 고향의 봄이다. 사실 초정이 고향의 봄을 노래할 때 미각을 일깨우는 음식을 시에 담은 것은 이번만이 아니다. 함경도 지방을 떠돌 당시에 창작한 것으로 추정되는 「사향」에서도 시인은 "어마씨 그리운 솜씨에 향그러운 꽃지짐"과 "어질고 고운" 마을사람들이 "캐어 오"는 "멧남새"—즉, '산나물'—를 기억에 떠올리기도 하고, 자신의 고향이 "집집 끼니마다 봄을 씹고 사는 마을"임을 노래하기도 한다. 그뿐만이 아니라, 「변씨촌」에도 고향의 "비빔밥 꽃지짐 얘기"를 하던 자신을 떠올린다. 이처럼 그가 특히 음식을 매개로 하여 고향 생각에 잠기는 이유는 무엇일까. 따지고 보면, 초정이 「변씨촌」에서 노래했듯, "동삼내 눈이 쌓여도 한우리의 고장"이 우리나라가 아닌가.[3] 다시 말해, 어디를 가나 산천경계가 수려한 곳, 산 좋고 물 맑은 곳이라는 점에서는 우리나라 어디라도 큰 차이가 없어 보인다. 하지만 음식만은 어찌 그리도 지방마다 다를 수 있는가. 초정이 함경도에서뿐만 아니라 서울에서 고향을 생각할 때 빠짐없이 음식을 기억에 떠올리는 것은 이 때문이 아닐까. 아무튼, "조촐한 저녁상 앞"에

---

3) 「사향」과 「변씨촌」에 대한 원문 인용은 『김상옥 시 전집』, 20쪽, 47쪽 참조.

"그날처럼 [함께] 앉고 싶"은 "내 전생의 젤소미나"는 착하고 순박한 고향 사람들 누구에게든 적용이 가능한 이미지일 수도 있으리라.

제5연에 이르러 시인은 고향으로 돌아간 상상 속의 자기 모습을 떠올린다. 아마도 제5연의 "참파노오"는 '상오옥이'로 읽을 수도 있으리라. '상오옥이 상오옥이/ 상옥이가 왔어요!' 상상 속에서 시인은 고향 사람들이 돌아온 자신을 환호와 함께 맞이하는 정경을 그리고 있는 것이다. 바로 이 부분에서 고향을 떠난 이가 돌아왔을 때 반가이 맞이하는 착하고 순박한 고향 마을사람들의 마음이 감지되지 않는가. 그들의 마음을 시인은 더할 수 없이 간명한 몇 마디의 말에 담고 있는 것이다.

아무튼, 제3연의 '봄'에 대한 상념이 봄날의 미각을 일깨우는 제4연의 도입부가 되고 있다면, 청각을 일깨우는 제5연은 갈매기의 울음소리와 나팔소리가 제6연을 위한 적절한 도입부가 되고 있다. 제6연에서 시인은 고향의 바닷가에서 들리던 "흐린 날 외론 갈매기"의 "목이 갈리던 그 울부짖음"이, "뒤끝이 떨리던 나팔소리"가 "지금도 쟁쟁 내 귓전을 울"리고 있음을 감지한다. 마치 예이츠가 플리트 스트리트에서 호숫가의 낮은 물결 소리에 마음의 귀를 기울이듯, 초정은 서울 종로의 길거리에서 고향의 소리에 마음의 귀를 기울이고 있는 것이다. 어쨌거나, 바닷가 고향인 만큼 "지금도 쟁쟁 내 귓전을 울"리는 소리에 갈매기의 울음소리가 포함되는 것은 지극히 자연스러워 보인다. 하지만 나팔소리라니? 이는 물론 농악마당에서든 어디서든 어릴 적 시인의 귀를 울리던 소리일 수도 있겠다. 하지만 예컨대 징이나 꽹과리 소리가 아니라 하필이면 나팔소리인가. 여기서 우리는 영화 〈길〉을 다시 주목하지 않을 수 없는데, 시인은 젤소미나가 트럼펫으로 들려주던 선율을, 무신경하고 거친 참파노에게조차 옛날의 젤소미나에 대한 기억을 일깨워주던 그토록 슬프고도 아름다운 선율—영화 음악의 거장 니노 로타(Nino Rota)의 저 유명한 '젤소미나를 위한 주제곡'—을 함께 떠올리고 있는 것은 아닐지? 그런 의미에서 볼 때, "뒤끝이 떨리던 나팔소리"는 단순히 그가 옛날 고향에서 듣던 "나팔소리"만이 아닐지도 모른다. 어쩌면, 그 옛날 그의 귀를 울리던 나팔소리가 젤소미나의 나팔소리와 하나가 되어 지금 시인의 "귓전"을 "쟁쟁"하게 울리고 있는 것은 아닐지?

영화 속 젤소미나에 대한 시인의 이 같은 청각적 기억이 있기에, 시를 끝맺는 제8연에서 시인은 자연스럽게 다시 "내 전생의 젤소미나"에게로 마음의 눈을 향할 수 있었던 것이 아닐까. 그러니까 "언제나 사무적인 이승에선/ 눈만 껌벅인 젤소미나"에게로. 하지만 영화에서 그러했듯 이제 시인의 상상 속 "내 전생의 젤소미나"는 더 이상 이 세상 사람이 아니다. 그런 옛날의 소녀를 생각하며 시인은 눈물짓는다. "내 역시 골은 비었어도/ 아직 추스릴 눈물만은 간직했다"라는 구절에서 우리는 자신의 모습을 영화 속의 참파노—그러니까 투박하고 무신경한데다가 무지하지만 그래도 마지막 순간에 회한의 눈물을 흘릴 만큼의 인간적 심성을 마음 한구석에 지니고 있었던 참파노—의 마지막 모습에 투영하는 시인과 만날 수 있다.

시적 이미지의 전개라는 측면에서 볼 때, 「참파노의 노래」는 더할 수 없이 촘촘한 짜임새를 갖춘 작품이다. 우선 이 작품의 제1연과 제2연은 다채로운 시각적 이미지로 짜여 있다. "종로의 인파 속을 누비고" 길을 걷다가 시인이 〈길〉이라는 영화를 떠올리는 것 자체가 무엇보다 시각적인 것 아닐까. 아울러, "철겨운 눈"으로 인해 떠올리는 "머언 남쪽 바닷가"도 시각적이지만, 제1연과 제2연을 관통하는 "길"의 이미지도 물론 시각적인 것이다. 뿐만 아니라, 자신이 걸친 "체크무늬"의 "코오트"에 눈길을 주는 시인의 모습을 떠올리게 하는 제3연이 일깨우는 것 역시 시각적 이미지다. 이처럼 다양한 시각적 이미지를 하나로 모으는 것은 고향의 "봄"으로, 이는 제4연의 시각과 후각과 미각의 이미지들로 생생한 "조촐한 저녁상"으로 시인을 이끈다. 이렇게 시인이 온갖 종류의 이미지들로 살아 있는 "조촐한 저녁상"으로 초대되는 순간, 그의 몸과 마음은 상상 속에서나마 이미 고향을 찾은 것이 아니겠는가. 제5연과 제6연을 하나로 묶는 청각적 이미지는 그런 시인의 상상에 더할 수 없는 현장감을 부여한다.

앞선 제1연에서 제6연까지의 시적 진술에다가 일종의 결구(結句)에 해당하는 제7연을 하나로 묶는 경우, 전체를 하나로 교직하는 것은 시의 제목 및 시의 시작 부분과 마지막 부분이 암시하듯 참파노의 이미지일 것이다. 어찌 보면, 시의 현장감에다가 입체감까지 더해 주는 것이 이 참파노의 이미지다. 여기서 우리가 유념해야 할 것은, 「참파노의 노래」가 현장감과 입체감이 돋보일 뿐만 아니라 다양한 이미지가 짜임새 있게 교직되어 있는 작품임에도 불구하고, 읽는 이에 따라 시인이 정처 없이 길을 따라 발걸음을 옮기는 동안 상념이 이끄는 대로 자유롭게 시적 진술을 이어 가고 있다는 느낌을 받을 수도 있다는 점이다. 사실 "종로의 인파 속을 누비고" 있는 시인의 모습에 걸맞게 그렇게 읽을 것을 시인은 독자에게 요구하고 있는지도 모른다. 하지만 꼼꼼히 따져 보면 초정이 「참파노의 노래」의 전체적인 짜임새를 위해 쏟은 공력은 그의 여느 작품에서와 다름없다. 제1연의 "늙고 지친 참파노"에서 "아직 추스릴 눈물만은 간직"한 "참파노"에 이르기까지 영화 속 참파노와 젤소미나의 이야기가 시에 부여하는 작품의 유기적 통일성은 예사로운 것이 아니기에 하는 말이다.

나이가 들수록 고향 생각을 시화(詩化)할 때 시인의 마음은 그만큼 더 감상에 젖기 쉽다. 이제까지의 삶에 대한 회한이 시인의 마음을 놓아주지 않을 수 있기 때문이다. 초정은 자신의 시가 이처럼 감상에 젖는 것을 미연에 방지하기 위해 영화 속 인물인 참파노를 시에 도입한 것은 아닐지? 시인의 의도가 어디에 있었든, 영화 속의 참파노—그것도 "늙고 지친 참파노"로 각색이 된 참파노—의 모습에 투사된 시인의 이미지는 읽는 이에게 깊은 페이소스와 공감을 이끌 것이다. 물론 이 시를 제대로 읽고 받아들이기 위해서는 영화 〈길〉에 대한 이해가 필수적인 것일 수도 있거니와, 내가 영화의 줄거리를 그처럼 장황하게 이야기했던 것은 이 때문이다. 그럼에도 불구하고, 시에 담긴 시인의 깊은 상념과 애틋한 마음에 제대로 다가가기 위해서는 영화를 직접 감상해야 하지 않을까. 다행히 요즈음과 같은 인터넷 시대에는 〈길〉과 같이 아주 오래 전에 나온 영화라도 쉽게 접근할 수 있는 길이 열려 있다. 당부하건대, 초정의 시를 사랑하고 즐기는 모든 이가 초정의 시만큼이나 깊고 아름다우면서도 깊은 상념에 젖게 하는 인간의 이야기가 담긴 이 영화를 찾아 감상하시길!

전(轉), 「안개」를 찾아서

아마도 50대의 나이에, 또는 환갑이 가까워 왔을 때나 환갑이 되었을 때 초정이 지은 시로 추정되는 고향 노래가 앞서 잠깐 언급한 바 있는 「안개」일 것이다. 하지만 「안개」는 앞서 검토한 「참파노의 노래」에서 일별할 수 있듯 상상 속에서나마 고향을 찾을 만큼 시인이 떠나온 고향에 대해 깊은 생각에 젖어 있음을 보여 주는 그런 작품은 아니다. 아울러, 「참파노의 노래」에서는 시인이 언어를 동원하여 그리는 일종의 자화상이 감지되기도 하지만, 「안개」의 어디에도 자신의 현재 모습을 되돌아보거나 의식하는 시인과 만날 수 없다. 어찌 보면, 문득 어린 시절의 추억과 고향의 정경을 기억에 되살려 이를 전경화(前景化)하는 시인의 마음을 일별케 하는 작품이 「안개」로, 이 작품의 분위기는 한 폭의 간결한 수묵화(水墨畵)와도 같이 더할 수 없이 담백하다. 아무튼, 그와 같은 분위기를 일깨우는 데 계기가 된 것은 시의 제목이 말해 주듯 "안개"다. 이제 이 시를 함께 읽기로 하자.

아슴푸레 잊어버렸던 일, 되살리는 것 있다.

月謝金 못 내고 벌掃除하던 일, 흑판에 白墨글씨 지우고, 지우개 털던 일, 지우개 털면 窓밖으로 보오얗게 白墨가루 날렸다. 오늘 이 窓밖에도 그때처럼 보오얗게 날리는 것 있다.

풋보리 피던 고향 山川, 아슴푸레 지우는 것 있다.

— 「안개」 전문[4]

이미 주목했듯, 「안개」는 『묵을 갈다가』에 수록했던 동일 제목의 작품에 변화—몇몇 단어의 표기를 한글에서 한자로 바꾼다든가 행이 나뉘어 있지 않던 시 텍스트를 3행시의 형태로 바꾸는 등 변화—를 가한 다음 『향기 남은 가을』에 다시 수록한 작품이다. 초정의 시세계에는 이처럼 동일한 작품에 형태상의 변화를 준다든가 시어나 표현에 변화를 주어 다시 작품화한 사례가 적지 않고, 심지어 작품의 일부만을 살려 새롭게 작품화하거나 한 편의 작품을 두 편으로 나눠 재창작한 사례도 있거니와, 특히 이 같은 사례를 많이 담고 있는 시집이 「참파노의 노래」와 위에 인용한 대로의 「안개」가 수록되어 있는 『향기 남은 가을』이다. 어찌 보면, 이전 작품에 대해 꼼꼼히 재검토하고 새롭게 '의미화(意味化)'하는 일에 각고의 노력을 기울이곤 했던 시인의 마음을 여기서 감지할 수도 있으리라. 이처럼 어떤 형태로든 변화를 꾀하는 시인의 이른바 '재창작화 작업'에 대해서는 별도의 논의

---

4) 『김상옥 시 전집』, 519쪽. 이 시에서는 하나 또는 그 이상의 문장으로 이루어진 시적 진술이 세 단위로 나뉘어 제시되어 있다. 이때의 시적 진술 단위를 '연(聯)'으로 볼 것인가 또는 '행(行)'으로 볼 것인가. 일반적으로 이 같은 형태의 시는 '3연시'로 지칭되는 경향이 있는 것도 사실이다. 그런데 초정은 그의 시집 『3행시육십오편(三行詩六十五篇)』(아자방, 1973)에서 이 같은 형태의 작품 12편을 수록하고 있다. 여기서 감지되는 초정의 의도를 존중하여 이 시를 '3행시'로 보아, 각각의 시적 진술 단위를 '행'으로 읽기로 한다.

가 필요할 것으로 판단된다. 하지만 이 같은 작업은 후일로 미루고, 이 자리에서는 현재의 형태로 제시된 이 작품이 잠재적으로 지닐 법한 의미에 대한 천착을 시도하기로 하자.

이 시에서 무엇보다 우리의 눈길을 끄는 것은 제1행과 제3행을 구성하는 시행이 동일한 문장 구조로 이루어져 있다는 점이다. 즉, '무언가를 어찌하는 것이 있다'로 정리될 수 있는 이 두 문장에서 '어찌하다'는 각각 '되살리다'와 '지우다'이다. 말하자면, 서로 대립되는 의미의 행위를 무언가가 동시에 또는 번갈아 한다는 것이다. 그렇다면 이때의 '무언가'는 무엇인가. 그것은 바로 시의 제목이 말해 주듯 "안개"다. 요컨대, 시인에 의하면, 안개는 무언가를 되살리는 동시에 지우거나 되살렸다가 지운다. 시인은 이처럼 서로 상반되는 안개의 역할을 동일한 문장 구조 안에 담고 있을 뿐만 아니라, 동일한 구조의 문장을 시의 시작 부분과 끝 부분에 배치하고 있다. 시인이 이 같은 시적 배려를 통해 노린 바는 무엇일까. 여기서 우리는 상식적인 시적 감식안(鑑識眼)만으로는 결코 다가갈 수 없는 초정 특유의 '기교를 넘어선 기교'―초정의 표현을 빌리자면, "어떤 기교"도 "아예 가까이 [다가올]" 수 없는 기교―를, 아니, '기교의 차원을 넘어선 기교 아닌 기교'를 감지할 수 있다고 믿거니와, 이에 대한 설명을 시도하자면 다음과 같다.

우선 시의 시작과 끝이 동일한 문장 구조로 이루어져 있음은 시작과 끝이 서로 달라 보이지만 결국에는 여일(如一)한 '하나'임을 암시하기 위한 것일 수 있다. 즉, 시작이 곧 끝이고 끝이 곧 시작일 수 있음을 암시하기 위한 것일 수 있다. 시작이 끝이고 끝이 시작이라니? 이 말이 일깨우는 것은 일종의 순환논리가 아닌가. 그렇다, 무언가의 일이 순환구조 안에서 반복됨을 일깨우는 것이 이 말일 수 있다. 그런 관점에서 보면, 이 시를 통해 시인이 "안개"가 무언가를 되살리는 일과 지우는 일을 동시에 또는 번

갈아가며 되풀이하고 있음을 암시하고자 했던 것은 아닐지? 아니, 무언가
가 되살아나는 동시에 지워지는 일이 되풀이해서 일어나거나, 되살아났다
가 지워지고 지워졌다가 되살아나는 일이 되풀이해서 일어남을 드러낼 듯
감추고 감출 듯 드러내고자 했던 것은 아닐지? 하기야 어찌 안개뿐이겠
는가. 안개를 포함한 모든 자연 현상이, 삶과 죽음을 포함한 온갖 인간사
가 넓게 보면 이처럼 무언가를 되살리는 동시에 지우는 일 또는 되살렸다
가 지우고 지웠다가 되살리는 일의 연속이 아닐까. 또는 되살아나는 동시
에 지워지는 일 또는 되살아났다가 지워지고 지워졌다가 되살아나는 일의
연속이 아닐지? 요컨대, 시인이 시의 시작과 끝에 동일한 구조의 문장을
배치함은 3행으로 이루어진 이 시의 텍스트 자체가 무한하게 되풀이될 수
있음을 암시하기 위한 것일 수 있거니와, 이는 두 거울 사이의 놓인 사물
의 이미지가 두 거울의 표면에 무한 복사되는 것과도 마찬가지 이치이리
라. 추측건대, 주의 깊은 독자라면 시의 제3행이 제1행을 떠올리게 하고,
그렇게 해서 제1행부터 시작해서 제3행까지 시를 다시 읽는 일을 여러 차
례 반복하게 함을 감지할 수도 있을 것이다.

　또 하나의 가능한 해설을 덧붙이자면, 시인의 시적 배려는 안개—나아
가, 안개를 응시하는 시인의 의식—의 역동성을 암시하기 위한 것일 수도
있다. 즉, 무언가를 되살리고 지우는 일을 동시에 하든 또는 차례로 하든,
또는 무언가가 되살아나고 지워지는 일이 동시에 일어나든 또는 차례로
일어나든, 이러한 변화가 암시하는 바는 결코 정적(靜的)인 것일 수 없다.
우리는 일반적으로 안개를 정적인 자연 현상으로 이해한다. 하지만 이는
피상적이고 표면적인 관찰에 따른 것일 뿐, 안개는 온갖 자연 현상과 마찬
가지로 더할 수 없이 동적(動的)인 것이다. 어디 안개뿐이랴. 고향을 떠올
리는 동시에 지우거나 떠올렸다가 지우고 지웠다가 떠올리는 우리의 의식
자체가 동적인 것이 아니겠는가. 이처럼 동일한 구조의 문장을 시의 시작

과 끝에 배치하는 식의 언어적 배려를 통해 시인은 자연 현상과 인간의 의식이 표면적으로 감지되는 것과 달리 지극히 동적인 것임을 드러낼 듯 감추고 감출 듯 드러내고자 했던 것 아닐지?

그렇다면, 이 시에서 되살아나고 지워지는 것은 무엇인가. 시의 텍스트에 대한 축자적 읽기를 하자면, 되살아나는 것은 우선 시의 제2행이 말해주듯 시인의 어린 시절 기억이다. 어린 시절 시인은 "월사금"을 제때 내지 못해 벌로 소제—요즈음의 일상적인 표현으로는 '청소'—를 한 적이 있다. "벌소제"로 그가 해야 했던 일 가운데 하나는 지우개로 칠판을 지우고 지우개를 터는 일이었을 것이다. 그 일이 무엇이든, "월사금"이란 무엇인가. 이를 사전적으로 풀이하면 '스승에게 감사의 뜻으로 다달이 바치던 돈'(국립국어원 인터넷 표준국어대사전)을 뜻한다. '감사의 뜻'을 제때 표시하지 않았다고 해서 벌을 주다니? 그렇다면, 그것이 어찌 순수하게 '감사의 뜻'이 될 수 있겠는가. 강요된 감사도 감사인가. '월사금'을 제때 내지 못해 벌로 소제를 하던 시인 초정은 어려서부터 한문 공부에 발군의 실력을 보였던 사람이다. 그런 그이니만큼 '월사금'에 담긴 축자적 의미를 모를 리 없었으리라. 아마도 그 때문에 '벌소제'를 하던 일이 그에게 일종의 상흔으로 남게 되었는지도 모른다. 그리하여 지우개를 털 때 날리던 '뽀오얀' "백묵가루"의 영상이 그의 의식 저편 깊은 곳에 숨어 있다가 때때로, 예컨대, "창밖"의 '뽀오얀' 안개를 응시할 때 되살아났던 것은 아닐지?

그런 의미에서 볼 때, 「안개」가 일깨우는 고향의 기억은 시인에게 순연히 즐거운 것만은 아니었으리라. 아무튼, 어린 시절의 기억을 일깨우던 안개 저편으로 언뜻 되살아났다가 지워지는 것이 또 하나 있으니, 이는 "풋보리 피던 고향 산천"의 모습이다. "풋보리"가 피던 때의 "고향 산천"이라니? 이 구절을 접하는 순간, 이영도의 시조 「보릿고개」를 떠올리는 사람도 있을 것이다. 가을에 거둔 곡식이 다 떨어져 굶주림에 시달리던 아이의 모습이, 어서 풋보리가 영글어 허기를 면하기 바라던 아이의 모습이 "풋보리 피던 고향 산천"에 겹쳐 떠오르지 않는가.

하지만 여기서 우리가 유의해야 할 것은 시인이 어린 시절의 일을 결코 '아프게' 기억하고 있다는 느낌을 주지 않는다는 점이다. 이와 관련하여, "풋보리 피던 고향 산천"이라는 표현 자체가 전원적이고 목가적인 것임에 유의하기 바란다. 뿐만 아니라, 그 풍경은 이제 안개에 가려 "아슴푸레" 지워지고 있지 않은가. 그 옛날의 구체적인 삶의 현장이 이제 잊혔다가 아슴푸레 살아나고는 또 다시 아슴푸레 사라지는 것이다. 잊혔다가 아련한 추억 속에 모습을 드러내고는 다시 사라지는 "고향 산천"의 모습은 아무리 곤궁할 때의 것이라고 해도 기억 속에서는 전원적이고 목가적인 것일 수밖에 없으리라. 시인이 "풋보리 피던 고향 산천"이라는 시적 감흥으로 충만한 표현을 동원한 것은 이 때문이 아닐지? 어쩌면, "벌소제"를 하던 일조차 마찬가지일 수도 있겠다. 상흔으로 남아 있을지 몰라도 아슴푸레한 시인의 기억 속에 그것 역시 상흔을 뛰어넘어 아련하고 감미로운 추억의 일부가 되어 있는 것 아닐지?

아무튼, 「참파노의 노래」에서 감지할 수 있는 미각의 향연과는 반대에 놓이는 그 무엇—즉, 보릿고개의 허기—을 「안개」에서 감지할 수 있다고 한다면, 이는 지나친 의미 읽기가 아닐까. 그럴지 몰라도, 거듭 말하지만, 시인의 기억에 "월사금 못 내고 벌소제하던 일"이 떠오를 때 함께 떠올랐다가 지워지는 "풋보리 피던 고향 산천"은 단순히 낭만적이고 목가적인 풍경으로만 읽히지 않는다. 하기야, 누군가가 고향을 애틋하게 생각하고 그리워한다고 해서, 그에게 어릴 적 고향의 일이 어찌 모두 즐겁고 아름다운 것뿐이기 때문이겠는가. 어느 때 어느 곳에서든 인간에게 삶이란 다 그러하듯, 삶에는 마음 편한 일과 마음 아픈 일, 즐거운 일과 괴로운 일, 기쁜 일과 슬픈 일이 함께하게 마련이다. 고향도 삶의 현장 가운데 하나인

만큼 여기서 예외일 수 없다. 그리고 초정의 고향과 삶 역시 여기서 예외일 수 없다.

결(結), 먼 옛날의 「사향」을 찾아서

말할 것도 없이, 고향을 생각하는 시인의 의식 속에서 되살아나는 동시에 지워지고 되살아났다가 지워지고 지워졌다가 되살아나는 것은 "벌소제"를 하던 어린 시절의 기억이나 "풋보리 피던 고향 산천"만은 아니었을 것이다. "봄이 오는 머언 남쪽 바닷가"와 "조촐한 저녁상 앞"에 "함께" 앉았던 "내 전생의 젤소미나"와 고향의 가족 및 이웃이, 또한 "어마씨 그리운 솜씨에 향그러운 꽃지짐"이 때로 시인의 기억에 되살아나는 동시에 지워지고, 되살아났다가 지워지고 지워졌다가 되살아났으리라.[5] 어디 그뿐이랴. 자신을 "손아프게 여기"시던 "어무님"(「어무님」)도, "마지막 지는 숨결 온갖 것을 갈랐건만/ 어린 것 품에 안고 젖꼭지 쥐여준 채/ 새도록 눈을 쓸어도 감지 않고 가"던 "누님"(「누님의 죽음」)—그러니까, 시인이 봉선화 물을 들일 때 "양지에 마주 앉아 실로 찬찬 매어주던" 그 "누님"(「봉선화」)—도, 심지어 "벌소제"를 시키던 선생님까지도 모두가 시인의 기억에 "아슴푸레" 되살아나는 동시에 지워지고, 되살아났다가 지워지고 지워졌다가 되살아나기를 거듭했으리라.[6] 요컨대, 누구에게나 그러하듯, 시인에게도 어린 시절의 괴로웠던 일과 즐거웠던 일 모두가 때마다 새롭게 고향 생각에 젖도록 하는 기억의 저수지와도 같은 그 무엇이었으리라.

---

5) 우리가 여기서 시인이 「사향」에서 일깨웠던 "어질고 고운" 마을 사람들이 "캐어" 온 "멧남새"나 "집집 끼니마다 봄을 씹고 사는 마을"에 대한 언급을 삼가는 것은, 뒤에서 논의하겠지만, 이 역시 보릿고개를 떠오르게 하는 이미지일 수 있기 때문이다.

6) 「어무님」, 「누님의 죽음」, 「봉선화」에 대한 원문 인용은 『김상옥 시 전집』, 31쪽, 35쪽, 24쪽 참조.

「참파노의 노래」와 「안개」라는 두 편의 시는 시인이 "철겨운 눈"이든 "안개"든 무언가 자연 현상이 계기가 되어 고향 생각에 잠긴다는 점에서는 서로 통하는 작품이긴 하지만, 자신을 영화 속의 한 인물로 극화(劇化)하여 상상 속에서나마 고향을 찾는 전자와 세월의 이쪽 편에 몸과 마음을 고정한 채 유년의 기억과 그 시절의 고향 풍경을 떠올리는 후자는 다른 차원의 시다. 어찌 보면, 시적 기교의 차원에서도 양자는 선명하게 구별되는데, 온갖 감각적 이미지에 차례로 기대는 「참파노의 노래」를 지배하는 시적 기교는 감성적 차원의 것이라면, 앞서 '기교를 넘어선 기교'로 명명한 바 있는 이른바 '기교 아닌 기교'가 감지되는 「안개」를 지배하는 시적 기교는 언어적 차원의 것이라고 해도 큰 무리가 없을 것이다. 뿐만 아니라, 「참파노의 노래」에서 감지되는 시적 분위기가 "늙고 지친 참파노"의 모습과 그의 "눈물"에도 불구하고 밝고 따뜻하다면, 「안개」에서 감지되는 시적 분위기는 차분히 가라앉아 있다고 할 수 있거니와, 이 측면에서도 두 시는 대비된다.

이제까지 검토한 두 편의 서로 대비되는 고향 노래와는 또 다른 시적 구성과 기교 및 분위기의 고향 노래를 초정의 시 세계에서 찾자면, 이를 대표하는 작품은 앞서 언급한 바 있는 「사향」이라는 시조 형식의 작품일 것이다. 즉, 젊은 시절 함경도 지역을 떠돌 무렵에 남긴 것으로 추정되는 작품 가운데 이 작품이 특히 우리의 눈길을 끈다. 초정의 최초 시집인 『초적(草笛)』(수향서헌, 1947)의 맨 처음을 장식하는 「사향」에서 우리는 시의 제목이 말해 주는 바 그대로 고향 생각을 하며 "애젓"한 마음에 젖는 시인과 만날 수 있는데, 우선 시를 함께 읽기로 하자.

눈을 가만 감으면 굽이 잦은 풀밭길이
개울물 돌돌돌 길섶으로 흘러가고,

白楊숲 사립을 가린 초집들도 보이구요.

송아지 몰고 오며 바라보던 진달래도
저녁노을처럼 山을 둘러 퍼질 것을
어마씨 그리운 솜씨에 향그러운 꽃지짐!

어질고 고운 그들 멧남새도 캐어 오리
집집 끼니마다 봄을 씹고 사는 마을
감았던 그 눈을 뜨면 마음 도로 애젓하오.

—「사향(思鄕)」 전문[7]

사실 초정은 자유시의 영역에서뿐만 아니라 시조의 영역에서도 한국의
현대 시문학을 대표하는 인물 가운데 한 분이다. 그런 점에서 보더라도,
초정의 시세계를 논의할 때 시조를 한 편도 거론하지 않거나 이에 대해 아
예 언급을 하지 않는다면 이는 온전한 '초정 시론'의 대접을 받기 어려울지
도 모른다. 아무튼, 모두 세 수로 이루어진 연시조 형태의 「사향」은 각각의
수마다 나름의 독립적인 의미 단위를 형성하는 연작(連作)이기도 하지만,
긴밀하게 조직화된 일종의 '유기체(有機體)'와도 같은 작품이기도 하다. 다
시 말해, 전체적으로 하나의 유기적 연결 구도로 짜여 있는 작품이 다름
아닌 「사향」으로, 이 같은 관점을 뒷받침하는 것은 무엇인가. 무엇보다 첫
째 수의 초장이 "눈을 가만 감으면"으로 시작되고 이 작품을 마감하는 셋
째 수의 종장이 "감았던 그 눈을 뜨면"으로 시작됨에 유의하기 바란다. 이
는 시인이 잠시 눈을 감았다가 뜰 때까지 마음에 떠오른 심상을 차례로 시
화(詩化)한 것이 「사향」임을 암시하기 위한 것일 수 있다. 다시 말해, 세 수
로 나뉘어 있지만, 전체적으로 단일한 시간 속의 상념을 담은 시적 진술,

---

7) 앞서 밝힌 바 있듯, 이 작품의 출처는 『김상옥 시 전집』, 20쪽.

그러니까 서로 연결된 시적 진술로 이루어진 것이 이 작품임을 드러내기 위한 것일 수 있다.

아울러, 우리는 첫째 수의 종장이 "-구요"로 끝났음을 유의할 수도 있는데, 이는 시적 진술이 계속 이어질 것임을 예고하는 것으로 이해할 수 있다. 요컨대, 앞뒤가 유기적으로 연결되어 있음을 암시하기 위한 언어적 장치일 수 있다. 하지만 문제는 첫째 수와는 대조적으로 둘째 수의 종장은 느낌표를 동반한 명사로 끝난다는 데 있다. 이로써 일종의 휴지(休止)가 주어지는 셈이다. 그렇다면, 위에서 말한 이른바 연결 구도는 여기서 더 이상 무의미한 것이 되는 것일까.

이 같은 의문에 대한 답을 위해 우리는 시조의 일반적 특성에 주의를 환기할 수 있는데, 「사향」을 이루는 각각의 수가 보여 주듯 각 수마다의 시적 진술은 기승전결(起承轉結)—초장의 기(起), 중장의 승(承), 종장의 전(轉)과 결(結)—의 구도로 전개된다. 바로 이 구도를 초정은 작품의 전체적인 구도에서 역시 살리고 있는 것으로 판단되는데, 첫째 수가 시조의 '기'에 해당한다면 둘째 수는 '승'에 해당한다고 볼 수 있다. 이런 관점에서 보면, 시인이 첫째 수의 종장을 '-구요'로 마감한 것은 '기'와 '승' 의 점층적인 의미 전개 구도를 살리기 위한 것이었고 할 수 있다. 한편, 둘째 수와 셋째 수 사이의 휴지가 암시하는 바는 '승'과 '전' 사이의 연결 구도를 살리기 위한 것으로 볼 수 있을 것이다. 아울러, 셋째 수는 '전'과 '결'에 해당하는 것으로 이해할 수 있는데, 이와 관련하여 셋째 수의 중장과 종장 사이에도 명백히 또 하나의 휴지가 존재함에 유의하기 바란다.

이처럼 작품 전체를 기승전결의 구도 안에서 이해할 때, 시적 진술의 전개에 체계적인 설명이 가능할 수 있다. '기'에 해당하는 첫째 수에서 시인이 말하는 것은 기억에 떠오른 또는 심안(心眼)에 비친 고향의 전체적인 풍경이다. 어찌 보면, "풀밭길"과 "개울" 및 "백양숲"과 "초집들"이 담긴 풍경화가 원경(遠景)의 구도로 우리에게 제시되어 있는 것이다. 이어서, 둘째 수에서 시인은 자신의 어린 시절 모습과 그가 몰던 "송아지" 및 "저녁노을처럼 산을 둘러 퍼질" "진달래"와 송아지를 몰고 나가 새참으로 먹었음직도 한 "어마씨"의 "꽃지짐"을 근경(近景)의 구도로 제시한다. 첫째 수와 둘째 수를 차례로 읽다 보면, 마치 영화의 카메라를 줌-인(zoom-in)할 때와 마찬가지로 풍경의 일부분이 클로즈-업 되고 있다는 느낌이 들지 않는가. 곧이어, '전'에 해당하는 셋째 수의 초장과 중장에서 시인은 자신의 심안을 마을과 그곳의 고향 사람들에게로 향한다. 이때의 마을은 앞서 제시한 원경의 한 모퉁이를 차지하고 있는 "백양숲 사립을 가린 초집들"을 지시하는 것이리라. 아무튼, 작품의 '전'에 해당하는 셋째 수의 초장과 중장 가운데 초장에서 일깨우는 "어질고 고운" 고향 사람들이 "캐어 오"는 "멧남새"는 봄철의 보릿고개를 넘기 위한 구황(救荒)의 수단이 아니었을지? 그리고 중장의 "집집 끼니마다 봄을 씹고 사는 마을"이라는 구절에 담긴 저변의 의미도 보릿고개의 어려움이 아닐지? 감았던 눈을 다시 뜬 시인의 마음이 "도로 애젓"하다면, 이는 고향을 떠나 객지를 떠도는 자신의 처지에 대한 안타까움 때문일 수도 있지만 고향 사람들의 곤궁한 처지에 대한 안타까움 때문일 수도 있으리라. 아니, 고향 생각에 젖는 동안 잠시 마음의 시름을 잊었다가 다시금 자신의 처지를 생각하며, 이와 함께 고향 사람들이 겪을 어려움을 생각하며 다시 시름에 잠기는 시인의 마음을 암시하는 것이 '도로 애젓하다'는 표현일 수 있으리라.

하지만 이처럼 일방적인 설명만으로는 결코 시에 대한 온전한 이해가 되기 어려운데, 셋째 수의 초장과 중장을 구성하는 시적 진술도 「안개」의 "풋보리 피던 고향 산천"만큼이나 목가적이고 전원적이기 때문이다. 그리하여, 비록 고향 마을 사람들이 굶주리더라도, 마음의 평화와 여유를 잃지 않은 채 '어질고 곱게' 삶을 살고 있다는 느낌을 주기도 한다. 사실「사향」은 작품을 '시조'로 읽든 그냥 '시'로 읽든 더할 수 없이 아름답고 따뜻한 고향 노래다. 나무랄 데 없는 시적 짜임새뿐만 아니라 선명하고 생생한 시적 이미지들이 이 같은 판단을 뒷받침한다. 어찌 보면, 「사향」에서 시인이 심안을 통해 바라보는 고향의 모습은 시각적, 청각적, 후각적, 미각적 이미지들이 한데 어우러져 연출해 내는 한 폭의 그림이다. 어떤 화가라도 도저히 화폭에 담을 수 없는 그림을 초정은 언어를 동원하여 시 안에 담고 있는 것이다. 아니, 어떤 의미에서 보면, 「사향」에 담긴 것은 단순히 정적(靜的)인 그림이 아니라 원경을 제시한 다음 클로즈−업을 통해 카메라의 초점을 이곳저곳으로 옮기는 동영상(動映像)이라고 해야 하리라.

이렇게 평가할 수 있다고 해서, 「사향」이 「참파노의 노래」나 「안개」를 뛰어넘는 작품이라는 말은 결코 아니다. 관점을 달리해서 보면, 「참파노의 노래」만큼 시인의 숨결이 생생하게 감지되는 곡진한 고향 노래는 우리 주변의 시 어디서도 찾기 어렵다. 아울러, 「안개」와 같이 "뜨겁고 아픈" 내면의 "경치"[8]를 차분히 가라앉은 마음으로 담담하게, 또한 쉽게 짚이지 않는 정교한 언어구사를 통해 미묘하게 드러낸 고향 노래 역시 어디서도 만나기 어렵다. 요컨대, 모두가 비교를 쉽게 허락하지 않는 탁월한 고향 노래다.

끝으로 잠깐 「사향」에 대해서는 별도의 언급이 필요할 것으로 판단되는데, 이는 이 작품이 새로운 형태의 '연시조'에 대한 전범(典範)이 될 수.있음을 주목하지 않을 수 없기 때문이다. 이와 관련하여, 각각의 수를 따로 떼어 놓으면 파편으로 전락하는 '현대의 연시조'와 달리 '과거의 연시조'는 연시조라고 해도 각각의 수가 개별적인 작품으로서의 독립성을 유지했다는 점에 유의해야 할 것이다. 말하자면, 연시조를 이루는 단시조 형식의

---

8) 『김상옥 시 전집』, 「꽃의 자서(自敍)」, 335쪽.

작품 수(數)가 몇 수(首)이든 이는 따로따로 분리하여 읽어도 무리가 없고, 이로 인해 시조의 정형성 자체도 위협받지 않았다. 따지고 보면, 단시조는 기승전결의 구도로 짜인 하나의 통일체이고, 이 구도는 시조의 정형성에 핵심 요건이다. 그럼에도, 이 같은 정형성을 작품의 전체적인 체제 면에서 따로 고려하지 않은 채, 수(首)의 수(數)에 자유를 허용하는 것이 거의 모든 '현대의 연시조'다. 이처럼 임의적으로 수(首)를 늘리는 경우 시조의 정형성 자체가 위협받을 수도 있다. 이런 측면에서 볼 때, 초정의 「사향」은 예사로운 작품이 아니다. 이는 기승전결의 의미 구도를 3장(章)에 담는다는 시조 고유의 정형 요건을 연시조에도 그대로 확장하여 적용한 사례일 수 있기 때문이다. 즉, 「사향」의 경우, 작품을 이루는 세 수의 단시조가 각각 기승전결의 구도로 짜여 있을 뿐만 아니라, 세 수 자체가 전체적으로 '기'와 '승' 그리고 '전'과 '결'의 구도로 짜여 있다. 요컨대, 시조의 정형성을 '현대의 연시조'에서도 그대로 살리고 있는 것이다. 바로 이 때문에, 고향 생각을 한 폭의 그림—아니, 동영상—으로 형상화한 작품인 「사향」은 오늘날의 시조 창작 관행에 하나의 중요한 길잡이 역할을 하고 있다는 점에서도 소중한 작품이다.[9]

---

9) 초정이 남긴 시조 작품을 총체적으로 살펴보면, 세 수로 이루어진 연시조도 많지만, 두 수로 이루어진 연시조도 적지 않다. 심지어 네 수 또는 흔치 않지만 다섯 수로 이루어진 연시조도 확인된다. 그런 의미에서 볼 때, 초정이 세 수로 이루어진 연시조를 '규범'으로 보았던 것은 아니라고 해야 할 것이다. 하지만 「사향」을 이루는 세 수의 단시조 단위 시적 진술에서 삼장으로 이루어진 단시조 특유의 기승전결의 의미 구조가 확인된다는 점에서 초정이 남긴 시조 가운데 특히 주목을 요구하는 작품이라는 것이 나의 입장이다.

일상의 삶이 살아 숨 쉬는 시 세계, 그 안을 거닐며

— 김종해의 시집 『늦저녁의 버스킹』과 시인의 다짐

1. 삶의 당위와 현실, 그 사이에서

시인 김종철의 유해가 절두산 순교 성지에 안장되던 2014년 7월 8일, 장례식을 마치고 다시 삼성병원의 빈소로 돌아온 버스에서 내려 각자 집을 향해 떠날 때였다. 어쩌다 보니, 내가 마지막으로 인사를 나눈 분은 시인의 형님인 김종해 시인이었다. 우수가 깃든 표정이지만 마음의 평정을 잃지 않으려는 듯 낮은 목소리로 간결한 작별 인사를 건네는 그에게 나 역시 안녕히 가시라는 말 이외에 아무 말도 할 수 없었다. 어떤 말도 위안이 되지 않을 것임을 알았기 때문이리라. 하지만 더 이상 아무 말도 없이 헤어지기에는 무언가 아쉬웠고, 그 때문인지 몰라도 그때 그의 목소리와 표정이 희미하게나마 내 기억의 한 모퉁이에 남아 있게 되었다. 그리고 세월이 흐른 뒤, 그가 건넨 『늦저녁의 버스킹』의 원고에서 다음 시구와 마주하자, 내 마음에 그때 그 순간의 기억이 새삼 떠올랐다.

어느 것이든 사라져가는 것을
탓하지 마라

아침이 오고 저녁 또한 사라져가더라도
흘러가는 냇물에게 그러하듯
기꺼이 전별하라
잠시 머물다 돌아가는 사람들
네 마음속에
영원을 네 것인 양 붙들지 마라
　　　　　—「외로운 별은 너의 것이 아니다」 제6-13행

　여기서 읽히는 것은 삶에 대한 현자(賢者)의 조언일 수 있다. 오고 사라
져가는 아침과 저녁을 보내고 흘러가는 냇물을 보내듯, "잠시 머물다 돌
아가는" 것이니 "사람들"과의 이별도 '기꺼운 전별' 속에 이루어져야 한다.
하지만 '기꺼운 전별'을 생각한다고 해도 그것이 누구에겐들 쉬운 일일 수
있겠는가. 쉽지 않은 일과 마주하고 있기에, 자신에게 주문을 걸 듯 시인
이 떠올리는 말이 "기꺼이 전별하라"이리라. 오래 전 시인의 목소리와 표
정에서 내가 짚어야 했던 것은 "기꺼운 전별"이라는 '당위(當爲)'와 이별의
아픔이라는 '현실' 사이에서 괴로워하던 그의 마음이었으리라.
　시인의 이런 마음은 『늦저녁의 버스킹』의 기본 정조 가운데 하나로,
「축복이 잊혀지지 않는 이유」·「추억은 아프다」·「적벽에 서다」·「문병
을 갔다」·「시의 순교자, 길 떠나다」 등의 작품에서뿐만 아니라 인간의 죽
음과 이별에 대해 시인의 깊은 상념과 시름이 담긴 있는 그 외의 적지 않
은 작품에서 이를 감지할 수 있다. 누군가를 떠나보내는 이의 안타까움
과 아픈 마음이 감지되는 이들 작품에서 우리는 태초 이래 인간이 피할 수
없었던 슬픔의 원형질과 마주할 수 있을 것이다. 그리고 영국의 시인 워
즈워스(Wordsworth)가 「유년 시절의 기억에서 얻은 불멸의 계시」("Ode:
Intimations of Immortality from Recollections of Early Childhood")에서 노

래했듯 "아직 남아 있는 것에서,/ 전에도 있었고 앞으로도 있을/ 우리 마음 깊은 곳 연민의 정에서,/ 인간의 고통에서 샘솟듯 흘러나와/ 우리를 위로하는 상념들에서,/ 죽음 저편을 응시하는 믿음의 마음에서,/ 달관의 경지로 인도하는 연륜에서" 오히려 "힘을 찾으려" 하는 시인의 깊은 마음과도 마주할 수 있으리라.

2. 일상의 삶, 그 한가운데서

지난 2016년 3월에 『모두 허공이야』를 출간할 무렵부터 지금까지 이어온 시인 김종해의 창작 활동이 낳은 결실로 추정되는 『늦저녁의 버스킹』의 원고와 마주하면서 앞서 살핀 것처럼 인간의 죽음과 이별에 대해 깊이 명상하는 시인과 만날 수 있었다. 하지만 그뿐만이 아니다. 『늦저녁의 버스킹』에서 일상의 평범한 삶 한가운데서 삶의 의미를 헤아리는 시인과도 마주할 수 있었다. 어찌 보면, 이 시집에서는 일상의 삶을 향한 시인의 눈길이 이전의 그 어느 시집에서보다 더욱 두드러지게 감지되는 것도 사실이다. 이제 그는 어느 때보다도 더 적극적으로 일상의 삶이 살아 숨 쉬는 시 세계로 우리를 인도하고 있는 것이다. 이를 통해 시인은 "영원을 [내] 것인 양 붙들지" 않으려 하면서도 여전히 우리를 '영원'의 깨달음으로, 그것도 꾸밈이 없고 소박한 시어에 기대어 편안하게 다가갈 수 있는 '영원'의 깨달음으로 우리를 안내한다.

시인의 시어가 꾸밈이 없고 소박한 것처럼, 그의 시에서 소재가 되고 있는 것도 인간사 어디서나 마주할 수 있는 지극히 평범할 뿐만 아니라 작고 사소한 것들이다. 예컨대, 때로는 풀잎이, 민들레와 같은 풀꽃이, 식탁 위의 밥이, 횟집 수족관의 물고기가, 집 바깥의 까마귀가, 거리의 은행나무가 시인의 눈길을 이끌고 있다. 이 가운데 풀꽃이 소재로 등장하는 다음 작품을 주목하기 바란다.

　　바쁠 것도 없는 세상
　　내려놓을 것 다 바닥에 내려놓고
　　머리를 숙이고 천천히 걷다가
　　나는 보았다
　　내 발보다 아래
　　시멘트 포도鋪道 길바닥을 뚫고 나온
　　한 송이 노란 풀꽃
　　가던 길 멈추고 나는 공손해진다
　　모진 삶의 역경을 거슬러 오르는
　　저 작은 꽃대 위에서
　　노랗게 웃고 있는 풀꽃 한 송이를 보며
　　나는 공손해진다
　　사월 초파일 하루 전날
　　어린 부처의 말씀이
　　시정市井 길거리까지 내려와서
　　풀꽃 하나의 화두話頭로
　　깜짝 놀래키듯
　　오늘 여기 보란 듯
　　삶의 생기를 북돋아 준다

　　　　　　　　　　　　　　　—「풀꽃 한 송이를 보다」 전문

　"한 송이 노란 풀꽃"—즉, 민들레꽃—은 신산한 현실 속에서도 역경을
이기고 꿋꿋하게 이어가는 민초의 삶에 대한 비유로 시에 자주 등장하는
소재다. 하지만 비유를 포착하는 시인의 눈길만 강하게 감지될 뿐, 풀꽃
자체는 비유 저편으로 사라져 보이지 않는 경우가 적지 않다. 이와는 달

리, 이 시에서 시인의 눈길은 어쩌다 그의 눈에 띈 '있는 그대로'의 풀꽃을 향한다. 이는 바로 "[시인의] 발보다 아래/ 시멘트 포도 길바닥을 뚫고 나온/ 한 송이 노란 풀꽃"이다. 말하자면, 시적 비유의 과정을 거쳐 이상화된 풀꽃이 아니라 우리 모두의 눈에 띌 법한 '있는 그대로'의 풀꽃이다. 하지만 이를 쉽게 지나치는 우리와 달리 시인은 눈앞의 "한 송이 노란 풀꽃"에서 "사월 초파일 하루 전날"에 "풀꽃 하나의 화두"로 "시정 길거리까지 내려"온 "어린 부처의 말씀"을, "삶의 생기를 북돋아" 주는 "어린 부처의 말씀"을 감지한다. 시인에게 뜻밖의 깨우침이 찾아온 것이다. 어찌 "공손해"지지 않을 수 있으랴.

여기서 우리가 주목해야 할 것은 인위(人爲)의 세계와 자연(自然)의 세계 사이의 대비다. 현대의 인간은 문명이라는 인위의 세계가 영원하리라는 투의 오만에 빠져 있다. 그 오만을 엿보게 하는 것이 "시멘트"다. 영원할 것처럼 보이는 '시멘트의 세계'에 갇혀 인간은 자연을 유념하지 않는다. 하지만 세월이 지나면 시멘트는 삭아 부스러지게 마련이다. 이 시멘트가 말해 주듯 인위의 세계에서 영원한 것이라고는 존재하지 않는다. 하지만 자연은 스스로의 복원력을 통해 언제나 새롭다. 즉, 영원한 것은 자연이지 문명이 아니다. 바로 이 엄연한 사실에도 불구하고, 인간은 미망(迷妄)에 젖은 채 문명 속에서 삶을 이어간다. 이러한 미망에서 시인을 일깨우는 것이 바로 "모진 삶의 역경을 거슬러 오르는/ 저 작은 꽃대 위에서/ 노랗게 웃고 있는 풀꽃 한 송이"다. "모진 삶의 역경을 거슬러 오르"다니? 이 언사(言辭)에는 우리가 경계한 비유의 그림자가 어른거리지만, "시멘트 포도 길바닥을 뚫고 나"오는 일이야 '말 그대로' 풀꽃 나름대로 "모진 삶의 역경을 거슬러 오르"는 것이 아니겠는가. 아무튼, 시인은 풀꽃의 일깨움 앞에서 "공손해진다." 이처럼 시인에게 일깨워짐과 공손해짐이 가능했던 것은 "바쁠 것도 없는 세상/ 내려놓을 것 다 바닥에 내려"놓은 채 "머리를 숙이고” 있었기 때문이 아닐지? 욕심과 아집으로 차 있는 한, 인간에게는 자연에 다가가는 일도, 그 어떤 깨우침에 이르는 일도 불가능한 법이다. 불교에서 말하는 선(禪)의 경지란 마음을 비워 마침내 무아(無我)에 이르렀을 때 가능한 것 아닌가. 시인의 마음 비움이 감지되는 이 시는 선의 경지가 일상의 삶 한가운데서도 가능함을 일깨우는 예일 것이다.

마음을 비운 시인에게 삶의 의미를 일깨우는 것이 어찌 “시멘트 포도 길바닥을 뚫고 나온/ 한 송이 노란 풀꽃”뿐이랴. 마음을 비우면, 시인이 「숨죽이며 묻다」에서 상상하듯, ‘내’가 곧 “유리수족관 속에 갇힌 물고기”가 될 수 있고 그 물고기가 곧 ‘내’가 될 수도 있다. 자신의 마음을 비우고 그 자리에 대상을 받아들인다는 점에서 볼 때, “역지사지의 입장”에서 ‘내’가 물고기가 되고 물고기가 ‘내’가 되는 일은 세속의 삶 어디서나 가능한 일종의 세속적 선 수행의 행위로 볼 수도 있으리라. 하지만 어찌 이를 선불교의 관점에서만 논의할 수 있겠는가. ‘내’가 ‘나비’가 되고 ‘나비’가 ‘내’가 되는 삶 또는 자연에 순응하여 사는 무위자연(無爲自然)의 삶을 찬양하는 도교의 관점도 이와 무관하지 않으리라. 아울러, 성경 빌립보서의 제2장 제7절에 언급된 ‘자기를 비워 종의 형체를 갖게 된 예수’를 본받는 일이 기독교인이 걸어가야 할 신앙의 길이라면, 이는 또한 기독교의 관점에서 본 종교적인 실천 행위일 수도 있으리라. 이제 이 시를 함께 읽기로 하자.

역지사지(易地思之)의 입장에서 말인데요.
제가 만약 마포 농수산물시장 활어생선횟집의 투명한 유리수족관 속에 갇힌 물고기, 그중에서 한 마리 농어로 유유자적 잠행하고 있다면 제가 며칠간 살아있을 확률은 이틀 혹은 사흘, 바닷물 속 유리수족관 안에서 그 바깥의 살아있는 사람들을 마지막으로 바라볼 수 있는 시간도 이틀 혹은 사흘, 그 시간

에 삶을 위해서 제가 간절하게 기도할 수 있는 것은 무엇일까를 역지사지(易
地思之)의 입장에서 세상에 물어보고 싶은데요. 모든 생물은 살아있는 기간이
길고 짧은 것만 다를 뿐이라 한 생명이 한 생명에게 제 몸을 밥으로 바치는 헌
사(獻辭), 모든 생명은 죽으면 자연으로 돌아간다. 그대가 돌아갈 자연은 어
디인가, 도마 위의 난도질을 기꺼이 기다리며 역지사지易地思之의 입장에서
제가 숨죽이고 묵행하며 천천히 물속에서 유영하는 한 마리의 농어라고 생각
한다면… 낙원(樂園)에서 한번쯤 날쌔게 퍼덕이며 살아보았던 농어라고 생각
한다면…

―「숨죽이며 묻다」 전문

시인은 상상 속에서 "유리수족관 속에" 갇혀 "유유자적 잠행"하는 물고
기 가운데 "한 마리 농어"가 된다. 또한 "천천히 물속에서 유영하는 한 마
리의 농어"에서 "숨죽이고 묵행"하는 자신을 본다. 그리고 그 농어가 앞으
로 살아갈 "이틀 또는 사흘"밖에 "확률"이 되지 않을 삶에서 자신의 미래
를 읽는다. 어찌 보면, 인간이란 수족관이라는 현세에 갇혀 길지 않은 세
월을 유유자적 잠행하다가 곧 죽음을 맞는 존재다. 그럼에도, 수족관을
"날쌔게 퍼덕이며 살아"가는 "낙원"으로 생각할 법한 농어처럼 누구도 이
를 괘념치 않는다. 아울러, 시인은 인간조차 "한 생명이 한 생명에게 제
몸을 밥으로 바치는 헌사"일 수도 있음을, "난도질"이 기다리는 "도마 위"
가 "돌아갈 자연"일 수도 있음을 "역지사지의 입장"에서 짚어 본다. 어찌
이보다 더 생생하고 명징하게 우리네 인간에게 삶과 죽음이 종국에는 어
떤 의미를 갖는 것인가를 꿰뚫어볼 수 있겠는가. 시가 우리에게 '영원'의
깨달음으로 인도하는 문학적 장치라면, 이보다 빼어난 시는 어디서도 찾
아보기 어려울 것이다.

시인이 일상의 삶에서 '영원'의 깨달음에 이르고 있음을 보여 주는 예
는 이번 시집의 어디서도 확인된다. 예컨대, "식탁 위의 밥"에서 "세렝게

티 초원"을 보는 「밥을 위한 기도」에서, "문득 [늦가을 낙산사의] 기왓골에
서 떨어지는 낙숫물소리"가 "의상대 절벽 아래서/ 거칠게 먼 바다를 건너
와/ 절벽 바위에 제 몸을 깨뜨리는 파도보다/ 더 예리하게 나를 깨[움]"을
깨닫는 「낙산사에서 깨치다」에서, "도마 위에 끌려와 내지르는/ 생물 식재
료의 마지막 고통과 비명"을 "맨처음 서투르게 칼질을 해본 요리사"의 입
장에서 감지하는 「요리사는 괴롭다」에서, "바람은 불고 빗방울은 앞에서
때리는" 어느 날 "왼쪽 어깨"에 "3개"의 "쇼핑가방"과 "오른쪽 어깨"에 "또
하나의 묵직한 가방"을 맨 채, 거기에다가 "배 앞쪽엔 아기"를 매단 채,
"오른손에 쥔 우산으로 아기를 가리며" '나'를 "추월"해 지나가는 "여자"를
바라보며 "주여, 이 빗속에서 짐을 지고 걸어가는 자/ 어떻게 도울 수 있
나이까"를 자문하는 시인의 무력감이 짚이는 「빗속에서」에서, "아침 산책
길에/ 혼자서 지팡이를 짚고 힘겹게 걸어가는/ 꼬부랑 노인"의 모습을 바
라보며 "어제까지 세상 속의 허상을 좇아온/ 나의 보법"이 "너무 단순"한
것임을, "걷는 길 어디에서나 허방이 따라오고/ 사는 곳 어느 곳에서나 참
회가 필요했[음]"을 깨닫는 시인의 마음이 담긴 「길을 걷다」에서, 그리고
그 외의 많은 작품에서 우리는 일상의 삶 한가운데서 삶의 의미와 깊이를
가늠하고 깨닫는 시인과 만날 수 있다.

아마도 일상의 삶 한가운데서 얻은 깨달음 가운데 시인이 특별히 소중
하게 여길 뿐만 아니라 자신의 것으로 육화(肉化)하고 있는 것은 '아내의
소중함'일 것이다. 이번 시집에서 우리는 "희수(喜壽)를 앞둔 노년의 나이"
인 시인—그리고 이제 그 나이에 들어선 시인—이 함께 사는 "산수(傘壽)
의 늙은 아내"—그리고 이제 그 나이를 넘긴 아내—를 시적 소재로 삼은
작품과 여럿 만날 수 있는데, 여기에는 "신혼여행도 하지 못한" 아내와 함
께 해외여행을 하는 동안에 아내의 모습을 "카메라에 소중히 담"으면서
"오늘이 지상의 마지막 날이라 한다 해도/ 나는 더 바라지 않고 더 꿈꾸지

않겠다"(「호놀룰루는 아름답다」)는 감동적인 고백이 담긴 작품도 있다. 시인의 이 같은 솔직한 고백과 마주하여 마음이 뭉클해짐을 느끼지 않을 사람이 어디 있겠는가. 시인은 때로 해외여행을 마치고 돌아오는 아내를 위해 밥상을 준비하기도 하고(「아내를 위해 밥상을 차리다」), 아내가 지방여행을 떠난 동안 "꽃피고 꽃지는 봄날도 잊은 채" "출판사 형광등/ 침침한 불빛 아래서/ 돋보기안경 눌러쓰고/ 잘못된 말과 오자·탈자 바로 잡"다가 "찬란한 봄날을 아쉬워하는/ 탄식마저도 사치스럽다"고 생각하면서도 "아내의 건강한 봄나들이/ 그 하나만은 축복"임을 새삼 깨닫기도 한다(「떠나기 딱 좋은 날」).

어떤 작품도 소홀히 여길 수 없지만, 나에게는 특히 「아내를 사랑하라」가 시인의 어느 작품보다 더 사랑스럽다. 다소 길지만 전문을 함께 읽기로 하자.

> 희수(喜壽)를 앞둔 노년의 나이
> 눈도 귀도 몸마저 조금씩 돌아가는 그 나이
> 지나온 세월이 남긴 행복과 불행을
> 묻지도 말고 생각지도 말라
> 반려자 없이 혼자 살아가는 노년은 얼마나 슬픈가
> 아내가 죽어서 없는 것보다
> 아내가 살아 있는 삶이 나는 행복하다
> 아내와 함께하는 세상의 삶이 내게는 은혜롭다
> 프로야구에 빠져 거실의 TV를 보다가도
> 아내가 좋아하는 드라마 방영시간이면 방을 옮겨라
> 주중엔 집안에 오래 머무르지 말며
> 없는 듯 지내고, 소리 내지 말라
> 아침에 아내가 외출하면 행선지를 묻지 말며

귀가 시간을 묻지 말라

아내의 쇼핑

아내의 해외여행 경비 지출에

조금도 불편한 내색을 보이지 말며

압력밥솥의 밥은 손수 퍼서

식탁 위에서 조용히 먹을 것

먹고 난 뒤 그릇들은 즉시 씻어둘 것

아내의 눈치를 보며 반주(飯酒)상을 차리려면

아내도 함께 즐길 안주감을 장만할 것

한 주에 한두 번 수산시장에 가서

아내가 좋아하는 바다생선류들을 장보아 올 것

생선 내장을 빼고 말리거나

냉동실에 넣기 위해 손질할 때도

칼 잡은 손을 놓지 말며

도마 근처에서 떠나지 말 것

낮시간에 가끔 영화관도 함께 가라

가서, 눈가에 감도는 눈물도 아내 몰래 닦아내라

아내가 죽어서 없는 삶보다

아내가 생기 있게 살아있는 삶이 나는 행복하다

아직은 아프지 않고

이 세상에서 아내와 함께하는 삶이

나에게는 은혜롭다

— 「아내를 사랑하라」 전문

"아내를 사랑하라"는 굳이 현자의 조언으로 읽힐 성질의 것이 아니다. 세속의 삶을 살아 온 사람이라면 누구나 할 법한 조언이기 때문이다. 또한 "눈도 귀도 몸마저 조금씩 돌아가는" 나이에 이르러 "반려자 없이 혼자 살아가는 노년은 얼마나 슬픈가"는 주변 홀아비 노인들의 모습에서 쉽게 확인할 수 있는 바이기도 하다. 그럼에도, 많은 이가 "아내가 죽어서 없는 삶보다/ 아내가 생기 있게 살아있는 삶"이 얼마나 행복한 것인가를, "아직은 아프지 않고/ 이 세상에서 아내와 함께하는 삶"이 얼마나 은혜로운 것인가를 실감하지 못한다. 그런 이들에게 시인은 아내를 사랑하는 일이 '당위'임을 일깨운다. 그리고 "이 세상"을 함께하는 아내를 사랑하는 법을 구체적으로 일러 준다. 세간을 떠도는 '두려운 아내 앞에서의 처신 요령'을 '아내를 사랑하는 법'으로 새롭게 각색해 놓은 시인의 조언은 우리의 입가에 웃음을 자아내기도 하지만, 시인의 진심에 새삼 다가가게도 한다. 누구든 나이가 들어 노년을 아내와 함께하는 사람이라면 이 시를 손수 옮겨 적은 종이를 벽에 붙여두고 때마다 읽고 되새길 것을 권고함은 어떨지?

『늦저녁의 버스킹』에는 아내를 향한 시인의 마음을 담은 시뿐만 아니라, 「어머니 오시다」나 「아우의 페르시아행」처럼 먼저 세상을 떠난 가족에 대한 사랑의 마음을 담은 시도 있고, 「광화문의 달」처럼 지금 이 세상을 함께하는 가족에 대한 사랑과 그들의 앞날에 대한 염원을 담은 시도 있다. 사실 시인의 사랑은 가족에게만 향한 것이 아니다. 시인의 사랑은 그와 삶을 함께했거나 하고 있는 모든 시인들, 심지어 「서대문 형무소 여옥사 8호실」에서 감지되듯 "대한민국의 독립과 자유"를 "새로 탄생"하게 하고 마침내 "어두운 역사를 밝히는 별"이 된 "여덟 명의 대한의 여성독립투사"를 향해서도 여일(如一)하다.

3. 시인의 삶과 그 의미, 이를 찾는 여정에서

이제 우리의 논의를 마무리할 때가 가까워 왔다. 이렇게 말함은 아직 다루어야 할 작품이 있다는 뜻이다. 사실, 『늦저녁의 버스킹』에 담긴 그 어떤 작품에 앞세워 주목해야 함에도 불구하고, 시집 안에서 차지하는 작품의 비중을 감안하여 논의를 뒤로 미룬 작품이 있다. 이는 바로 이번 시집에 표제(標題)를 제공한 「늦저녁의 버스킹」으로, 여기서 우리는 자신이 살아가는 삶과 그 의미를 되새기는 시인과 만날 수 있다. 물론 이번 시집에는 자신의 삶과 존재 의미에 대한 성찰을 엿보게 하는 작품이 이뿐만이 아니다. 「봄감기」·「이발을 하며」·「홀로 술잔을 비운다는 것」·「면도를 하며」·「거울 앞에서」·「등산기」도 소중한 자기 돌아보기와 확인의 작품이다. 하지만 「늦저녁의 버스킹」을 각별히 주목하지 않을 수 없음은 시인이 시야를 좁혀 '인간으로서의 자신' 너머의 '시인으로의 자신'에 집중하고 있기 때문이다. 시의 전문은 다음과 같다.

나뭇잎 떨어지는 저녁이 와서
내 몸속에 악기(樂器)가 있음을 비로소 깨닫는다
그간 소리내지 않았던 몇 개의 악기
현악기의 줄을 고르는 동안
길은 더 저물고 등불은 깊어진다
나 오랫동안 먼 길 걸어왔음으로
길은 등 뒤에서 고단한 몸을 눕힌다
삶의 길이 서로 저마다 달라서
네거리는 저 혼자 신호등 불빛을 바꾼다
오늘밤 이곳이면 적당하다
이 거리에 자리를 펴리라
나뭇잎 떨어지고 해지는 저녁
내 몸속의 악기를 모두 꺼내어 연주하리라
어둠 속의 비애여
아픔과 절망의 한 시절이여
나를 위해 내가 부르고 싶은 나의 노래

바람처럼 멀리 띄워 보내리라
사랑과 안식과 희망의 한때
나그네의 한철 시름도 담아보리라
저녁이 와서 길은 빨리 저물어 가는데
그 동안 이생에서 뛰놀았던 생의 환희
내 마음속에 내린 낙엽 한 장도
오늘밤 악기 위에 얹어서 노래하리라

— 「늦저녁의 버스킹」 전문

이 시의 제목에 등장하는 "버스킹"이라는 말은 '거리의 악사나 가수가 악기를 연주하거나 노래를 하는 행위'를 뜻하는 영어의 'busking'을 우리말 철자화한 것이다. 물론 거리의 악사나 가수는 이 같은 공연을 함으로써 주변에 모인 사람들로부터 금전적 보상을 기대한다. 때로 기대 이상의 보상이 있을 수도 있지만 아무런 보상이 없을 수도 있다. 아무튼, 그렇게 해서 얻은 수입이 얼마나 되겠는가. 이에 의존하여 거리를 떠돌며 삶을 살다 보니 그의 몸과 마음은 항상 지쳐 있게 마련이다. 혹시 2007년도 미국의 영화 〈어거스트 러시〉(August Rush)를 즐긴 사람이라면, 거리의 악사나 가수의 버스킹에 대해 따로 설명이 필요하지 않으리라.

이 시는 대체로 세 부분으로 나눌 수 있는데, 먼저 제1–7행에서 '나'의 독백이 이어진다. '나'의 독백을 통해 우리는 "오랫동안 먼 길 걸어"왔던 '내'가 "나뭇잎 떨어지는 저녁이 와서" 길의 어딘가에 머물게 되었음을 감지한다. 이윽고 "내 몸속에 악기가 있음을 비로소 깨"달은 '나'는 "늦저녁의 버스킹"을 위해 "그간 소리 내지 않았던 [내 몸속] 몇 개의 악기/ 현악기의 줄을 고"른다. 그 사이에 "길은 더 저물고 등불은 깊어진다." 이 시에 등장하는 '나'는 이 세상의 삶이라는 여정을 따라 발걸음을 옮기고 있는 시인 자신을 지시한다고 볼 수 있다. 그리고 "나뭇잎 떨어지는 저녁" 및 더

저무는 "길"과 깊어지는 "등불"은 희수(喜壽)를 앞둔 또는 이제 희수에 이른 시인의 마음속 생체시계가 알리는 시간 및 그 시간에 시인이 느끼는 삶의 분위기를, "[내 몸속] 몇 개의 악기"는 시인의 내면에 존재하는 이른바 '심금(心琴)' 또는 현실 속의 현실적 인간으로서의 시인의 마음 내면에 존재하는 '또 다른 나'—그러니까 시적 선율을 창조하는 정신적인 존재로서의 시인—을 지시하는 것일 수 있다.

하지만 "내 몸속"에 "그간 소리내지 않았던 몇 개의 악기"가 있음을 "비로소" 깨닫다니? 수수께끼와도 같은 이 진술에 나는 문득 시인이 이전에 펼쳐 보였던 시 세계를 떠올려 보았다. 개인적인 인상에 불과한 것일지도 모르겠으나, 이번의 시집에는 바로 전에 출간한 시집인 『눈송이는 나의 각을 지운다』(2013)나 『모두 허공이야』(2016)에서조차 감지하기 어려웠던 무언가 색다른 것이 있다. 시어가 한층 더 평이해졌고, 시적 진술도 형식의 구속에서도 한층 더 자유로워졌다. 그뿐만 아니라, 시적 소재도 평범한 사람들과 사물들 및 그것들이 존재하는 낮고도 낮은 세상의 채취가 한층 더 강렬하게 느껴지는 것으로 바뀌었고, 또한 다양해졌다. 다시 말해, 그 동안 좀처럼 모습을 드러내지 않던 시인의 다원적·다층적인 눈길이 전보다 한층 더 낮고 낮은 질박한 세상의 이곳저곳을 향하고 있음을 감지케 한다. 시인이 말하는 "그간 소리내지 않았던 [내 몸속] 몇 개의 악기"는 이처럼 이제까지와는 다른 세계를 시에 담아 전하는 '심금'의 존재를 노년에 이르러 언뜻 '내 안'에서 확인하게 되었음을 암시하는 것이 아닐지? 아무튼, 길 가던 세인들의 발걸음을 멈추게 할 "늦저녁의 버스킹"을 위해 '나'는 "현악기의 줄"—말하자면, 시인의 마음속 '심금'의 줄—을 고른다. 그리고 '나'는 "고단한 몸"을 잠시 길 위에 눕힌다. 아니, '나'의 "고단한 몸"을 길 위에 '눕히는' 것은 '내'가 아니다. "길[이] 등 뒤에서 ['나'의] 고단한 몸을 눕힌다." '나'의 몸은 '나'의 의지에 따라서가 아니라

'나'의 몸을 받아 주고자 하는 '길'의 다감한 마음에 이끌려 '눕히어진 것'
이다. '나'와 '나'를 받아 주는 '길' 사이의 따뜻한 마음 나눔이 감지되지 않
는가. 여기서 감지되는 따뜻함은 사실 지봉의 이번 시집 전체를 감싸고
있는 기본 정조다.

이윽고 제8-11행에서 길 위에 누워 있는 '나'는 주변에 눈길을 준다. 그
런 '나'의 눈에 비친 세상은 시인은 이렇게 묘사한다. "삶의 길이 서로 저
마다 달라서/ 네거리는 저 혼자 신호등 불빛을 바꾼다." 인간적인, 너무나
인간적인 세상의 모습이 시인의 눈에 비친 것이리라. 이에 '나'는 "오늘밤
이곳"이 "늦저녁의 버스킹"에 "적당하다"는 생각에 이른다. 그리고 "이 거
리에 자리를 펴"겠다는 마음을 굳힌다.

제12-23행에서 '나'는 자신이 "오늘밤 이곳"에서 이끌어 갈 "버스킹"
이 어떤 것이 될지를 가늠한다. "나뭇잎 떨어지고 해지는 저녁"에 "이 거
리에 자리를 펴[고]" '나'는 "내 몸속의 악기를 모두 꺼내어 연주"할 것을,
"나를 위해 내가 부르고 싶은 나의 노래"를 "바람처럼 멀리 띄워 보[낼]"
것을, "나의 노래"에 "사랑과 안식과 희망의 한때/ 나그네의 한철 시름도
담아[볼]" 것을, "그 동안 이생에서 뛰놀았던 생의 환희/ 내 마음속에 내
린 낙엽 한 장도/ 오늘밤 악기 위에 얹어서 노래[할]" 것을 스스로 다짐
한다.

시의 마지막을 장식하는 '나'의 감동적인 다짐에서 우리는 시인이 시인
으로서 스스로 자신에게 어떤 다짐을 하고 있는지를 생생하게 감지할 수
있지 않을까. 어찌 보면, 시 속에서 이어지는 '나'의 다짐은 이번 시집의
시 세계에 대한 시인 김종해의 다짐을 드러내는 일종의 '서시(序詩)'로 읽
히기도 한다. 하지만 어찌 이 같은 다짐이 이번 시집 『늦저녁의 버스킹』에
만 해당하는 것이랴. 앞으로도 계속 이어질 시인의 시 세계에 대한 시인의
다짐일 수도 있고, 또한 새롭게 이어질 시 세계에 대한 '서시'일 수도 있으

리라. 바라건대, 앞으로도 계속 이어질 시인의 시 세계가 우리를 여일(如
一)하게 '영원'의 깨달음으로 인도하기를!

삶에 대한 작지만 소중한 깨달음, 그 순간을 엿보며

— 안영희의 시집 『어쩌자고 제비꽃』과 삶을 향한 시인의 시선

1. 삶의 저편에서 이편으로

제임스 조이스의 『젊은 예술가의 초상』에는 "세월은 변하고 우리도 세월 속에서 변한다"라는 뜻의 라틴어 경구(警句)가 나온다. 어디에 그런 말이 나오는가 하면, 어린 스티븐 디덜러스가 아버지와 함께 아버지의 고향을 찾았을 때다. 아버지에 이끌려 들어선 술집에서 아버지의 옛 친구 가운데 한 사람이 스티븐의 라틴어 실력을 실험해 볼 요량으로 이 경구를 들먹인다. 온갖 대화가 어수선하게 진행되는 술집의 분위기를 암시하듯 그 이야기는 여기서 더 이상 진전되지 않지만, 이 경구는 스티븐의 아버지나 아버지의 옛 친구들이 함께 공유하고 있는 정서를 있는 그대로 드러내는 것이리라. 옛날과 다름없는 친구이지만, 그리고 자신은 옛날이나 지금이나 변함이 없다고 느낄 법도 하지만, 오랜만에 옛 친구들과 만난 자리에서라면 어찌 세월이 변하고 서로가 변했음을, 심지어 자신까지 변했음을 느끼지 않을 수 있으랴.

안영희의 시집 『어쩌자고 제비꽃』(천년의시작, 2016년 7월)에 대한 작품론의 자리에서 뜬금없이 스티븐 디덜러스의 일화를 들먹이는 이유는 무엇인

가. 시인이 건넨 시집 원고를 읽는 도중 갑작스럽게 그 옛날의 작품 한 편이 내 기억의 저편에서 떠올랐기 때문이다. 그 작품을 기억에 떠올리며 나는 지금으로부터 약 17년 전 안영희의 시편들을 처음 접했을 때의 느낌을 되살려 보기도 했고, 그러는 가운데 세월이 변했고 우리 모두가 세월 속에서 변했음을 새삼스럽게 실감하지 않을 수 없었다. 그 시를 함께 읽기로 하자.

이제 그만 나를 놓아다오
아니 차라리 나를 흙 속에 묻어다오

잘못 태어난 이 슬픔 썩어
하늘과 햇빛 아낌없는 나라
춤추는 풀잎들의 언덕에
진초록 풀잎들의 언덕에
진초록 남김없이 물드는 나무 한 그루
밀어 올릴 수 있도록

모조리 일어서 있다
창대처럼 새파랗게
다소곳이 놓여 있어야 할
허어멀건한 버리동들

잠시 잊고 버려 둔
비닐봉지 속의
무기수(無期囚)들.

—「콩나물」전문

이 시는 삶의 주변에 묻혀 눈에 잘 띄지 않는 대상을 향한 예민하고 섬세한 관찰의 시선이 감지되는 여러 편의 작품 가운데 하나였다. 사전적인 정의에 따르면, 콩나물은 "콩을 물이 잘 빠지는 그릇 따위에 담아 그늘에 두고 물을 주어 자라게 한 것"(국립국어원 인터넷 표준국어대사전)을 말한다. 이 같은 사전적인 정의가 암시하듯, 콩나물은 "아낌없는" "하늘과 햇빛"이라는 자연스러운 성장 조건을 외면한 채 콩을 비정상적인 조건 아래서 길러 낸 것이다. 말하자면, 인간이 자의적(恣意的)인 요구에 따라 비정상적으로 싹을 틔우고 성장을 강요하여 얻어 낸 결과물이 콩나물이다. 또는 인위적인 조작에 의해 식물의 자연스러운 성장을 왜곡한 결과가 콩나물인 것이다. 시인은 "잠시 잊고 버려 둔/ 비닐봉지 속"의 콩나물이 "창대처럼 새파랗게" "모조리 일어서" 있는 모습을 바라보다가 언뜻 그런 콩나물의 소리 없는 절규를 듣는다. "진초록 남김없이 물드는 나무 한 그루/ 밀어 올릴 수 있도록" "이제 그만 나를 놓아다오/ 아니 차라리 나를 흙 속에 묻어다오." 요컨대, 자연스러운 조건에서 자연스럽게 성장하고자 하는 콩나물의 의지를 문득 감지하게 된 것이다.

하지만 콩나물의 몸짓이든 소리 없는 절규든 모두가 '무망한' 것일 수밖에 없다. "다소곳이 놓여 있어야 할/ 허여멀건한 머리통들"이라는 언사가 암시하듯, 콩나물의 존재 조건은 당위론적(當爲論的)으로 이미 정해져 있기 때문이다. 다시 말해, 반항의 몸짓과 절규에도 불구하고 콩나물에게는 자연스러운 성장의 자유와 기회가 허락되지 않을 것이다. 그렇게 하는 경우, 콩나물은 이미 콩나물일 수 없기 때문이다. 다시 말해, "허여멀건한 머리통들"을 유지한 채 "다소곳이 놓여 있"는 것이 콩나물의 존재 조건이기 때문이다. 시인이 "콩나물"에 대한 관찰을 "무기수들"라는 표현으로 끝맺는 이유는 여기에 있지 않을까. 즉, 시인조차 자신의 의지만으로는 어쩔 수 없는 "무기수"가 콩나물인 것이다. 어찌 보면, 시인은 콩나물에서 자신의 모습을 읽고 있는지도 모른다. 콩나물은 제도와 관습과 규범의 억압 아래 자연스러운 성장을 멈춘 채 "다소곳이 놓여 있어야" 함을 강요받고 있는 시인 자신일 수도 있고, 나아가 자신의 뜻을 자연스럽게 펼치기 어려워하는 이 사회의 구성원 모두일 수도 있다. 만일 확대 해석이 허락된다면, 이 시는 자신의 뜻을 제대로 펼칠 수 없는 이라면 누구나 사회적 제약을 향해 드러낼 법한 절규와 저항의 몸짓을, 그럼에도 불구하고 어쩔 수 없이 받아들여야 하는 현실에 대한 좌절을 암시하는 작품으로 읽을 수도 있으리라.

거듭 말하지만, 내가 이 작품에서 확인할 수 있었던 것은 시인의 예민하고 섬세한 시선이다. 추측건대, 햇볕이 드는 곳에 "잠시 잊고 버려 둔/ 비닐봉지 속의 [콩나물]들"이 어느 날 시인의 시선을 끌었던 것이리라. 그리고 누구라도 별다른 생각 없이 그냥 지나칠 법한 "비닐봉지 속"의 콩나물에서, "창대처럼 새파랗게" "모조리 일어서 있"는 콩나물에서 시인은 문득 삶의 깊은 의미를 꿰뚫어보게 되었던 것이리라. 안영의 시집 『어쩌자고 제비꽃』의 원고를 읽으면서도 나는 시인의 예전 시선을, 그 옛날 「콩나물」에서 감지할 수 있었던 특유의 섬세하고 예민한 시선을 다시 확인하지 않을 수 없었다. 하지만 시적 정조와 메시지 면에서는 무언가 세월과 함께 변한 것이 있음을 느끼지 않을 수 없었는데, 예컨대 다음과 같은 작품을 보라. 여기서 확인되는 무언가의 변화가 나에게 그 옛날의 「콩나물」을 문득 떠올리게 했던 것이다.

허드레 재료들의 국맛이
어찌 이리 깊숙이 퍼져드나
새벽수영 마치고 와서 드는
쑥국 한 그릇

유배의 골방, 소금물
어둠 개켜 짓누른 항아리 안에서 세월세월
마침내 제 이름을 놓고 온 콩과
밟고밟고, 죽었겠지 잊어도 어느새 파르랗게
다시 고개 드는
아무데도 지천인 허접데기 풀 뭉개어 섞은
저 볼품없는 두 것들의 살맛이
이 아침 찡하게 내 속을 관통하는 것은

슬픔이 발효한 그 오랜 견딤들
서로 품어 여한 없는
합일경(合一境)인 거니

— 「쑥국」 전문

    그 옛날에 "잠시 잊고 버려 둔/ 비닐봉지 속의/ 무기수들"에게 그러했듯, 이 작품에서도 시인은 우선 "유배의 골방, 소금물/ 어둠 개켜 짓누른 항아리 안에서 세월세월/ 마침내 제 이름을 놓고 온 콩과/ 밟고밟고, 죽었겠지 잊어도 어느새 파르랗게/ 다시 고개 드는/ 아무데도 지천인 허접데기 풀"이라는 "볼품없는 두 것들"에게 시선을 향한다. 어찌 보면, 된장을 지시하는 전자와 쑥을 지시하는 후자를 묘사할 때 시인이 동원하고 있는 다양한 표현이 말해 주듯, 시인의 눈에 양자는 각각 억지와 강요의 산물 및 핍박을 견디고 살아남은 존재로 비친다. 그런 점에서 볼 때, 양자는 콩나물과 크게 다를 바 없는 존재 조건에 놓여 있다고 할 수 있다. 하지만 시인이 이 시에서 초점을 맞추는 것은 그와 같은 강요와 억압이라는 존재 조건이 아니라, "슬픔이 발효한 그 오랜 견딤들" 또는 "그 오랜 견딤"의 과정을 지탱해 온 "슬픔"이다. 하지만 시인이 이어가는 상념의 흐름은 여기서 멈추지 않고, "그 오랜 견딤들"이 "서로 품어" 이룩한 "여한 없는/ 합일경"을 향한다. 즉, 시인은 된장과 쑥이 하나로 "뭉개어 섞"여 연출해 내는 "살맛"에, "쑥국"의 "깊숙이 퍼져드"는 "국맛"에, 또는 "이 아침 찡하게 내 속을 관통하는" "살맛"에 초점을 맞춘다. 이를 통해 시인은 "슬픔"과 "견딤들"이 결코 헛된 것이 아니었음을 암시하는 것처럼 보이기도 한다.

요컨대, "창대처럼 새파랗게" "모조리 일어서 있"는 "콩나물"에서 시인의 옛 마음을 읽을 수 있듯, "마침내 제 이름을 놓고 온 콩"과 "아무데도 지천인 허접데기 풀"이 이뤄내는 "여한 없는/ 합일경"에서 시인의 요즈음 마음—저 유명한 서정주의 시적 표현을 빌리자면, "머언 먼 젊음의 뒤안 길에서/ 인제는 돌아와 거울 앞에 선"(『국화 옆에서』) 시인의 마음—을 읽을 수 있으리라. 말하자면, 저항을 의식하는 긴장된 목소리가 인종과 인내의 아름다움에 대한 편안하고 온유한 관조의 목소리로 바뀌어 있음을 감지할 수 있으리라. 바로 여기서 우리는 세상을 바라보는 시인의 시선에 또렷한 변화가 있었음을 감지할 수 있지 않을까.

정녕코, 안영희의 『어쩌자고 제비꽃』에서 감지되는 기본 정조는 사소하지만 결코 사소한 것으로 치부할 수 없는 것들이 전하는 삶의 의미에 대한 온유한 시선과 깨달음이다. 오랜 시력(詩歷)을 쌓아 온 시인이 마침내 펼쳐 보이는 삶의 의미에 대한 온유한 시선과 깨달음을 확인케 하는 것이 『어쩌자고 제비꽃』인 것이다.

2-1. 삶에 대한 이해와 성찰의 자리에서

안영희의 시집 『어쩌자고 제비꽃』은 모두 4부로 이루어져 있는데, 제1부에서 감지되는 것은 깨달음을 향한 시인의 탐구다. 시인이 던지는 탐구의 시선은 때로 "꼬글꼬글 펴올린 연두연두 새순 깃발들"(「안개 사원」)이나 앞서 검토한 시 「쑥국」에서 보듯 "허드레 재료들의 국맛"과 같이 일상의 삶 주변의 작고 사소한 것들을 향하기도 하고, 때로 "중앙아시아의 초원"(「중앙아시아의 초원에서」)과 같이 일상의 삶 바깥의 이국적인 것들을 향하기도 한다. 또한 때로 시인의 눈길은 자기 자신을 향하기도 한다. 그러한 작품들 가운데 특히 내가 주목하고자 하는 것은 일종의 자아 성찰 또는 깨달음을 담고 있는 다음과 같은 작품이다.

물레의 페달을 밟았네
꾸들하게 마른 흙기물에
칼날을 대고
두들겨 투명한 소리 얻을 때까지
돌려가며 군살을 깎았네

나무판 그득그득 사발 대접 항아리……

햇살 아래
지문 닳은 손가락들 내려다보네
그 새 당신도 몸 굽혀
내 몸뚱이에 바짝 귀를 대셨는지
봄여름가을겨울… 물레 쉬지 않고 밟아대며
내 뺨 내 허리 내 엉덩이에
칼날 대고 계셨는지
아니 당당당, 청량한 울림이 나는
그릇 하나 희망하고 계셨는지

뼈다귀 들어나도록 가벼워졌는데도

때로 이 흙그릇
어금니로 비명 무는 것은

― 「군살 그릇」 전문

시인 안영희는 2005년 가을에 〈흙과 불로 빚은 詩〉라는 주제로 도예전(경인미술관)을 열기도 한 도예가이기도 하다. 그런 까닭에 시인의 작품에는 도자기를 빚고 이를 불에 구워내는 이야기가 자주 등장한다. 이 시에서 우리는 "물레의 페달을 밟"아 "꾸들하게 마른 흙기물에/ 칼날을 대고/ 두들겨 투명한 소리 얻을 때까지/ 돌려가며 군살을 깎"는 시인과 만날 수 있다. 필경 이 같은 과정을 거쳐 시인은 "나무판 그득그득 사발 대접 항아리"를 빚어냈으리라. 하지만 시인의 이 같은 "물레의 페달" 밟기가 어찌 도자기에만 해당하는 것이겠는가. 시인은 "햇살 아래 지문 닳은 손가락들 내려다보"는 순간 문득 자기 자신이 하나의 "군살 그릇"임을 깨닫는다. "지문 닳은 손가락"은 아마도 흙빛으로 물들어 있었으리라. 흙빛으로 물든 자신의 손가락이 일종의 동인(動因)이 되어, 시인은 자신을 '신' 또는 '절대자'가 빚어내는 그릇이라는 상상에 잠긴다. 아니, 시인에게 "당신"은 신이나 절대자이기보다 좁게는 '시심(詩心)'을, 넓게는 '예술혼(藝術魂)'을 지시하는 것일 수 있다. 시심 또는 예술혼이 "몸 굽혀/ 내 몸뚱이에 바짝 귀를 대"고 있는 모습은 한 치의 오차도 없이 "흙기물에/ 칼날을 대고/ 두들겨 투명한 소리 얻을 때까지/ 돌려가며 군살을 깎"는 도예공의 모습을 있는 그대로 투사하고 있다. 이로 인해, "내 뺨 내 허리 내 엉덩이에/ 칼날 대고 계셨는지/ 아니 당당당, 청량한 울림이 나는/ 그릇 하나 희망하고 계셨는지"에서 감지되는 은유의 깊이는 예사로운 것이 아니다.

아마 여기서 시가 끝났다 해도 이 작품은 예사롭지 않은 은유로 인해 빛나는 작품이 되었을 것이다. 하지만 시인의 시적 사유는 이것으로 전부가 아니다. 이어지는 시인의 시적 진술에서 우리는 시인의 깊은 자기 성찰을 읽을 수 있다. 물론 "뼈다귀 들어나도록 가벼워졌는데도"는 나이가 들어 육체적으로 몸이 가벼워졌음을 암시하는 것일 수도 있다. 하지만 "물레 쉬지 않고 밟아대며" "칼날 대고 계셨는지"라는 말이 암시하듯 자연스러운 몸의 변화를 암시하는 말이 아니다. 이는 시심 또는 예술혼의 인도를 받아 마음이 가벼워졌음을 암시하는 것일 수 있다. 또는 몸을 깎는 수련을 통해 시적으로나 예술적으로 추구하던 바에 대한 욕심을 줄어들고 이에 따라 마음이 가벼워졌음을 암시하는 것일 수도 있다. 하지만 시인은 "때로 이 흙그릇/ 어금니로 비명 무는 것"을 듣는다. 이 돌올한 언사를 통해 시인은 예기치 않은 깨달음 또는 자기 성찰의 순간으로 우리를 이끈다. 이 같은 자기 성찰과 관련하여 우리가 유의해야 할 점이 있다면, "흙그릇"이 내는 소리를 판단해야 할 주체는 결코 "흙그릇"인 시인 자신이 아니라는 점이다. "흙그릇"인 시인이 내는 소리가 "투명한 소리"인지 "비명"인지에 대한 판단은 독자 또는 청중—말하자면, 시 안에 담긴 시혼 또는 예술혼을 감지하는 위치에 있는 이들—의 몫일 따름이다. 그런 까닭에 우리는 자신이 내는 소리가 "비명"임을 한탄하고 있는 시인에게 위로의 말을 전할 수도 있다. 「군살 그릇」이라는 시가 증명하듯, 시인이 내는 소리는 "당당당, 청량한 울림"이지 "비명"이 아니다.

바로 이런 의미에서 볼 때, 시인의 시 역시 '언어'라는 "흙기물"에 "칼날을 대고/ 두들겨 투명한 소리 얻을 때까지/ 돌려가며 군살을 깎"는 작업이라고 할 수도 있다. 바로 이처럼 "당당당, 청량한 울림"을 희망하며 시 쓰기 작업을 하는 주체가 안영희뿐만 아니라 이 세상의 모든 시인일 수 있다. 그리고 수많은 시인이 이 같은 시 쓰기 작업의 산물이라고 할 수 있는 자신의 "소리"가 "비명"이라는 판단 아래 절망하기도 할 것이다. 그런 시인에게 우리가 아무리 위로의 말을 하더라도 시인은 위안을 받지 못할 수도 있다. 하지만, 시인이 위안에 미혹되어 군살 깎기에 태만해지는 순간, 시인의 시에서 나는 소리는 말 그대로 비명으로 바뀔 수도 있지 않을까. 바로 이 점을 잘 알고 있기라도 하듯, 시인은 세상사와 삶 그리고 자신에 대한 섬세하고 예민한 깨달음의 여정에서 항상 여일한 반성과 성찰의 마음을 드러내고 있거니와, 그 궤적을 담은 것이 시집의 제1부라고 할 수 있겠다.

시집의 제2부에서 시인은 좀 더 구체적인 현실 또는 삶의 현장으로 시선을 향할 뿐만 아니라, 삶의 아픔에 대한 예리하고 깊은 깨달음 및 이에 따른 현실 비판을 드러낸다. 자의적인 일반화가 허락된다면, 현실적인 삶의 현장과는 다소 떨어진 곳에서 그 주변을 향해 시선을 던지고 있는 시인의 모습을 유추케 하는 작품 세계가 제1부의 주류를 이루고 있다면, 제2부의 주류를 이루는 작품 세계는 구체적이고 현실적인 삶의 현장 안쪽이다. 시인은 "회기역 플랫폼"(『겨울꽃』)이나 "종로 3가역"(『종로 3가역』)에서, 병원이라는 "그 위태로운 마을"(『무정 풍경』)에서, "롯데마트, 광명교회"(『민들레傳-1』)가 들어선 도심 한가운데서, "미아로"의 "도로"(『미아로의 개』)에서, "광주"의 "함박눈 쏟아"지는 "거리"(『함박눈 거리에서, 광주에게』)에서, 또한 집안이든 집밖이든 인간사의 아픔이 짚이는 곳 여기저기에서 주변의 향한 관찰의 시선을 여일하게 유지한다. 또한 시선의 초점은 "사회면의 신문기사"를 장식한 "시멘트 포장등짝에서 노숙하고 있는 굳게 잠긴 길 위의 가망 없는 부랑"(『주민등록 없음』)에 모아지기도 하고, "폭염 속을/ 등에는 젖먹이 머리엔 복숭아바구니 비틀비틀 이고 가는/ 젊은 어머니"(『과적』)에, 심지어 "가다 서다를 반복하는 6차선 도로 빼곡 찬 자동차들의 사이에 끼어" 헤매는 "개 한 마리"(『미아로의 개』)에, 그밖에 존재의 아픔을 감지케 하는 세상의 이러저러한 대상에 모아지기도 한다. 나아가, "저 거울 차갑게 증언하고" 있는 "나"(『내 옷이 내게 맞지 않다』)에, "전쟁의 폐허에서 홀로 자식들 먹이고 지켜낸 이력으로/ 더께 진 저승버섯 틈새에서도 오직/ 드세게 남은 눈빛"을 잃지 않는 "어머니"(「세상의 식탁」)와 "그림자였던 목조 집 2층의 아버지"(「타클라마칸, 아버지」)에 모아지기도 한다.

구체적이고 현실적인 삶의 현장 안에서 이루어지는 대상에 대한 시인의 관찰과 깨달음이 생생한 시적 언어로 구체화되고 있는 적지 않은 예들 가운데 우리가 각별히 주목해야 할 작품이 있다면, 이는 「세상의 식탁」이다. 이 작품의 중심에 놓이는 주제는 '어머니'로, 일반적으로 어머니를 주제로 하는 경우 시는 감상적(感傷的)이거나 회고적(回顧的)인 것이 되기 쉽다. 따라서 시적 감흥이나 메시지는 대기 속으로 흩어지는 연기처럼 독자에게 도달하기 전에 무화(無化)되는 경향이 적지 않다. 하지만 시인 안영희는 아주 적절한 비유를 동원함으로써 그와 같은 위험을 미연에 방지하고 있다. 우선 이 시를 함께 읽기로 하자.

세밑의 길목
창유리 따뜻한 보호벽 안에서
봄동을 씻습니다
뻣센 잎들 연신 뜯어 버리며
왜 소화제를 먹어야 할 위장처럼
주방 개수대 앞에 선 마음이 영 편치를 않습니다
지표가 온통 포복하고 숨죽인 이 계절
남행열차 지나는 어느 언덕배기
구원처럼, 반역처럼 새파랗게 눈을 적셔오던 겨울초록
엄동의 채찍과 해가 지면 덮쳐오는 결빙의 위협
이기고 온 존경스런 목숨의 겉살들을
나는 연신 찢어내 쓰레기통에 던지고 있습니다
전쟁의 폐허에서 홀로 자식들 먹이고 지켜낸 이력으로

더께 진 저승버섯 틈새에서도 오직
드세게 남은 눈빛 보고 나오며, 어머니
그만 돌아가시지! 가족의 겉잎사귀 따내기를
서슴치 않았지요 우린
아 어쩌겠습니까 세상의 식탁이 원하는 건
항상 보드랍고 어여쁜 속잎인 것을
어머니!

— 「세상의 식탁」 전문

이 시에서 시적 소재가 되고 있는 것은 "봄동"이다. '봄동'이란 초겨울에
수확하고 남은 배추의 뿌리에서 새싹이 나 겨울 날씨를 견뎌내고 자란 것
을 말한다. 말하자면, 추운 겨울을 이기고 자란 배추가 봄동이다. 시인은
이렇게 자란 봄동을 "세밑의 길목/ 창유리 따뜻한 보호벽 안에서" 씻는다.
씻고 다듬는 과정에 시인은 "지표가 온통 포복하고 숨죽인 이 계절/ 남행
열차 지나는 어느 언덕배기"의 봄동을, 그러니까 "구원처럼, 반역처럼 새
파랗게 눈을 적셔오던 겨울초록"을 마음속에 떠올린다. 이로써 시인은 실
내의 온기와 기억 속 노천(露天)의 한기 사이의 선명한 대비를 유도하고 있
거니와, 이와 관련하여 시인이 현재 있는 곳이 "창유리 따뜻한 보호벽 안"
인 반면에 봄동에게 강요되었던 공간은 "엄동의 채찍"과 "결빙의 위협"이
지배하는 곳이었다는 점에 유의하기 바란다. 아마도 이 같은 대비를 통해
시인은 실내의 온기를 더욱 포근하게 느끼고 있을 것이고, 이에 따라 봄동
이 자라던 노천의 한기를 더욱 생생하게 떠올리고 있을 것이다. 아니, 이
같은 대비는 시인 자신의 느낌을 전하기 위한 것일 뿐만 아니라, 시를 읽
는 독자들의 마음속에 온기와 한기에 대한 느낌을 더욱 생생하게 일깨우
기 위한 것일 수도 있다. 아무튼, 온기로 감싸인 공간에서 한기가 지배하
는 공간을 떠올리며 시인은 봄동의 "뻣센 잎들"을 "연신 뜯어 버"린다.

문제는 그 과정에 시인의 "마음이 영 편치를 않"다는 점이다. 무슨 이유 때문일까. 단순히 "엄동의 채찍과 해가 지면 덮쳐오는 결빙의 위협/ 이기고 온 존경스런 목숨의 겉살들"을 "찢어내 쓰레기통에 던지고 있"기 때문일까. 물론 "뻣센 잎들" 또는 "겉살들"을 "연신 찢어내"는 동안 시인에게 이제까지 엄청난 추위를 견뎌 낸 봄동에 대해 미안한 마음이 들기 때문일 수도 있다. 인간은 자신의 이기적인 식용 충족을 위해 동물이든 식물이든 이를 식용(食用)으로 다듬는 과정에 먹기에 적합지 않다는 이유로 그 일부를 마음대로 잘라 버리기도 한다. 아마도 그 과정에 전일적(全一的)인 유기체로 존재하던 동물이나 식물에게 미안함을 느끼는 사람도 있을 법하다. 특히 세상의 모든 유기적 생명체 나름의 존엄성을 지지하는 생태주의자나 세상 모든 것에 불심(佛心)이 있다고 믿는 불교 신자이라면 그럴 것이다. 그렇다면, 시인이 생태주의자이거나 불교 신자이기에 "마음이 영 편치를 않"음을 느꼈던 것일까. 물론 그럴 수도 있다. 하지만 이런 유형의 시 읽기는 지나친 단순화일 수도 있고, 끼워 맞추기 식의 억지 읽기가 아닐 수 없다.

이 같은 식의 시 읽기를 경계하듯, 시인은 곧 이어 "전쟁의 폐허에서 홀로 자식들 먹이고 지켜낸 이력으로/ 더께 진 저승버섯 틈새에서도 오직/ 드세게 남은 눈빛 보고 나오며"라는 시적 진술을 덧붙인다. 이는 시인의 어머니에 관한 묘사로, 이를 통해 우리는 시인의 "마음이 영 편치 않"은 이유가 무엇인지를 불현듯 깨닫게 된다. 아니, 봄동에 어머니의 이미지가 너무도 선연하게 겹쳐짐을 깨닫게 된다. 우선, "전쟁의 폐허에서 홀로 자식들 먹이고 지켜낸 [어머니의] 이력"은 "엄동의 채찍과 해가 지면 덮쳐오는 결빙의 위협/ 이기고 온" 봄동의 삶과 병치된다. 이어서, "더께 진 저승버섯 틈새에서도 오직/ 드세게 남은 [어머니의] 눈빛"은 "구원처럼, 반역처럼 새파랗게 눈을 적셔오던 [봄동의] 겨울초록"과 병치된다. 뿐만 아니라, 어머니가 살아 온 신산한 삶과 시인이 살아 온 "창유리 따뜻한 보호벽 안"의 서로 다른 인생 여정이 각각 지닐 법한 삶의 한기와 온기 사이의 대비를 암시한다. 하지만 그러한 병치와 대비를 의식하기 때문에 시인의 "마음이 영 편치 않"은 것일까.

물론 그것이 이유의 전부는 아니다. "더께 진 저승버섯 틈새에서도 오직/ 드세게 남은 눈빛"이라는 표현이 암시하듯, 시인의 어머니는 의식이나 인격을 상실하여 이미 죽음에 이른 것이나 다름없지만 그럼에도 불구하고 눈빛만으로 생명을 유지하고 있는 상태다. 추측건대, 그런 상태로 생명을 유지하기보다는 차라리 돌아가시는 것이 어머니께서 인간으로서의 존엄성을 지키는 방법이 아닐까 하는 생각을 시인은 떨칠 수 없는 것이리라. 이를 증명하듯, 시인은 되뇐다. "그만 돌아가시지!" 하지만 자식이라면 어찌 그런 속내를 편한 마음으로 스스럼없이 드러낼 수 있겠는가. 아마도 생각뿐이리라. 하지만 봄동을 다듬는 과정에 시인은 문득 봄동의 "뻣센 잎들" 또는 "겉살들"을 뜯어내는 자신의 행위 자체에서 자신의 속내―말하자면, 어머니께서 삶답지 않은 삶을 살기보다 차라리 "뻣센 잎들"이나 "겉살들"처럼 뜯기어 삶의 현장에서 사라지는 것이 낳으리라고 생각하는 자신의 속내―를 겹쳐 읽고 있는 것이리라. 아니, 자신의 행위가 자신의 속내를 무심결에 드러내는 것임을 언뜻 의식하게 된 것이리라. 그러니 시인의 마음이 어찌 편할 수 있겠는가. 편치 않은 마음을 달래듯 시인은 이렇게 말한다. "가족의 겉잎사귀 따내기를/ 서슴치 않았지요 우린." 이어서, 변명이라도 하듯 다음과 같은 말로 자신을 달랜다. "아 어쩌겠습니까 세상의 식탁이 원하는 건/ 항상 보드랍고 어여쁜 속잎인 것을."

봄동의 "뻣센 잎들" 또는 "겉살들"을 뜯어내는 행위에서 자신의 속내를, 어머니에 대한 자신의 속내를 겹쳐 읽고 있는 시인의 마음을 감출 듯 드러내는 동시에 드러낼 듯 감추고 있는 「세상의 식탁」은 예사롭지 않은 시다.

비유의 원관념과 보조관념이 잘 짜인 조합을 이루어 조금도 흐트러지지 않는 정합의 관계를 유지하고 있는 이 작품을 통해, 시인은 자신의 시적 메시지를 효과적으로 또한 호소력 있게 독자에게 전하고 있다는 점에서 그러하다.

2-2. 깨달음과 자기 성찰을 향하여

『어쩌자고 제비꽃』의 제3부에서도 주변 세계를 향한 시인의 섬세하고 예민한 관찰과 이를 통한 삶의 의미에 대한 깨달음은 여일하게 계속된다. 아울러, 시인을 관찰과 깨달음으로 이끄는 대상이나 계기 역시 제1부나 제2부의 시 세계에서 일별할 수 있는 것들과 크게 다를 것이 없다. 시인의 시선이 "남도의 들녘 한 호수가"(「그 집 앞」)를 향하든, "아침을 준비하는 주방 창 아래"(「사과꽃데이지패랭이」)를 향하든, "후암동 야시장"의 "잔치마당"(「내 청춘 지나듯이」)이나 "용문산 길"의 "어둠"(「년대 미상의 밤」)을 향하든, "지붕 위 만삭 호박덩이들/ 졸며 지키는 빈 집"이 있는 "보길도"의 풍경(「보길도 엽서」)이나 "태백선 열차의 창유리 밖"의 세상(「햇살포장길 따라서 가면」)을 향하든, 또는 "수묵을 푸는 석조전 아래 뜨락"(「맺힘」, 살구나무」)이나 "폐기물자 정류장"(「사월 엑소더스」)을 향하든, 시인은 사소하고 작은 것들에서 깊은 의미를 찾기 위한 감성적 탐구의 여정(旅程)을 멈추지 않는다. 차이가 있다면, 제3부에서는 제1부나 제2부에서보다 자아에 대한 탐구 또는 자신의 삶이 지니는 궁극의 의미에 대한 탐구를 위해 이곳 저곳을 떠돌며 깊은 상념에 잠기는 시인 특유의 내밀한 감성이 더욱 또렷하게 감지된다는 점일 것이다. 시인이 끊임없이 이어가는 내밀한 삶의 의미 탐구를 감지케 하는 작품들 가운데 특히 주목해야 할 것은 다음과 같은 시다.

아무도

혼자서는 불탈 수 없네

기둥이었거나 서까래

지친 몸 받아 달래준 의자

비바람 속에 유기되고 발길에 채이다 온

못자국투성이, 헌 몸일지라도

주검이 뚜껑 내리친 결빙의 등판에서도

불탈 수 있네

바닥을 다 바쳐 춤출 수 있네

목 아래 감금된 생애의 짐승울음도

너울너울

서로 포개고 안으면

―「모닥불」 전문

    추측건대, 시인은 피어오르는 모닥불을 물끄러미 바라보고 있는 것이리라. 그리고 그 모닥불은 한때 "기둥이었거나 서까래"이었기도 했고 "지친 몸 받아 달래준 의자"이었기도 했던 목재(木材)를 땔감삼아 얼기설기 기대어 피운 것이리라. 그런 모닥불을 바라보며 시인은 이러저러한 상념에 잠긴다. 먼저 얼기설기 기대어 놓은 땔감을 바라보며 시인은 "아무도/ 혼자서는 불탈 수 없"음을 느낀다. 누구나 다 알 듯, 땔감을 서로 기대어 놓지 않고 뉘어 놓는다면 불길은 잘 피어오르지 않을 것이다. 즉, 기댈 것이 없는 상태인 "혼자"일 때의 목재에서는 불길이 제대로 피어오를 수 없다. 이를 통해 시인이 말하고자 하는 바는 무엇일까. 아마도 인간이 삶의 불길을 피워 올리기 위해서는 저 모닥불의 땔감처럼 얼기설기 기대어 놓을 때 가능하다는 이치를 깨닫고 있는 것이리라. 인간은 사회적 동물이라는 아리

스토텔레스의 말을 여기서 새삼스럽게 들먹일 필요는 없으리라. 다만 서로가 서로에게 기대어 삶의 불길을 피워 올리는 사람들의 모습을 상상하는 것으로 충분할 것이다.

시인의 시적 메시지는 이것으로 전부가 아니다. 시인의 상념은 땔감 자체의 이력에 모아지기도 한다. "비바람 속에 유기되고 발길에 채이다 온/ 못자국투성이, 헌 몸일지라도" "불탈 수" 있다. 즉, 불은 땔감을 가리지 않는다. 여기서 시인은 "헌 몸"이라는 표현을 동원함으로써 모닥불의 땔감에서 인간의 모습을 읽도록 독자를 유도한다. 이에 따라 우리는 "비바람 속에 유기되고 발길에 채이다 온/ 못자국투성이, 헌 몸"에서 온갖 배척과 수모를 견디면서 삶을 살아 온 상처투성이의 인간을 떠올릴 수도 있다. 아마도 시인은 아무리 비참하고 신산한 삶을 살아 온 사람들—그러니까 "생애의 짐승울음"을 "목 아래 감금"하고 있을 수밖에 없는 사람들—이라고 해도, "너울너울/ 서로 포개 안으면" 나름의 뜨겁고 열정적인 삶의 불길을 피워 올릴 수 있음을, "바닥을 다 바쳐 춤출 수 있"음을 말하고자 하는 것이리라. 시인의 시적 메시지는 여기서 끝나지 않는다. "주검이 뚜껑 내리친 결빙의 등판에서도" 모닥불은 타오를 수 있다고 말함으로써, 삶의 불길은 인간을 가리지 않을 뿐만 아니라 장소도 가리지 않음을 암시한다.

따지고 보면, "서로 포개 안으면" 누구에게나 또한 어디서나 "바닥을 다 바쳐" 추는 "춤"과도 같은 열정적인 삶의 불길이 가능하다는 메시지에는 새로울 것이 없을지도 모른다. 하지만, 수사적(修辭的)으로 말하자면, 이 같은 메시지를 "모닥불"에 담아 전함으로써 시인은 진부할 수도 있는 메시지를 더할 수 없이 뜨겁고 새롭게 타오르는 불꽃으로 만들고 있다. 시인의 사명은, 또한 시인의 시인다움은 단순히 새로운 깨달음의 세계로 독자를 이끄는 데만 있는 것이 아니다. 이 시가 보여 주듯, 진부해지거나 굳어진 인간의 의식을 예상치 않은 새로운 불꽃으로 다시 타오르게 하는 데 있기도 하다. 시인의 「모닥불」이 값진 작품이라는 판단은 이에 근거한 것이다.

제4부는 제3부의 연장선상에 놓이는 작품들로 이루어져 있다고 할 수 있거니와, 궁극의 자기 성찰의 향한 떠도는 시인의 상념은 이제 더욱 선명하게 그 윤곽을 드러낸다. 우리가 이렇게 말함은 제4부에 이르러 삶과 죽음의 의미에 대한 깊은 사색이 특히 강하게 감지되기 때문이다. 따지고 보면, 시인이 시를 쓰는 이유가 무엇이겠는가. 그것은 바로 삶과 죽음이 갖는 의미에 대해 나름의 깊이 있는 해답을 얻기 위한 것이 아니겠는가. 시인마다 차이가 있다면, 아마도 무엇을 문제 삼고 무엇에서 해답을 얻는가라는 시각의 차이에 있을 것이다. 아울러, 사유의 깊이와 방향에 차이가 있을 것이다. 한 시인에게 연륜은 이런 면에서 중요한 의미를 지닐 수도 있거니와, 인간에게 동일한 시각과 동일한 대상 앞에서 삶과 죽음을 문제를 사유하더라도 연륜이 보장하는 사유의 깊이는 다를 수밖에 없다. 이처럼 연륜이 시인에게 허락한 사유의 깊이를 감지케 하는 소중한 작품들이 시집의 제4부에는 적지 않거니와, 우리는 「임종」·「거리」·「묶은 김치를 먹으며」·「뒤늦은 독서」·「붉은 가시나무」·「돌아온 나무의 아침」 등의 작품을 각별히 주목해야 할 것이다. 이 가운데 특히 우리의 눈길을 끄는 작품은 「임종」이다.

부르르
큰 숨을 내뱉으며 그가 죽었다
가슴자리 체온 어쩐지 약해지는 듯도 했건만
뭐 설마, 바빠서 잊고 버려둔 사이
머리의 위쪽, 아래쪽… 차례차례…
갑자기 치솟다가 타악!

방치된 채 신음했던 분노의 불칼인 듯
거칠게 떨어지는 숨소리
돌이킬 수 없는 사태 감지하고서야
나는 달려갔다
내장품들을 긁어내기 위하여 머리를 처박았다
…이윽고 휑하게 빈껍데기 확인하고선
서둘러 전화를 걸었다
폐품 처리상에
우리와 함께, 오직 우리를 위해 살았던 스물다섯 살
금성 싱싱 냉장고
애비 증발한 시대의 비탈기 피 배이게 딛고
네 자식 키워낸
세상의 저 한 칸, 어머니 죽을 때
어머니 임종 다음에도 그랬다

—「임종」 전문

이 시의 시적 소재가 되고 있는 것은 "우리와 함께, 오직 우리를 위해
살았던 스물다섯 살" 나이의 "금성 싱싱 냉장고"다. 일반적으로 냉장고의
평균 수명은 10년 정도로 알려져 있다. 그런데 냉장고의 나이가 "스물다
섯 살"이라니! 놀랍지 않은가. 그처럼 장수하던 냉장고가 어느 날 갑자기
수명을 다한 것이다. 시인은 냉장고가 수명을 다할 때의 모습을 "부르르/
큰 숨을 내뱉으며 그가 죽었다"로 묘사한다. 냉장고의 '죽음'에 관한 묘사
가 여일하게 보여 주듯, 시인은 문제의 냉장고를 단순히 음식물을 보관하
기 위한 가전 도구로 보지 않는다. 시인은 이를 "체온"과 "숨소리"를 간직
한 생명체와 다름없는 것으로 본다. (「군살 그릇」의 "흙그릇"도 의인화의 대상
이 되고 있지만, 「임종」의 "냉장고"만큼이나 적극적인 의미에서의 의인화가 이루
어지고 있지는 않다.) 어찌 보면, "우리와 함께, 오직 우리를 위해 살았던"이

라는 표현이 암시하듯, 시인이 보기에 '죽음'을 맞이한 냉장고는 곧 시인의 가정을 위해 자신을 헌신해 온 충직한 하인과도 같은 존재다. 그런 냉장고가 나이가 들고 병들어 임종을 예견케 하는 징후를 보였지만, 시인은 "뭐 설마" 하는 마음에 또는 "바빠서" "잊고 버려"둔다. 그런데 "방치된 채 신음했던" 냉장고가 "거칠게 떨어지는 숨소리"를 낸다. 이에 "돌이킬 없는 사태"를 "감지하고서" "달려"가지만, 그리고 "내장품들을 긁어내기 위하여 머리를 처박"지만, 이미 때는 늦었다. 냉장고는 생명을 잃은 것이다. 또는 냉장고의 영혼이 떠나간 것이다. 이제는 다만 "휑하게 빈껍데기"만 남은 상태다.

어느 날 작동을 멈춘 냉장고에서 생명체—그것도 체온의 변화를 보이다가 마침내 숨을 거두고 죽음에 이른 생명체—의 모습을 읽는 시인의 섬세한 감성과 이를 생생하게 시화(詩化)하는 시인의 언어 역량 모두가 예사롭지 않다. 하지만 생명 없는 가전 도구인 냉장고가 충직한 하인과도 같았음을 노래하는 선에서 이 시가 완결되었다면, 이는 대상에 대한 재치와 기지에 넘친 관찰과 표현의 작품으로 끝났을 것이다. 하지만 시인은 시의 마지막 부분에 어머니의 "임종"에 관한 단상을 덧붙임으로써 「임종」을 더할 수 없이 깊은 의미가 담긴 시로 만든다. 앞서 「세상의 식탁」에서 확인한 바 있듯, 시인의 어머니가 걸어왔던 삶의 여정은 고난과 인고의 연속이었다. 남편을 잃고 "네 자식"을 키워내는 신산한 삶의 여정을 걸어와야 했던 그런 어머니의 모습을 이 시에서 시인은 "비탈기"(시인의 설명에 따르면, '비탈'의 방언)를 "피 배이게 딛고" 걸음을 옮겼던 것으로 묘사하고 있다. 추측건대, "휑하게 빈껍데기"만 남은 냉장고의 모습을 보는 순간, 시인은 문득 일생을 오직 자식을 위해 살던 어머니께서 숨을 거두었을 때의 모습을 떠올리고 있는 것이리라.

이처럼 냉장고의 "임종"에 어머니의 "임종"을 병치해 놓음으로써, 시인은 절절하고도 아픈 자신의 마음을 이 시에 담는다. 물론 냉장고와 어머니 사이의 병치에서 어머니에 대한 불경(不敬)을 읽는 독자도 있을 수 있다. 어찌 감히 어머니와 냉장고를 동격의 비유 대상으로 놓을 수 있겠는가. 하지만 이 같은 비유가 아니라면 과연 어떤 방법으로 시인의 뒤늦은 깨달음—즉, 어머니께서 말로 형언하기 어려울 정도의 극단적인 자기희생의 삶을 사셨다는 사실에 대한 시인의 깨달음—을 효과적으로 생생하게 표현할 수 있겠는가. 아니, 자신을 철저하게 희생하는 삶을 사셨던 어머니에 대한 죄스러운 마음과 회한을 표현하는 데 어찌 이 시에서 시인이 동원한 것보다 더 적절한 비유가 있을 수 있겠는가. 비유의 대상이 비유의 대상으로 가당치 않을 때 그만큼 시인의 시적 메시지는 강렬한 것이 되지 않을 수 없다. 아울러, 시인의 깨달음과 뉘우침의 강도는 그만큼 더 깊은 것이 되지 않을 수 없다. 어쩌면 어머니께서 살아 계실 때 자식은 모를 수도 있다. 깨달음이란 항상 뒤늦게 찾아오는 법이 아닌가. 냉장고의 '임종'을 보고서야 겨우 어머니의 삶과 죽음의 의미를 깨닫고 이로 인해 아파하고 뉘우치는 것이 자식인 법이다. 가당치 않을 수도 있는 비유를 동원하여 깨달음과 뉘우침의 마음을 생생하게 드러내는 동시에 감추고 있는 작품이기에, 「임종」은 깊은 의미로 충만한 시가 되고 있는 것이다.

「임종」에서 우리는 지극히 사소한 일상의 한 도구의 "죽음"이 계기가 되어 사랑하는 사람의 삶과 죽음의 의미에 대한 뒤늦은 깨달음에 이르고 있음을 확인할 수 있거니와, 어찌 이 같은 뒤늦은 깨달음에 이어지는 아픔과 슬픔과 회한의 마음이 시인만의 것일 수 있겠는가. 적어도 어머니를 떠나보낸 사람이라면 누구라도 느낄 법한 마음의 충격이 아니겠는가. 정도의 차이는 있을지언정 이 세상의 모든 어머니는 "오직 우리를 위해" 살다가 모든 것을 비운 채 "세상의 저 한 칸"으로 남게 되더라도 이에 대해 전혀 개의치 않았던 분들이고, 이런 사정은 앞으로도 바뀌지 않을 것이다. 시인

안영희는 한 편의 단출한 시 「임종」을 통해 이 같은 깨달음으로, 평범하지만 쉽게 이르기 어려운 소중한 깨달음으로 우리들 모든 독자를 인도한다. 그런 의미에서 「임종」은 시인을 포함한 세상의 모든 이가, 어머니의 자식들인 세상의 모든 이가 함께 읽고 공감해야 할 작품이 아닐 수 없다.

3. 시인이 앞으로 펼칠 시 세계를 가늠하며

이제 논의를 마감할 때가 되었다. 마감의 자리에서 우리가 주목하고자 하는 것은 안영희의 시집 『어쩌자고 제비꽃』에 표제를 제공한 작품 「어쩌자고 제비꽃」에서 "어쩌자고 제비꽃"이 의미하는 바다. 사실 「어쩌자고 제비꽃」에 등장하는 "제비꽃"에 대한 이해는 이제까지 우리가 시인의 작품을 읽었던 것과는 다른 각도에서 접근할 것이 요구된다. 이 시는 "어쩌자고 제비꽃"이라는 제목으로 시작하여 "어쩌자고 제비꽃 저 한 포기"로 끝나지만, 이 시에서 "제비꽃"은 비유법상의 용어로 말하자면 원관념이 아니라 보조관념이기 때문이다. 이 무슨 말인가. 이에 대한 답에 앞서 먼저 이 시를 함께 읽기로 하자.

비바람 치는
함덕 바닷가 덮쳐오는 시퍼런 파도에
잇대어 있었네
현무암 낮은 돌담으로 방풍을 친
무덤들 틈새에 있었네
내 곱은 손에 뜨거운 카푸치노 한 잔을 건네 준
까페 올레는
사람이 그리운 어린 딸과 흰틸강아지
레이스 앞치마의 아낙

머리채 나꿔채고 옷깃을 파 헤집는
광란의 바람 속 간신히 균형을 유지하며
죽은 자들의 마을고살 겨우겨우
차를 돌려 나왔네
어느 날 길길이 뒤집힌 저 바다가 난파시킨
애처롭고 위태했던 생애들은 사지 접힌
저 사람들은 누구누구들이었었나
늦은 겨울 비바람 포효하는 함덕 바닷가
검은 유택들 비집고
어쩌자고 제비꽃 저 한 포기

—「어쩌자고 제비꽃」 전문

시인은 이 시의 제3행과 제5행에서 "있었네"를 되풀이 한다. 무엇이 있었다는 말인가. 아마도 손쉬운 답이 "제비꽃 저 한 포기"가 될 것이다. 하지만 이렇게 읽는 경우 제7행의 "까페 올레는"이라는 구절을 어떻게 이해해야 할까가 문제 된다. 왜냐하면, 문장의 주절(主節)에 해당하는 이 시행은 이어지는 시행들과 자연스럽게 연결이 되지 않기 때문이다. 아니, 제7행의 "까페 올레"는 제8-9행의 "사람이 그리운 어린 딸과 흰털강아지/ 레이스 앞치마의 아낙"과 함께 "있었네"의 주어로 보는 것이 자연스럽다. 즉, 제1행에서 제9행까지 하나의 문장으로 보아, '카페 올레는, 그리고 아낙의 어린 딸과 아낙과 흰털강아지는, 시퍼런 파도에 잇대어 무덤들 틈새에 있었네'로 읽는 것이 자연스러운 독법이 될 것이다. 그렇다면, "제비꽃"이 문맥에서 위치할 곳은 어디인가. 그곳 바닷가에 '어쩌자고 제비꽃도 있었네'로 읽어야 할까. 그렇게 읽는 경우, 이 시는 초점이 불분명한 산만한 작품으로 읽힐 수 있다. 여기서 우리는 "카페 올레" 또는 "어린 딸과 흰털 강아지" 또는 "아낙"에 대한 비유적 표현을 위해 동원된 시적 표현이 "제비꽃"이라는 추론에 이를 수 있다. 즉, "제비꽃"은 "비바람 치는/ 함덕 바닷가"에서 시인이 그 존재를 확인하고 시선을 준 관찰 대상이라기보다는 그곳 바닷가에 있는 "까페 올레"와 그곳을 지키는 아이와 강아지와 아낙을 묘사하는 데 동원된 비유적 표현으로 이해할 수 있다. "제비꽃"은 원관념이라기보다 보조관념이라는 우리의 판단은 이 같은 시 읽기에 따른 것이다.

요컨대, 시인이 제주도 함덕의 바닷가에서 우연히 들른 찻집을, 그리고 그 찻집을 지키고 있는 사람들과 강아지를, "제비꽃"에 비유하고 있다고 할 수 있다. 이른 봄에 피는 제비꽃은 깊은 산속 또는 마을 길가나 공터 또는 도심 공원의 양지바른 곳 어디서나 발견되는 '작고 예쁜' 꽃이다. (꽃 가운데 예쁘지 않은 꽃이 어디 있겠는가. 하지만 화려하거나 주변을 압도하지 않는다는 점에서 '작고 예쁜'이라는 표현은 제비꽃에 잘 어울리는 표현이라 하지 않을 수 없다.) 어찌 보면, "까페 올레"나 그곳의 "어린 딸과 흰털강아지"와 "아낙"의 모습에서 시인이 본 것이 바로 이 '작고 예쁜' 제비꽃의 이미지였으리라. 그리고 "어쩌자고"라는 표현을 동원한 것은 있을 법하지 않은 곳—말하자면, "덮쳐오는 시퍼런 파도"와 잇닿은 곳에 자리한 "무덤들"의 틈새"—에 있는 까페와 까페를 지키는 아낙과 아낙의 아이와 강아지에 대한 놀라움과 경탄을 담기 위한 것이리라. "늦은 겨울 비바람 포효하는 함덕 바닷가"에, 그곳도 "어느 날 길길이 뒤집힌 저 바다가 난파시킨 애처롭고 위태했던 생애들"이, "사지 접힌/ 저 사람들"이 잠들어 있는 "검은 유택들" 사이에 "어쩌자고" 카페와 카페의 아낙과 아낙의 아이와 강아지가 자리하고 있단 말인가! 경탄의 마음과 놀라움이 "어쩌자고 제비꽃" 또는 "어쩌자고 제비꽃 저 한 포기"라는 탄성을 시인의 입가에 감돌게 했던 것이리라.

시인이 시적 진술의 차원을 넘어서 시의 제목으로 동원하고 나아가 시집의 표제로 동원한 "어쩌자고 제비꽃"이라는 '작고 예쁜' 표현을 우리가 각별히 주목하고자 함은 단순히 이 표현이 세상의 작고 사소하지만 예쁘고 소중한 그 모든 것들을 향한 시인의 느낌을 있는 그대로 생생하게 드러내기 때문만이 아니다. "세월은 변하고 우리도 세월 속에서 변한다"는 말이 우리를 일깨우듯, 오랜 세월의 흐름과 이에 다른 연륜의 깊이를 감지하지 않을 수 없게 하는 것이 안영희의 시 세계이지만, 그럼에도 불구하고 변하지 않는 것이 있음을 새삼 확인할 수 있기 때문이다. 그것은 바로 '작고 예쁜' 것들을 놓치지 않는 예민하고 밝은 시선과 그런 대상들 앞에서 "어쩌자고 제비꽃"과 같은 탄성을 입가에 머금도록 시인을 이끄는 다감하고 섬세한 마음이다.

시인의 시선과 상상력,
그것이 함의하는 바에 기대어
— 이달균의 시 「장미」와 「복분자」, 또는 드러내기와 뒤집기

1. 무엇을 문제 삼을 것인가

고대 그리스의 철학자 플라톤은 '이데아(Idea)'라는 개념과 함께 '판타지아(phantasia)'라는 개념을 제시한 바 있는데, 이때의 판타지아는 오늘날 우리가 '상상력'이라고 일컫는 개념에 해당하는 것이다. 이 개념과 관련하여 그는 인간의 저급한 영혼과 관련된 것이라는 부정적인 견해와 신비로운 비전을 일깨우는 초월적 이성이라는 긍정적인 견해를 동시에 제시한 바 있다. 플라톤의 부정적인 견해는 판타지아가 제공하는 이미지는 환영(幻影, illusion)에 불과한 것이기 때문에 현실(또는 실재, reality)에 대한 그어떤 지식도 제공하지 못한다는 것, 나아가 이는 예술가나 시인과 같은 비합리적인 영혼의 자극에 의해 생성되는 것일 뿐이라는 것 등의 논리로 정리될 수 있다. 한편, 그의 긍정적인 견해는 이데아로부터 이미지를 형성하는 일이 신에게는 가능하다는 것, 이성적 영혼의 지배를 받는 이데아는 이미지의 형태로 숙고될 수 있다는 것 등으로 요약될 수 있다.[1] 요컨대, 신

---

1) Joseph T. Shipley, *Dictionary of World Literary Terms*, 2nd ed. (London: George Allen & Unwin, 1970), 156쪽 및 A. S. P. Woodhouse, "Imagination," *Princeton Encyclopedia*

적인 것인가 또는 인간적인 것인가가 판타지아를 긍정적인 개념으로 볼 것인가 또는 부정적인 개념으로 볼 것인가의 기준이 된 셈이다. 그 이후 예술가든 시인이든 인간이 지닌 정신능력으로서의 상상력은 대체로 부정적인 측면에서 논의되어 왔다. 아마도 그런 전통을 일별케 하는 사례 가운데 하나가 광인, 연인, 시인의 공통점을 상상력으로 규정한 셰익스피어의 대사일 것이다.[2]

플라톤이 예술가와 시인의 상상력과 관련하여 내세운 부정적 입장은 물론 그들에 대한 불신감에서 비롯된 것이다. 그에게는 예술가나 시인의 작업은 기껏해야 '이데아'의 모방물인 현실을 한 번 더 모방한 것에 지나지 않을 뿐만 아니라 사람들의 정신을 혼미케 하는 것이라는 믿음이 확고했던 것이다. 하지만 만일 이러한 불신감을 떨쳐버리고 예술가나 시인이란 신적인 창조력을 지닌 존재로 보게 되는 경우, 플라톤의 부정적인 견해는 얼마든지 긍정적인 것으로 바뀔 수 있다. 바로 이 같은 변화가 유럽에서는 낭만주의와 함께 시작되었는데, 낭만주의란 예술가나 시인의 능력을 단순히 모방적인 것이 아니라 창조적인 것으로 보는 문예사조라는 점에 유의해야 할 것이다. 아무튼, 인간의 상상력에 대한 부정적인 평가를 긍정적인 것으로 논리화하고, 이를 인간이 지닌 소중한 창조 능력으로 재평가하는 데 결정적인 역할을 한 사람은 19세기 낭만주의 시대 영국의 시인이자 평론가였던 새뮤얼 테일러 코울리지(Samuel Taylor Coleridge)다.

코울리지는 자신의 『문학 전기』(*Literaria Biographia*)에서 윌리엄 워즈워스(William Wordsworth)의 "모든 작품 세계를 지배하는 [시적] 탁월성"으로 인해 "공상(空想, fancy)과 상상력(想像力, imagination)이 명백히 구

---

of Poetry and Poetics, ed. Alex Preminger (Princeton: Princeton UP, 1965), 371쪽 참조.
2) "The lunatic, the lover, and the poet/ Are of imagination all compact" (Shakespeare, 『한 여름 밤의 꿈』(*A Midsummer Night's Dream*, 5막1장).

분되는 전혀 별개의 두 능력이 아닌가라는 의혹을 처음 품게" 되었음을 밝히고 있는데, 이어지는 온갖 논의를 한마디로 정리하자면 워즈워스가 지닌 창조적 정신 능력은 '공상'이 아닌 '상상력'으로 규정되어야 한다는 것이다. 그렇다면, 양자 사이의 차이는 무엇인가. 공상은 '기억'의 한 형태"로서, "이미 결정이 되고 준비된 자료들을 연상의 법칙에 따라 받아들여야 하는" 정신의 수동적인 측면을 지시한다. 반면, 상상력이란 일상의 언어에 내재되어 있는 인식상의 한계를 뛰어넘는 능동적이고 신적(divine)인 정신 능력을 말한다. 이를 코울리지가 동원한 철학 용어로 다시 정리하자면, "수동적 대상"과 "능동적 사유"가 변증법적인 합일의 과정에 이르게 하는 "중개적 정신능력"이다.[3]

　이처럼 고답적이고 추상적인 논의를 벗어나서 상상력을 좀 더 편하게 설명할 수는 없을까. 편하게 단순화하자면, 코울리지가 보기에 워즈워스는 대단한 대상 인식 능력을 지닌 시인이라는 것이다. 그는 대상과 마주하여 능동적인 사유 과정을 거침으로써 누구도 파악하지 못하는 대상의 잠재적 의미를 감지해 내는 특별한 능력을 지닌 시인, 그것도 누구보다 월등하게 그런 능력을 지닌 시인이라는 것이다. 좀 더 쉽게 말하자면, 상상력이란 예리하고 적극적인 마음의 눈을 동원하여 누구도 볼 수 없는 그 무언가의 의미를 대상에서 꿰뚫어 보는 정신능력을 말한다. 그렇다면, 공상은? 이는 간단하게 설명할 수 있거니와, 대상과 마주하여 누구에게나 보일 법한 빤한 의미를 기계적으로 연상해 내는 정신 작용을 말한다.

　하지만 이렇게 정리해도 나의 논의는 여전히 사변적이고 추상적이라는 혐의에서 벗어날 수 없을 것이다. 오늘날 예술가나 시인의 창조 능력과 관련하여 논의의 핵심부에 놓이는 이 상상력이라는 개념을 좀 더 쉽게 풀어

---

3) '상상력'에 관한 이상의 논의 및 이 개념에 대한 역사적, 이론적 이해를 위해서는 장경렬, 「상상력」, 『현대 비평과 이론』 통권27호(2007년 봄·여름호), 213-46쪽 참조.

설명할 수는 없을까. 이어지는 논의는 '좀 더 쉽게 풀어 설명하고자' 하는 나의 의도에서 비롯된 것으로, 논의의 편의를 위해 이달균의 시집 『늙은 사자』(책만드는집, 2016년 8월)에 수록된 「장미」와 「복분자」라는 두 편의 작품을 논의 마당 한가운데로 끌어들이기로 한다.

2. 「장미」와 "능청" 그리고 「복분자」와 "구라"

장미꽃과 복분자 열매는 우리에게 친숙한 관찰 대상에 속하는 것으로, 아마도 이를 소재로 하여 창작된 시는 한자리에 모으기 불가능할 정도로 많을 것이다. 이처럼 헤아릴 수 없이 많은 작품에도 불구하고 장미꽃과 복분자 열매와 같은 일상의 대상을 소재로 한 시가 여전히 창작되고 있는 것은 시인의 상상력에는 한계가 따로 없기 때문이리라. 아무튼, 앞서 말한 두 작품 가운데 우선 「장미」를 함께 읽기로 하자.

> 꽃이라면 모름지기
> 시인 하나쯤은 잡아먹고
>
> 시침 뚝! 떼고 앉을
> 화냥기는 있어야지
>
> 아무렴
> 요염에 가리어진
> 저 능청과 푸른 살의(殺意)
>
> —「장미」 전문[4]

---

4) 이달균, 『늙은 사자』(책만드는집, 2016), 48쪽.

단시조 형식의 이 작품에서는 "장미"라는 꽃이 시적 소재로 등장한다. 이 시는 실재하는 꽃으로서의 장미를 마주하고 이에 대해 시인이 느낀 바를 있는 그대로 담은 것일 수도 있지만, 장미꽃에 비유될 수 있는 어떤 대상—예컨대, 장미꽃처럼 아름다우나 파멸로 이끄는 이른바 '팜 파탈' (femme fatale)에 해당하는 여인—을 소재로 한 작품으로 볼 수도 있다. 즉, 장미꽃을 의인화한 작품일 수도 있고, 수사적 비유를 위해 장미꽃을 동원한 작품일 수도 있다. 시인이 어느 쪽을 의도했든, 이 작품에 관련해서는 비유적 차원의 시 해석을 피할 수는 없으리라. 아무튼, 여기에 덧붙여 언급해야 할 것이 있다면, 장미에서 누군가의 모습을 보거나 누군가의 모습에서 장미를 보는 일이 시인의 상상력과 관련하여 어떤 의미를 갖느냐다. 따지고 보면, 상상력의 차원에서 볼 때 그런 행위는 특별히 의미 있는 것으로 보기는 어려울 것이다. 이미 상투화된 이해의 시선을 반영한 것일 수 있기 때문이다. 그런 의미에서 본다면, 이는 코울리지가 말하는 공상의 차원에서 크게 벗어난 것이 아닐 수 있다. 하지만 그것이 전부일까. 이와 관련하여, 시인 이달균이 일깨우는 이미지는 단순히 누구나 쉽게 떠올리는 장미꽃의 이미지 또는 장미꽃에 비견되는 누군가의 이미지만은 아니라는 점에 유의하기 바란다. 우리는 그 차원을 뛰어넘어 시인 특유의 상상력을 통해 형상화된 대상 또는 사물의 이미지와 의미를 일별할 수 있거니와, 이로 인해 그의 작품을 공상의 차원에 속하는 것으로 치부할 수 없다. 즉, 시인 특유의 상상력을 통해 형상화된 시인만의 "장미"라는 점에서 여전히 시인의 상상력이 문제 된다.

구체적으로 어떤 면에서 그러한가. 이에 대한 논의는 잠시 뒤로 미루고, 또 한 편의 단시조 형식의 작품인 「복분자」를 주목하기로 하자. 장미과 관목의 열매인 "복분자"가 소재로 등장하는 「복분자」는 「장미」와 달리 다중적(多重的)의 의미 읽기의 가능성을 애초에 배제하는 작품이다. 다시 말해,

이는 있는 그대로 "복분자"에 관한 시다. 시를 함께 읽어 보기로 하자.

> 만리장성과 구만리장천은
> 과장이 아니다
> 딸기 먹고 오줌 누니
> 요강이 뒤엎이다니
> 장삿속,
> 그 정도 구라는
> 되어야지
> 암만!
>
> ―「복분자」 전문[5]

이 시에서는 복분자 열매하면 사람들이 통상적으로 연상하는 바가 언급되고 있다. 즉, "딸기 먹고 오줌 누니/ 요강이 뒤엎[인]다"는 말에 담긴 연상 작용이 문제 되고 있는데, 복분자의 열매를 보고 '뒤집어진 요강'―그것도 '오줌발이 너무 세서 뒤집어진 요강'―을 최초로 감지하고 이를 언어로 표현한 사람은 누구일까. 그가 누구이든 그에게 우리는 상상력을 통해 대상을 자기 나름의 시선으로 본 '시인의 영예'를 부여할 수도 있으리라. 하지만 이런 이해는 너무도 상투화되고 시인의 말대로 "장삿속"이 따라붙다 보니, 이제는 참신한 상상력의 영역에서 퇴출된 지 오래다. 즉, 그런 이해는 공상의 차원에 속하는 것이 되고 말았다. 문제는 공상의 차원으로 전락한 대상 또는 사물에 대한 이해에 시인이 새로운 의미 부여를 더하고 있다는 데 있다. 시인을 이 같은 새로운 의미 부여로 유도한 것은 무엇인가. 넓게 보아, 우리는 이 역시 시인 특유의 시적 상상력에 의한 것

---

5) 이달균, 『늙은 사자』, 77쪽.

으로 이해할 수 있는데, 「복분자」가 공상의 차원에 속하는 대상 또는 사물에 대한 이해를 시적 소재로 삼고 있지만, 이 시가 공상의 차원을 뛰어넘는 것임은 이 때문이다. 하지만 어떤 차원에서 그러한가? 이에 대해서는 논의가 필요할 것으로 판단되지만, 이에 대한 논의 역시 잠깐 뒤로 미루기로 하자.

「장미」와 「복분자」가 단순한 연상 작용의 결과물이 아니라, 미묘하고도 예사롭지 않은 상상력의 산물임은 두 작품을 나란히 놓고 비교 분석할 때 또렷하게 확인된다. 이와 관련하여, 대상에 대한 비유적인 관찰의 결과물이든 또는 직접적인 관찰의 결과물이든, 「장미」와 「복분자」 사이에는 쉽게 감지하기 어려운 공통점이 존재한다는 점에 유의하기 바란다. 즉, 두 시가 모두 겉으로 드러나 보이는 것—또는 일반적으로 알려져 있는 것—과 실제가 다르다는 점을 작품의 주제로 삼고 있다. 하지만 정작 문제가 되는 것은 시인이 이 같은 주제를 '서로 다른 방향에서' 탐구하고 있다는 점이다. 즉, 전자의 시에서 시인은 "장미"가 자신의 실체를 은폐함으로써 겉으로 드러난 "장미"의 이미지가 실제로 그런 것보다 '약화(弱化)되어 있음'을 주목하고 있다면, 후자는 시에서 시인은 사람들이 "복분자"가 지니지 않은 속성을 지닌 것처럼 과장하는 가운데 겉으로 드러난 "복분자"의 이미지가 실제와는 달리 '강화(强化)되어 있음'을 주목한다. 이런 맥락에서 볼 때, 각각의 작품이 내장하고 있는 핵심어(核心語)를 하나씩 고르자면, "능청"과 "구라"가 될 것이다. 요컨대, 두 시는 모두 겉과 속이 다른 대상을 소재로 동원하고 있지만, "장미"가 "능청"을 떨며 실체를 은폐하고 있다면 "복분자"는 "구라"를 통해 실체 이상의 것으로 과장되고 있다는 점에서 양자는 선명한 대조를 이룬다. 선명하게 대조되는 이 두 시에서 우리가 읽고 감지할 수 있는 시적 메시지가 있다면, 이는 과연 무엇일까.

이에 대한 논의를 위해 우리에게는 우선 「장미」에 대해 좀 더 세밀한 독해를 시도해야 할 것이다. 앞서 말했지만, 우선 이 작품의 "장미"는 있는 그대로 자연의 꽃으로 볼 수도 있다. 즉, "꽃이라면 모름지기/ 시인 하나쯤은 잡아먹고// 시침 뚝! 떼고 앉을/ 화냥기는 있어야지"는 아름다우나 가시가 있는 꽃이 장미라는 객관적 사실을 시인 나름의 감성과 언어를 통해 '재(再)서술'한 것으로 받아들일 수 있다. 다시 말해, 시인이 보기에, 장미는 "시인 하나쯤은 잡아먹고// 시침 뚝! 떼고 앉을/ 화냥기는 있어" 보이는 꽃임을 서술한 것으로 읽을 수도 있다. 이처럼 아름답지만 요사스러워 보이는 꽃인 동시에, 가리어져 있긴 하지만 그럼에도 "능청과 푸른 살의"가 감지될 만큼 "요염"해 보이는 꽃이 장미라는 시인의 감성적 판단을 전하는 작품이 곧 「장미」일 수 있다.

하지만 「장미」가 단순히 시인이 보기에 장미는 아름답지만 요사스럽고 요염한 꽃이라는 메시지를 전하기 위한 시일까. 만일 그러하다면, 비록 표현의 새로움에 대한 평가를 받을 수 있을지는 몰라도, 상상력과 관련하여 이 작품의 존재 이유는 따로 내세울 것이 있어 보인다. 장미는 아름다우나 가시가 있다는 사실이야 이 시가 없어도 우리가 식상할 만큼 되풀이해 언급되어 왔지 않은가. 따라서 우리의 읽기에 전환이 뒤따르지 않을 수 없는데, 만일 앞서 언급했듯 이때의 장미꽃을 '장미꽃처럼 아름다우나 파멸로 이끄는 어떤 여인'을 지시하는 것이라면? 그렇게 보는 경우, "시인 하나쯤은 잡아먹고// 시침 뚝! 떼고 앉을/ 화냥기는 있어야지"는 시인 주변의 누군가를 향한 냉소와 야유와 비난으로 읽힘으로써, 시적 진술에 나름의 현실감과 현장감이 더해진다. 아울러, "아무렴/ 요염에 가리어진/ 저 능청과 푸른 살의"도 냉소와 야유와 비난의 강도를 한층 더 강화하는 시적 진술로서의 역할을 무리 없이 수행한다. 우리가 앞서 시인의 의도가 무엇이든 이 시는 결국 비유적 차원에서 읽어야 할 것임을 지적한 것은 이런 맥락에서다. 하지만 이 같은 장미의 의인화 역시 상투적인 이해에 불과한 것일 수도 있지 않을까.

그런 의미에서 우리는 이 시에 대한 작품 읽기를 또 다른 차원에서 시도하지 않을 수 없거니와, 일단 비유적 읽기의 가능성을 수용하는 경우 「장미」의 "장미"는 또 다른 차원에서의 비유적 읽기로 우리를 이끌 수 있기 때문이다. 이와 관련하여, 「장미」에 "시인"이 언급되고 있음을 주목하기 바란다. "시인 하나쯤은 잡아먹고"라니? 이 시에서 이처럼 잡아먹히는 대상이 "시인"으로 특정된 이유는 무엇일까. 하고 많은 인간 가운데 "시인"만을 골라 "하나쯤" 잡아먹을 수 있는 것이 있다면, 그것은 무엇인가. 그것은 바로 '시'가 아닐까. 다시 말해, "장미"는 그 자체로서 '시'에 대한 비유일 수 있다. 시인이란 시에 매혹된 상태에서 시를 위해서라면 죽음이라도 불사(不辭)하는 존재가 아닌가. 마치 불빛을 향해 달려드는 나방과도 같은 존재가 아니겠는가. 이처럼 "장미"를 시에 대한 '의인화'로 보는 경우, 「장미」는 시란 시인을 유혹하여 그의 현실 감각에 파탄을 일으킬 만큼 매혹적인 대상임을 암시하는 작품으로 읽을 수 있을 것이다.

여기서 우리는 그리스 신화에 등장하는 사이렌의 이미지를 끌어들일 수도 있으리라. 정녕코, 시란 아름다운 노래로 뱃사람들을 홀려 죽음에 이르게 했던 바다의 요정 사이렌을 연상케 하는 마력적인 그 무엇일 수도 있으리라. 어찌 보면, 시에 매혹되어 시인의 길에 들어섰지만, 또한 시의 매혹에 정신이 혼미할 만큼 이끌렸지만, 그럼에도 여전히 시를 향해 '헛되이' 저항하는 시인의 자기 되돌아보기가 이 시의 궁극적인 주제는 아닐지? 바로 여기서 우리는 시인 특유의 상상력이 개입되어 있음을 일별하지 않을 수 없을 것이다. 요컨대, 이 시의 "장미"는 시인 특유의 상상력을 통해 형상화된 '시인만'의 고유한 장미라는 관점이 가능하다면, 이는 이 같은 시읽기에 근거한 것이다.

이제 「복분자」에 눈길을 주자면, 이 시에 등장하는 "복분자(覆盆子)"는 딸기의 일종으로, 생긴 모양이 접시를 엎어놓은 것 같기에 이 같은 이름이 붙여졌음을 모르는 이는 없을 것이다. 또한 바로 그런 모양 때문에 앞서 이미 언급했듯 '복분자 열매를 먹고 오줌을 누면 요강이 뒤집어진다'와 같은 "구라"가 떠돌게 되었음도 누구나 다 알 것이다. 아무튼, 비록 복분자 열매가 요강 모양을 하고 있다고 해도, 복분자 열매에 관한 이 같은 속설은 잘못된 유추(類推, analogy)에서 비롯된 것, 말 그대로 "구라"가 아닐 수 없는데, 따지고 보면 동물의 신체 기관 가운데 어떤 것은 이에 상응하는 인체 기관의 기능을 개선한다든가 인체의 특정 기관과 닮은 식물의 잎이 해당 기관의 병을 치료하는 데 효과가 있다는 투의 허황한 유추는 이 세상 어디서나 확인된다. 시인은 이처럼 잘못된 유추에서 비롯된 복분자 열매에 관한 "과장"에 비하면 "만리장성과 구만리장천은/ 과장이 아니"라고 선언하기도 하고, 이는 복분자를 팔려는 "장삿속"을 드러내는 것임을 지적하기도 한다. 문제는 복분자에 관한 "과장"에 비하면 "만리장성과 구만리장천은/ 과장이 아니"라는 시인의 시적 진술 자체가 "과장"이라는 점이다. 따지고 보면, "만리장성"이나 "구만리장천" 역시 과장된 표현이기는 마찬가지 아닌가.

그렇다면, 복분자에 대한 과장은 물론이고 시인의 과장된 표현조차 잘못된 것이기에 폐기해야 할 것인가. 과연 그럴까. 그처럼 단순한 메시지를 전하는 것이 이 시일 수는 없다. 자신의 시적 진술까지 폐기하라니? 그런 뜻이 아니라면, 시인의 시적 진술이 의도하는 바는 무엇일까. 어찌 보면, 시인은 스스로 과장된 표현을 적극적으로 동원함으로써 이른바 과장된 "구라"를 폐기해야 한다는 식의 생각을 폐기해야 한다고 '뒤집어 말하고 있는 것'은 아닐지? 이 같은 읽기를 뒷받침하는 것이 있다면, 이는 바로 이 시를 마감하는 "암만!"이라는 표현이다. 어떤 의미에서 그런가. 자신의 말에 대한 강한 긍정을 담고 있는 "암만!"이라는 표현은 자신의 "과장"조차도 긍정적으로 받아들이기를 또는 '뒤집어' 읽기를 원하는 시인의 마음을 숨길 듯 드러낸 것으로 보인다는 점에서다.

정녕코 시—나아가 문학—에서는 정도의 차이가 있을지언정 이처럼 과장된 표현이 지배하고 있거니와, 시 또는 문학의 본질 가운데 하나는 바로 이 "구라"에 있는지도 모른다. "구라"임을 알면서도 "구라"라는 깨달음을 잠시 유보하는 것—즉, 앞서 언급한 코울리지가 말한 바 있는 "자발적인 불신감 유보"(willing suspension of disbelief)의 상태에 자신의 의식을 맡기는 것—이 바로 시 또는 문학에 대해 우리가 가져야 하는 동시에 갖지 않을 수 없는 자세가 아닌가. 그런 의미에서 볼 때, 시인은 복분자 열매에 대한 "구라"를 비판하거나 거부하기 위해 이 작품을 창작한 것으로 보이지 않는다. 사실을 말하자면, 이 같은 "구라"가 우리네 각박한 삶에 활기를 불어넣어 주지 않는가. "그 정도 구라는/ 되어야지/ 암만!"에서 익살뿐만 아니라, 거듭 말하지만 "구라"에 대한 강한 긍정까지도 감지된다. 이처럼 복분자 열매와 관련된 "구라"를 문제 삼는 가운데 시 또는 문학의 본질은 무엇인가에 대한 생각을 이끈다는 점에서, 나아가 "구라"에 대한 새로운 해석과 이해로 우리를 이끈다는 점에서, 우리는 대상을 향한 시인의 눈길이 결코 상투적이고 기계적인 것이 아님을 감지할 수 있다. 대상이 동인(動因)이 되어 일깨워진 마음의 움직임에서 시인 특유의 언어적 활달함과 살아 있는 시적 상상력이 읽히지 않는가.

3. 논의를 마무리하며

「장미」와 「복분자」에 관해 내가 이제까지 이어 온 논의를 마무리하자면, 전자가 시의 매력에 감당할 수 없을 만큼 매혹되어 있으면서도 이를 경계하는 시인의 속내를 드러내는 작품이라면, 후자는 시의 시다움 또는 문학의 문학다움에 대해 깊은 생각을 경쾌한 어조로 드러내는 작품으로 정리할 수 있다. 그리고 대상이 감추고 있어 누구도 보지 못하는 그 무언가의 이미지나 의미를 보는 이가 시인이라면, 또는 대상이 잠재하고 있는 무언가의 이미지나 의미를 꿰뚫어 보는 이가 시인이라면, 또한 그런 능력을 상상력이라고 한다면, 「장미」와 「복분자」는 상상력이란 무엇인가를 가늠케 하는 수많은 예 가운데 몇몇에 해당하는 작품으로 평가될 수 있으리라.

말할 것도 없이, 관찰자의 입장에서 보면 이 세상에는 헤아릴 수 없을 정도로 많은 대상이 존재하고, 그 모든 대상은 시인이든 예술가든 그의 새로운 시선과 이해를 요구한다. 그리고 여기서 결정적으로 중요한 것은 그러한 시선과 이해를 위해 투사하는 시인의 "능동적 사유"뿐만 아니라, "수동적 대상"과 "능동적 사유"가 변증법적인 합일의 경지에 이르도록 하는 "중개적 정신능력"이다. 문제는 상상력으로 일컬어지는 이 정신 능력은 예술가나 시인에게만 필요한 것이 아니라는 데 있다. 이는 예술 작품이나 시를 감상하고 이해하는 우리 모두에게 필요한 능력이기도 하다. 왜냐하면, 예술 작품이나 시 역시 이와 마주한 이에게는 여전히 또 하나의 "수동적 대상"에 지나지 않는 것일 수 있기 때문이다. 작품을 감상하고 그 작품에서 의미를 찾는 능력을 우리는 일반적으로 심미안(審美眼)이라고 하는데, 이런 의미에서 심미안의 필요조건 가운데 하나가 상상력일 수 있다.

하지만 어찌 상상력이 단순히 시나 예술 작품을 감상하고 이해하는 데만 필요한 정신 능력일 수 있겠는가. 이는 우리가 삶을 영위하면서 세계와 만나고 이를 이해하는 데 절대적으로 필요한 보편적인 정신 능력이 아닐 수 없다. 바라건대, 모든 이가 바로 이 보편적인 정신 능력—잠재적으로 모든 이의 내면에 존재하는 상상력이라는 이 정신 능력—을 자신의 내면에서 일깨울 수 있기를! 그리하여, 얼핏 보기에 너무도 지루하고 상투적이며 피곤한 우리의 현실에서 무언가 새로운 의미를 찾고, 이로써 그들의 삶이 나름의 생명력으로 환하고 아름다운 것이 되기를!

"장미 이데아"를 향한 시인의 시선을 따라서

— 오주리의 시집 『장미릉』과 다의적 의미의 시 세계

1. "눈을 뜬 채로"

시인 오주리의 첫 시집 『장미릉』(현대시, 2019년 11월)의 어디를 펼치더라도 무엇보다 강하게 감지되는 것은 시인의 시선이다. 이로 인해, 명시적으로든 암시적으로든 그의 시 세계를 지배하는 것은 시인의 시선이라고 해도 지나친 말이 아닐 것이다. 어찌 보면, 시인은 온갖 감각을 시각화하고 있는 것처럼 보이기까지 한다. 이와 관련하여, 우리는 『장미릉』의 표제 시에 해당하는 「장미릉」을 마감하는 다음 진술—모두 네 개의 시편(詩片)으로 이루어진 이 작품의 넷째 시편—을 주목하지 않을 수 없다.

자살을 넘어서는 것 존재하는 것은 존재하지 않는 것의 꿈이다 나는 자살을 하지 않기 위해 지옥을 견딘다 눈을 뜬 채로 나의 의식이 살아있는가 의식한다 마음의 평정(平靜)을 지키려는 의지로 지옥을 견딘다 나의 의식이 살아있음을 확인하기 위해 읽고 쓴다 글이 의식에 새겨지는 동안의 시간만큼 안도한다 시간과 의식은 멜로디의 형상으로 흐른다 그 멜로디의 아름다움은 태양 아래 무음(無音)의 지옥을 견디고 나면 밤의 음악으로, 쇼팽의 녹턴처럼 짧

디짧게 명멸한다 어둠은 지극한 순수함이므로 빛의 멜로디가 유동한다 그 음악의 성좌에 이끌려 영혼은 꿈에 당도한다, 나의 릉으로. 그곳에서 나는 이 세상에 아직 존재하지 않았던 최초의 아름다움이 되려는 비약을 한다 나의 안의 신을 드러내는, 신에 다가가는, 신과 일치하려는 비약이다 그 비약이 이데아를 향하는 이데인(idein)이다

—「장미릉」넷째 시편 전문

"자살을 넘어서는 것"과 "존재하는 것"은 "존재하지 않는 것의 꿈"이라니? "자살을 넘어서는 것"과 "존재하는 것"은 곧 현실의 삶을 지시하는 것일 수 있다. 그렇다면, "존재하지 않는 것"은 현실의 삶을 뛰어넘어 피안의 세계에 이른 상황을 암시하는 것이리라. 피안의 세계에 이르러 현실을 바라보면, 현실은 시인의 말대로 "꿈"일 수도 있을 것이다. 한편, '꿈'이라고 할 때 우리가 떠올리는 것은 대체로 현실의 덧없음 또는 무상함이다. 하지만 시 속의 '내'가 보는 현실은 이러한 차원을 뛰어넘어 악몽과도 같은 것이다. 즉, '나'에게 현실이란 "자살을 하지 않기 위해" 견디는 "지옥"인 것이다. 요컨대, '나'의 눈에 비친 현실은 극도로 부정적인 것이다. 아니, 있는 그대로 받아들이기 어려운 것이다. 아무튼, 위의 인용을 우리가 주목하지 않을 수 없음을 현실에 대한 부정을 뛰어넘어 어떻게 하면 이 "지옥"을 견딜 것인가에 대한 '나'—즉, 시인—의 고민이 감지되기 때문이다. 다시 말해, 어떻게 하면 부정적인 현실의 삶 한가운데서도 여전히 "의식이 살아 있는가[를] 의식"할 것인가의 방법을 모색하는 시인의 의지가 일별되기 때문이다. 시인이 찾은 방법은 무엇일까. 그것은 바로 '글을 읽고 쓰는 일'이다.

시인이 글을 읽고 쓰는 이유에 대한 해명을 담고 있는 넷째 시편과 관련하여 우리가 무엇보다 문제 삼아야 할 것이 있다면, 이는 방법론일 것

이다. 즉, '어떻게'가 문제 된다. '어떻게'를 문제 삼고자 하는 경우, 우리가 주목해야 할 구절은 "눈을 뜬 채로"일 것이다. 즉, 시인에게 의식이 살아있음을 의식하는 일을 가능케 하는 것은 '눈을 뜨고 있음'으로 정리할 수 있다. 따지고 보면, 맹인이 아니라면 글을 읽고 쓰는 일이란 눈을 뜨고 있기에 가능한 일일 것이다. 눈을 뜨고 있기에 글을 읽거나 쓸 수 있는 것이다. 눈을 뜨고 무언가를 보는 일이 중요한 이유는 이 때문이다. 이를 강조하기라도 하듯 시인은 "시간과 의식"이 "멜로디의 형상으로 흐른다"라고 말한다. 이와 관련하여 '형상'과 '흐른다'라는 말은 기본적으로 시각과 관계되는 것임에 유의하기 바란다. 말하자면, 멜로디를 이야기하고 있지만 시인에게 이는 청각적인 것이 아니다. 뿐만 아니라, 시인은 "명멸한다"라는 언사를 통해 문제의 멜로디가 시각을 통해 확인되는 것임을 암시하기까지 한다. 이어지는 "어둠"이든 "빛의 멜로디"든 모두가 시각적인 것이 아닌가. 물론 "그 음악의 성좌에 이끌려 영혼은 꿈에 당도한다"고 했을 때 이 구절은 청각적 이미지가 지배하는 것으로 보일 수도 있다. 하지만 "성좌"는 시각적인 것이다. 뿐만 아니라, 시인이 "나의 안의 신을 드러내는, 신에 다가가는, 신과 일치하려는 비약"은 곧 "이데아를 향하는 이데인"임을 말할 때, 이 "이데인"이 뜻하는 바는 시각적인 것이다. 이와 관련하여, 이 진술의 핵심어인 "이데인"이라는 희랍어 단어는 '눈으로 보다'의 의미를 갖는다는 점에 유의하기 바란다.

'눈으로 보다'니? 무엇을 보는가. 아니, 무엇을 향해 눈길 또는 시선을 주는가. 삼라만상이 다 눈길 또는 시선의 대상일 수도 있겠지만, 시인 오주리에게 각별하게 의미를 갖는 눈길 또는 시선의 대상은 다음의 시적 진술이 암시하듯 무엇보다 장미가 아닐지? 아니, 장미로 표상되는 시적 또는 미적 또는 예술적 대상이 아닐지?

시선이 장미의 겹 하나로 들면 다음 겹. 시선은 다시 장미의 밖이다 외롬이 한
가시 더 자랄 때, 겹 사이, 산소(酸素) 흐른다 형상 없던 형용사가 핀다 장미는
시선이라는 은빛 그물의 안이다 시선이 씨방을 조인 끝, 장미열매가 부푼다
　　　　　　　　　　　　　　　　　　　　　　—「첫 눈 4」 셋째 시편 전문

　장미를 바라보는 시인의 시선은 정교하고 섬세하다. 장미는 일반적으로
겹꽃잎 구조로 꽃을 피우는데, 시인의 시선이 향하고 있는 것은 이 같은
겹꽃잎 구조의 장미꽃이다. 하지만 "시선은 다시 장미의 밖"이라니? 겹꽃
잎 구조의 장미꽃의 꽃잎을 안에서 바깥쪽으로 한 겹 한 겹 응시하다 보면
시선은 마침내 "다시 장미의 밖"에 이르게 될 것이다. 위의 인용은 그런
절차를 거쳐 시인의 시선이 마침내 장미의 가시에 이르렀음을 암시한다.
그런데 그 가시에서 시인이 감지하는 것은 "외롬"이다. 장미의 가시는 장
미를 향한 접근을 막는 그 무엇일 수 있거니와, "외롬"은 그런 맥락에서
이해될 수 있으리라. 아무튼, "산소 흐른다"는 구절은 장미가 숨을 쉬는
존재—즉, 살아있는 존재—임을 암시하고 있거니와, 장미는 "외롬" 속에
서 숨 쉬며 자신의 삶을 살아가는 존재인 것이다. 이어지는 "형상 없던 형
용사가 핀다"라는 진술도 여타의 진술과 마찬가지로 수수께끼와 같지만,
적어도 가시적 형상으로 존재하지 않던 꽃의 의미가 "형용사"로 가시화됨
을 암시하는 것이 시각적 인식을 가능케 하는 "핀다"라는 동사 아닐까.
　위의 시적 진술에서 특히 우리의 눈길을 끄는 것은 "장미는 시선이라는
은빛 그물의 안"으로, 시인은 시선조차 "은빛 그물"로 가시화하고 있는 것
이다. "은빛 그물"로서의 시인의 시선이 '조여' 마침내 이르는 곳은 장미꽃
의 "씨방"이다. 그 안에서 부푸는 "장미열매"는 단순히 식물학적 의미의
열매가 아니리라. 이는 곧 시인이 장미에게서 보고자 하는 '의미의 열매'이
리라. 아니, 장미가 '상징으로서 지니는 온갖 함의(含意)'이리라.

2. "시선 너머"

앞서 암시한 바 있듯, 시인의 시선은 단순히 눈에 보이는 시각적인 것만을 향하고 있지 않다. 이미 "빛의 멜로디"라는 표현과 관련하여 주목한 바 있지만, 시인은 공공연하게 시각적인 것을 향할 때도 때로는 시각적인 것을 뛰어넘는 초(超)시각적인 것을 지향한다. 예컨대, 「장미릉」의 둘째 시편의 시작 부분을 보라.

> 피아노 의자에 앉아 악보만 바라보았다 가슴이 건반에 닿도록, 숨도 쉬지 않는 듯 눈동자의 미동은 오너먼트에서 떨렸다 그것은 볼프강 아마데우스 모차르트의 악보였다 나의 손끝이 그의 악보에 흐르는 음의 고저와 속도를 따라갈 때 울려 퍼지는 음향이 천상(天上)에서 내려와 나의 안과 밖을 음의 환으로 둘렀다
>
> ─「장미릉」 둘째 시편 시작 부분

시 속의 '나'는 "피아노 의자에 앉아" 시선을 "아마데우스 모차르트의 악보"에 모은다. 이윽고 "손끝"이 피아노 건반을 누름으로써 시각적인 것은 청각적인 것으로 바뀐다. 문제는 촉각을 동원하여 청각을 일깨움으로써 살아난 "음향"이 여전히 시각적인 것으로 시인에게 다가온다는 사실이다. 즉, "천상에서 내려와 나의 안과 밖을 음의 환으로 둘렀다"라는 진술은 명백히 시각적인 것이 아닌가. 그것도 악보를 향해 던지는 시각과는 차원이 다른 시각을 통해 감지되는 시각적인 것이다. 혹시 이를 초월적 시각으로 명명할 수도 있지 않을까. 우리가 오주리의 시 세계를 논의하면서 '초시각적인 것을 향하는 시각'이라는 표현을 동원하고자 함은 이런 맥락에서다.

또 하나 예를 들자면, "첫 눈"이라는 제목 아래 묶이는 여섯 편의 작품

에서 확인할 수 있듯, '하늘에서 내리는 눈[雪]'을 향할 경우에도 시인은 단순히 '보이는 것'만을 향해 눈길 또는 시선을 던지지 않는다. 즉, '보이는 것'을 보기 위해서뿐만 아니라 '보이지 않는 것'을 보기 위해 시선을 던지기도 한다. 심지어 '보이는 동시에 보이지 않는 것'을 향해 여일(如一)한 시선을 던지기도 한다. '보이는 동시에 보이지 않는 것'을 향해 시선을 던지다니? 어찌 보면, '보이는 동시에 보이지 않는 것'에 해당하는 사례가 장미일 것이다. 다시 말해, '보이는 동시에 보이지 않는 것'을 향한 시인의 시선 가운데 각별히 주목을 요하는 것이 보이지 않는 장미, 그러니까 관념 속에 존재하는 장미다. '관념 속의 장미'가 지시하는 바는 무엇인가. 다음 시를 주목하기 바란다.

잉여로서의 장미, 외부로서의 장미, 사물로서의 장미
그리고 장미로서의 여체
　　　　　어둠상자-흠 없이 장미들

시체로서의 장미, 부패로서의 장미, 영혼으로서의 장미
그리고 장미로서의 숨결
　　　　　빛상자-극광의 장미들

시선 너머
푸른 불 또는 천사 날개의 부활

하늘의 시계바늘 아래 천사의 동공이 흔들린다, 푸른 영원
떨구며
　　　　　　　　　　　　　　　　　　　　　　　—「첫 눈 3-존재의 빛」 전문

무엇보다 문제 삼아야 할 것은 이 작품의 부제로, "존재의 빛"이 지시하는 바는 무엇일까. 지극히 상식적으로 말해 이는 태양일 수 있겠다. 하지만 "첫 눈"이 내릴 때나 내린 후의 상황에서라면 태양의 존재는 가시권 바깥에 있을 가능성이 높다. 그럼에도 눈이 내릴 때나 내린 후의 세상은 여전히 '빛'으로 환하다. 물론 가시권 바깥쪽의 태양 빛이 존재하기 때문이겠지만, 직접적으로는 세상을 환하게 비춰 주는 눈[雪]이 있기 때문일 것이다. 심지어 세상이 짙은 어둠에 덮여 있는 밤에도 눈은 세상을 환하게 한다. 어찌 보면, 밤의 어둠을 더욱 짙게 하는 것이 눈이고 눈의 환함을 더욱 강렬하게 하는 것이 어둠인지도 모른다. 이처럼 어둠과 빛의 동시 존재를 가능케 하는 것이 다름 아닌 눈[雪]이다. 아무튼, 「첫 눈 3」의 첫 두 연에서 시인은 "첫 눈"이 일깨운 빛의 공간과 어둠의 공간을 각각 "어둠상자"와 "빛상자"로 제시한다.

　어찌 보면, "어둠상자"와 "빛상자"는 각각 밤의 공간과 낮의 공간을 지시하는 언사일 수 있거니와, 그 공간 안을 향한 시인의 심안을 자극하는 '보이지 않는 장미'—즉, 온실에서 키운 장미가 아니라면, 눈이 덮인 자연의 세상 어디서도 찾아볼 수 없기에 심안으로만 볼 수 있는 장미—는 이미지의 측면에서 선명한 대조를 이룬다. 우선 밤의 공간 안에서 감지되는 '보이지 않는 장미'의 이미지는 "잉여로서의 장미, 외부로서의 장미, 사물로서의 장미/ 그리고 장미로서의 여체"다. 이에 덧붙여진 "흙 없이 장미들"이라는 구절은 꺾이고 절단되어 '사물화'된 장미를 암시하는 것일 수 있겠다. 한편, 낮의 공간 안에서 감지되는 '보이지 않는 장미'의 이미지는 "시체로서의 장미, 부패로서의 장미, 영혼으로서의 장미/ 그리고 장미로서의 숨결"이다. 시인은 여기에다 "극광의 장미들"이라는 구절을 덧붙이고 있는데, 이는 피었다가 져서 시체가 되고 마침내 부패하는 장미, 숨을 쉬다가 마침내 숨을 멈추고 흙으로 돌아가는 장미, 그야말로 장미다운, 환한 빛 속의 빛나는 장미들을 일깨우기 위한 것 아닐까. 아무튼, 이 작품의 제1연과 제2연에서는 각각 '잉여'와 '시체'가, '외부'와 '부패'가, '사물'과 '영혼'이, 그리고 '여체'와 '숨결'이 짝을 이루는데, 시인의 사적(私的)인 연상 작용이 이끄는 이 같은 이미지의 병치 가운데 특히 우리의 눈길을 끄는 것은 "장미로서의 여체"와 "장미로서의 숨결"이다. 전자는 아마도 시인의 여성성이, 후자는 시인의 시적 생명성이 투사된 이미지이리라. 이를 종합하자면, 여성으로서의 시인이 시 세계에 거처하며 살아야 할 삶이, 또한 그런 삶을 통해 추구해야 할 바가 무엇인지를 암시하는 것으로 정리할 수도 있으리라. 사실 "장미로서의 숨결"은 곧이어 논의할 작품인 「장미릉」의 첫째 시편의 주요 시적 모티프가 되고 있기도 하다.

위에 인용한 「첫 눈 3」의 이어지는 시적 진술이 특히 우리의 눈길을 끄는데, "시선 너머"는 현재 시인의 시선이 향하고 있는 곳 바깥쪽을 암시하기 때문이다. 어찌 보면, "어둠상자"든 "빛상자"든 이는 시인의 심안(心眼)이든 육안(肉眼)이든 시선이 닿는 곳이다. 즉, 현실의 공간이다. 바로 이 공간의 바깥쪽으로 심안이든 의식이든 이를 향할 때 시인이 감지하는 것은 "푸른 불 또는 천사 날개의 부활" 또는 "푸른 영혼"을 떨구는 "천사의 동공"이다. 지극히 사적(私的)인 이 같은 시적 이미지들이 일깨우는 것은 무엇일까. 이는 혹시 일반적으로 우리가 상정하는 인식 대상으로서의 구체적인 장미를 넘어서는 그 무엇, 그러니까 그런 장미가 우리를 이끌어 이르게 하는 영원한 본질로서의 장미—시인의 표현에 따르면, "장미 이데아"(「장미 이데아」)—가 아닐지? 현실적 존재 또는 실존으로 '있음'을 뛰어넘어 초월적 존재 또는 본질로서 장미의 '있음'에 다가가고자 하는 시인의 염원을 이 작품에서 감지할 수도 있으리라.

3. "장미릉"에서

따지고 보면, 세상의 꽃들 가운데 장미만큼 빈번하게 시적 탐구 대상이 된 꽃은 아마도 없으리라. 장미는 아름답지만 가시를 지닌 꽃이라는 지극히 상투적인 언명에서 시작하여 장미의 화려한 자태와 강렬한 색깔이 암시하는 바에 대한 온갖 상상의 논의에 이르기까지, 장미에 대한 시인들의 시적 형상화는 과거에서 현재까지 이루 헤아릴 수 없이 이어져 왔다. 앞서 추적한 시인의 시선에서 확인할 수 있듯, 새삼스러울 것이 하나도 없는 꽃인 장미에 대한 시적 형상화 작업을 시인 오주리는 새삼스럽게 다시 시작하고 있는 것이다! 이처럼 장미가 새삼스럽게 시인의 의식을 사로잡은 이유는 무엇일까. 모르긴 해도, 시인의 학문적 주제가 장미에 심취했던 시인인 김춘수와 릴케였기 때문일 수도 있으리라. 물론 장미에 심취해 있었기에 논문의 주제로 김춘수와 릴케를 택했는지도 모른다. 아니, 우연한 계기에 릴케의 장미나 김춘수의 장미와 접하고 학문적으로뿐만 아니라 시적으로도 장미의 이미지에 깊은 관심을 갖게 되었는지도 모른다.

동기가 어디에 있든, 우리가 주목하지 않을 수 없는 사실은 작품의 제목이자 시집의 제목이 "장미릉"이라는 점이다. "장미릉"이란 '장미의 무덤'이라는 뜻을 갖는다. 하지만 시인은 무덤 가운데서도 일반적인 무덤을 지시하는 '묘'가 아니라 왕이나 왕후의 무덤에 붙는 명칭인 '릉'을 동원한 이유는 무엇일까. 추측건대, 시인은 '릉'이 암시하는 권위와 위엄을 장미에게 부여하고자 했는지도 모른다. 하지만 여전히 묻지 않을 수 없거니와, '장미의 무덤'이라니? '릉'이 권위와 위엄을 암시한다고 해도, 이는 여전히 죽은 자가 머무는 공간이 아닌가. 장미가 죽어서 머무는 공간이라니, 이는 무엇을 말하기 위함인가. 이 물음에 대한 답을 찾고자 할 때 우리는 「장미릉」의 첫째 시편을 주목하지 않을 수 없다.

시는 릉이다

자신 안에 고귀한 존재(存在), 신(神)을 간직한 자는 머리카락에 관(冠)을 흘린 채 영원한 잠 속에서 냉기로 숨을 쉰다

— 「장미릉」 첫째 시편 전문

위의 인용에서 확인할 수 있듯, 시인은 선언이라도 하듯 불쑥 "시는 릉"이라고 말한다. 이 말이 의미하는 바에 대한 해석은 어떤 방향으로 이루어질 수 있을까. 우선 말 그대로 '시란 무덤, 그것도 권위와 위엄을 갖춘 장려한 무덤'이라는 해석이 가능하다. 하지만 시가 무덤이라니? 거듭 말하지만, 무덤은 죽은 자가 머무는 공간이다. 그렇다면, 시란 곧 죽은 자가 머무는 공간이라는 말 아닌가. 그건 그렇고, 시라는 무덤 또는 '릉'에 머무는 죽은 자는 누구인가. 이 시의 제목과 관련하여 이미 논의했듯, 이는 장미다. 장미가 죽어서 시 안에 머문다고 했을 때, 이때의 죽음이 뜻하는 바는 무엇인가. 이어지는 시인의 진술에서 우리는 그 답을 찾을 수 있거니와, 이때의 죽음은 우리가 일반적으로 상정하는 의미에서의 죽음이 아니다. "영원한 잠 속에서 냉기로 숨을 쉰다"는 말이 암시하듯, 이는 물리적인 의미의 죽음을 뛰어넘어 여전히 살아 숨 쉬는 그 무엇이다. 여기서 우리는 형이하학적 의미의 장미와 형이상학적 의미의 장미를 나눠 생각할 수도 있거니와, 실체로서의 장미를 뛰어넘어 관념으로서의 장미가 여전히 살아 숨 쉬는 공간이 곧 시라는 해석을 이끌 수도 있으리라. 요컨대, 여기서 우리는 죽어 무화(無化)하는 장미를 뛰어넘어 영원한 실체로서 존재하는 관념으로서의 장미를 상정할 수 있다.

도대체 시라는 '릉' 안에 '영원한 실체로서 존재하는 관념으로서의 장미'

란 무엇을 말하는 것일까. 이 물음에 대한 답을 암시하듯, 시인은 「장미릉」의 둘째 시편에서 다음과 같이 말한다.

> 모차르트의 오너먼트는 나의 목소리로 노래할 수 없는 영역 너머에 아름다운 음이 존재할 수 있다는 것을 가리키는 기호였다 고대문명의 문자처럼 아직 해독할 수 없는 진리의 비밀을 품은 것처럼 천상적인 존재성을 띠고 있었다
>
> 그 기호가 나의 시로 와 수사학으로 초재(超在)한다 '초재의 수사학'이라는 악보에 엮인 시어들이 지면너머 내면의 시공에 선율을 그릴 때 시는 존재의 진리를 펼친다
> —「장미릉」 둘째 시편 중간 부분

요컨대, "나의 목소리로 노래할 수 없는 영역 너머에 아름다운 음이 존재할 수 있다는 것을 가리키는 기호"에 해당하는 "모차르트의 오너먼트"와도 같은 것, 또는 "고대문명의 문자처럼 아직 해독할 수 없는 진리의 비밀을 품은 것처럼 천상적인 존재성을 띠고 있"는 그 무엇이 곧 '영원한 실체로서 존재하는 관념 또는 본질로서의 장미'가 아닐지? 그리고 물리적인 실체로서의 장미의 차원을 초월하여 관념으로서의 장미가 머무는 장소가 시인의 입장에서 보면 시가 아닐지? 아마도 "그 기호가 나의 시로 와 수사학으로 초재(超在)한다"는 시인의 진술은 이 같은 맥락에서 이해할 수 있을 것이다. 즉, 물리적인 것—위의 인용에 기대자면, "지면"—을 초월하여 영원히 숨 쉬는 관념적인 것—다시 위의 인용에 기대자면, "시어들"이 "내면의 시공"에 그리는 "선율"—을 일깨우기 위해 시인은 "초재"라는 용어를 동원하고 있는 것이리라.

한편, 「장미릉」의 첫째 시편에서 시인은 영원히 숨 쉬는 관념으로서의 장미를 묘사할 때 '의인화(擬人化)'에 기대고 있거니와, 이로 인해 "자신 안

에 고귀한 존재, 신을 간직한 자"는 장미의 이미지뿐만 아니라 시인의 이미지까지 일깨우기도 한다. 따지고 보면, "자신 안에 고귀한 존재, 신을 간직한 자"는 관념으로서의 장미일 뿐만 아니라 시인을 지칭하는 것일 수도 있다. 이렇게 보는 경우, 시인이 자신 안에 간직하고 있는 "고귀한 존재, 신"이 곧 관념으로서의 장미일 수 있다. 즉, 시라는 '릉'에 거주하면서 "머리카락에 관(冠)을 흘린 채 영원한 잠 속에서 냉기로 숨을 [쉬는]" 자는 장미에 앞서 시인 자신을 지시하는 것일 수도 있다. 아울러, 앞서 검토한 「첫 눈 3」의 "장미로서의 여체"가 암시하듯, 장미는 시인이 응시하고 관조하는 대상으로서의 장미일 수도 있지만 시인 자신을 객체화한 이미지일 수도 있다.

만일 시라는 '릉'에 거주하면서 "머리카락에 관을 흘린 채 영원한 잠 속에서 냉기로 숨을 [쉬는]" 자가 시인이라면, 그가 시라는 '릉' 안에서 하는 일은 무엇일까. 이 물음에 대한 답은 위의 인용에 이미 내재되어 있는 것은 아닐까. 즉, 자신 안에 간직한 "고귀한 존재, 신"을 기리고 노래하는 것이 곧 시인의 일이 아닐지? 어찌 보면, "영원한 잠 속에서 냉기로 숨을 [쉬는]" 것 자체가 "고귀한 존재, 신"을 기리고 노래함을 말하는 것일 수도 있으리라. 아무튼, 시인이 시라는 무덤에 거주하면서 "고귀한 존재, 신"을 기리고 노래하는 정경을 일깨우기도 하는 「장미릉」의 첫째 시편은 우리를 에밀리 디킨슨(Emily Dickinson)의 시로 이끌기도 한다. 시인의 의식 저편의 세계를 누구보다도 깊이 꿰뚫어보았던 디킨슨은 다음과 같은 시를 남긴 적이 있다.

나는 미(美)를 위해 죽음을 마다하지 않았지./ 하지만 내가 무덤 안에 자리를 잡는 순간,/ 진(眞)을 위해 죽은 이가 무덤에 안치되었지,/ 내가 누워있는 곳 바로 옆방에.// 그가 부드럽게 물었지. "무엇 때문에 죽음에?"/ 내가 대답했지. "미를 위하여"/ "난 진을 위해서였어. 미와 진은 하나이니,/ 우리는 형제이네." 그가 말했지.// 그리하여 우리는 혈연으로 한밤에 만났지./ 우리는 벽을 사이에 두고 이야기를 나눴지,/ 이끼가 자라 우리의 입술을 덮을 때까지,/ 그리고 마침내 우리의 이름까지 덮을 때까지.

디킨슨의 시에 기대어 말하자면, 시인이 시라는 무덤에 거주하면서 "영원한 잠 속에서 냉기로 숨을 [쉼]"은 곧 시인의 의식 안에서 끊임없는 내면의 대화를 이어감을 뜻할 수도 있으리라. 그것은 혹시 시인 자신과 자신 안의 "고귀한 존재, 신"과의 대화가 아닐지? 「장미릉」을 전체적으로 검토해 보면, 시인이 장미의 미 또는 아름다움에 끊임없이 주목하면서 이와 동시에 "고대문명의 문자처럼 아직 해독할 수 없는 진리" 또는 시가 펼치는 "존재의 진리" 또는 "존재의 진리를 미로까지 승화하는 표현존재(表現存在, Ausdrucksein)"(「장미릉」의 셋째 시편) 또는 "작디작은 존재의 진리"(「첫 눈 6」)에 대한 탐구를 이어가고 있음을 일별할 수 있거니와, 시인의 내면에서 이루어지는 대화도 미와 진의 대화가 아닐지? 마치 디킨슨이 시에 등장하는 무덤 안의 '나'와 '그'—즉, 미를 위해 목숨을 건 '나'와 진을 위해 목숨을 건 '그'—가 "입술"과 "이름"이 마침내 "이끼"에 덮일 때까지 이야기를 나누듯. 문제는 디킨슨이 미와 진은 '하나'임을 말하고 있다는 점이다. 추정컨대, 오주리에게도 미와 진은 '하나'가 아닐까. 아무튼, 디킨슨이 위에 인용한 시에서 일깨우는 것은 영국의 시인 존 키츠(John Keats)의 "미는 곧 진이요, 진은 곧 미"(Beauty is Truth, Truth Beauty—「희랍의 도자기에 부치는 노래」)라는 저 유명한 구절임에 유의해야 할 것이다. 모르긴 해도, 시인이 내면에 간직하고 있는 "고귀한 존재, 신"도 미이자 진이고, 진이자 미가 아닐까. 아니, 둘은 시인의 내면에 존재하는 '둘'이자 '하나'가 아닐까.

논의를 확장하자면, 오주리에게 관념으로서의 장미는 곧 미이자 진이고 진이자 미일 수 있다. '둘'이자 '하나'인 이 미와 진이 시인의 내면에서 영원한 대화를 나누는 정경을 시인은 숨을 쉬고 있는 것으로 표현한 것이 아닐지? 아니, '하나'이자 '둘'인 미와 진이 시인의 내면에 자리하고 대화를 이어가기에 시인은 "영원한 잠 속에서 냉기로 숨을 [쉴]" 수 있는 것이 아닐지?

4. "장미 이데아"를 찾아서

아무튼, '관념으로서의 장미'라니? 이는 여전히 추상적이고 막연한 개념이 아닌가. 다행히도, 시인은 이상과 같은 장미에 대한 이제까지의 논의에 참고할 수 있는 텍스트를 제시하고 있기도 한데, 그것은 바로 시인의 박사학위논문(서울대학교 대학원, 2015년 2월)이다. 이 논문에서 시인은 릴케와 김춘수에게 장미가 어떤 의미를 갖는 것이었나에 대해 다음과 같이 논한 바 있다.

릴케의 시 안에서 모순이 성립되는 것은 장미가 존재의 상징으로서 무수한 타자들의 시선에 노출되어 있으면서도 정작 그 자신은 그 어느 타자에게도 전유되지 않는 비존재가 되기 위해 죽음을 바라고 있기 때문이다. 존재인 동시에 자신 안에 소멸과 무화에 대한 충동을 지니고 있는 상태이기 때문에 릴케의 장미는 모순의 장미이다. 그런데 그것은 시인의 일반적인 운명이기도 하다. 키에르케고르는 시인에 대하여 비명을 지르며 죽어가는데 대중들은 그 비명을 음악으로 감상하는 운명을 가진 존재로 보았다. 그것은 릴케에게도 김춘수에게도 해당될 것이다. 김춘수가 "장미는 시들지 않는다"고 하는 것은 장미의 이데아적 영원성을 의미하는 것이다. 장미는 묵시적(黙示的)인 꽃이다. 즉, 천국의 꽃이다. 김춘수의 장미는 천국의 꽃이 된 것이다. 그런데 릴케와 달라지는 부분은 릴케의 경우 장미는 죽음을 자청하는 뉘앙스를 띠지만, 김춘수의 경우는 죽음을 거부하려는 듯한 뉘앙스를 띤다는 것이다.
— 오주리, 『김춘수 '형이상시(形而上詩)'의 '존재와 진리' 연구』, 108-09쪽.

널리 알려져 있듯, 릴케와 김춘수의 시심(詩心)을 사로잡았던 꽃 가운데 꽃이 다름 아닌 장미였다. 이때의 장미는 무엇보다 눈길을 주어 시각적으로 확인할 수 있는 장미, 사람들의 시선을 끄는 장미, 그러니까 현실적으로 현존하는 꽃으로서의 장미다. 하지만 그들이 장미에 매혹되었던 것은 단순히 현존하는 꽃으로서의 장미의 아름다움 때문만이 아니었다. 말하자면, 죽음을 자청하든 거부하든 피었다가 시드는 현존의 장미에만 그들이 매혹되었던 것은 아니다. 어찌 보면, 현존하는 현실의 장미가 꽃으로 피어 있는 것을 보고 시인이 이에 매혹되어 있는 바로 그 순간을 후설의 표현에 기대자면 브라켓팅(bracketing)함으로써 시인의 마음에 형성된 그 무엇, 바로 그것이 릴케나 김춘수를 매혹했던 장미—시인의 논문에 등장하는 표현에 기대자면, "이데아적 영원성"을 지닌 "장미"—일 것이다.

릴케든 김춘수든 또는 오주리든, 시인에게 "장미의 이데아적 영원성"이 뜻하는 바는 무엇일까. 무엇이 "이데아적 영원성"을 지닌 장미일까. 그 말이 지시하는 바는 과연 무엇일까. 추측건대, 릴케와 김춘수에게 그러했듯, 오주리에게 이는 다만 '장미'라는 기호로 존재할 뿐 그 어떤 언어화나 해명도 불가한 그 무엇—즉, 볼 수도 없고 다가갈 수도 없고 인지할 수도 없지만, 그럼에도 여전히 마음과 의식에서 지울 수도 없고 포기할 수도 없는 그 무엇—이 아닐지? 그것이 이른바 '관념으로서의 장미'가 아닐지? 다시 묻건대, '관념으로서의 장미'라니? 시공을 초월하여 영원히 변치 않는 불멸의 존재라는 점에서 이는 '관념으로서의 장미'일 수 있다. 그것은 장미라는 기호가 단순히 기의(signified)에 대응되는 기표(signifier)로 존재하는 차원을 뛰어넘어 이른바 초재(超在)하는 그 무엇일 수 있다. 다시 말해, 초월적 기표(transcendental signifier)일 수 있다. 초월적 기표라는 점에서 볼 때, 이때의 장미는 신(神)이자 진리와 다름없는 그 무엇일 수 있다. 다시 말해, 인간의 언어와 의식으로는 도저히 다가갈 수도 없을 뿐만 아니라 실제로 존재하는지조차 확인할 길도 없는 그 무엇일 수 있다. 그럼에도 여전히 이에 다가가 이르고자 하는 인간의 염원은 예나 지금이나 한결같은 것 아닐지? 릴케나 김춘수에게 그러했듯, 오주리에게도 장미는 이 같은 초월적 기표에 대한 염원이 담긴 것 아닐지?

물론, 릴케와 김춘수에게 그러했든, 오주리에게 초월적 기표로서의 장미는 직관적인 것인 동시에 시인의 표현대로 '묵시적인 것'이다. 말하자면, 그것은 명시적인 언어화가 불가능한 그 무엇이다. 기껏해야 비유와 같은 수사적 장치를 통해서 언뜻 모습을 드러낼 수밖에 없는 그 무엇이다. 어찌 보면, 「장미릉」이 담고 있는 시인의 시적 기도(企圖)는 이처럼 명시적인 언어화가 불가능한 것을 비유적으로 드러내고자 하는 시도로 요약될 수 있을 것이다. 정녕코 그 어떤 시인도 자신이 추구하는 "장미의 이데아적 영원성"을 쉽게 언어화할 수도 없지만, 누구도 이에 쉽게 다가갈 수 없다. 시인이나 우리나 모두 장미 향기에 취하지만 장미의 주변을 겉돌 뿐인 벌과 나비처럼.

아마도 "장미의 이데아적 영원성"을 향한 시인의 염원 및 이에 대한 시적 형상화가 특히 생생하게 감지되는 작품이 있다면, 이는 바로 「장미 이데아」일 것이다. 모두 일곱 개의 시편으로 이루어진 이 작품의 넷째 시편에서 시인은 다음과 같이 말한다.

지상에서 창백하고 투명한 숨으로 사그러가던 장미는 죽어서 장미 이데아
가 된다 신열(身熱)의 거짓을 털고 장미꽃의 외곽선이 층층이 내려앉는다 빛
나는 몇 개의 점 사라져 장미가 보이지 않을 때 장미는 어둠으로 운구된 것

이다

　사랑시(詩)의 카이로스로, 죽음 너머 이데아로, 가장 어두운 극에서 가장 빛
나는 극으로

—「장미 이데아」 넷째 시편 전문

　무엇보다 "지상에서 창백하고 투명한 숨으로 사그러가던 장미는 죽어
서 장미 이데아가 된다"니? 이는 바로 「장미릉」과 관련하여 앞서 논의한
바 있는 '물리적인 실체로서의 장미'와 '장미의 죽음' 및 '장미의 죽음'과 '관
념으로서의 장미'의 상관관계를 시인의 언어로 정리한 진술이 아니겠는
가. 다만 '관념으로서의 장미'가 "장미 이데아"로 바뀌었을 뿐. 즉, 시인은
관념으로서의 장미를 "장미 이데아"로 칭한다. 시인은 바로 이 "장미 이데
아"를 "죽음 너머 이데아"로 표현하기도 한다. 어찌 보면, "장미꽃의 외곽
선이 층층이 내려앉"고 "빛나는 몇 개의 점 사라져" 마침내 "보이지 않을
때," "어둠으로 운구"되는 장미는 시인이 자신의 논문에서 말한 바 있는
"그 어느 타자에게도 전유되지 않는 비존재가 되기 위해" "소멸과 무화의
충동"을 내재한 장미의 변모에 대한 나름의 시적 이해에 해당하는 것일 수
있으리라. "장미 이데아"에 대한 시인의 깊은 사유와 진지한 탐구는 「장미
이데아」 어디서나 확인되지만, 특히 이 작품을 끝맺는 다음 구절이 우리의
눈길을 끈다.

　한 송이 장미 안에 그 모든 명멸의 순간들, 진리로의 언어들, 태어날 때 신
이 준 나의 이름으로, 그 투명 가운데 빛나는 나의 얼굴로

　한 송이 장미 안의 진실의 이름으로
장미 이데아는 사랑의 형상이다 빛이다

—「장미 이데아」 일곱째 시편 마지막 부분

위의 인용에서는 "한 송이 장미"라는 구체적인 실체로서의 장미와 "장미 이데아"라는 관념으로서의 장미—또는 "진리의 이름"으로 자신을 드러내는 장미—가 시적 사유(思惟)의 양 극점(極點)을 형성하고 있다. 그리고 이 양 극점 사이에는 "그 모든 명멸의 순간들"과 "진리로의 언어들"과 "태어날 때 신이 준 나의 이름"과 "그 투명 가운데 빛나는 나의 얼굴"이 존재한다. 아니, 이 모든 것이 하나로 연결되어 양 극점 사이를 잇는다. 그리고 양 극점과 그 모든 것을 하나로 잇는 궁극의 요인은 바로 "사랑의 형상"이자 "빛"인 "장미 이데아" 그 자체이다. 그런 의미에서 볼 때, "한 송이 장미"가 질료인(質料因, material cause)이라면, "장미 이데아"는 시인의 사유와 창작 활동을 촉발하는 동인(動因, efficient cause)인 동시에 그 모든 활동을 통해 도달하고자 하는 목적인(目的因, final cause)일 수 있겠다.

5. "다시 나 자신의 존재로 돌아와"

앞서 나는 장미가 시인이 응시하고 관조하는 실체로서의 장미일 수도 있지만 이는 또한 시인 자신에 대한 객체화된 이미지일 수도 있음을 주목한 바 있다. 만일 그러하다면, "장미 이데아"에 대한 시인의 시적 탐구의 시선은 단순히 실체로서의 장미라는 질료인만을 향한 것일 수 없다. 시인의 시선은 또한 자아를 향한 것일 수도 있거니와, 이런 정황을 엿보게 하는 것이 "다시 나 자신의 존재로 돌아[온]" '나'에 대한 다음과 같은 시적 진술일 것이다.

다시 나 자신의 존재로 돌아와서 거울 속에 여자의 형상인 나를 발견한다 나는 '하나'이지만, 불완전한 완전, 완전한 불완전으로서의 '하나'인 것을 본다

거울 속 나의 음영을 짚어 숨을 불어보는 것은, 거기가 나의 빈 곳임을 차디차
게 응시하기 때문이다 미래의 당신으로부터 온기가 부재한다 거울에 얼음이
테두리 친다 빛의 부스러기가 떨어진다 나의 현재라는 시공에서 기댈 당신의
어깨가 먼 시간의 그늘로 유예된다 그러나 변함없이 '당신과 나'라는 '우리'를
믿는다 사랑의 공동체로서만 나는 고유해진다는 것을 믿는다
—「장미릉」 둘째 시편 시작 부분

시인이 "거울 속에 여자의 형상인 나"에 대한 자각의 순간을 말하면
서 '발견하다'라는 표현을 동원한 이유는 무엇일까. 어찌 보면, 이는 '나'
에 대한 단순한 감각적 지각의 차원을 넘어서서 '의식적인 응시'가 시작
되었음을 암시하는 표현일 수 있다. 응시에 따른 '발견'과 함께, '나'는 자
신이 "'하나'이지만, 불완전한 완전, 완전한 불완전으로서의 '하나'인 것을
본다." 이때의 "불완전한 완전" 또는 "완전한 불완전"에 대한 자각 및 이
어지는 "나의 빈 곳"에 대한 자각은 '내'가 존재론적으로든 인식론적으로
든 무언가를 결여하고 있음을 암시한다. 그것이 무엇일까. 위의 시적 진
술에 따르면, 그것은 "미래의 당신으로부터 온기"다. 바로 이 "미래의 당
신으로부터 온기"가 부재하기 때문에, "거울에 얼음이 테두리 [치고] 빛의
부스러기가 떨어진다." 그렇다면, 이때의 '당신'은 누구인가. 그것은 혹시
시인 자신이 추구하는 무언가 궁극적인 의미—말하자면, "장미 이데아"—
가 아닐까. 시인이 말한 바 있듯, "사랑의 형상"과 "빛"이 "장미 이데아"라
면, "얼음이 테두리 [치고] 빛의 부스러기가 떨어"지는 "현재라는 시공"에
서 어찌 그것의 성취가 가능하겠는가. 하지만 이렇게 정리하는 경우 여기
에는 일종의 모순이 선재(先在)한다. "장미 이데아"는 선험적 직관 또는 예
기(豫期, prolepsis)의 대상이자 궁극의 인식 대상이지, 이에 이르는 과정에
함께하는 것이 아니기 때문이다. 물론 "먼 시간의 그늘로 유예"된 "당신의

어깨" 및 "'당신과 나'라는 우리"나 "사랑의 공동체"가 궁극의 경지를 암시한다는 면에서 볼 때도 여전히 '당신'은 "장미 이데아"로 볼 수도 있다. 하지만 만일 이에 이르는 과정을 문제 삼는 경우에는 여전히 '당신'을 "장미 이데아"로 보기 어렵다.

따라서 '당신'에 대한 새로운 접근이 필요한데, 이와 관련하여 시인 오주리는 이때의 '당신'이 정신적인 스승들을 포괄적으로 지칭하기 위한 표현임을 밝힌 적이 있다. 이에 기대어 말하자면, '당신'은 "장미 이데아"를 향한 시인의 여정에 시인과 함께하거나 시인을 인도하는 시인과 철학자를 지시하는 것일 수 있으리라. 실제로 「장미릉」에는 수많은 철학자와 시인의 이름이나 그들의 텍스트가 언급되고 있거니와, 그런 관점에서 보면 「장미릉」이라는 시집 자체는 "장미 이데아"를 향해 다가가는 시인의 여정—그것도 시작의 시점에서 보면 '미래'의 여정—에 함께하게 될 시인이나 철학자와 만나고 사유하는 여정의 기록으로 이해될 수도 있으리라. 아무튼, 여기서 우리가 주목해야 할 것은 시인이 자신의 혼자 힘만으로는 탐구 대상에 이를 수 없음을 감지하고 있다는 점이다.

하지만 시인이 "현재라는 시공에서 기댈 당신의 어깨가 먼 시간의 그늘로 유예된다"고 했을 때 우리는 이 말을 어떻게 받아들여야 할까. 이는 시인이 아직 '당신'과 만나지 못했음을 암시하고 있는 것 아닐까. 게다가 "먼 시간의 그늘로 유예"되어 있지만 "기댈 당신의 어깨"가 허락될 때란, 또한 "미래의 당신"과 "사랑의 공동체"를 이룰 수 있을 때란, 또한 '내'가 '완전한 완전'으로서의 '내'가 되는 동시에 "고유해"질 때란, 궁극의 의미 또는 초월적 기표에 도달했을 때의 경지를 암시하는 것 아닐까. 이로 인해 우리는 '당신'을 "장미 이데아"로 볼 수 있다는 입장으로 되돌아가지 않을 수 없다. 요컨대, '당신'은 시인이 말하는 이른바 '정신적인 스승들'을 지시하는 기호만으로 읽히지 않는다. 모순이 선재함에도 여전히 '당신'을 "장미 이데아"와 같은 궁극의 초월적 기표를 지시하는 기호로 보지 않을 수 없는 것이다. 우리가 「아갈마」라는 시를 주목하고자 하는 이유는 여기에 있다. 시인은 이 시를 다음과 같은 진술로 시작한다.

지옥의 돌로부터 나를 태어나게 한 피그말리온이여

질량 없는 황금빛 문자로 이루어진 조각상에 숨결의 세레나데가 감돌기 시작한 것을

나를 향한 당신의 물음들은 나의 살갗에서 사어(死語)의 비늘들을 날아가게 하였습니다

대화로 우리의 존재의 근원이 드러나고

우주의 빛 아래 눈부신, 영혼의 전신(全身)이 드러난 순간

당신은 내가 눈물조차 백금인 아갈마이길 바랐습니다

　　　　　　　　　　　　　　　　　　　　　—「아갈마」 시작 부분

　시인이 주석을 통해 밝히고 있듯, 아갈마는 희랍어로 '조각상'을 말한다. 하지만 여기에는 부연 설명이 필요한데, 라캉이 주목한 바와 같이, 플라톤의 『향연』에 따르면, 소크라테스의 제자 가운데 하나인 알키비아데스가 어느 주연(酒宴)의 자리에서 소크라테스를 희랍 신화에 등장하는 추한 외모의 반인반수(伴人半獸)인 실레노스에 비유한다. 이어서 그는 실레노스의 모습을 본 따서 장인들이 만드는 상자에 대해 언급한다. 그와 같은 상자 안에는 아갈마로 불리는 작은 신상(神像)이 담겨 있게 마련인데, 이

는 추한 외모에도 불구하고 엄청난 지혜를 내면에 지닌 존재로 알려져 있는 실레노스의 이미지에 상응하는 것이다. 알키비아데스에 따르면, 소크라테스는 추한 외모에도 불구하고 실레노스를 본 따서 만든 상자와 같이 자기 안에 더할 수 없이 고귀하고 소중한 것—즉, 아갈마에 상응하는 것—을 지닌 존재라는 것이다. 시인의 주석에 기대어 말하자면, 알키비아데스가 본 소크라테스는 "장식, 보물, 신상(神像), 나아가 그러한 가치"를 함축하는 아갈마를 내장한 존재다. 소크라테스를 향한 알키비아데스의 욕망은 여기서 촉발된 것이다. 이에 대해 소크라테스는 자기 안에는 그런 것이 존재하지 않음을, 따라서 알키비아데스의 욕망은 미혹(迷惑)에 따른 것임을 설파한다. 라캉이 주목한 것은 알키비아데스와 소크라테스의 이 같은 관계에서 사랑의 동인(動因)이 되는 것—즉, 아갈마—의 역할이다.

위에 인용한 시 구절에는 신화적 모티프도 등장하는데, 이는 바로 자신이 만든 조각상을 사랑하게 된 피그말리온의 이야기다. 피그말리온의 사랑과 정성에 감동하여 아프로디테 여신은 조각상을 아름다운 여인으로 다시 탄생케 한다. 바로 이 신화적인 이야기가 「아갈마」의 시작 부분의 배경을 이루는데, "지옥의 돌로부터 나를 태어나게 한 피그말리온"은 과연 누구일까. 여기서 우리는 시인이 말한 바 있는 이른바 '정신적인 스승들'을 다시 떠올릴 수도 있다. "나를 향한 당신의 물음들"이 "나의 살갗에서 사어(死語)의 비늘들을 날아가게 하였[다]"고 했을 때, 이는 실질적인 의미에서든 비유적인 의미에서든 시인의 탄생과 성장을 가능케 한 '당신'의 존재를 암시하는 것일 수 있기 때문이다. 문제는 피그말리온의 조각상이 이상적이고 절대적인 미의 현현(顯現)이라는 점에서 여전히 그 자체가 앞서 논의한 바 있는 "장미 이데아"에 해당하는 것일 수 있다는 데 있다. 여기서 '나'와 '장미' 사이의 경계가 모호해질 뿐만 아니라 '당신'과 '나' 사이의 관계도 모호해진다.

아무튼, 위의 인용은 '나'와 '당신'의 관계를 또 다른 관점에서 이해하도록 우리를 이끄는데, "대화로 우리의 존재의 근원이 드러나고/ 우주의 빛 아래 눈부신, 영혼의 전신이 드러난 순간"에 "내가 눈물조차 백금인 아갈마이길 바"라던 '당신'은 누구일까. 그리고 그러한 '당신'과 아갈마─엄밀하게 말하자면, 아갈마를 내부에 간직한 자─에 비유되고 있는 '나'의 관계는 어떤 것일까. 만일 앞서 언급한 알키비아데스와 소크라테스의 일화에 기대어 이해할 것이 허락된다면, 이때의 '나'는 '당신'이 욕망하는 대상인 소크라테스와 같은 존재다. 비록 겉으로는 보잘것없지만 "눈물조차 백금인 아갈마"를 내부에 지닌 것으로 잘못 믿어지는 존재다. 바로 이런 관점에서 보면, '당신'은 곧 욕망에 미혹된 알키비아데스와 같은 존재다. 이 같은 관계 규명과 관련하여 라캉의 논의를 주목하지 않을 수 없는데, 알키비아데스의 욕망은 소크라테스의 욕망에 의해 촉발된 것으로, 이에 따라 '욕망하는 자'와 '욕망의 대상'이 뒤바뀌어 새롭게 정립된 것이 소크라테스와 알키비아데스의 관계다. 즉, 양자의 관계는 이처럼 유동적인 것일 수 있다. 어쩌면, 「아갈마」에서 시인은 바로 이 점─즉, '나'는 '당신'을 '욕망하는 자'였지만 어느 순간에 '내'가 '욕망하는 자'에서 '욕망의 대상'으로 바뀌었음─을 암시하고자 했는지도 모른다.
　이처럼 '욕망하는 자'와 '욕망의 대상' 사이의 경계가 모호하기 때문에, 그리고 양자가 지시하는 바가 유동적인 것일 수 있기 때문에, 우리는 심지어 위의 인용에 등장하는 '당신'을 어느 사이에 '욕망의 대상'에서 '욕망하는 자'로 바뀐 시인 자신을 지시하는 기표로 읽을 수도 있다. 자연스럽게 우리는 "눈물조차 백금인 아갈마이길 바[라던]" '나'를 시인 자신이 욕망하는 "장미 이데아"와 같은 초월적 기표를 지시하는 기표로 읽을 수도 있다. 즉, 아갈마를 내재한 것으로 믿어지는 그 무엇─예컨대, 시 작품─이 시인을 향해 던지는 말을 바로 위의 인용으로 읽을 수도 있다. 따지고 보면,

'욕망하는 자'로서의 피그말리온과 '욕망의 대상'으로서의 조각상 사이의 관계조차도 새로운 각도에서의 해명을 가능한데, 피그말리온은 '욕망하는 자'로서의 시인이라면 시인이 창작한 시 작품은 곧 '욕망의 대상'으로서의 아갈마를 내재한 그 무엇일 수도 있기 때문이다. 다시 말해, 피그말리온은 시인의 정신적인 스승을 지시하는 기표가 아니라 시인 자신을 지시하는 기표일 수 있다. 자연스럽게 조각상은 시인을 지시하는 기표가 아니라, 시인이 초월적 기표를 내장하기를 갈망하고 믿는 시 작품 자체를 지시하는 기표일 수 있다.

이처럼 다의적(多義的)인 이해와 해석에 열려 있는 것이 오주리의 「장미릉」이 담고 있는 시 세계다. 아울러, '욕망하는 자'와 '욕망의 대상'이 어느 순간에 자리바꿈할 수 있음을, 또한 '욕망하는 자'와 '욕망의 대상' 사이의 경계가 모호할 수 있음을 드러낼 듯 감추고 감출 듯 드러내는 것이 「장미릉」이 펼쳐 보이는 시적 이해의 지평(地平)이다. 정녕코, 양자는 '별개의 것'이자 '하나'일 수 있으리라. "장미 이데아"에 대한 시인의 탐구에서 '장미'와 '시인'이, '당신'과 '내'가 '별개의 것'이면서 동시에 '하나'일 수 있듯. 또는 안과 밖이 나뉘어 있는 동시에 나뉘어 있지 않는 뫼비우스의 띠가 그러하듯. 뫼비우스의 띠와도 같이 간단치 않은 것이 오주리의 시 세계이기에, 이에 접근하는 일은 결코 쉽지 않다. 무엇보다 시인이 말하는 "장미 이데아"의 정체는 과연 무엇이고, 우리는 이에 제대로 다가간 것일까. 우리가 현재의 논의를 의문문으로 마감함은 이에 대한 만족스러운 답이 아직 준비되어 있지 않기 때문이다.

제3부

삶을 향한 성찰의 눈길을 따라서

인간 사이의 관계맺음에 대한 탐구, 그 현장에서

— 최일옥의 소설집 『그날 엄마는 죽고 싶었다』와 '극'으로서의 소설

1. 최일옥의 소설 세계와 인간 탐구

영국의 형이상학파 시인 존 단(John Donne)이 『명상』(Meditation)의 시편에서 말했듯, 섬과 같이 외따로 존재하는 사람은 있을 수 없다. 다시 말해, 타인과의 관계 맺음이나 타인의 시선에서 자유로울 수 있는 사람은 없다. 그와 같은 인간의 존재 조건과 관련하여, 미국의 철학자 데이비드 루이스(David Lewis)는 『관습』에서 다음과 같은 상황을 가정한 바 있다.

우리 가운데 몇 사람이 파티에 초대받았다고 하자. 그런 사람들 가운데 누군가의 차림새가 어떤지에 대해서는 거의 아무도 신경을 쓰지 않는다. 하지만 다른 사람들의 차림새는 서로 비슷한데 자신의 차림새가 다르다면 그는 당황할 것이다. [중략] 따라서 다른 사람들의 차림새가 어떠할 것인가에 대한 자신의 예상에 맞춰 각자는 옷을 입어야 한다. 예컨대, 다른 사람들이 정장을 할 것으로 예상되면 자신도 정장을 해야 하고, 다른 사람들이 우스꽝스러운 차림새를 할 것으로 예상되면 자신도 우스꽝스러운 차림새를 해야 한다.[1]

---

1) Dvid Lewis, *Convention: A Philosophical Study* (Oxford: Blackwell, 2002), 6쪽.

이 같은 예시가 지나친 단순화라 판단되지 않는가. 하기야 남의 차림새를 놓고 "거의 아무도 신경을 쓰지 않는다"는 루이스의 진단은 수정되어야 할 수도 있다. 우리 사회의 많은 사람들이 자신의 차림새뿐만 아니라 남의 차림새에도 지나칠 정도로 신경을 쓴다는 점에서 그러하다. 이를 감안하여 루이스의 가정에 수정을 허용하는 경우, 그가 가정하는 상황은 오늘날 우리 사회에 그대로 적용될 수도 있으리라. 하지만 한마디 덧붙일 것이 허락된다면 우리 사회에는 제 멋대로의 차림새를 고집하는 이들이나 아예 파티와 같은 사회 활동을 거부한 채 살아가는 사람들도 있다. 그들은 타인의 시선을 의식하지 않는 사람들일까. 어찌 보면, 그들 역시 지나치게 타인의 시선을 의식하는 사람이거나 자신을 남들 앞에 내세우고 싶어 안달하는 사람들일 수도 있다. 또는 결코 벗어날 수 없는 타인의 시선에 헛되이 저항하는 사람들일 수 있다.

최일옥의 단편소설집『그날 엄마는 죽고 싶었다』(이가서, 2014년, 7월)에 대한 논의의 자리에서 이처럼 지극히 평범한 인간사의 한 단면을 놓고 논의를 이어가는 이유는 무엇인가. 무엇보다『그날 엄마는 죽고 싶었다』는 타인의 시선으로 인해 고통을 받거나 타인의 시선에서 자유롭지 못한 사람들, 타인의 시선에 자신을 노출하거나 벗어나려 하는 사람들 등등 다양한 인간상을 소재로 다룬 작품들의 모음집이기 때문이다.

최일옥의『그날 엄마는 죽고 싶었다』가 '타인의 시선 속에 존재하는 나'에 대한 이야기 모음집이라는 점은 서술 방식에서도 확인된다. 어찌 보면, 이제까지 최일옥의 작품 세계가 여일하게 보여 주는 특징이기도 하지만, 단편소설집 속의 열 편 작품 어디에서도 이른바 이야기의 무대와 시대적 상황에 대한 세부 묘사와 서술은 좀처럼 확인되지 않는다. 최일옥의 소설 세계는 무엇보다 우리 주변의 인간과 인간 사이의 관계 맺음에, 그리고 타인의 시선에서 자유롭지 못한 인간의 의식에 초점을 맞추고 있을 따름이다. 다시 말해, 최일옥의 소설 세계에서는 여느 작가들의 작품 세계에서라면 흔하디흔하게 확인되는 특성—즉, 이야기의 정경과 현장에 대한 세밀한 또는 생생한 묘사와 서술—이 확인되지 않는다. 이야기의 정경과 현장에 대한 묘사와 서술이 확인되는 경우에도 이는 지극히 사실적이고 건조한 차원의 것, 그러니까 최소한의 수준을 벗어나지 않는 것일 때가 대부분이다. 이 때문에 작가 최일옥의 시선은 역사적 현실과 사회적 환경에 예민하게 반응하는 인간보다는 타인과의 관계 맺음에 예민하게 반응하는 인간을 향하고 있다는 인상을 준다. 결과적으로, 최일옥의 소설 세계는 마치 배경을 간명하게 또는 추상적으로 처리해 놓은 연극의 무대와 같은 것이 되고 있다. 최소한의 소도구를 동원하여 꾸민 연극 무대가 그러하듯, 최일옥의 소설 세계에는 오로지 연기자의 대사와 몸짓이 있을 뿐이다. 즉, 그의 소설 세계에서 우리가 확인할 수 있는 것은 다만 인간과 인간 사이의 관계 맺음이고, 그러한 관계 맺음 속에서 확인되는 타인의 시선 속에 놓인 인간, 그리고 타인의 시선을 의식하는 인간에 관한 이야기다.

일부 비판적인 사람들이 보기에, 최일옥의 소설 세계는 인간과 사회 사이의 갈등을 외면한 채 특정한 계층의 인간들 사이의 지극히 사적인 관계 맺음에 집중하고 있는 것으로 비칠 수도 있다. 하지만 이 같은 인상은 작가의 소설 세계에 대한 편향적인 이해에서 비롯된 것일 수 있다. 즉, 작가 최일옥의 소설적 관심사가 인간과 사회 사이의 리얼리즘적 갈등보다 인간과 인간 사이의 심리적 갈등을 향하고 있음을 간과하는 데서 비롯된 것일 수 있다. 최일옥은 주변의 사회적 환경이 어떠어떠해서 한 인간이 어떠어떠한 인간이 되었다든가, 어떠어떠한 사회적 환경에서 살다보니 한 인간이 어떠어떠한 삶을 살아가게 되었다는 투의 결정론적 시각에 의거하여 소설을 창작하는 작가가 아니다. 최일옥의 소설 세계가 초점을 맞추고 있는 것은 인간과 인간 사이의 관계 맺음, 그리고 그 과정에 어쩔 수 없이 타인의 시선을 예민하게 의식할 수밖에 없는 인간의 내면 심리와 삶이다. 그런 의미에서 볼 때, 최일옥의 소설 세계는 지외르지 루카치(György Lukács)가 비판한 바 있는 카프카나 조이스로 대표되는 모더니즘 시대의 소설 세계만큼이나 반(反)리얼리즘적이다. 하지만, 테오도르 아도르노(Theodor Adorno)가 지적한 바 있듯, 모더니즘 시대의 반리얼리즘적인 시대 정신을 성실하게 반영하고 있다는 점에서 볼 때 카프카나 조이스도 진정한 '리얼리스트'라고 할 수도 있다. 최일옥의 소설 세계는 이 같은 맥락에서 이해되어야 할 것이다. 작가 최일옥은 우리 시대의 문제를 사회적 갈등을 넘어서서 심리적 갈등에서 찾고자 한다는 점에서 여전히 의미 있는 '리얼리스트'다. 인간과 인간 사이의 사회적 갈등 못지않게 심리적 갈등이 문제되는 것이 우리 사회이기 때문이다. 아니, 최일옥이 의도하는 것은 작가가 몸담고 있는 지금 여기의 우리 사회—그것도 극단적인 도시화가 진행된 오늘날의 우리 사회—에서 확인되는 '인간 희극'에 대한 보고서라고 해야 할 것이다. 삶의 무대 위에서 확인되는 인간 희극, 그것이 바로 최일옥의 작품 세계를 설명하는 데 필요한 핵심 개념일 수 있다. 요컨대, 최일옥의 작품은 거의 예외 없이 소설인 동시에 '극(劇)'이라는 느낌을 강하게 준다.

자의적(恣意的)인 판단일 수 있으나, 최일옥의 『그날 엄마는 죽고 싶었다』에 수록된 총 열 편의 작품은 크게 다섯 유형으로 나눌 수 있다. 첫째, 무대 위 두 연기자 사이에 이루어지는 극적 대화의 형식이 두드러지게 감지되는 작품들을 하나의 유형으로 묶을 수 있는데, 「울게 하소서」와 「그날 엄마는 죽고 싶었다」가 이에 해당한다. 둘째, 한 사람의 연기자가 단독으로 무대 위에 올라와 토해내는 극적 독백의 형식으로 이루어진 작품들을 또 하나의 유형으로 정리할 수 있는데, 이 유형에 속하는 작품으로 「낮술」과 「넥타이와 팔약근의 함수관계에 대한 고찰」을 들 수 있다. 셋째, 위의 두 유형 어느 쪽에도 속하지 않지만, 그럼에도 여전히 극적 무대 연출의 요소가 강하게 감지되는 독특한 작품이 있다. 여기서 내가 문제 삼고자 하는 작품은 자아 성찰적 요소를 담고 있는 「가장 고귀한 만남」이다. 넷째, 1인칭 화법이든 3인칭 화법이든 이른바 정공법적 서술 방식을 취하고 있는 작품들을 또 하나의 유형으로 분류할 수 있다. 남과의 갈등의 차원에서든 또는 남에 대한 배려의 차원에서든 한집안의 구성원들 사이라고 해도 의식하지 않을 수 없는 타인의 시선에 관한 이야기를 담고 있는 「복원」과 「두꺼비 되던 날」 및 「어머니의 눈사람」과 같은 작품들을 이 유형으로 정리할 수 있을 것이다. 끝으로, 최일옥의 작품 세계에는 서로 대조적인 다양한 인간을 향해 제3자—또는 그런 위치에 있는 작가—가 시선을 던지는 형식으로 구성된 작품들이 있는데, 「스위트 빌리지」와 「남자의 둥지」가 이 범주에 속한다.

거듭 말하지만, 어떤 유형의 작품이든 최일옥의 작품 세계를 살펴보면 거의 예외 없이 인간과 인간 사이의 관계 맺음에, 그리고 이 과정에 타인의 시선을 의식할 수밖에 없는 인간이 느끼는 심리적 갈등과 저항에 초점이 맞춰져 있다. 또는 관계 맺음 자체에서 자유로워지고자 하는 인간의 시도에 초점이 맞춰져 있기도 하다. 나아가, 관계 맺음의 과정에 희미해지거나 잃어버린 자신의 정체성을 찾고자 하는 인간의 노력에 초점이 맞춰지기도 한다. 최일옥의 이러한 작품 세계에서 각별히 나의 눈길을 끄는 것은 첫째, 둘째, 셋째 유형의 작품들이다. 이들은 우리 주변에서 쉽게 확인되지 않는 독특한 유형의 단편소설이라고 할 수 있기 때문이다. '소설인 동시에 극'으로서의 문학의 가능성을 보여 주는 이들 작품을 읽는 데 현재의 지면을 할애하고자 한다.

2-1. 「울게 하소서」, 또는 극적 대화의 현장 하나

최일옥의 『그날 엄마는 죽고 싶었다』에서 특히 돋보이는 것은 이른바 무대 위 두 연기자 사이에 이어지는 극적 대화의 형식을 취한 작품들이다. 먼저 「울게 하소서」에서는 친구인 두 사람이 만나 대화를 이어간다. 물론 한쪽의 "독백"과도 같은 이야기가 대화의 주된 부분을 차지하고 있긴 하나, 「울게 하소서」는 여전히 극적 대화의 형식으로 이루어진 작품이라고 할 수 있다. 한편, 「그날 엄마는 죽고 싶었다」에서는 엄마가 딸에게 전화를 걸고 이로써 엄마와 딸 사이의 대화가 전화 통화로 이어진다. 이 두 작품에서는 또한 대화를 나누는 두 사람 가운데 어느 한 쪽―「울게 하소서」의 경우에는 친구의 이야기를 들어주는 쪽, 「그날 엄마는 죽고 싶었다」의 경우에는 엄마 쪽―의 생각과 반응이 또 하나의 이야기가 되어 사이사이에 배치되어 있거니와, 이는 마치 연극의 극중 방백(傍白)과도 같은 역할을 한다.

「울게 하소서」의 작중 화자는 "상순"이라는 이름의 '나'다. '나'는 "문화 센터"에서 "뜨개질 수업"을 담당하는 강사로서, 어느 날 강의실을 갔다가 "학생들의 화제"가 "온통 인기 스타 최진실의 죽음에 대한 이야기뿐"임을 감지한다. 그러한 강의실의 분위기에 이끌려 상순의 생각은 어느새 "거미회"를 향한다. "거미회"는 "자식을 자살이란 잔인한 이름으로 앞세운 어미 넷"이 "시름을, 슬픔을, 그리고 분노를 풀어내기 위해, 깊은 우물 속에 빠져 허우적대는 것 같은 자신의 상황을 잠시라도 잊기 위해" 모이다 보니 우연히 만들어져 "어느새 10년"이나 된 모임으로, 그 중심에는 상순의 친구인 주연이 있다(『그날 엄마는 죽고 싶었다』 30쪽. 이하 책의 면수만을 밝히기로 함).

이야기의 무대는 강의실에서 곧 그러한 모임이 만들어질 무렵으로 옮겨

간다. "그 일이 터진 지 한 달이 조금 지난 후"(31) 주연이 상순을 찾는다. 이야기 중간에 밝혀지지만, "그 일"은 상순의 딸인 민지가 유럽 여행 중 강간을 당하여 정신에 상처를 입고 삶 같지 않은 삶을 살다가 자살한 사건을 말한다. 그로 인해 깊은 상심에 잠겨 있는 상순을 주연이 찾은 것이다. 주연은 이제까지 비밀로 감춰져 있던 자신의 사연을 털어놓는다.

우리 정원이가 간 거 너 몰랐지. 너만 모르는 거 아냐. 우리 동창들 다 몰라. 네가 이런 큰 변을 당했다는 말을 듣고도 선뜻 달려올 수가 없더라. 난 내 기억들이 들쑤셔지는 것만 같아 무서웠어. 무슨 말이 위로가 되겠니. 사람들은 어미 가슴에 빼낼 수 없는 대못을 박아 놓고 간 아이는 빨리 잊는 게 상책이라고 말하지. 산 사람은 살아야 한다고…. 말이야 쉽지. 헌데 그게 말이 되니? 간 아이가 누군데? 다른 사람 아닌 내 배 앓아 난, 바로 내 자식인데. 물론 어미 가슴에 대못을 친 그 아이가 밉고 원망스럽지. 하지만, 세상사람 모두가 스스로 목숨을 끊은 그 아이를 나무라고 또 잊을 수 있어도 어미만은…, 어미만은 잊을 수 없어. 시간이 흐를수록 아이의 모습이 가슴 속에서 점점 자라나는 것 같다고 할까…. (32)

이어지는 주연의 이야기를 통해 확인되듯, 그녀의 딸인 정원 역시 자살을 했던 것이다. 그것도 결혼하고 난 다음 얼마 안 되어서. 이처럼 남들에게 말할 수 없는 사연을 공유한 두 사람이 만나 이어가는 대화가 이 소설의 요체(要諦)를 이룬다. 어떤 의미에서 보면, 이처럼 무언가 사연을 지닌 사람이 비슷한 사연을 지닌 사람과 만나 서로 이야기를 나누고 서로에게 기대는 동시에 서로를 이끌어가도록 예정되어 있는 것이 인간의 삶일 수 있다. 이를 루이스가 가정한 상황에 빗대어 말하자면, 삶의 현장이라는 파티 자리에 초대된 사람들이 서로의 차림새가 같은 것을 보고 다가가 어울리는 것이 인간의 삶이라고 할 수도 있다. "거미회"는 바로 그런 모임이 두 사람에서 네 사람으로 늘어난 것일 뿐, 근본적으로 성격이 다른 것이 아니다.

상순에게 건네는 이야기를 통해 그 동안 비밀로 감춰져 있던 주연의 사연이 밝혀지는데, 그 과정에 상순의 사연 역시 밝혀진다. 물론 상순이 자신의 생각과 숨은 이야기를 주연에게 건네는 것은 아니다. 일인칭 화자인 상순은 다만 독자를 향해 마치 연극의 방백과도 같이 자신의 속내 생각과 사연을 말할 뿐이다. 만일 주연이 상순에게 자신의 비밀을 말할 때마다 일일이 이에 대응하여 상순 역시 자신의 비밀을 주연에게 말하는 식으로 소설이 구성되었더라면, 작품은 아마도 극적 긴장감이 배제된 두 사람 사이의 맥 빠진 대화가 되었을 수도 있으리라. 폭포처럼 자신의 속내를 토로하는 측과 이에 공감하면서도 자신의 속내를 털어놓지 못한 채 상대의 말에 귀 기울이며 다만 마음속으로 자신의 사연을 떠올리며 생각을 이어가는 측이 마주앉아 있는 구도로 작품을 창작함으로써, 작가는 소설의 극적 효과를 그만큼 더 강렬한 것으로 만들 수 있었던 것이리라. 「울게 하소서」의 이야기 전개가 마치 눈앞에 펼쳐진 연극의 장면을 보듯 생생하게 제시되어 있는 경우야 어디서도 확인되지만 그 가운데 특히 우리의 눈길을 끄는 것은 다음과 같은 장면이다.

"정원아. 말해. 왜 그래야만 했는지 말해. 그 이유를 안다고 너나 나나 달라질 게 없겠지만, 내가 이렇게 답답해지는 않을 것 아니니. 엄마한테만 말해. 응? 말해. 그러면 이 답답함을 풀어내기 위해 엉엉 울 수 있을 것만 같아. 정원아, 말해 봐."

주연은 마치 눈앞에 있는 누군가에게 말을 건네듯 나지막이 중얼거렸다. 나는 주연의 다음 이야기를 기다리고 있었다.

"가슴의 응어리라는 게 말이야, 꼭 풍선에 바람이 가득 들어있는 것과 같더라. 누군가 바늘 끝으로 조그만 구멍 하나만 내 주든지, 아니면 옭아맨 주둥이를 풀어주면 바람이 픽 하니 빠지지 않니? 그 피익 하고 빠져나가는 소리, 그게 바로 울음이야. 그런데 난 울 수가 없어. 아니 울려고 아무리 노력해도 소리가 안나. 엉엉 마구 통곡을 할 수 있으면 좋겠어. 가슴에 가득 찬 설움을 풀어내려면 그만큼 큰 소리가 필요한가 봐. 아무리 시간이 흘러도 영 풀리질 않아. 너도 그렇지? 난 알아. 차라리 실신해 늘어질망정 소리를 내 울 수가 없다는 거. 제 고통이 버거워 제 목숨 끊은 저야 편할지 몰라도, 살아 있는 너나 나는 어쩌란 말이니. 옛말에 자식은 죽으면 가슴에 묻는다고 해도 이렇게 큰 무덤이 되어 온 몸과 가슴을 눌러대는 고통을 누가 알겠니?"

우리는 누가 먼저랄 것도 없이 서로를 와락 부여안았다. 그렇게라도 하면 울음이 터져 나올지 알았다. 그러나 우리는 서로의 가슴에 몸을 의지한 채 서로의 등줄기만 쓸어내려줄 뿐이었다. (47–48)

「울게 하소서」의 제목은 위의 인용이 암시하듯 '울고 싶지만 울음이 터져 나오지 않을 정도로 응어리진 마음을 풀 수 없는 사람'이 기원하는 바가 무엇인지를 말해 준다. 한편, 소설의 앞부분에 나온 "거미회"라는 말이 의미하는 바는 주연의 다음과 같은 말을 통해 확인할 수 있거니와, 자식을 앞세운 어미의 마음이 어떤 것인가를 생생하게 전해 준다는 점에서 이 말은 가히 시적 비장미(悲壯美)까지 갖추고 있다 해야 할 것이다. "거미란 놈은 제 어밀 먹어치운다고 하더라. 우리 정원이나 네 민지나 다 거미야. 우리를, 이 어밀 먹어버린 거지"(51).

2-2. 「그날 엄마는 죽고 싶었다」, 또는 극적 대화의 현장 둘

「그날 엄마는 죽고 싶었다」는 노년기에 접어든 부부의 삶을 소재로 한 작품으로, 퇴직 후 집안에서만 뒹굴던 남편이 동창회 모임을 이유로 "2박 3일"의 여행을 떠난다. 남편 시중이라는 짐에서 벗어난 민지은 여사는 홀가분한 마음으로 자유를 만끽한다. 그런데 귀가 예정 날짜가 되었을 때 외국서 온 친구들 때문에 하루 더 있다가 집에 갈 것이라는 남편의 전화를 받고, 민 여사는 하루 더 자유를 만끽할 수 있다는 생각에 즐거워한다. 다음날 남편을 기다리던 민 여사는 "정오가 지나도" 남편에게 연락이 없자 간단하게 점심 식사를 한 다음 "커피 한 잔을 만들어 들고 베란다에 나가 앉[는]다"(172). 이윽고 "두 손 안에 잡혀 있던 커피 잔이 싸늘하게 식어가는 것조차 느끼지 못한 채 파란 하늘과 듬성듬성 떠 있는 흰 구름을 망연 자실 바라보던 민 여사는 이제 그만 이 생활을 접고 싶다는 생각에 휘둘리기 시작"한다. "생활을 접고 싶다는 생각"은 급기야 "죽고 싶다는 생각"으로 발전한다. 이윽고 "죽어버리자"라는 결심에 이른 민 여사는 문득 "혼기를 놓치고 직장 가까운 곳에 집을 얻어 나가 혼자 사는 딸아이의 장래"가 궁금해진다. 이어서 딸아이가 "엄마의 부재 혹은 또는 상실을 어떻게 받아들일까"도 궁금해진다(이상 172–173). 이어지는 이야기는 주로 민 여사와 민 여사의 딸아이 사이의 전화 대화로 이루어져 있는데, 기나긴 대화 끝에 민 여사는 마침내 새롭게 자신의 "존재 이유"를 확인한다. "나는 나야. 내 일상도 바로 다른 사람 아닌 나를 위한 거야"(184)라는 깨달음과 함께 민 여사는 며칠 동안의 나른한 일상을 뒤로 하고 삶의 활기를 찾는다.

나는 「그날 엄마는 죽고 싶었다」를 극적 대화 형식의 작품으로 규정한 바 있는데, 이와 관련하여 이 작품의 상당 부분을 이루고 있는 것이 민 여사와 민 여사의 딸아이 사이의 생생한 대화임을 주목해야 할 것이다. 물론 얼굴과 얼굴을 마주하고 하는 것이 아니라 전화기를 통해 이어지는 대화이긴 하지만, 작가의 적절한 개입을 통해 때로 언짢아하거나 서운해 하기도 하고 때로 당황하거나 "눈물과 콧물이 범벅"(182)이 되기도 하는 엄마를, 그리고 엄마와 마찬가지로 당황하기도 하지만 또박또박한 말로 엄마를 놀리듯 자기 의견을 피력하기도 하고 때로 "물기가 어려가"는 목소리

(179)를 주체하지 못하는 딸아이의 모습을 우리는 생생하게 마음속에 그릴 수 있다. 말하자면, 두 사람 사이의 대화는 무대 위의 극중 대사와도 같이 생생하고 자연스럽게 전개된다. 뿐만 아니라, 대화 도중 이루어지는 엄마의 존재 이유에 대한 민 여사 자신의 새삼스러운 자각과 딸아이의 역시 새삼스러운 확인 역시 극중 대사만큼이나 자연스럽다.

사실 남편이 없는 집에서 한가로운 시간을 보내다 갑작스럽게 "이제 그만 이 생활을 접고 싶다는 생각"에 휘둘린다는 이야기의 설정 역시 자연스럽다. 사람마다 이러저러한 일에 치여 일상의 삶을 살아갈 때는 의식 안으로 비집고 들어오지 못하던 상념들이 있게 마련이고, 그러한 상념들은 한가한 시간을 틈타 비로소 우리의 의식 지평에 떠오르게 마련 아닌가. 어떤 의미에서 보면, 한가한 때란 경험의 현실을 벗어나 마음이 비어 있는 때다. 역설적으로 들릴지 모르지만, '정신없이 바쁠 때'란 우리의 마음이 무언가를 이루고자 하는 욕망으로 가득 채워져 있는 때다. 또는 뜻한 바를 이루어야 한다는 의무감이나 강박관념으로 인해 다른 일에 마음을 쓸 수 없는 때이기도 하다. 말하자면, '정신없이'라는 말은 말 그대로 정신이 없음을 뜻하는 것이 아니라 정신의 여유가 없음을 뜻한다. 하지만 욕망에 의해서든 강박관념에 의해서든 이루고자 하던 바를 이루었을 때 사람들은 성취감과 함께 공허감을 느끼게 마련이다. 바로 이 공허감이 우리의 마음을 찾아올 때란 한가한 때이자 '마음이 비어 있는 때'다. 이처럼 마음이 비어 있을 때 억압 상태에 있던 상념들이 우리의 마음을 비집고 들어오며, 마음이 비어 있기 때문에 그런 상념들이 의미하는 바는 더욱 더 선명하게 모습을 드러낸다.

「그날 엄마는 죽고 싶었다」와 관련하여 우리가 또 하나 주목해야 할 것은 이 작품을 통해 작가가 다루고 있는 문제가 단순히 인간(구체적으로는 "엄마")의 존재 이유 또는 삶의 의미에 대한 갑작스러운 회의 및 깨달음만은 아니라는 점이다. 무엇보다 이 작품이 다루고 있는 또 하나의 문제는 노년의 삶이다. 여기저기서 너무 자주 들먹이기 때문에 이미 상투적인 것이 되었지만, 최근 고령 인구의 증가로 인해 우리 사회에서는 노년의 삶이 중요한 화두가 된 지 오래다. 하지만 대개의 경우 노년의 삶에 대한 일반의 논의는 건강 보호나 치매 예방 또는 여가 활용 등의 외면적 문제에만 국한될 뿐, 노년의 삶을 살아가는 사람들의 내면 풍경이나 심리에 대해서는 별다른 관심을 보이지 않는다. 그런 관점에서 볼 때, 「그날 엄마는 죽고 싶었다」는 소설의 형식을 빌려 이 내면의 문제를 탐구한 작품이기도 하다.

민 여사의 남편은 "고교 졸업 50주년"(167)을 맞았다는 점에서 60대 후반으로 추정할 수 있다. 말하자면, 노년의 삶을 살고 있다. 그런 그의 삶은 집안에 틀어박혀 텔레비전에 눈길을 주는 범위 밖을 벗어나지 않는다. 그런 남편의 모습에 대한 민 여사의 관찰은 더할 수 없이 예민한데, 먹이를 잡아 뜯어먹는 사자의 모습에 "회심의 미소"를 짓는 남편을 보며 민 여사는 "그의 가슴에도 말 못할 분노가 가득"함을 감지한다(169-170). 도대체 그러한 "분노"의 원인은 무엇일까. 뿐만 아니라, 남편은 자신이 응원하는 축구팀의 실점에 "벌떡 몸을 일으켜 세우며" 욕설을 뱉거나 "우리나라 여자 골프선수가 LPGA에서 우승하면" "껑충 튀어 일어나 환호"하는 등 텔레비전에 눈길을 고정하는 것(170) 이외의 일과 관련해서는 민 여사의 제안에도 불구하고 만사를 귀찮아한다. 젊었을 때의 모습과 다른 남편의 모습을 보며 민 여사는 "그 사람의 영혼은 어디로 사라진 것일까"(170)라는 의문에 젖기도 한다.

민 여사를 따라 다시 묻자. "그 사람의 영혼은 어디로 사라진 것일까." 추측건대, 민 여사의 남편이 영혼이 사라진 것과 같은 모습으로 살아가는 것은 이제 직장 생활이라는 구속에서 벗어나 자기 본연의 모습으로 돌아가고자 하는 인간의 자기표현은 아닐지? 루이스가 가정한 상황에 빗대어 말하자면, 남의 차림새와 자신의 차림새 또는 남이 자신에게 기대하는 차림새에 신경을 써야 했던 장소인 직장이라는 '파티 자리'에서 벗어나 자유로워졌음을 암시하는 것은 아닐지? 민 여사의 남편이 분노든 또는 귀찮아함이든 감정을 자유롭게 표현하고 있음 역시 파티 자리를 떠나 홀가분해하는 인간의 모습을 암시하는 것은 아닐지?

최일옥의 「그날 엄마는 죽고 싶었다」가 제기하는 문제 가운데 또 하나주목해야 할 것이 있다면, 이는 인간의 존재 양식과 관련된 것이다. 민 여사는 딸아이에게 자신이 "고작 친정과 같은 의미일 뿐"(176)임을 깨닫고는이렇게 말한다. "난, 보통명사 엄마가 아니라 민지은이라는 고유명사인 엄마의 상실을 말하는 거야. 그냥 엄마라는 존재가 아니라, 나, 이, 민 지 은 말이야"(176). 어찌 보면, 자식과 남편을 위해 자신의 모든 것을 희생하는우리 사회의 수많은 엄마들은 보통명사로 삶을 살아가는 존재인지도 모른다. 그런 엄마들이 고유명사로서의 자신의 존재를 확인하고자 할 때 하는 일이 무엇인가. 작가는 딸아이의 입을 빌려 "자아상실이니 자아실현이니, 뭐니 하는 핑계를 대며 자기개발을 하겠다고 밖으로 나가 설"치는 엄마들이 있음(178)을 말한다. 딸아이에 의하면, 그런 엄마들과 달리 민 여사는 "누가 뭐라 해도 엄마, 주부, 아내라는 직분을 백 프로 완수하겠다는자아"가 "강"한 사람, "나만은 굳건히 아이들과 남편을 위해 살겠다는 사명의식 강한" 사람(178)이다. 그런 민 여사가 보통명사가 아닌 고유명사로서의 자아를 내세울 때 딸아이의 반응은 어떠한가. 민 여사는 딸아이에게엄마는 "고유명사인 엄마"로서의 "민지은"이지 보통명사인 엄마가 아님을말한다. 하지만 "엄마가 민지은이 아니더라도 엄마라는 이름을 사랑"함을말하는 동시에, "엄마라는 보통명사가 있고 난 후 민지은이라는 고유명사가 있는" 것이 아닌가라고 반문한다(180).

어찌 보면, 딸아이는 이 같은 말을 통해 인간의 존재 양식과 관련하여 무엇보다 중요한 것은 사람과 사람 사이의 '관계'임을 일깨우고 있다고 할 수 있다. 즉, '관계'가 정립된 후 비로소 우리는 '상대'에게 고유명사로 존재하게 됨을, '관계'가 정립되기 이전에는 누구도 정체성을 지닌 고유명사로 존재할 수 없음을 딸아이는 말하고 있는 것이리라. 달리 말해, 존 단의 말처럼 인간이란 무인지대에 섬과 같이 홀로 살아가는 존재가 아니라 '관계' 속에서 비로소 그 의미를 갖는 존재임을 일깨워 주는 것이 딸아이의 입을 통해 작가가 말하는 인간의 존재 양식일 것이다. 다시 루이스가 가정한 상황에 빗대 말하자면, 일단 삶이라는 파티 자리에 들어선 인간은 누군가와 관계를 맺지 않을 수 없으며, 이 때문에 자신의 차림새를 의식하고 이에 신경을 쓰지 않을 수 없다. 또는 타인에게 자신이 어떤 존재인지를 의식하고 신경을 쓰지 않을 수 없다. 민 여사가 딸의 말대로 "민지은 그 사람은 고유명사로서도 보통명사로서도 [딸아이와 같은 누군가에게] 온리 원(only one)"(183)임을 거듭해서 되됨은 이런 상황을 말해 준다. 그리고 이때의 '누군가'는 딸아이나 남편 또는 그 외의 누구일 수도 있지만 이와 동시에 '자기 자신'일 수도 있음을 깨닫게 되었음을 암시하는 말이 앞서 주목한 바 있는 "나는 나야. 내 일상도 바로 다른 사람 아닌 나를 위한 거야"라는 깨달음일 것이다.

3-1. 「낮술」, 또는 극적 독백의 현장 하나

'극적 독백'(dramatic monologue)이란 극작가나 시인 또는 작가가 아닌 화자가 등장하여 작품의 시작에서 끝까지 시종일관 독백의 형태로 누군가를 향해 말을 이어가는 문학 양식을 지칭하는 표현이다.[2] 물론 화자의 말

---

2) 이에 대한 자세한 논의는 M. H. Abrams & Geoffrey Galt Harpham, *A Glossay of Literary Terms*, 제9판 (Boston: Wadsworth, 2009), 85-86쪽 참조

에 귀 기울이는 사람(또는 사람들)은 작품에 등장하지 않는다. 하지만 독자는 화자의 말을 통해 누가 그의 말에 귀 기울이고 있는지를 추론할 수 있게 마련이다. 독자는 또한 화자의 말을 통해 그가 전하는 메시지뿐만 아니라 어떤 기질과 성격의 사람인지를 파악하게 된다. 시 분야에서 이를 대표하는 예로는 로버트 브라우닝(Robert Browning)의 「나의 전처 공작부인」("My Last Duchess")을, 극 분야의 예로는 새뮤얼 베케트(Samuel Beckett)의 『크랩의 마지막 테이프』(*Krapp's Last Tape*)를 들 수 있다. 한편, 소설 분야에서는 메리 셸리(Mary Shelley)의 『프랑켄슈타인』(*Frankenstein*)이나 알베르 까뮈(Albert Camus)의 『전락』(*La Chute*)을 대표적인 예로 꼽을 수 있을 것이다.

우리나라의 경우, 연극 분야에서는 이 같은 극적 독백이 시도된 예가 더러 있지만, 시나 소설 분야에서는 이런 형태의 작품은 흔치 않다. 그런 의미에서, 최일옥의 「낮술」과 「넥타이와 괄약근의 함수관계에 대한 고찰」과 같은 작품은 이 분야에서 우리나라 소설 문학을 대표하는 예로 오래 기억되어야 할 것이다. 아무튼, 「낮술」과 「넥타이와 괄약근의 함수관계에 대한 고찰」과 같이 극적 독백의 형태로 이루어진 작품을 읽는 독자란, 「울게 하소서」와 「그날 엄마는 죽고 싶었다」와 같이 극적 대화가 지배하는 작품을 읽는 독자와 마찬가지로, 이야기가 이루어지고 있는 현장 곁에서 '엿듣는' 위치에 있는 사람이라고 해야 할 것이다. 하지만 극적 대화로 이루어진 작품들과 달리 극적 독백은 보이지 않는 상대를 향하고 있다는 점에서 독자는 곧 극적 독백의 대상과 동일한 위치에 있다는 느낌을 갖기도 한다. 즉, 「낮술」이나 「넥타이와 괄약근의 함수관계에 대한 고찰」과 같은 작품을 읽어가는 과정에 독자는 자신을 극중 연기자와 대면하고 있는 듯한 자리에 쉽게 위치시킬 수 있다. 그런 관점에서 볼 때, 극적 대화의 경우 독자의 위치가 대화를 나누는 두 사람의 '곁'이라면, 극적 독백의 경우 독자의 위치는 현장의 '앞'이라고 할 수도 있다. 이제 독자의 '앞'에 펼쳐지고 있는 생생한 극적 독백의 현장으로 눈길을 돌리기로 하자.

「낮술」에는 이제 회사의 "사장"에 이어 "고문이라는 그럴 듯한 직함"으로 "2년이란 세월을 덤"으로 이어가던 끝에 직장 생활을 접고 "백수가 되어 집에 들어앉[자]" 있는 남자(109)가 등장하여 전화기를 통해 상대에게 이러저러한 말을 건넨다. 이때의 대화 상대는 비록 작품 속에 등장하지 않지만, 남자의 말에 담긴 정보를 통해 우리는 그가 누구인지 확인할 수 있다. 말을 건네는 상대는 아내의 친구로서, "집 큰일에 여러모로 마음을 써" 줄 뿐만 아니라 아내가 "영세"를 받을 때 "대모"의 역할을 한 "30년 근속 퇴직 선생님"인 "미숙 씨"라는 여자(100, 108, 101)다. 그런 여자가 전화를 한 것이고, 혼자 집에 있던 남자가 그녀의 전화를 받은 것이다. 여자가 전화한 것은 남자의 어머니가 돌아가신 후 "삼우제"를 잘 지냈는지 궁금했기 때문이다. 그녀를 상대로 하여 낮술에 취한 남자는 이러저러한 이야기를 한다. 남자의 말은 이렇게 이어진다. "허, 참. 제가 너무 말이 많았죠? 제가 이렇게 정신이 없습니다. 그래 어쩐 일이십니까. 삼우요? 네. 네. 어제 아주 잘 지냈습니다. 서운하죠. 암 서운하구말구요. 서운하지 않다고 하면 전 천벌 받습니다"(이상 104). 우연히 전화를 걸어 온 여자를 상대로 하여 남자는 결혼식을 하루 앞둔 딸과 그 때문에 분주한 자기 아내 이야기에서 시작하여 아내와 자식에게 제대로 신경을 쓸 수 없을 만큼 정신없이 일에 몰두하여 직장 생활을 해 와야 했던 자신의 삶 이야기로, 그리고 무엇보다 얼마 전에 돌아가신 어머니 이야기로, "화냥질하고 도둑질 빼고 안 해 본 거 없다"라는 말을 "입버릇처럼" 할 정도로 신산한 삶의 여정을 걸어왔던 어머니(111)와 함께 살아 온 자신의 과거 이야기로, 끝도 없이 이어진다. 그의 이야기가 이처럼 끝도 없이 이어질 수 있음은 그가 혼자 집에 앉아 "낮술"을 하고 있기 때문이다. 소설 속에서 남자는 이렇게 말한다. "제가 좀 횡설수설하죠? 네. 네. 혼자 한 잔 하고 있었습니다"(108). 하지만 언뜻 보기에 "횡설수설" 같아 보이는 그의 이야기—정확하게 말해, 남자가 이어가고 있는 것으로 소설 속에 제시되어 있는 이야기—는 결코 횡설수설이 아니다. 겉으로는 횡설수설 같아 보이나 더할 수 없이 짜임새를 갖춘 것이 남자의 이야기로, 이를 남자의 "낮술"에 기대어 극적 독백체로 살려 내는 작가의 역량은 그야말로 예사로운 것이 아니다. 사실 낮술이든 밤술이든 술에 취하지 않고서는 소설 속의 "저"처럼 수다스럽게 말을 늘어놓는 남자를 찾아보기란 쉽지 않을 것이다. 일테면, 작가는 "낮술"에 기대어 이야기에 더할 수 없이 높은 개연성을 부여하고 있는 셈이다.

아무튼, 자신을 "유나 에비"라 지칭하는 남자가 낮술에 취한 채 "미숙 씨"라는 여자에게 끝도 없이 자신의 이야기를 늘어놓게 된 동기는 어디에 있는 것일까. 어찌 보면, 이를 감지하는 가운데 우리는 「낮술」이라는 작품의 핵심에 이를 수 있다. 무엇보다 우리가 주목해야 할 것은 남자가 자신의 어머니와 관련하여 죄의식에 젖어 있다는 점이다. "전 어머니 이야기 빼면 할 말이 없는 놈인지도 모릅니다. 전 죄인이거든요. 하긴 누구나 부모님 보내고 나면 다 죄인이로소이다 하며 통곡을 하데요. 하지만 전 다릅니다. 전 정말 나쁜 놈이에요. 어머니께 인생 같은 건 없다고 생각한 놈이니까요"(110-111). 남자가 이처럼 깊은 죄의식에 빠져 있는 이유는 무엇일까. 물론 남자의 죄의식은 살아생전 어머니를 잘 돌보아드리지 못한 데서 느끼는 것이기도 하지만 혹시 어머니의 장례식과 딸의 결혼식이 겹쳐 일어날까 봐 걱정하는 마음이 없지 않아 있었던 데서 느끼는 것이기도 하다. 어찌 죄스럽지 않을 수 있겠는가. "당신이 그렇게 좋아하고 믿으시던 이 못난 맏자식이 백수가 되어 집에 들어앉았는데, 좀 더 사시면서 제 수발을 맘껏 받고 돌아가셨으면 얼마나 좋습니까. 그런데 딸년 날 받아놨다고 어서 돌아가셔야 한다고 학수고대했으니, 제가 죄인이지요. 암, 죄인이고말고요"(109).

이로 인한 죄의식이 남자에게 낮술에 빠져들게 한 것이리라. 하지만 남자의 이야기를 들어 보면, 그가 어머니와 관련하여 느끼고 있는 죄의식은 무언가 좀 더 근본적인 사연에서 비롯된 것이다. 이어지는 남자의 이야기에서 확인할 수 있듯, "부산으로 피난 갔다 서울로 환도해서" 어머니가 "우리 사 남매 부여안고 살기 시작한" 때 그녀의 나이는 "서른둘"이었다. 그리고 이번에 시집을 가는 남자의 딸의 나이도 "서른둘"이다(111). 바로 이 "서른둘"의 나이에 과부가 된 남자의 어머니에게 그의 외삼촌은 재혼을 권유한다. "우연히 외삼촌께서 어머니를 설득하는 이야기를 듣게 된" 남자는 "그날부터 밥 한 수저, 물 한 모금 입에 대지 않고 엄마에게 시집가지 말라고 떼를" 쓴다(111–112). 남자의 이야기는 이렇게 이어진다.

> 그렇게 물도 안 먹고 학교에도 안가고 오직 시집가지 마, 시집가지 마, 하고 우는, 당신 말씀처럼 하늘같은 맏아들을 보며 제 어머니께서는 무슨 생각을 하셨을까요. 아마도, 그래 내 너를 믿고 사마, 하셨겠지요. 헌데 전 그 때 무슨 생각을 했는지 아무 기억도 없습니다. 어머니께서 저희들을 어찌 키워야 하는지, 또 제 짐이 얼마나 무거운지, 그런저런 생각 같은 건 아예 할 수 없었지요. 다만 어머니가 시집을 간다는 그 말, 그 사실이 그렇게 싫었습니다. 아니 어머니를 빼앗기는 심정이었을 거라 상상할 수 있습니다. 영화나 드라마를 보면 다들 그렇게 말 하니까요. 정말 저도 그렇게 생각했을 겁니다. (112–113)

그런 아들에게 어머니는 오직 "넌 공부만 해라"고 말씀했던 것으로 남자는 기억한다. 그리고 남자는 "그 약속"을 지켜 공부만 한다. "마치 공부를 해야만 어머니가 시집을 안 가실 것처럼." 하지만 그처럼 남자가 공부에 열중하는 것 자체가 어머니의 재혼과 무슨 관계가 있단 말인가. 깨달음은 남자에게 너무 늦게 찾아온다.

제가 공부하는 거 하고 어머니 시집가는 게 어떻게 같을 수 있습니까. 하지만 전 이날 이때까지 단 한 번도 어머니가 재혼을 해야 했다고 생각해 본 적이 없습니다. 물론 제가 장가를 가고 제 동생들이 모두 제짝을 만나 결혼을 했는데도 말입니다. 제가 몇 살에 결혼했는지 아십니까. 서른이요, 서른. 정말 미친놈 아닙니까. 제가 서른에 장가 갈 때 어머니 나이 몇이셨겠습니까. 그런데도 어머니의 재혼을 생각해 보지 않았다니 말이 됩니까. (113)

이 같은 때늦은 깨달음에 이르렀을 때 어찌 남자가 낮술을 마시며 후회의 마음에 사로잡히지 않을 수 있겠는가. 아마도 「낮술」에서 압권을 이루는 부분은 이 같은 깨달음과 함께 후회에 젖어 있는 아들의 마음을 생생하게 전하는 다음의 대목일 것이다.

어머니는 그 외로움을 어찌 달래셨을까요. 전 어머니의, 그 젊디젊은 어머니의 외로움을 말하고 싶은 겁니다. 서른에 장가 든 저나, 내일 서른둘에 시집가는 유나나, 다 혼자라는 외로움이 싫고 누군가 사랑했기 때문에 결혼하는 거 아닙니까. 그런데 전, 단 한 번도 어머니의 외로움을 생각해 본 적이 없었다는 거 아닙니까. 어머니란 이름이 붙은 사람한테는, 엄마라 불리는 여자한테는, 외로움이라는 게 아예 없는 줄 알았어요. 자식 줄줄이 있고, 그 자식들 하나같이 반에서 일등은 물론이며 돌려가며 전교 일등이라고 조회시간마다 앞에 나가 박수 받고 상장 들고 오는 놈들 있는데 외로울 게 뭐 있습니까. 그저 공부해라 공부, 공부가 살길이다, 하시던 어머니 말씀 따라 공부 열심히 하는 자식들이 넷씩이나 있는데 말입니다. (114–115)

여기서 우리는 다시 루이스가 가정한 상황을 떠올리지 않을 수 없는데, 파티 자리에는 항상 모든 것을 자기중심적으로 생각하는 사람도 있게 마련이다. 삶의 파티 현장에서 남에 대한 배려 없이 모든 것을 자기중심적으로 이해하고 처리하려 하는 사람은 단순히 차림새에 신경을 쓰지 않는 사람보다 더 사회적으로 난감한 존재일 수 있다. 아니, 어찌 보면, 남자가 어머니의 재혼을 그토록 싫어했던 것은 이기심 때문만이 아니라 "영화나 드라마"(113)가 강요하는 관습 때문이었는지도 모른다. '관습'이라니? 지금이야 사회가 많이 바뀌었지만, 한때 우리 사회를 지배하던 것이 '수절과부'라는 미덕이 아니었던가. "영화나 드라마"가 남편을 잃은 여자의 재혼이라는 소재를 다룰 때, 이를 아이들의 입장에서 "어머니를 빼앗기는" 것(113)으로 포장하고 있지만 그 자체가 여자의 재혼을 곱지 않은 시선으로 바라보던 시대의 관습을 반영하는 것은 아니었는지? 어찌 보면, 재혼이란 '튀는 차림새'로 삶의 파티 현장에 나오는 것으로 여겼던 과거 시대의 관습에 대한 작가의 비판적 시선을 담고 있는 것이 「낮술」이라는 작품일 수도 있다. 남자가 "어머니께서 그 고되고 긴 소풍 길에 낮술 한잔 하시려는 걸 그렇게 말린 나쁜 놈"(118)이라 자신을 책망하고 있을 때, 이는 단순히 한 인간의 개인적 소회를 드러내는 것만이 아니라 시대의 관습에 대한 비판의 시선을 암시하는 것으로 볼 수도 있으리라.

형식적 측면에서 볼 때, 「낮술」이라는 극적 독백 형식의 작품에서 주목해야 할 점은 독백을 이어가는 남자가 갈수록 이야기 상대의 존재를 더욱 깊게 의식한다는 점일 것이다. 어머니 이야기가 깊이를 더해감에 따라 남자는 "이 전화 끊지" 말고 "조금만 기다"려 달라거나 "간간히 숨소리만 내셔도" 된다고 상대에게 말한다(116). "빈 전화기 들고 주절거리는 게 아니라는 건만 알면 되니까요"(116-117)라는 남자의 말은 어머니를 떠나보내고 이제 곧 딸마저 떠나보낼 처지에 놓인 남자가 감당하기 어려운 외로움을 암시하는 것일 수도 있으리라. 하지만 이는 또한 독자를 향해 작가가 전하는 말로 들리기도 한다. 작가란 본질적으로 자신의 눈으로 확인할 수 없는 독자를 향해, 보이지 않는 독자를 향해 외롭게 극적 독백을 이어가는 존재일 수도 있지 않은가.

3-2. 「넥타이와 괄약근의 함수관계에 대한 고찰」, 또는 극적 독백의 현장 둘

「넥타이와 괄약근의 함수관계에 대한 고찰」은 또 한 편의 뛰어난 극적 독백 형식의 작품이다. 이 소설에서는 "평생을 주부로 산 사람"(147)이자 "약간의 먹물이 든 늙은이"(145)로 자신을 소개하는 여자가 홀로 무대에 등장하여 역시 '누군가'에게 말을 건넨다. 물론 이 경우에도 그녀의 말에 귀 기울이는 상대는 모습을 드러내고 있지 않지만, 그녀의 말에 담긴 정보를 통해 우리는 상대가 누구인지를 추정할 수 있다. 이 작품의 경우, 상대는 "경험에서 나온 이야기"에 "맞장구"를 치던 사람의 "추천"을 받아 "강사"의 자격(149)으로 나선 "이광자"라는 이름의 여자 앞에 모여 있는 사람들, 그것도 여자와 같은 "연갑"(149)의 사람들이다. 추측건대, 그들은 어떤 단체나 모임의 주선으로 열린 이른바 교양 강좌의 청중일 것이다.

"넥타이와 괄약근의 함수관계에 대한 고찰"이라는 작품 제목 자체가 해학적이다. 서로 어울리지 않는 세 어휘의 조합에다가 "고찰"이라는 현학적인 어휘가 덧붙여져 있지 않은가. 이처럼 제목이 해학적인 것은 여자의 강의가 심각하고 무거운 방향으로 진행되지 않을 것임을 암시한다. 어찌 보면, 강사로 등장하는 여자 역시 능변의 희극 배우와도 같다. 물론 능변의 해학적인 이야기로 청중을 휘어잡는 능력이야 대중 강연의 강사라면 필수적으로 갖춰야 할 요건이다. 실제로 여자의 강연 내용에는 청중을 웃길 만한 해학적 요소가 풍부하다. 하지만 여자의 입을 통해 작가가 전하는 메시지는 결코 가벼운 것이 아니며, 메시지의 설득력 역시 깊은 울림을 담고 있다. 해학적 언어를 통해 결코 가볍지 않은 메시지를 효과적으로 전달하고 있다는 점에서 「넥타이와 괄약근의 함수관계에 대한 고찰」은 작가의 역량이 유감없이 발휘된 또 한 편의 탁월한 작품이라 하지 않을 수 없다.

본격적인 강의에 앞서 여자가 먼저 문제 삼는 것은 "나이"와 "교양"의 관계다.

> 제가 이 괄약근에 대해 남 다른 공부를 한 것은 아닙니다. 다만 나이가 들어가며 스스로 이 괄약근이 꽉 조여지지 않고 헐렁해졌다는 것을 깨달았을 뿐입니다. 그러나 제 괄약근 수축이 시원치 않아 요실금까지 발전하지는 않았다는 것을 분명히 밝혀두겠습니다. 왜 웃으십니까. 이야기가 너무 교양 없고 저질로 흘러가는 듯 보입니까? 맞아요. 나이를 먹으니 좋은 점이 바로 이 교양이라는 것을 훌떡 벗어내도 그리 결례가 되지 않는다는 점입니다. 듣는 이나 보는 이나 다 늙은이가 그렇지 뭐, 하며 그냥 그러려니 해 버리니까요. 전 그래서 늙는 게 편하고 좋아요. (151)

"나이를 먹으니 좋은 점이 바로 이 교양이라는 것을 훌떡 벗어내도 그리 결례가 되지 않는다"는 말은 인간이 살아가는 사회의 한 단면을 잘 보여준다. 루이스가 가정한 상황에 빗대어 말하자면, 노인의 경우 파티 자리에서 어떤 차림새를 하고 있더라도 이를 크게 문제 삼을 사람이 없음을 뜻한다. 이는 물론 노인에 대한 존경의 마음 때문이 아니라 나이를 먹어 '나사가 빠지거나 헐거워졌다'는 판단 때문일 것이다. 당사자인 노인 역시 자신의 차림새에 신경을 쓰지 않기는 마찬가지인데, 이 또한 다른 사람들의 시선을 의식하지 않을 만큼 '뻔뻔해진 것'으로 이해되기도 한다.

"이제 정말 본론으로 돌아가"겠다(153)고 말한 다음, 여자는 먼저 자신의 남편이 어떤 사람인지를 소개한다. 그녀의 남편은 "대학 졸업 후 ROTC 장교로 군 복무를 마치고 대기업에 취직"한 다음 "운이 좋았는지,

적응력이 좋았는지, 아니면 윗사람에게 잘 보이는 능력이 있었는지, 남들이 승진할 때 승진하여 과장 차장 부장 이사 상무 전무를 지나 대표이사 사장을 거쳐 퇴직을 하고 1년 간 고문이라는 전관예후의 대접까지 받고 지난해에 예순 여덟 나이로 퇴직"한 사람(153)이다. "지금 나이가 예순아홉"(153)인 자신의 남편에게 문제가 있다면, "회사를 떠난 후 그 많은 넥타이와 양복을 두고도 정장을 전혀 안 한다는 데" 있다(1155-156)는 것이 여자의 판단이다. 그리고 "넥타이와 양복을 벗어버리기 시작하더니 참 난감하고 민망한 증세가 나오기 시작"했다(156)는 것이 여자의 판단이기도 하다. 여자는 남편의 온갖 난감하고 민망한 증세 가운데 특히 참을 수 없는 것으로 "방귀"를 꼽는다. 말하자면, "괄약근"에 대한 통제를 포기한 이가 자기 남편이라는 것이 여자의 진단이다. 이어지는 여자의 '남편 흉보기'에서 한 대목만 뽑아 보자.

그가 잠만 자든, 텔레비전만 보든, 옷이며 머리 모양이 어떻든, 제게 직접적인 피해를 입히지 않으니까요. 헌데 이 방귀만은 못 참겠더라고요. 앉아서 뀌는 건 그렇다 쳐도 어떻게 걸으면서까지 방귀를 뀝니까. 집 인근 마트에 함께 가 물건을 이것저것 고르는 데 거기서도 뽕뽕 뀌어댄다는 거 아닙니까. 야채 코너에서 생선좌판 있는 데로 이동할 때도, 또 거기서 정육점 앞으로 갈 때도 그이는 움직이는 대로 뽕뽕 거립니다. 냄새요? 그건 차마 예서 입에 올릴 수가 없군요. (158)

도대체 자신의 남편이 그처럼 변한 이유는 무엇일까. 여자는 "눈물을 글썽"이며 이렇게 말했다 한다. "이게 병이 아니면 어떻게 그렇게 단정하고 예의바르던 사람이 이렇게 변할 수가 있어? 아니면 당신, 일부러 그러는 거야? 내가 싫어하는지 알면서도 그런다면 내가 싫어서 그런다고 생각할 수밖에 없어. 그럼 우리 따로 살까?"(160). 과연 이에 대한 남편의 답은 어떤 것이었을까.

난 나를 찾고 싶어. 내 원래의 모습이 어떠했는지, 사회생활 하기 전의 내 성격이 어땠는지 난 다 잊어버렸어. 기억이 안나. 아침에 넥타이를 매고 집을 나서는 순간 난 회사라는 조직의 일원일 뿐이었어. 언제 어디서 누가 보아도 단정하고 매너 좋고 유식하며 능력 있는 그런 사람으로 살아야 했으니까. 난, 당신이 상스럽다는 그런 짓을 다 해볼 거야. 헝클어질 만큼 헝클어지고 망가질 만큼 망가지다 보면 내가 스스로 알아채겠지. (162)

"넥타이라는 게 내 목을 조이고 있는 동안 [괄약근을 비롯한] 내 모든 기관도 그만큼 조여 있었[다]"(162)로 요약될 수 있는 남편의 고백이 의미하는 바는 무엇일까. 이 지점에서 우리는 다시금 루이스가 가정한 상황을 떠올리지 않을 수 없는데, 어찌 보면 여자의 남편은 "다른 사람들이 정장을 할 것으로 예상되면 자신도 정장을 해야 하고, 다른 사람들이 우스꽝스러운 차림새를 할 것으로 예상되면 자신도 우스꽝스러운 차림새를 해야" 만 했던 과거의 자신을 거부하는 것일 수 있다. 사실 루이스가 제시한 상황에서처럼 누군가의 "차림새가 어떤지에 대해서는 거의 아무도 신경을 쓰지 않는다"면, 회사에서 그는 넥타이로 목을 조인 채 살아갈 필요가 없었을 것이다. 하지만 "그 유명한 빌 게이츠도, 스티브 잡스도 모두 넥타이를 매지 않"는 곳(163)과는 달리 그렇게 하는 경우 "인사발령"(161)에서까지 불이익을 당할 수도 있는 곳이 곧 우리 사회가 아닌가. 「넥타이와 괄약근의 함수관계에 대한 고찰」은 바로 이 같은 사회 현실에 대한 비판적 보고서로서의 의미를 갖기도 한다.

4. 「가장 고귀한 만남」, 또는 자아 성찰의 현장

극적 상황의 재연이라는 점에서 보면, 「가장 고귀한 만남」은 앞서 검토한 네 편의 작품들과 동일한 유형의 작품으로 분류될 수도 있다. 하지만 이는 극적 대화 형식의 작품으로도, 극적 독백 형식의 작품으로도 분류될 수 없다. 우선 어느 한쪽이 상대에게 일방적으로 말을 건넨다는 점에서 이 작품은 극적 대화의 유형에 속하는 작품이 아니다. 하지만 극적 독백의 유형에 속하는 작품으로 규정될 수도 없는데, 상대의 말에 귀 기울이는 사람의 생각과 반응이 극중 방백처럼 사이사이에 제시되어 있기 때문이다. 즉, 말을 건네는 쪽과 그 말에 귀 기울이는 쪽이 무대 위에 함께 존재하기 때문이다. 상대의 말에 귀 기울이는 이의 생각과 반응이 극적 독백을 이어가는 사람의 말을 통해 다만 '암시적으로' 드러나는 것이 극적 독백 형식의 작품이라는 관점에서 볼 때, 「가장 고귀한 만남」은 극적 독백 형식의 작품과 차이가 있다.

작가 최일옥이 「가장 고귀한 만남」을 이처럼 특이한 유형의 작품으로 만든 이유는 무엇일까. 무엇보다 이 작품은 "만남"에 관한 이야기이지만, 이때의 만남은 여느 인간과 인간 사이의 만남이라고 보기 어렵기 때문이리라. 그렇다면 누구와 누구 사이의 만남인가. 이에 대한 답을 위해 우리는 먼저 이 작품의 내용을 검토해야 할 것이다. 「가장 고귀한 만남」에는 "6개월"(202)의 시한부 삶을 사는 '내'가 등장한다. 그런 '나'는 "주재원으로 근무하는 남편을 따라가서 살던 곳"(202)으로 가서 휴양 생활을 한다. 그런 가운데 "마사지 집"을 찾았다가 그곳에서 "케이"라는 이름의 "마사지해 주었던 여인"을 알게 된다(190). 그리고 '나'는 케이를 다시 찾아가 만난다. 곧 이어 '나'는 "케이"의 말에 일방적으로 귀 기울인다. "케이가 말한다. 나는 듣는다"(191). '나'는 케이의 말에 귀 기울이는 동안 마음속으로 이러저러한 생각을 이어간다. 이처럼 작품의 구조는 간단하다.

하지만 작품을 읽다 보면 케이가 하는 말은 마사지를 직업으로 하는 여인의 말로는 어울리지 않음을 누구나 감지하지 않을 수 없다. 여인의 말은 지나치게 관념적이고 사변적이기 때문이다. 하기야 "그녀는 유창한 영어"로 말하지만 "그녀의 모든 말을 알아들을 수 있다는 것이 신기하다"(191)는 '나'의 진술 또한 이야기의 상황이 일상적인 것이 아님을 암시한다. 도대체 케이는 누구이고, 이 같은 비일상적인 만남이 이루어지는 것은 어떤 상황에선가. 작품의 끝 부분에 암시되어 있듯, 그녀는 상상 속의 '나' 또는 '제2의 나'(alter ege)다.

> 작고 가벼운 깃털 같은 내가 '나'를 본다. '나'는 백자 항아리 속에 담겨있다. 가무잡잡한 피부에 유난히 눈이 큰 얼굴. 아버지를 닮아 몸집이 크고 건강하며 어머니의 눈을 닮은 나. 긴 병치레 탓에 눈자위는 검게 죽어있고 몸집은 어린아이같이 조그맣게 오그라들었다. 그러나 '나'는 어디에도 없다. 어머니를 닮아 무엇이든 열심히 해야 하고, 시작한 일은 끝장을 보아야 하는 나. 그렇다고 침착하거나 차분한 성격도 아닌 나. 아버지를 닮아 성급하고 세상사에 관심이 많아 늘 분주하고 하나를 보면 둘을 알아야 하는 나. 이렇게 상반된 두 성격이 한 사람 안에 존재하니 늘 불안하고 자신이 없던 나. 그러나 그곳에 그런 '나'는 없었다. 남편의 체온이 전해온다. 거친 숨결 탓에 그의 가슴이 출렁거린다. 항아리에 붙어 있는 종이쪽지에 검은색으로 굵게 쓰여 있는 KAY라는 글씨가 도드라져 보인다. Kim Ah Yune. 김아윤. 사람들은 나를 그렇게 불렀다. (206-207)

요컨대, '나'와 '나' 사이의 만남에 관한 이야기를 다룬 작품이 「가장 고귀한 만남」일 수 있다. 어찌 보면, 만남이 이루어지는 것은 꿈속의 상황일 수도 있다. 즉, 꿈밖의 현실에서 만났던 케이가 또 하나의 '내'가 되어 '나'

의 꿈속에 나타나 '나'에게 말을 건네는 것일 수 있다. 꿈속에서라면 현실에서와 달리 언어가 문제되지 않을 수 있으리라. 즉, "그녀는 유창한 영어"로 말하지만 "그녀의 모든 말을 알아들을 수" 있었던 것은 꿈속이었기 때문인지도 모른다. 하지만 만남이 이어지는 상황은 그처럼 단순한 것이 아닐 수도 있는데, 얼마간의 시간이 흐른 다음 문득 '내' 시야에 "도우미 이 씨"—즉, "내 곁에 앉아 내 손을 잡은 채 고개를 접고 졸고 있"는 사람—의 모습(204)이 비치는 것은 꿈속의 상황일 수도 있고 꿈밖의 상황일 수도 있기 때문이다. 과연 '나'는 여전히 꿈속에 있는 것일까, 아니면 꿈에서 깨어난 것일까. 이 같은 물음을 던지지 않을 수 없는 것은 다음의 진술 때문이다.

> 고갯방아를 찧던 이 씨가 화들짝 놀라 눈을 뜬다. 두 팔을 허공으로 뻗어 올리며 입이 찢어져라 하품을 한다. 그리고 일어나려 허리를 편다. 그녀가 잡고 있던 내 손이 그녀의 무릎 위로 떨어져 내린다. 나는 그녀의 가슴팍에 머리를 묻는다. 나는 여전히 작고 가벼운 깃털 같다. 이 씨가 내 가느다란 몸뚱이를 부여안는다. 뺨을 비벼대며 신음한다. 그리고 마침내 어깨를 들썩이며 오열한다. 작고 가벼운 깃털 같은 나는 그녀의 체온을 느낄 수 없다. 그녀가 호주머니를 뒤적여 전화기를 찾아 들고 말을 한다. 그것은 말이 아니라 외마디와 다름없다. 그녀의 몸이 와들와들 떨린다. (206)

말하자면, 죽음에 이른 '내'가 '나'를, 그리고 '나'의 죽음을 알아차리고 전화를 하면서 몸을 와들와들 떠는 "도우미 이 씨"를 응시하고 있는 셈이다. 결국 꿈속의 상황처럼 보이는 것은 이미 죽음에 이른 상황을 암시하는 것일 수도 있다.

문제는 꿈속의 상황 또는 죽음에 이른 상황이든, 또는 꿈에서 죽음으로 바뀌는 상황이든, 비현실적인 상황에서 '내'가 만난 케이라는 이름의 또 다른 '내'가 '나'에게 건네는 이야기의 핵심은 무엇인가에 있다. 우리는 이를 케이의 다음과 같은 말에서 확인할 수 있다.

> 타인의 잣대에서 나를 지키려면 누구도 침해할 수 없는 '나'가 견고해야 합니다. 이제까지 '나'라고 믿었던 그 허물을 벗어내야 견고한 '나'를 만날 수 있습니다. 스스로 믿었던 '나'는 '나'가 아니니까요. 그것은 허상입니다. 남들이 규정한 '나'일뿐이지요. 참 나를 찾으려면 그 허상을 벗어버려야 해요. '나'라 불리는 모든 것을 버리세요.
> 케이는 자신을 버리기 위해 말과 생각과 판단을 버렸습니다. 그리고 나니 케이 자신을 사랑하게 되었습니다. 맘에 들지 않는 이 얼굴 몸뚱이에서부터 시작해 좋고 싫고를 판단하던 그 많고 많은 기준, 그 기준에 얽매인 체면, 강요받은 예의와 도덕, 그런 것들을 훌훌 벗어 던지고 나니 비로소 케이가 보이더라고요. 얼굴과 몸뚱이를 조이고 있던 가면, 그 철가면이 벗겨지고 나니 때 맞추어 웃어야 하고 울어야 하며, 하고 싶지 않은 일도 해야 하고, 강요받은 일을 하느라 온 몸과 신경이 곤두 서 있던 지친 육신이 날개를 단 듯 가벼워졌습니다. (203-204)

케이에 의하면, "'나'라 불리는 모든 것을 버"릴 때, 일테면 "얼굴 몸뚱이에서부터 시작해 좋고 싫고를 판단하던 그 많고 많은 기준, 그 기준에 얽매인 체면, 강요받은 예의와 도덕, 그런 것들을 훌훌 벗어 던"질 때, 우리는 비로소 "참 나"를 찾을 수 있다. 하지만 인간에게 어떻게 그런 일이 가능할 수 있겠는가. 다시 말해, 인간과의 관계 맺음과 타인의 시선에서 벗어나 완벽한 자유를 누리는 것이 인간에게 과연 가능하기나 한 일일까. 확실하게 단정적으로 밝히고 있지는 않지만, 작가는 소설 속의 '나'를 통해 그러한 일이 죽음을 통해 비로소 가능한 것임을 암시한다. 이제 "참 나"를 찾아 "작고 가벼운 깃털" 같아진 '나'란 곧 죽음에 이른 '나'를 말하는 것 아닐까.

　바로 이런 관점에서, '나'의 죽음—또는 무화(無化)—에 관한 이야기인 「가장 고귀한 만남」도 인간과 인간 사이의 관계 맺음과 타인의 시선에 관한 소설이라고 할 수 있다. 루이스가 가정한 상황에 빗대어 말하자면, 삶의 현장이라는 파티 자리에서 벗어나 자유로워지는 것이 곧 죽음일 수 있다. 작품 속의 '나'는 '나 자신'을 "아버지를 닮아 몸집이 크고 건강하며 어머니의 눈을 닮은 나"로, "어머니를 닮아 무엇이든 열심히 해야 하고, 시작한 일은 끝장을 보아야 하는 나"로, "그렇다고 침착하거나 차분한 성격도 아닌 나"로, "아버지를 닮아 성급하고 세상사에 관심이 많아 늘 분주하고 하나를 보면 둘을 알아야 하는 나"로, "이렇게 상반된 두 성격이 한 사람 안에 존재하니 늘 불안하고 자신이 없던 나"로 묘사(206)하고 있는데, 이제 죽음에 이른 '나'는 비로소 '나'의 눈과 타인의 눈에 비친 이 같은 '나'로부터 자유로워진 것 아닐까. 아무튼, 「가장 고귀한 만남」은 '나'와 '나' 사이의 만남이라는 점에서 타인의 범주 안에는 '나'까지 포함될 수 있음을 암시하는 동시에 그러한 '나'의 시선에서 결코 자유로울 수 없는 존재가 '나'임을 암시하고 있거니와, "만남"이라는 말 자체가 '내'가 '나'를 포함한 누군가 타인의 시선 안에 존재하고 '나'를 포함한 누군가가 '나'의 시선 안에 존재하게 되었음을 의미하는 말일 수 있으리라.

5. 논의를 마무리하며

　이제까지의 작품 읽기를 끝맺어야 할 때가 되었다. 이 자리에서 우리는 다시 루이스가 상정한 가상의 상황으로 되돌아가지 않을 수 없는데, 루이스가 말하는 "차림새"란 단순히 외형적인 의미의 차림새만을 지칭하는 것이 아닐 수도 있다. 어찌 보면, 내면의 차림새—예컨대, 말, 생각, 견해,

성품, 개성 등등—도 사회생활에서는 결정적인 역할을 하거니와, 바로 이 때문에 인간과 인간 사이의 관계 맺음은 그만큼 더 쉽지 않은 과제일 수 있다. 사실 인간의 사회생활 속에서 이루어지는 모든 관계 맺음은 끊임없이 서로에게 자신의 내외면적 차림새를 맞추는 일일 수 있고, 그것이 불가능할 때 어떠한 관계 맺음도 파탄으로 끝날 수 있다. 여기서 우리는 루이스가 앞서 언급한 책에서 상정한 또 하나의 상황을 거론할 수도 있을 것이다.

> 당신과 내가 함께 배의 노를 젓고 있다고 가정해 보자. 만일 우리가 보조를 맞춰 배를 젓는다면 배는 부드럽게 나아갈 것이다. 그렇지 않으면 배는 천천히 움직이거나 엉뚱한 방향으로 움직일 수도 있다. [중략] 우리는 항상 배를 빠르게 또는 느리게 저어갈 것을 선택하는데, 우리가 보조를 맞춰 배를 젓는 한에는 어떤 속도로 배를 젓는가는 우리 어느 쪽에도 거의 문제가 되지 않는다. 따라서 각자는 상대가 유지할 것으로 기대되는 속도에 맞추기 위해 끊임없이 자신의 속도를 조절한다.[3]

타인과 "보조"를 맞추는 일, 이는 진실로 쉬우면서 어렵고 어려우면서도 쉬운 우리 모두에게 주어진 삶의 과제다. 최일옥의 단편소설집 『그날 엄마는 죽고 싶었다』는 이 같은 과제를 앞에 둔 다양한 인간상을 보여준다. 그리고 작가는 이를 통해 우리들 인간에 대한 깊이 있는 탐구와 이해를 모색한다. 이와 관련하여 작가 최일옥이 펼쳐 보이는 다면적인 동시에 극적이고 극적인 동시에 예민하고 깊은 문학 세계를 향해, 작가 최일옥 특유의 문학 세계를 향해 모든 독자가 적극적인 관심과 이해의 눈길을 보내기 바랄 따름이다.

---

3) Lewis, 5-6쪽.

환상문학의 진경(眞境), 그 안에서

— 윤영수의 소설『숨은 골짜기의 단풍나무 한 그루』와 나무가 전하는 이야기

1. 나무와 함께

　　윤영수의 소설『숨은 골짜기의 단풍나무 한 그루』(열림원, 2018년 9월, 이
하『단풍나무』)를 읽는 동안 나는 내내 1980년대 초엽에서 중엽으로 넘어
갈 무렵 유학생 시절에 텔레비전으로 보았던 영화 〈미스터 시커모어〉(*Mr.
Sycamore*, 1975)를 기억에 떠올렸다. 우체국 배달원으로 삶을 살아가던
존 궐트라는 사나이가 오비디우스의『변신 이야기』에 수록된 이야기에 영
감을 받아, 공허한 현재의 삶을 뒤로 하고 나무가 되겠다는 꿈을 꾼다. 오
비디우스의『변신 이야기』에는 주피터 신전을 지키다가 아름다운 나무로
변신하는 필레몬과 바우키스라는 노부부의 이야기가 나오는데, 이 이야기
속의 평화롭고 아름다운 나무와도 같은 삶을 갈망한 나머지 그는 마침내
자기 집 마당 한구석을 파고 발을 묻는다. 그리고 우여곡절 끝에 그는 한
그루의 잎이 무성한 시커모어—우리에게 플라타너스라는 이름으로 알려
진 나무—로 변신한다. 영화가 남긴 묘한 여운에 이끌려 몇몇 장면을 오랜
세월 기억의 저편에 저장하고 있었는데,『단풍나무』와 함께하는 과정에 되
살아났던 것이다.

어디 영화뿐이랴. 어느 틈엔가 시도 한 편 기억에서 되살아나 소설을 읽는 동안 내내 함께했는데, 이는 김형영 시인의 「나무 안에서」다. "벚나무를 안으면/ 마음속은 어느새 벚꽃동산,/ 참나무를 안으면/ 몸속엔 주렁주렁 도토리가 열리고,/ 소나무를 안으면/ 관솔들이 우우우 일어나/ 제 몸 태워 캄캄한 길 밝히니// 정녕 나무는 내가 안은 게 아니라/ 나무가 나를 제 몸같이 안아주나니,/ 산에 오르다 숨이 차거든/ 나무에 기대어/ 나무와 함께/ 나무 안에서/ 나무와 하나 되어 쉬었다 가자"(「나무 안에서」 2-3연). '내'가 나무를 안는 것인지와 나무가 '나'를 안는 것인지가 구별되지 않는 경지, 아니, '내'가 나무가 되고 나무가 '내'가 되는 경지, 그리하여 '나'와 나무가 '하나'가 되는 초월의 경지를 노래한 이 시가 영화 〈미스터 시커모어〉와 함께 『단풍나무』를 읽는 동안 내 마음에서 떠나지 않았던 이유는 무엇일까.

말할 것도 없이, 『단풍나무』는 나무가 전하는 나무들의 삶에 관한 이야기를 담은 환상소설이기 때문이다. 아니, 좀 더 정확하게 말해, 나무가 아니라 '나무와 같은 인간' 또는 '나무 인간'—즉, '동물적 존재'로서의 인간이 아닌 '식물적 존재'로서의 인간—의 이야기를 소재로 삼아 창작된 작품이기 때문이다. '나무와 같은 인간' 또는 '나무 인간'[1]이라니? 예컨대, 인간이 나무와 같이 물 이외에 어떤 자양분도 취하지 않은 채 생명을 이어갈 수 있다면! 그럼으로써 배설도 하지 않고 부패의 냄새도 풍기지 않은 채

---

1) 작가는 "나무인간"의 존재까지 상정하고 있거니와, 이는 나무처럼 붙박이 상태에서 생각하고 말하는 나무를 가리킨다. 즉, 작가는 '인간과 같은 나무'를 지시하기 위해 이 표현을 사용한다. 이와는 달리, 우리는 '인간과 같은 나무'가 아닌 '나무와 같은 인간'이 소설에 등장하는 주된 인물들이라는 점에서 '나무 인간'이라는 표현을 사용하고자 한다. 다시 말해, 작가가 말하는 '인간과 같은 나무'가 아니라 '나무와 같은 인간'을 지시하기 위해 작은따옴표를 동원하여 '나무 인간'이라는 표현을 고수하기로 한다. 그리고 이처럼 '나무와 같은 인간'과 대립되는 개념으로서의 우리네 인간을 지시하기 위해 역시 작은따옴표를 동원하여 '동물 인간'이라는 표현을 사용하기로 한다.

맑고 깨끗한 삶을 살 수 있다면! 정녕코, 『단풍나무』에 등장하는 연토나 연토의 어머니 미단 등등의 '나무 인간'들처럼 우리네 인간이 나무의 장점을 고스란히 간직한 채 생각하고 말하고 움직이며 삶을 살아갈 수 있다면! 그리하여, 나무의 평화로움과 정갈함이 인간의 것이기도 하다면!

작가 윤영수는 '나무 인간'—작가의 표현에 기대자면, "가지를 잘라내면 새로운 씨눈에서 움 트는 나무"와도 같은 인간, "수정된 알을 땅에 떨어뜨려 자식을 번식하는" 면에서도 나무와 같은 인간, "하지만 발이 달려 움직일 수 있다는 점에서는 동물"인 인간, 그래서 "자기 씨를 안전한 곳에 가려가며 심을 수 있"는 "동물과 식물의 중간"에 해당하는 인간(『단풍나무』 194쪽, 이하 책의 면수만을 밝히기로 함)—의 존재를 상정함으로써 '동물 인간'인 우리에게 삶과 존재의 의미를 근원적으로 되돌아보게 한다. 바로 이 점만으로도 『단풍나무』는 예사롭지 않은 환상소설이다. 문학의 역할 가운데 하나는 화석화하고 정형화한 우리의 인식에 충격을 가하여 세계와 삶을 새롭게 되돌아보게 하는 데 있거니와, 환상문학은 이를 위한 하나의 효과적인 수단일 수 있다. 그럼에도, 적지 않은 양의 환상문학이 표현의 상투화와 내용의 정형화라는 늪에 빠져 있어서, 의미 있는 충격의 수단이 되고 있지 못한 것이 오늘날 우리 환상문학계의 현실이기도 하다. 바로 이러한 현실 자체에 충격을 가하는 동시에 환상문학의 잠재력을 일깨우고 있다는 점에서 『단풍나무』는 우리 문학계에 하나의 사건으로 기록될 수도 있으리라.

이제 이어지는 논의에서 『단풍나무』가 환상문학으로서 갖는 나름의 참신하고도 독자적인 위치와 그 의미를 내 나름의 시각에서 짚어보고자 한다. 이어서, 결코 한숨에 읽기 어려운 방대한 분량의 작품을 통해 작가가 전하는 이야기의 전체적인 흐름과 내용 자체에 눈길을 주되, 이 과정에 작가가 창조한 환상세계가 어떤 의미를 갖는지에 대해서도 살펴보고자 한다.

2. 『단풍나무』 안으로

'하나의 사건'으로 기록될 수 있다는 우리의 평가에 맞서, 『단풍나무』에서 윤영수가 일깨운 환상의 세계는 결코 새로운 것이 아니라는 반론이 있을 수도 있다. 따지고 보면, 지상세계 저 아래 어딘가에 '지저세계(地底世界)'가 존재한다는 식의 믿음은 동서양을 막론하고 오래전부터 있었던 것이고, 지상세계 어딘가에 지저세계로 통하는 출입구가 존재한다는 투의 믿음 역시 지저세계를 다룬 온갖 환상문학 작품의 공통된 특징이기도 하다. 즉, 발상의 측면에서 새로울 것이 없다는 비판이 있을 수 있다. 따지고 보면, 지상세계 인간이 어쩌다 지저세계를 방문한다든가 지저세계 인간이 지상세계를 찾는다는 이야기조차 새로운 것이 아니다. 또한 지저세계에는 지상세계와 종족이 다르지만 인간이 살고 있다는 이야기 또한 새로운 것이 아니다. 심지어 세계문학사상 가장 중요한 환상문학 가운데 하나인 단테의 『신곡』에서 보듯 나무가 되는 벌을 받은 인간들이 지저세계에 머문다는 이야기도 있다. 즉, 단테는 그가 방문한 제7지옥에서 살아생전에 자신을 육체를 포기한 자들—즉, 자살자들—이 『단풍나무』에 등장하는 "나무인간들"처럼 한자리에 붙박인 채 움직일 수 없는 나무가 되어 있는 것을 목격하기도 한다. 어찌 보면, 이처럼 이야기 전개나 소재의 측면에서조차 새로울 것이 없는 것이 『단풍나무』이기도 하다.

그럼에도 여전히 『단풍나무』는 새로울 것이 없는 소재의 이야기를 새롭지 않은 시각에서 다룬 평범한 작품이 아니다. 아니, 새로울 것이 없는 구태의연한 소재를 상상하기 어려울 정도의 새로운 시각에서 다루고 있는 작품이 『단풍나무』로, 앞서 주목한 바 있듯 나무의 성질을 지녔지만 동물과 같이 움직이고 말을 하는 '나무 인간'을 상정함으로써 우리네 '동물 인간'을 낯선 관점에서 새롭게 돌아보게 했다는 점만으로도 이 소설은 더할 나위 없이 참신한 환상소설이다. 하지만 그것이 전부는 아니다.

전부는 아니라니? 무엇보다 이 소설이 담고 있는 것은 여느 환상소설이 그러하듯 지상세계의 인간이 지저세계에서 보고 느낀 바를 전달하는 식의 이야기가 아니라는 점을 주목해야 할 것이다. 『단풍나무』의 이야기는 일인칭 화자의 시점에서 전개되고 있는데, 그 화자는 '나무 인간'인 연토다. 즉, 지저세계―연토의 표현을 따르자면, "어른이세상"―의 한 인간이 자신의 세계와 삶에 대해, 나아가 어쩌다 지저세계로 추락하여 슬프고 고단한 삶을 살게 된 '동물 인간'인 준호와 함께 생활하면서 보고 느낀 바를 일인칭 화법으로 전하는 이야기를 담은 것이 『단풍나무』다. 다시 말해, '동물 인간'이 전하는 낯선 세계의 낯선 인간에 대한 보고서가 아니라, 낯선 세계의 낯선 인간이 전하는 자신의 세계와 '동물 인간'에 대한 보고서다.

만일 이 같은 차이가 대단한 것이 아니라고 생각하는 사람이 있다면, 그는 무엇보다 우리가 알고 있는 '인간'과는 아예 범주(範疇)가 다를 뿐만 아니라 존재하지도 않는 가상의 실체―즉, '나무 인간'―를 상정하고, 그 실체의 입장에서 삶과 세계에 대한 관찰과 이해를 자연스럽게 이어가기란 결코 수월치 않다는 점에 유의해야 할 것이다. 게다가, 주된 관찰과 이해의 대상 가운데 하나가 자기 자신이 속해 있는 인간군(群)―즉, '동물 인간들'―일 때 어려움은 가중되지 않을 수 없다. 이와 관련하여, 연토라는 '나무 인간'이 작중화자이지만, 작중화자인 연토의 입장에서 세상을 보고 생각하며 이야기를 이어가는 실질적인 주체는 작가 윤영수라는 점을 잊지 말아야 할 것이다. 즉, 작가는 자신과 범주가 다른 '나무 인간'을 상정하고 그 입장에서 자신과 동일 범주에 속해 있는 '동물 인간들'의 삶에 대한 관찰과 분석을 시도하고 있는 것이다. 요컨대, 작가는 자신이 소속된 범주의 인간들과 거리두기를 시도하는 셈이다. 물론 작가란 자신이 다루고자 하는 그 어떤 대상과도 거리를 두어야 하는 존재다. 하지만 거리두기의 대상이 어떤 특정한 인간 또는 자기 자신이라는 인간이 아니라 '인간 그 자체'라면, 거리두기란 그 어떤 작가에게도 만만한 일이 될 수 없다. 스스로 인간의 정체성 자체에 대해 근원적인 문제를 제기하고 이에 대한 답을 모색해야 하기 때문이다.

이런 관점에서 보면, 윤영수의 시도는『단풍나무』에서 자신을 외계인으로 상정하고 외계인의 시각에서 지구인을 관찰하는 것과 다름없다. 스스로 지구인이기를 유보한 작가는 이를테면 '유체 이탈'을 시도하고 있는 셈이다. 이처럼 작가가, 저 유명한『걸리버 여행기』의 걸리버처럼, 우리와 범주가 같은 인간을 내세워 그에게 자신이 경험한 낯선 세계를 자신의 입으로 이야기하도록 하는 방식을 취하지 않은 이유는 무엇일까. 아니, 어려움을 무릅쓰고 구태여 지저세계의 인간을 작중화자로 설정한 이유는 무엇일까. 한마디로 말해, 이는 우리네 인간 자체를 낯선 시각에서 인식하고자 하는 작가의 의지에 따른 것이리라. 그럼으로써, 평소 우리가 의식하지 못한 채 지극히 당연하고 자연스러운 것으로 받아들여 왔던 우리네 인간이 얼마나 기괴하고 야릇한 존재인가를 전경화(前景化, foregrounding)하고자 했던 것은 아닐지? 준호에 대한 연토의 시각이 아니라면, 어찌 준호와 같은 지상세계의 인간이 "가축보다도 훨씬 못한 검은머리짐승 한 마리일 뿐"(130)이라는 사실을 그처럼 생생하고 설득력 있게 드러낼 수 있었겠는가. 요컨대, 우리네 '동물 인간들'의 삶과 모습에 대한 적나라한 되돌아보기를 시도하기 위해 작가는 '동물 인간'이 아닌 '나무 인간'을 작중화자로 동원한 것일 수 있으리라.

문제는『단풍나무』에서 작가가 일인칭 화법으로 전하는 연토의 이야기가 얼마만큼의 개연성(蓋然性, plausibility)을 갖는가에 있다. 물론 우리와는 전혀 다른 의식구조와 세계를 지니고 있을 법한 존재인 연토라는 '나무 인간'의 일인칭 진술이 작가의 상상 속에서 나온 것임을 모르는 사람은 아무도 없다. 하지만 작가에게는 여전히 연토의 이야기가 단순히 작가 자신의 자의적(恣意的)인 상상이 만들어 낸 것이 아니라 무언가 필연의 과정을 거쳐 접하게 된 것, 그리하여 개연성을 갖는 것임을 독자에게 설득할 의무가 있다. 그렇게 하지 않고서는 독자로부터 '자발적인 불신감 유보'(willing suspension of disbelief)[2]를 기대할 수 없을 것이다. 하기야 우리 주변에는 우리와 아예 범주가 다른 실체의 의식 속으로 들어가 그 실체가 생각하거나 느끼는 바를 추론하여 이를 전하는 소설이 더러 있는 것도 사실이다. 예컨대, 고양이의 입장에서나 만년필의 입장에서 인간의 세계를 관찰하거나 비판하는 소설이 있다. 하지만 이런 작품을 쓴 작가에게 '당신이 어떻게 고양이나 만년필의 의식 세계로 들어갈 수 있었는가'를 묻는 사람은 없다. 그 이유는 간단하다. 이런 소설의 저변에는 '내가 만일 고양이나 만년필이라면 이러저러한 생각을 했을 것'이라는 작가의 의도가 숨어 있기 때문이다. 그리고 이를 통해 작가가 시도하는 것은 우회적 시각에서의 현실 비판 또는 풍자일 뿐, 그 이상도 그 이하도 아니다. 그렇다면, 『단풍나무』도 '내가 만일 지저세계의 연토라면 이러저러한 생각을 했을 것'이라는 작가의 의도가 숨어 있는 작품으로 이해하고 여기서 논의를 멈출 수 있을까. 이 물음에 대한 답은 쉽지 않다. 『단풍나무』는 단순히 우회적 시각에서 시도한 인간에 대한 비판과 풍자에 그치는 소설이 아니기 때문이다. 인간에 대한 풍자와 비판의 차원을 넘어서서 그 자체로서 절대적이고 완결된 하나의 환상 공간을 제시하고 있는 것이 이 소설이기 때문이다. 다시 말

---

2) 이는 영국의 시인이자 비평가 또는 평론가인 새뮤얼 테일러 코울리지(Samuel Taylor Coleridge)가 만든 용어로, 독자는 작품을 즐기기 위해 자신이 몸담고 있는 세계의 현실이나 논리를 잠시 유보한 채, 작품의 초자연적 세계를 있는 그대로 또 하나의 현실로 받아들이려 하는 경향을 보인다는 것이다. 하지만 이 같은 '불신감의 유보'는 아무 때나 가능한 것이 아니다. 작가가 "인간적 관심과 진실의 진실다움"(『문학전기』 [Literaria Biographia] 제14장)을 상상의 이야기 안에 성공적으로 주입하여 개연성을 확보했을 때 독자는 기꺼이 판단 유보의 상태에 들어갈 수 있는 것이다.

해, 작중화자인 연토는 고양이나 만년필에 상응하는 일종의 단순하고 편법적인 표현의 도구나 수단일 수 없다. 연토라는 작중인물은 자체로서 자족성과 독립성을 지니는 유기적인 실체—가상적이고 환상적인 세계에 존재하지만 그럼에도 여전히 살아 숨 쉬는 유기적인 실체—다. 톨킨의 『호빗』이나 『반지의 제왕』의 세계가 그러하듯, 그가 살아가는 세계도 독자성과 자족성을 지니는 하나의 독립된 공간 또는 우주다. 이 같은 공간 또는 우주에 존재하는 인물을 제시하는 일은 단순히 고양이나 만년필과 같은 편의적인 작중화자를 제시하는 일과 결코 같은 것일 수 없다.

이른바 "어른이세상"의 독자성과 자족성을 의식한 듯, 작가는 어른이세상의 인간들이 구사하는 고유의 언어와 함께 그들만의 능력인 초음(超音)과 예지(豫知)를 상정하기도 한다. 즉, 그들은 우리네 지상세계의 인간과는 전혀 다른 언어 능력을 갖추고 있다는 것이다. 문제는 작가가 어떤 신비한 능력을 소유하고 있어 이처럼 전혀 다른 언어 능력을 지닌 연토의 이야기를 지상세계의 언어로 바꿔 전하게 되었는가를 개연성 있게 설명해야 한다는 데 있다. 이에 덧붙여 문제를 더욱 어렵게 하는 것은 지저세계의 인명이나 지명뿐만 아니라 시간관과 세계관을 드러내는 표현의 상당 부분이 한자(漢字)나 한글에 기대어 뜻풀이가 가능하다는 사실에 있다. 어른이세상이 초음과 예지뿐만 아니라 독자적인 언어체계를 갖추고 있는데, 어찌하여 이런 일이 일어날 수 있겠는가. 자신이 창조한 환상세계의 개연성 확보를 위해 가상의 언어체계까지 만들었던 톨킨의 노력에 비춰볼 때, 윤영수는 이 문제를 간과하거나 안이하게 생각했다는 비판이 뒤따를 수도 있다. 기본적으로 언어의 문제로 귀결될 수 있는 이 논란거리와 관련하여 적절한 해명이 없는 한, 일인칭 화법으로 제시된 연토의 이야기에 대한 독자의 '자발적인 불신감 유보'를 기대하기란 쉽지 않을 것이다.

이를 의식한 듯, 작가는 연토가 전하는 연토 자신의 이야기가 시작되기 전에 「시작」이라는 짤막한 도입부를 제시하고 있다. 바로 여기서 연토의 이야기를 전하는 '나'라는 사람—추정컨대, 뒤에서 논의하겠지만, 현재의 작가가 아니라 작가가 상상 속에서 상정한 미래의 작가 자신—이 어떻게 연토의 이야기에 귀 기울이게 되었는가를 밝힌다. '나'는 어느 날 "만네 살이 된 손주"와 함께 "낙엽 쌓인 골짜기"를 찾는다. 그런데 그곳에서 손주가 인간의 말을 하는 "단풍나무"가 있음을 알아챈다. 여기서 우리는 어른과 달리 자연과 말을 나눌 수 있는 순수하고 맑은 영혼의 소유자가 어린이라는 일반의 믿음을 떠올릴 수도 있겠다. 놀랍게도, '나' 역시 단풍나무의 말을 알아듣게 된다. 이는 손주와 눈높이를 맞출 수 있을 뿐만 아니라 손주와 영혼의 맑음과 순수함을 공유할 수 있는 존재가 다름 아닌 할머니이기 때문이 아닐지? 어떤 이유 때문이든, '나'는 곧 문제의 단풍나무가 어른이세상으로 불리는 지저세계에서 지상세계가 궁금하여 찾아왔다가 "땅에 뿌리가 박[혀]" 움직일 수 없게 된 '나무 인간' 연토의 변신임을 알게 된다. 즉, 지저세계의 '나무 인간'이 지상세계에서 말 그대로 '나무'로 바뀐 것이다. 이처럼 '나무'로 변신한 연토가 예전에 준호를 통해 익힌 '동물 인간'의 언어로 '나'에게 전한 이야기를 종합한 것이 다름 아닌 『단풍나무』의 주된 내용인 것이다.

작가는 짤막한 도입부에 이어 연토의 입을 통해 실로 놀랍고도 환상적인 세계를 우리에게 펼쳐 보인다. 하지만 아직 해명이 미진한 부분이 있다. 어찌하여 한자나 한글을 통해 의미 추론이 가능한 인명이나 지명 또는 개념어가 이른바 어른이세상에 존재하게 된 것일까. 심지어, 예민한 감성의 독자라면 '어른이세상'이라는 표현 자체에 대해서도 거부감을 느낄 수 있겠다. 이 자체가 작가와 준호가 공유하는 지상세계—그것도 우리나라—의 언어적 표현을 그대로 차용한 것임을 모르지 않을 수 없기에. 하지만 연토가 이야기의 마지막 부분에 가서 "검은머리짐승들"이 "먼먼 옛날부터 우리 어른이세상 곳곳에 깊숙이 침투되어 영향을 끼쳤었음이 분명"하다는 사실을 깨닫게 됨(598)에 유의하기 바란다. 여기서 확인할 수 있듯, 『단풍나무』는 개연성의 문제뿐만 아니라 언어의 문제와 관련해서도 나름의 치밀하고 빈틈없는 서사 체계를 갖추고 있다. 바로 이 점에서도 이 소설이 환상문학으로서 갖는 의의는 과소평가될 수 없다.

『단풍나무』가 환상문학으로서 갖는 의의와 관련하여 우리가 이 자리에서 반드시 짚고 넘어가야 할 또 하나의 사실이 있다면, 이 작품에서는 서양의 환상문학에서 종종 확인되는 두 세계 사이의 극단적인 이분화나 첨예한 대립 구조가 좀처럼 짚이지 않는다는 점이다. 이분화와 대립 구조가 서로 다른 두 범주의 생명체들 사이의 것이든, 인간과 자연 또는 인간과 신 사이의 것이든, 인간의 세계와 미지(未知)의 세계 사이의 것이든, 서양의 환상문학은 수많은 경우 그와 같은 이분화와 대립 구조 속에서 전개된다. 물론 『단풍나무』에도 '나무 인간'과 '동물 인간' 사이의 서로에 대한 이해 결여와 무지 또는 갈등이 존재하는 것도 사실이다. 그럼에도, 바로 위에서 잠깐 언급했듯, 지저세계의 과거와 현재에 관여하고 나름의 질서를 부여하는 데 중요한 역할을 수행한 존재가 지상세계의 인간이다. 심지어, 뒤에 가서 밝히겠지만, '나무 인간들'의 미래에 도움을 줄 존재로서 '동물 인간'이 상정되기도 한다. 이처럼 서로 다른 두 존재가 상호의존적임은 '나무 인간'인 연토와 '동물 인간'인 준호 사이의 만남과 우정—그것이 일방적인 것이든 아니든, 서로를 그리워하고 찾는다는 점에서 우정이라고 말할 수 있는 그런 의미에서의 우정—을 통해 단적으로 드러난다. 넓게 보아, 지상세계에서 식물과 동물이 상호의존적인 '하나'의 세계를 이루듯, 지저세계에서도 '나무 인간'과 '동물 인간'이 상호의존적인 '하나'의 세계를 이루고 있는 것이다. 두 세계 사이에 차이가 있다면, '나무 인간'이든 '동물 인간'이든 어떤 범주의 생명체가 생태계에서 표면상 우위를 차지하느냐가 아닐지? 요컨대, 자아와 타자를 분리하여 이원론적 대립 구조 속에 놓고 양자 사이의 반목과 충돌을 기본적인 서사 구조로 삼는 서양의 수많은 환상문학과 달리, 『단풍나무』는 두 세계의 만남과 이해와 수용을 서사 구조로 삼고 있다. 이런 관점에서 볼 때, 『단풍나무』는 동양의 일원론적 세계관에 바탕을 둔 작품이라고 할 수 있다.

3. "단풍나무"가 건네는 이야기를 따라서

도입부에 잠깐 등장할 뿐인 '나'에게 들려주는 연토의 이야기는 모두 4부로 이루어져 있으며, 이야기는 연토의 나이가 18세일 때부터 시작하여 40세가 될 때까지 계속된다. 어른이세상의 세월 계산법에 따르면, 물의세월 여섯째 해에서 불의세월 둘째 해까지 22년 동안의 이야기다.[3] 물론 어른이세상의 세월 계산법은 지상세계의 그것과 다르지만, 하루의 절대 길이가 지상세계와 같고 1년이 365일 또는 366일이라는 점에서, 어른이세상의 세월은 지상세계의 세월로 환산이 가능하다. 연토가 전하는 이야기를 지상세계의 세월로 환산하면 언제부터 언제까지에 해당하는 것일까. 이야기의 마지막 부분에서 생식(生殖)의 장소인 "어미산"을 지키는 "삼신어른"의 역할을 맡아 온 생은 자신이 검은머리짐승—그것도 "조선 사람"—으로, 어쩌다 "햇빛족 마을"이 있는 지저세계로 떨어진 것은 "조선이 일본으로부터 해방되었다는 소식"을 듣고 난 뒤 "혹독한 겨울"을 몇 번 겪고 "이미 칠순"의 나이가 되던 때(637-638)임을 고백한다. 이후 얼마 동안의 세월을 햇빛족과 지냈을 때, 연토의 할아버지인 "운흘 순부부리"를 죽음

---

3) 여기서 잠깐 "어른이세상"의 세월 계산법을 참조하자면, '흙의세월 13년→물의세월 13년→푸른나무(또는 붉은나무)의세월 13년→불의세월 13년' 식으로 이어진다. 다시 말해, 동아시아 문화권에서 육십갑자(六十甲子)를 바탕으로 하여 60년의 세월을 하나의 주기로 계산하듯, "어른이세상"에서는 52년의 세월을 하나의 주기로 본다.

의 위기에서 구한 것이 계기가 되어 순부부리의 아들이 되었음도 밝힌다. 그런 그가 이야기의 마지막 시간적 배경인 연토의 나이 40세일 때 "지난 육십여 년을 이곳에서 지냈"다(645)고 말한 점에 비춰보면, 연토가 전하는 이야기의 시간적 배경은 대체로 1990년대 어느 시점에서 2010년대 어느 시점으로 추정할 수 있다.

한편, 소설의 마지막 부분이 암시하듯, 연토가 새로운 삼신어른이 되어 어른이세상인 "단풍동의 앞날을 열어"(684)가는 데 상당한 시간을 보냈을 것으로 추정한다면, 그가 "궁금"증에 이끌려 지상세계로 올라온 것은 적어도 그보다 몇 십 년 후의 일이 아닐지? 그런 맥락에서 본다면, 단풍나무로 변신한 연토가 소설의 시작 부분의 '나'와 만나는 것은 우리가 현재 살고 있는 시대인 2010년대를 넘어서서 훨씬 미래의 일이리라. 우리가 앞선 논의에서 '현재의 작가가 아니라 작가가 상상 속에서 상정한 미래의 작가 자신'이 바로 '나'일 수 있음을 지적한 것은 이런 이유에서다.

3-1. 만남의 이야기에서 받아들임의 이야기로

이제 이야기 안으로 들어가자면, 제1부는 연토의 나이 18세에서 불의 세월 다섯째 해인 22세까지의 이야기를 담고 있다. 연토의 이야기는 그가 어머니 미단의 심부름 때문에 무녀 영기를 찾는 것으로 시작된다. 무녀 영기는 연토에게 그를 도울 "운명의 존재"(41)가 오고 있음을 예언한다. 그리고 얼마 후 연토는 검은머리짐승인 준호와 만난다. 준호는 전직 산부인과 의사로, "땅속으로 푹 꺼지고 싶다"(328)는 바람이 이루어지기라도 하듯 76세의 나이에 어른이세상으로 떨어진 사람이다. 그가 누구이든, 어른이세상의 사람들이 보기에 준호와 같은 지상세계의 인간은 "검은 실타래처럼 칙칙하고 떡진 머리카락이 위에 얹힌, 어쩌다 길에서 마주쳐도 재수 없어 침을 뱉는 검은머리짐승 한 마리"(48)일 뿐이다. (후에 수용소에 잡혀 갔다가 탈출한 준호가 밝히듯, 지상세계에는 물론 "검은머리짐승뿐 아니라 노랑머리, 흰머리짐승도 있"다.) 그런데 놀랍게도 연토는 이 "흉측한 검은머리짐승"(49)인 준호를 집으로 데려온다. 왜 그랬을까. 무녀 영기가 예언한 "운명의 존재"라는 예감 때문일까. 이유가 무엇이든, "창피함과 자괴감"(50)에도 불구하고, 연토는 "재수 없는 검은머리짐승"(49)인 준호를 집으로 데려와 축사에 넣었다가 측은한 마음이 들어 자신의 방으로 데려온다. 그렇게 해서 둘 사이의 관계가 시작된다.

이렇게 시작된 둘 사이의 만남과 관련하여 우리가 무엇보다 주목해야 할 것이 있다면, 외출을 나온 연토가 준호에게 먹이를 줄 것을 잊었다는 사실을 깨닫고 당황한다는 점이다. "먹이. 먹이! 바로 먹이였다. 검은머리짐승에게 필요한 것은 바로 먹이였던 것이다. 내가 음식을 먹지 않으니 녀석에게 먹이를 줄 생각을 미처 하지 못했던 것이다. 그놈이야말로 이름 그대로 짐승 아닌가. 왜 그 생각을 하지 못했을까!"(74). 앞서 언급한 바 있듯, 검은머리짐승이 가축이 그러하듯 먹이를 먹지 않고서는 생명 유지가 불가능한 것과는 달리, 어른이세상의 맑은이들과 그보다 한 단계 아래인 "하얀이"들은 "상노인이 되기 전에는 음식을 먹지 않는다"(112) 어른이나 하얀이가 음식을 먹고 배설하는 지상세계의 인간들을 짐승 취급하거나 그들이 풍기는 "쿰쿰하면서도 오래 삭힌 듯한 오물내"(61)에 민감하지 않을 수 없음은 이 때문이다. 어찌 보면, 지상세계의 인간도 인간 이외에 동물이나 길들인 동물인 가축뿐만 아니라 심지어 타 인종의 인간이 풍기는 냄새에 민감하게 반응할 뿐만 아니라 혐오하기까지 하거니와, 자신들이 풍기는 냄새에는 둔감한 지상세계의 인간 자체에 대한 풍자를 여기서 읽을 수도 있으리라.

연토와 준호의 만남 이외에 제1부의 이야기에서 우리의 관심을 끄는 것은 연토가 태어나기 15년 전에 수많은 사람을 죽음으로 몰아간 "독초사건"(33)이 있었다는 점, 그리고 그 사건의 전모가 아직 밝혀지지 않았다는 점이다. 이 수수께끼는 소설의 마지막에 가서야 풀린다. 또 하나의 수수께끼가 제1부에서 암시되는데, 이는 연토의 출생에 관한 것이다. 연토는 자신의 어머니가 미단인 것은 확실하게 안다. 반면, 하전을 아버지로 모시고 있고 다른 사람들도 하전을 그의 아버지로 알고 있지만, 연토는 하전이 아닌 다른 사람이 아버지일 수 있음을 모르지 않는다. 하전이 고향으로 돌아와 연토의 나이를 묻고 이야기를 나누는 과정에도 그는 자신이 하전의 자식이 아님을 모르지 않는다. 아울러, 제2부에서 밝혀지지만, 그는 자신의 아버지가 생일 것으로 추측하기도 한다. 하지만 이 수수께끼에 대한 최종의 해답이 주어지는 것도 역시 소설의 마지막 부분인 제4부에서다.

제1부는 연토의 이야기 전체를 기승전결(起承轉結)의 구조로 조망할 때 기(起)에 해당하는 부분으로, 여기서는 앞서 거론한 준호 이외에 연토의 어머니 미단, 아버지 하전, 형 기남, 연토의 삼촌이자 삼신어른인 생 등의 주요 등장인물이 소개된다. 또한 역시 앞서 잠깐 언급한 무녀 영기 이외에, 장차 연토의 아내가 되는 계우, 외삼촌 미곤, 고모 희실, 훈장 하람 등이 소개되거나 언급된다. 아울러, 제1부에서 우리는 연토의 아버지가 오랜 객지 생활 끝에 괘종시계와 같은 기계를 가지고 오는 바람에 미단과 갈등을 한다든지, 연토의 형인 기남의 성년식을 갖는다든지, 또는 하전이 사진기를 도입하여 사진관을 열지만 사업에 실패한다는 이야기와 만나기도 한다. 하전의 사진관 사업이 실패하는 것은 "혼을 뺏"(152)길 것이라는 데서 오는 사람들의 두려움 때문이다. 사실 사진기가 혼을 빼앗아간다는 투의 두려움은 지상세계 인간들에게도 그리 낯선 것이 아니다. 사진기가 일반화되기 시작한 19세기 말 이후 어쩌다 사진기와 처음 만난 지상세계 인간들에게도 이는 때로 두려움의 대상이었다. 하전은 사진관 사업뿐만 아

니라 각종 사업을 시도하지만 이러저러한 이유로 번번이 실패한다.

하전이 도입하는 문명의 이기(利器)와 관련하여 우리는 특히 시계에 관한 이야기를 주목하지 않을 수 없는데, 이는 시계에 대한 어른이세상 사람들의 반응이 특이하기 때문만이 아니라 지상세계 인간들의 시계에 대한 인식 및 시간에 대한 고정관념을 원론적으로 되돌아보도록 유도하기 때문이다. 우선 우리는 시계에 대한 하전의 입장을 주목하지 않을 수 없는데, "시계가 가리키는 시간은 한 치의 오차 없이 정확하며, 새벽을 알리려 목청을 빼는 수탉이나 밤을 알리려 푸드득대는 박쥐들이 어미산 빛바위에 맞춰 행동하는 것같이 보여도 실은 이 시계에 맞춰 우는 것이고 그 이유는 단풍동의 빛바위가 빛의 땅 제울에서 제작한 이 시계에 맞춰 밝아지고 어두워지기 때문"(100)이라는 것이 그의 생각이다. 그의 생각에서 우리는 '시간이 있기에 시계가 만들어지게 된 것'이 아니라 '시계가 있기에 시간이 만들어지게 된 것'이라는 묘한 논리를 감지할 수 있다. 하지만 오늘날의 지상세계 인간들은 무의식중에 이 같은 논리에 순응하고 있는 것은 아닐지? 시계와 시간에 대한 미단의 논리는 이에 대한 비판, 그것도 더할 수 없이 명쾌하고 설득력 있는 비판으로 읽힌다.

"아무리 들어봐도 시계가 치컥대며 하는 말은 딱 한 가지야. '시간이 얼마나 중요한지 알아? 알아? 알아? 알아?' 시계는 밤낮으로 흘러가는 모든 시간이 똑같이 중요하며 똑같이 귀하다고 종주먹을 대. 빛바위가 자고 모든 생명들이 잠든 순간에도 그는 깨어 건방을 떨어. 자기가 자지 않고 시간을 쟀기 때문에 그만큼 시간이 흘러갔으며 그 시간들은 영원히 되찾을 수 없다며 야죽거려. 시계는 끊임없이 명령해. 자기 말을 들으라고. 후회하지 않으려거든 자기에게 맞춰 자고, 자기에게 맞춰 일어나고, 자기에게 맞춰 일하라고.

하지만 하전, 시계가 없을 때에도 빛바위는 꼬박꼬박 밝아졌고 어두워졌어. 시계가 없을 때에도 우리는 잘 살았고 잘 죽었어. 우리뿐 아냐. 나무와 풀과

가축과 새들 모두 잘 살았고 잘 살고 앞으로도 계속 잘 살 거야. 우리는 모두 시간을 마음대로 쓰고 마음대로 낭비할 권리가 있어. 하전, 네 말대로 시계는 기계야. 사람이 만든 기계가 사람을 휘두를 수는 없어. 편리함을 가장한 기계의 감시 따위 나는 더이상 받을 수 없어." (148-149)

미단의 말이 어찌 어른이세상에만 적용되는 것이겠는가. 따지고 보면, 시계가 알려 주는 시간의 노예가 되어 삶을 살아가지 않을 수 없는 우리 모두에게도 마찬가지로 적용되는 것이 아닐지? 거듭 말하지만, 윤영수의 『단풍나무』는 단순히 환상세계의 창조 그 자체에만 목적이 있는 환상문학이 아니다. 이는 우리가 살아가는 세계와 삶 자체를 낯설게 하고 다시 돌아보게 하는 환상소설이기도 하다. 그런 의미에서, 『단풍나무』는 스위프트의 『걸리버 여행기』와 비교할 만한 환상문학이기도 하다.

3-2. 받아들임의 이야기에서 끌어안음의 이야기로

소설의 전체적인 구조로 볼 때 승(承)에 해당하는 제2부에서 우리는 연토가 준호와 함께 생활한 지 6년이 되는 연토의 나이 23세에서 푸른나무의세월 여섯째 해인 31세까지의 이야기와 마주하게 된다. 무엇보다 주목해야 할 이야기는 역시 준호에 관한 것으로, 준호는 미단이 인정할 만큼 연토의 집에 없어서는 안 될 존재로서의 자리를 굳힌다. 그는 사실 연토의 집에 온 지 "2년"이 되었을 때 이미 "집안에 없어서는 안 될 큰 일꾼"이 되어 있었다(94). 문제는 준호가 삶의 의욕을 점점 잃는다는 사실이다. 그는 어른이세상에서 6년여를 살아가는 동안 "젊어지는 샘물"을 마신 듯 몸이 젊어짐을 느끼지만, "이 답답한 어둠 속"(177)에서 살아야 하는 미래의 삶에 절망한다. 지상세계에서 살아갈 때 준호는 "점점 힘이 빠져가는 노년의 시간들이 너무 지루하고, 지겹고, 무의미하다"는 생각에 "젊어지는 샘물"과 같은 것을 갈망했던 것(176)이 사실이다. 이제 몸이 젊어지고 있지만, 이는 역설적으로 "어둠의 세상에 떨어진 것"(265)에 따른 것이다. 만일 이런 상황을 그가 "그동안" 지상세계에서 "잘못 살아온 데 대한 형벌이라 받아들이"고 있다(265)면, 이것이 의미하는 바는 무엇일까. 어찌 보면, 무언가를 얻는다는 것은 다른 무언가를 희생함으로서만이 가능한 것인지도 모른다. 즉, 과거에 "늙음이 싫었"던 준호(311)는 이제 '젊음'을 얻었지만 이에 대한 반대급부로 '빛'을 잃은 것이다. '빛'을 잃은 형벌의 상황에서 그가 연토에게 하는 "다시 생각해보니, 늙음으로써 받는 축복이 있었어"(265)라는 말에서 우리는 '잘못 살아온 것'에 대한 반성뿐만 아니라 '잘못 생각했던 것'에 대한 반성까지 읽을 수 있으리라. 사실 오늘날 우리 시대의 사람들은 어떤 희생이 따르더라도 오래 살고 젊어지는 것에 대해 광적으로 또는 병적으로 집착한다. 바로 이 같은 광적인 또는 병적인 집착에 대한 작가의 비판적 메시지를 여기서 읽을 수 있지 않을까.

아무튼, 준호의 몸이 젊어지다니? 이와 관련하여 우리가 주목해야 할 것은 어른이세상과 검은머리짐승들의 세상에서 사람들이 나이를 먹는 일은 정반대 방향으로 진행된다는 사실이다. 준호 역시 늙어가는 대신 어른이세상에서 살면서 물 때문이든 무엇 때문이든 지상세계에서와 달리 몸이 젊어지고 있는 것이다. 연토는 이처럼 서로 다른 두 세계의 특성을 다음과 같이 요약한다.

검은머리짐승과 우리의 삶 중 한쪽을 거꾸로 놓고 견줘보면 신통하게도 맞아떨어지는 부분이 있음은 신기했다. 우선 몸피가 그러하다. 검은머리짐승은 조그맣게 태어나 점점 커져서 결국 7, 80년 후 몸이 큰 상태로 죽음을 맞는다. 우리 어른이는 크게 태어나 점점 작아져 7, 80년 후 조그만 몸체로 죽음을 맞는다. 또 검은머리짐승은 태어나서 20년 후 가장 건강할 때 수컷이 암컷의 몸에 씨를 뿌려 후손을 만든다. 그리고 나머지 60년 동안 서서히 늙어간다. 우리 어른이는 몸에 붙었던 딱딱한 각질을 5, 60년 동안 서서히 떼어낸다. 몸이 가장 자유롭고 잘 움직일 때쯤 배우자와 함께 어미산에 올라 씨물과 알을 심는다. 그 후 1, 20년 동안 어른이들의 몸과 머리는 급격히 작아진다. 땅으로 돌아가기 직전, 거의 온종일 잠자다가 숨을 멈추는 어른이의 모습 역시 갓 태어난 검은머리짐승의 모습과 묘하게 맞아떨어지는 것이다. 완전히 반대의 삶을 살면서 두 세상에서 공통인 점도 있었다. 태어나서부터 7, 80년쯤 혹은 그 이상도 살아간다는 것, 갓 태어난 이를 귀히 여기고 죽음에 임박한 노인들을 본능적으로 싫어한다는 것도 우스울 정도로 똑같았다. (175)

나이를 먹는 것만이 "완전히 반대"인 것은 아니다. 어른이세상에서는 자식을 잉태하는 방법도 "완전히 반대"인데, "수컷이 암컷의 몸에 씨를 뿌려 후손을 만든다"와 "배우자와 함께 어미산에 올라 씨물과 알을 심는다"는 체내수정과 체외수정의 차이를 암시한다. 즉, 어른이세상의 사람들은 체내생식이 아니라 체외생식을 통해 수정된 알을 어미산에 심고, 수정된 알은 "땅 속에서 50여 년 동안 키워진 후 몸체와 함께 완성된 머리를 가지고 태어"난다(253). 이처럼 수정란이 오랜 세월 후에 성체(成體)가 되었을 때, 이를 심은 당사자들과 관계없는 남녀가 어미산에 올라가 캐내어 자식으로 삼는다. 또한 성체로 태어난 자식은 이미 완벽한 인지능력을 갖추고 있기 때문에, 태어나는 순간부터 자신의 아버지와 어머니를 눈으로 확인하고 누구인지를 알게 된다. 연토의 경우, 자신이 태어날 때 아버지의 모습을 직접 눈으로 확인하지는 못했지만 그래도 목소리로 자신의 아버지가 생일 것으로 짐작하고 있었던 것이다. 이상에서 확인되는, 어른이세상의 나이 먹음이나 출생과 관련된 작가의 설정이 지나치게 작위적이라는 비판도 있을 수 있다. 하지만, 우리가 당연한 것으로 여겨왔던 우리의 삶과 세계 자체를 근본적으로 되돌아보기 위한 효과적인 전략임을 부정하기란 어렵다.

준호는 절망감에도 불구하고 연토의 집안을 돌보는 일뿐만 아니라 의사였던 자신의 과거 경험을 되살려 어른이들의 피부병을 고치는 등 자신이 해야 할 역할에 더할 수 없이 성실하다. 그런 준호를 보며 연토는 검은머리짐승에 대한 고정관념에서 벗어난다. 연토의 깨달음을 보이는 다음과 같은 대목이 예사롭게 읽히지 않는다면, 이는 더럽고 냄새나는 짐승이 지상세계의 인간들이라고 해도 그들 역시 여전히 아름다운 존재일 수 있음을 암시하기 때문이다.

준호가 비록 나와 다른 생각을 가졌고 모든 이에게 질시 받는 검은머리짐승이라 해도, 자기 스스로를 믿고 무언가를 끝까지 해내려는 모습은 존경스럽기도 하고 어떤 때는 아름답게 느껴지기도 했다. 짐승세상에서 의사였던 그는 특히 아픈 사람들을 보면 어떻게든 낫게 해주려고 애썼다. 다른 이가 욕을 하건 겁을 내건 불이나 훈증을 이용하여 사람들의 상처를 지지기도 하고, 죽어가는 이에게 자신이 만든 죽을 먹여 살려내기도 했다. 환자의 고통이 안쓰러워 같이 밤을 설치고, 병이 나으면 자기 일처럼 기뻐하는 그는 사람들의 칭송처럼 '땅이 보낸 구원자'의 모습이었다. 준호야 당연히 부정하겠지만 나는 준호 역시 우리와 같은 몸체인 생명나무의 한가지라는 생각이 들었다. 다른 이가 행복하면 나도 즐겁고 다른 이가 고통스러우면 나 역시 괴로워지는 것, 그것은 서로 사랑하는 이들 사이에서만 국한된 감정은 아니다. 사람들뿐 아니라 풀, 나무, 박쥐, 축사에 갇힌 타조라도 그가 행복하고 편안하면 그 감정이 내게 전해진다. 모든 생명들이 보이지 않는 땅속뿌리로 다 이어져 있다는 증거 아니겠는가. (219)

준호에 대한 따뜻하고 긍정적인 이해를 드러내고 있음에도 불구하고, 위의 진술은 단순히 그것만을 이야기하는 것으로 읽히지 않는다. 어찌 보면, 위의 인용 마지막 부분은 준호에 대한 연토의 바람이 무엇인지를 암시하는 것일 수 있다. 준호는 동물을 '타자'로 상정하는 서양의 이분법적 세계관에 뿌리를 두고 있는 '인간중심주의'(anthropocentrism), 오늘날 지상 세계 어디에나 만연해 있는 인간중심주의에 매여 있는 존재다. 준호의 표현에 따르면, "이 세상 모든 것들이 우리 짐승들을 위해 존재할 뿐"이라는 믿음에서 벗어나지 못하는 생명체인 것이다. 그리하여 그는 "사람들뿐 아니라 풀, 나무, 박쥐, 축사에 갇힌 타조"조차 감정을 지니고 있음을 이해하지 못한다. 사실 제1부에서 이미 연토는 "준호 자신도 우리 집의 가축"임에도 불구하고 그가 "다른 종족의 생각은 무시되는 것이 마땅하다는 발상"에 얽매여 있는 것에 놀라기도 한다(129). 연토의 우려는 준호가 "존경스럽기도 하고 어떤 때는 아름답게 느껴지기도" 하는 존재이지만, 그럼에도 "말 못하는 나무들, 풀들, 덤불들"이 "말하지 못한다 해서 감정까지 없는 것은 아니"라는 깨달음에, 그리고 "움직이지 못한다 해서 움직이는 것들보다 열등한 것은 아니"(228)라는 깨달음에 끝내 이르지 못할 수 있다는 데 있다. 따지고 보면, 연토의 생각에서 감지되는 이른바 '생태학적 상상력'(ecological imagination)은 우리에게 단지 '구호'로만 존재하는 것이 우리의 현실이 아닌가. 이 같은 현실을 일깨운다는 점에서도 『단풍나무』는 환상문학의 범위를 뛰어넘어 우리네 '동물 인간'의 오만함에 대한 깊은 반성과 성찰을 이끄는 작품으로 읽을 수 있다.

다시 준호 이야기로 돌아가자면, 그는 어른이세상에서 벗어나 검은머리 짐승들의 세상으로 되돌아가고자 하는 희망을 잠시도 버리지 않는다. 이를 극명하게 보여 주는 일이 연토의 나이 29세일 때인 푸른나무의세월 넷째 해에 일어나는데, 그해에 준호는 지저세계로 떨어진 중국인 장저훤과 한국인 김점례와 만난다. 연토가 보기에 이들은 "축사의 가축보다도 못"한 짐승, "남에 대한 이해도 없고 건방지기 짝이 없"을 정도로 "뻔뻔"한 짐승이다(306-307). 하지만 안하무인인 데다가 극도로 자기중심적인 이 두 검은머리짐승에게 준호는 더할 수 없이 헌신적이다. 또한 그는 장저휜과 김점례의 기억에 기대어 지상세계로 되돌아갈 수 있는 길을 찾는 일에도 열의와 성의를 다한다. 하지만 모든 시도가 무위로 끝나고, 준호조차 장저 휜과 김점례와 함께 보안대로 끌려간다. 준호를 구출하기 위해 달려간 연 토에게 그가 건네는 다음과 같은 체념의 말은 지상세계로 되돌아가기 위 해 어떤 방도라도 찾겠다는 그의 집념이 얼마나 절실한 것인가를 단적으 로 보여 준다. "아냐 연토. 나 그냥 잡혀가려고. 청매동의 짐승 수용소에 가려고. 이곳에서는 내가 할 수 있는 것이 없어"(319).

말할 것도 없이, 제2부에서도 우리는 어른이세상에서 벌어지는 다양 한 일과 접하게 되는데, 연토의 할아버지 순부부리의 죽음과 장례식이, 이어서 연토의 성년식과 결혼식이, 또한 그들의 '자식 캐기'의 의식이 이 어진다. 이 과정에 우리는 어른이세상에서 결혼이 의미하는 바와 자식을 갖는다는 것이 의미하는 바가 무엇인지에 대한 구체적인 이해에 이르게 된다. 물론 결혼이란 지상세계에서와 마찬가지로 남녀가 결합하여 함께 생활하고 자식을 갖기 위한 기본 절차다. 문제는 자식을 갖는 일이 지상세 계에서와는 다른 것이라는 데 있다. 앞서 언급했듯, 어른이세상에서는 어 미산에 묻힌 수정란이 자라 성체가 되었을 때 산에 오른 부부가 이를 '캐 내어' 자식으로 삼는다. 한편 부부가 자신들의 수정란을 어미산에 심는 일 은 혼례를 치르고 나서 수십 년의 세월이 지나 50여 세가 되었을 때다. 요 컨대, 거듭 말하지만, 그들이 캐낸 자식은 자신들이 심은 수정란과 아무런 관련이 없다. 지상세계의 인간들로서는 도저히 상상하기조차 어려운 부모 와 자식의 관계가 여기서 암시되고 있거니와, 지상세계의 인간들이 고집 스럽게 매달리는 자식과 부모의 관계에 대한 고정관념을 낯설게 하는 것 이 바로 이 같은 이야기가 아닐지?

이와 관련하여 우리가 주목해야 할 것은, 연토에 대한 미단의 태도에서 보듯, 어른이세상의 사람들은 놀라울 정도로 자식에게 냉랭하다는 사실이다. 연토가 "사랑하는 가족들을 위해 자신의 목숨도 기꺼이 내놓는다는 검은머리짐승들끼리의 정, 끈끈함"(232)이 그립다는 말을 할 정도다. 이는 바로 그들의 자식이 실제로는 자신들의 유전자를 물려받은 생명체가 아니기 때문일까. 반대로 지상세계의 인간들이 자신들의 자식에게 그토록 애착을 갖는 것은 자신들의 유전자를 물려받은 생명체이기 때문일까. 답이 무엇이든, 이런 물음으로 우리를 유도함으로써 작가는 지상세계의 인간이라면 누구에게도 거의 예외 없이 확인되는 자식에 대한 맹목적인 사랑의 근원에 대해 다시금 생각할 기회를 제공한다.

또 하나 우리가 주목하지 않을 수 없는 것은 연토의 어머니인 미단의 인형 만들기다. 미단이 그토록 인형 만들기에 집착하는 이유는 무엇일까. 나아가, 인형을 만드는 행위 자체가 암시하는 바는 무엇일까. 한 걸음 더 나아가, 미단이 만든 인형이 연토의 진술을 통해 확인할 수 있는 것처럼 사람들을 매혹했다면 그 이유는 무엇일까. 혹시 여기서 우리는 미단의 고독을, 자신의 고독을 고독으로 인정조차 하지 않으려 할 만큼 강인한 성격의 인간임에도 불구하고 떨치지 못할 법한 고독을 읽을 수 있지 않을까. 또한 그의 작품에서 고독을 견뎌내기 위해 나름의 세계 창조에 몰두하는 자의 목소리를, 바깥세계를 향해 던지는 고독한 자의 절박한 목소리를 감지할 수 있지 않을까. 이때 우리가 고독이라 함은 단순히 부부 사이나 그 밖의 인간관계의 소원함으로 인해 비롯되는 것만을 말하고자 하는 것이 아니다. 어떤 세상의 인간이든 인간이라면 세상을 살아가면서 느끼지 않을 수 없는 절대 고독이라는 것이 있거니와, 우리가 알고 있는 온갖 예술 창작의 행위는 이와 무관하지 않을 것이다. 작가가 우리에게 펼쳐 보이는 어른이세상의 이야기가 단순히 '낯선 세계'를 살아가는 '낯선 인간들'의 '낯선 삶'에 대한 평면적인 이야기에 머무는 것이 아니라는 점을 힘주어 말하고 자 하는 이유 가운데 하나는 미단과 같은 예민한 감성과 입체적인 성격의 '나무 인간'이 존재하기 때문이다.

　제2부에서 우리가 또 하나 주목해야 할 이야기가 있다면, 이는 연토가 준호로부터 검은머리짐승들의 교접 행태에 대한 이야기를 듣고, 이에 이 끌려 "검은머리짐승들"이 할 법한 교접 행위를 시도한다는 점이다. 그는 자신의 부인 계우뿐만 아니라 그를 짝사랑하는 유곽의 여인인 예홍에게도 그 행위를 시도하나, 상대를 놀라게 할 뿐 그의 시도는 실패로 끝난다. 도 대체 그가 그런 시도를 하게 된 동기는 무엇일까. 이는 단순히 준호로 인 해 일깨워진 낯선 세계의 낯선 삶의 방식에 대한 부러움 또는 호기심에 따 른 것일까. 아니, "남의 알과 씨물로 태어난 낯선 자식이 아니라 우리 둘 의 알과 씨물로 만든, 너와 나만의 자식"(334)을, "죽어도 좋을 만큼의 환 희"(332)를 진정으로 체험하고 싶어하는 마음의 표현일까. 이유가 어디에 있든, 연토는 깊은 자기성찰의 길로 내몰린다.

　밤새 잠을 이룰 수 없었다. 내 머리와 몸에 가득 차 빠져나가지 않는 것은 미 단부리도, 미단부리의 인형도 아니고 지금까지의 내 삶이 무엇이었던가 하는 의문이었다. 그녀의 손으로 만들어진 인형들은 적어도 그녀의 분신, 그녀의 한 부분이다. 하지만 나는 아니다. 미단부리는 나를 캐었을 뿐 나는 그녀의 분 신이 아니다. 수십 년 전 어느 모르는 이가 뿌린, 미단부리로서는 우연히 맞닥 뜨린, 의무와 관습에 의한, 땅이 던져준 일거리에 불과하다. 그렇게 태어난 나 는 지금껏 무엇이었던가. 지난 30년 동안 내가 한 일이라고는 미단부리의 인 정을 받으려 애쓴 것, 그리고 짐승 준호와의 교류밖에 없지 않은가. '운명을 함께할 존재'를 맞아 짐승세상의 발달된 기계와 문명을 부러워하고 급기야는 그들의 교접흉내까지 낸 것, 그것 이상 무엇이 있었던가. (345)

고뇌가 깊어진 연토는 "방에서 꼼짝 않"는다(347). 어른이들의 경우, 몸을 움직이지 않고 한자리에 머무는 시간이 길어지면 마침내 "뿌리를 내려 나무가" 된다(61). 실제로 연토는 후에 "제울"의 바닷가 동굴에서 "땅에 뿌리내린 어른이"와 만나기도 한다(508). 아무튼, 이제 완전히 뿌리가 내려 나무가 될 시점에 계우는 연토를 밖으로 내몬다. "근 한 달 동안의 재활운동 끝"에 다시 "두 발로" 서서 움직이게 된 연토(347)는 외삼촌 미곤을 찾고, "떠나"라는 조언(351)을 받는다. 어머니 미단도 미곤과 같은 의견이다. 그리하여 연토는 오랜 여행길에 오르게 되는데, 여행의 이야기를 담고 있는 것이 제3부다.

3-3. 끌어안음의 이야기에서 깨달음의 이야기로

이제 기승전결 구조의 전(轉)에 해당하는 제3부의 이야기를 검토할 차례다. 연토의 나이 32세인 푸른나무의세월 일곱째 해에서 열셋째 해인 38세까지 이어지는 여행의 과정에 그는 많은 곳을 찾고 많은 것을 보고 배우며 깨닫는다. 다시 말해, 연토는 여행을 통해 견문을 넓힐 기회를 얻는다. 이처럼 한 인간이 여행을 통해서든 또는 그 외에 어떤 것이든 의미 있는 삶의 체험을 통해 성숙한 인간으로 성장해 가는 과정을 그린 작품이라는 점에서 보면, 『단풍나무』는 '성장소설'(Bildungsroman)로 분류될 수도 있다. 『단풍나무』가 지니는 성장소설로서의 의미를 한층 깊게 하는 것은 바로 여행길에 오른 연토의 이야기를 전하는 제3부일 것이다.

여행길에서도 연토는 준호를 잊지 못한다. 이와 관련하여 우리는 제2부에서 준호가 수용소로 끌려간 뒤 하인들이 "축사 담장"의 "틈서리"에 숨겨져 있던 준호의 일기장을 발견하는 일(322)이 일어났던 것을 떠올리지 않을 수 없다. 연토는 일기장을 발견한 뒤 "준호로부터" 배운 "짐승세상

글자"에 대한 지식(322)에 기대어 "준호의 기록"을 "열심히 들여다본"다(328). 무엇 때문에? 연토의 다음 진술은 그 이유와 함께, 준호에 대한 씁쓸한 마음을 솔직하게 드러낸다. "내가 준호의 기록을 그토록 열심히 들여다본 이유는 아마도 공책 속에서 그가 나를 생각했던 마음, 친구로서의 애틋한 정을 찾아내기 위해서였을 것이다. 하지만 그런 글은 단 한 줄도 없었다. 준호는 오로지 살기 위해 내게 친한 척 했을 뿐 친구로서의 정 따위는 느끼지도 주지도 않았던 것이다. 씁쓸했다. 준호를 잃었다는 괴로움보다 그에게 내가 아무것도 아니었다는 사실이 참기 힘들었다"(328). 그럼에도 준호에 대한 연토의 그리움은 여전하다. "준호를 떠나보낸 후 나는 단 하루도 그를 기억하지 않은 날이 없었다. 그가 나를 좋아하지 않았어도, 오로지 내 일방적인 우정이었다 해도 나는 그가 그리웠다"(423). 준호는 그에게 "답답한 마음을 터놓을 수 있었던 유일한" "친구"였기 때문이다(423). 여행 도중 연토는 준호를 찾아 심지어 "검은머리짐승들"의 "수용소"를 찾기도 하고(375-376), "우연히 검은머리짐승들을 거래하는 골목에 들어"서서도 준호를 찾는 일(380)을 잊지 않는다. 하지만 준호의 행방은 묘연할 뿐이다.

오지(奧地)인 단풍동을 떠난 연토는 "호랑가시동"과 "청매동"을, 이어서 "붓동"과 "살촉동"을 차례로 찾은 뒤, 대상 행렬의 틈에 끼어 거대한 숲을 지나 "아후밀탄"에 이르는데, 숲을 지나는 동안 죽을 고비를 넘기기도 한다. 여행을 이어가는 동안 연토는 "햇빛족"과 "밀림족"의 사람들과 만나거나 교류하기도 하고, 마침내 아후밀탄에서는 여관 손님을 상대로 몸을 파는 여자인 미호와 얼마 동안 동거하기도 한다. 후에 미호가 그의 곁을 떠난 뒤 연토는 또 다른 대상 행렬의 틈에 끼어 사막을 건너 마침내 앞서 언급한 제울에 이른다. 온갖 고통과 어려움 끝에 도착한 제울은 건조한 동시에 햇빛이 강하게 내리쪼이는 곳이다. 말하자면, 제울은 연토의 고향인 단풍동과 정반대라고 말할 수 있을 정도로 환경이 다른 곳으로, 바다를 옆에 끼고 있기도 한 곳이다. 바다 너머에는 어떤 세계가 펼쳐져 있을까. 연토가 '초음'을 통해 말을 주고받는 수많은 바다의 생물 가운데 하나인 '바다잉어'에 의하면, 그곳은 이른바 "갈고리족"의 세상이다. 그곳에는 "사랑이니 인정이니 달짝지근하게 포장했지만 주고받는 모든 것이 다 날카로운 쇠갈고리"인 인간들, 심지어 "제 자식들에게도 갈고리를 던"지는 그런 인간들, "서로 엉켜 끝없이 피를 흘리고 비명을 지르는" 인간들, "끊임없이 '젊어지는 샘물'을 찾"는 인간들이 산다는 것이다(506-507). 이는 연토가 준호를 통해 알게 된 지상세계의 인간들을 지칭하는 것이 아닐지? 또는 잉어의 눈을 빌려 작가가 펼쳐 보이는 우리네 지상세계의 인간들에 대한 비판적 시각이 아닐지?

제울에 와서 연토가 보내는 세월은 4년이나 된다. 그곳에서 실로 다양한 사람과 만나고 다양한 일을 하지만, 무엇보다 "물 인간"이자 부부인 바히체와 해츠무와의 만남은 더할 수 없이 소중한 것이다. 그들과 함께 바다를 드나들며, 또한 바다 생명들과 교류하며 살아가는 동안, 연토는 마침내 헤아릴 수 없이 많고 깊은 깨달음에 이른다. 다소 길지만 한 마디도 놓치기가 아쉽기에 깨달음의 말 가운데 일부를 있는 그대로 이 자리에 옮기기로 하자.

그렇다. 어둠도, 땅도, 생명을 살리는 물조차 우리를 위해 존재하는 것은 아니다. 우리가 기댈 대상은 무심한 자연도, 발달된 문명도 아닌 살아 있는 우리 자신인지 모른다. 생각을 바꾸고 몸을 바꿔서라도 어떻게든 삶을 이어가고자 하는 우리의 안간힘, 내 몸속에 깃든 나의 주인. 제 몸빛으로 광대한 어둠을 밝히는 바다달팽이, 그의 몸속에 깃든 주인처럼.

죽음 후의 우리가 어떻게 될지, 땅이 과연 우리를 생명으로 태어나게 할 것인지조차 우리는 모른다. 확실한 것은 지금 살아 있는 우리가 땅으로서는 최선의, 기적에 가까운 결과물이라는 사실이다. 우리는 살아 있다. 살아 있으므로 판단하고 선택할 수 있다. 살아 있으므로 우리 자신을 지금까지와는 다르게 발전시킬 수 있다. 그렇다. 죽음이 아니라 삶이 답인 것이다. 이전의 죽음과 앞으로 올 죽음을 이어주는 것이 지금의 삶이 아니라, 이전의 삶에서 앞으로의 삶으로 넘어가기 위한 잠깐의 숨 고름, 그것이 죽음인 것이다. 죽음 후의 내가 어떤 형태로든 생명을 얻게 될 때…… 나는 과연 이 조그만 달팽이라도 되어 어른이의 땅에 안착할 수 있을까? 손에 들었던 달팽이를 조심스레 개펄에 놓아주었다. 잘 살아가기를. 삶의 시간들을 후회 없이 보내기를. (511)

아름답지 않은가. 작가의 언어도 아름답지만 그 언어가 전하는 연토의 깨달음 역시 더할 수 없이 아름답다. 사실 제울에서의 삶을 이야기하는 장(章)인 "줄" 전체의 분위기는 아름다울 뿐만 아니라 꿈결처럼 환하다. 특히 연토가 나무인간, 붉은열매선인장, 전갈과 나누는 대화나 잉어, 거북, 장어, 명령어, 여자인어와 남자인어 등 온갖 바다 생명과 나누는 대화는 더할 수 없이 시적이기도 하다. 그런 대화 가운데 특히 우리의 눈길을 끄는 것은 "이쪽 어른이들이 바다 건너 저쪽으로 가면 나무인간이 [된다]"(503)는 명령어의 말이다. 즉, 지상세계로 가면 어른이와 같은 '나무 인간'은 나무가 되어 한자리에 붙박이게 된다는 것이다. 소설의 처음을 여는 「시작」을 통해 우리는 이미 단풍나무로 변신하여 한자리에 붙박여 있는 연토와 만난 바 있거니와, 연토는 지상세계로 가면 자신이 어떤 운명을 맞이하리라는 것을 명령어를 통해 알고 있었던 것이다.

요컨대, 오랜 세월 제울에서 생활하는 동안 연토는 인간의 삶과 세상에 대해 더할 수 없이 소중하고 깊은 깨달음을 얻는다. 이제 연토에게 남은 일이란 그가 그리워하는 "단풍동의 깊은 어둠"(512)으로 돌아가는 것이다. 그곳으로 되돌아가 자신에게 주어진 역할을 다하고 최선의 삶을 사는 것,

그것이야말로 이제 연토에게 남은 과제인 셈이다.

3-4. 깨달음의 이야기에서 새로운 시작의 이야기로

이야기의 결(結)에 해당하는 제4부에 이르러 우리는 오랜 객지 생활 끝에 고향으로 향하는 연토와 만날 수 있다. 시간적으로는 푸른나무의세월 열셋째 해인 그의 나이 38세 때의 일이다. 제울을 떠나 사막을 건너는 도중 연토는 자신이 "맑은이가 아니라 [예지의 능력을 결여한] 하얀이"라는 사실─주변의 몇몇 맑은이가 이미 감지하고 있던 바로 그 사실─을 자각(524)하게 되는데, 이 같은 깨달음은 연토에게 자신의 정체성 확인을 위한 긴 여정이 완결에 가까워 왔음을 의미한다. '가까워 왔다'고 말함은 예지력을 결여한 하얀이 연토에게는 아직 알고 이해하고 깨달아야 할 것들이 더 있기 때문이다. 아무튼, 불의세월 둘째 해인 연토의 나이 40세에 이르기까지 펼쳐지는 제4부의 이야기는 그가 아후밀탄을 거쳐 살촉동에 도착하는 것으로 이어진다. 그리고 그곳에서 "갓바치 일립"의 아들이자 예지력을 지닌 맑은이인 사흔과 만나게 되는데, 사흔을 통해 자신이 단풍동의 미래를 책임지리라는 예지의 말을 듣는다(543). 단풍동의 미래를 책임지다니? 단풍동에 곧 무언가 심상치 않은 일이 일어나리라는 암시가 이 말에 담겨 있다.

단풍동에 이르기 전에 예상치 못한 사건이 연토에게 일어나는데, 그는 고향으로 가기 위해 찾은 나루터에서 수용소를 탈출하여 단풍동으로 가기 위해 갖은 애를 다 쓰는 준호와 재회한다. 준호를 데리고 고향으로 돌아온 연토는 준호가 그리도 극진하게 보살피던 자신의 할머니 양이가 죽은 지 오래됨을 알게 된다. 또한 (우리가 이미 어른이세상의 세월과 지상세계의 세월 대비를 위해 밝힌 바 있지만) 삼신어른 생을 찾는 연토는 생이 어른이가 아니라 "검은머리짐승"임을 알아차리기도 한다. 그리고 "집으로 돌아온 지 어느덧 1년 반"이 지났을 무렵 그는 계우와 아기를 캐기 위해 어미산에 올랐다가 딸을 얻기도 하고(559), 평탄치 않은 삶을 살다가 마침내 죽음을 맞이한 하전의 장례식을 지켜보기도 한다(563). 곧이어, 연토의 나이 40세가 되었을 때 "나루샘마을에서 폭탄이 터"지는 사고가 일어나기도 하는데(572), 이는 앞으로 일어날 전쟁을 예고하는 사건으로서의 의미를 갖는다.

모든 것은 시간의 흐름에 따라 변하지만 변하지 않는 한결같은 것이 있다면, 이는 지상세계로 가는 통로를 찾고자 하는 준호의 집념이다. 준호의 집념에 마지못해 굴복한 연토는 살촉군의 단풍동 침략 시도를 좌절시키기 위해 떠난 생이 자신에게 맡긴 삼신각의 열쇠를 이용하여, 그곳에 보관된 서책에 준호가 접근하는 것을 허락한다. 이를 통해 준호는 옛날 삼신어른들의 정체는 물론 앞서 말한 바와 같이 검은머리짐승들이 "먼먼 옛날부터" "어른이세상 곳곳에 깊숙이 침투되어 영향을 끼쳤었음이 분명"함을 낱낱이 밝힌다. 이로써 독자는 앞서 말했던 한자와 한글로 뜻풀이가 가능한 어른이세상의 온갖 표현과 관련된 의혹이 한순간에 풀림을 확인하게 될 것이다.

수수께끼의 풀림은 이것으로 전부가 아니다. 제4부에 이르러 생은 스스로 연토에게 그의 아버지가 자신임을 확실하게 밝힌다. 어쩌다 그와 같은 일이 일어난 것일까. 물론 앞서 어른이세상 사람들의 출생 과정과 관련하여 확인한 바 있지만, 생과 미단이 지상세계 인간들의 표현인 이른바 '불륜관계'를 맺어 태어난 자식이 아니라, 하전 대신 생이 미단과 함께 어미산에 올라가서 캔 자식이 연토다.

독초사건에 관한 수수께끼에 대한 답도 제4부를 통해 제시된다. 준호를 통해 옛날의 삼신어른들과 관련된 온갖 비밀을 알게 된 연토가 생을 찾았을 때, 생은 놀랍게도 독초사건의 주범이 자신임을 밝힌다. 그는 자신이 찾곤 하던 지상세계로 통하는 "통로로 오르는 길에서 자오 백연부리와 마주[친]" 것(641)이 계기가 되어 연토에게 외할아버지인 백연부리를 제거하고자 했다는 것이다. 그리고 이를 실행하기 위해 "밝은샘 수원"에 독약인 "비상초"를 담갔음을 실토하기도 한다(642). 그리하여 백연부리와 함께 "밝은샘마을의 200여 명이 같이 희생"되었고, 생은 "가책이 강해질수록" "단풍동을 위해 최선을 다"하게 되었다는 것이다(642).

이 독초사건과 관련하여 우리가 특히 눈여겨보아야 할 것은 생이 그 사건을 어른이세상의 최상층을 차지하는 동시에 예지력을 갖춘 맑은이들이 자신을 "옭아매기 위한" "계략"(641)에 따른 것이라고 믿는다는 점이다. '계략'이라니? 백연부리와 여타의 맑은이들은 예지력을 통해 백연부리 자신을 포함한 수많은 사람이 죽음에 이를 것이라는 사실을 미리 알았을 것이다. 그런데, 연토의 외삼촌 미곤이 그에게 밝힌 바에 따르면, "백연부리가 일립을 시켜" 생의 손에 "독초를 건"넸다(663)는 것이다. 그렇다면, 자신이 죽임을 당하는 것조차 적어도 백연부리에게는 이른바 '계략'의 일부가 되는 셈이다. 하지만 백연부리와 여타의 맑은이들에게 자신들이 죽임을 당하는 것을 포함하는 것이 어찌하여 그들 자신이 짠 계략일 수 있겠는가. 만일 맑은이들이 독초사건에 눈을 감았다면, 이는 자신들조차 어쩔 수 없는 '운명'임을 미리 알고 받아들이지 않을 수 없었기 때문이 아닐지? 아울러, 생이 단풍동에 필요한 존재임을 미리 알았기 때문이 아닐지? 심지어 하전은 소설의 제1부에서 "생은 단풍동을 구할 사람"(104-105)이라고까지 말한다. 어찌 보면, 생이 자신과 관련된 일을 '계략'으로 생각하는 것은 지상세계의 인간이란 초음이나 예지의 능력은커녕 이해력마저 부족한 지극히 어리석은 존재임을 예시적으로 보여 주는 하나의 사례가 아닐지? 제2부에서 연토는 준호가 "좀처럼 흥분하지 않고 차근차근 문제를 풀어가는 이성적인 존재"이지만 "감정의 상처를 입고 아파하는 약한 동물"(249)임을 감지하기도 하는데, 이처럼 약한 동물 또는 결함이 있는 동물이 곧 검은머리짐승 또는 지상세계의 인간 아닐지?

결국 모든 수수께끼에 대한 답은 소설의 결말 부분에서 밝혀지는 셈이다. 바로 이런 구도로 인해 『단풍나무』의 독자는 수수께끼에 대한 답을 찾아 소설 읽기를 끝까지 이어갈 수 있다. 사실 서사적 소설의 이야기란 독자의 입장에서든 작중인물의 입장에서든 모름의 상태에서 앎의 상태로의 이행 과정을 담은 것일 수 있거니와, 『단풍나무』 역시 여기서 예외일 수는 없다. 소설의 마지막 부분에 이르러 온갖 수수께끼에 대한 답을 얻은 독자는 홀가분한 마음으로 책을 덮을 수 있으리라.

문제는 한자와 한글로 뜻풀이가 가능한 어른이세상의 온갖 표현으로 인해 소설을 읽는 도중에 계속 독자는 작품의 개연성에 대해 의문을 가질 수도 있다는 점이다. 다시 말해, 독자에게는 '자발적인 불신감 유보'의 상태에 머물러 있기 어려울 수도 있다. 이로 인해 작가가 얻는 것은 무엇인가. 단언컨대, 아무것도 없다. 사실 불신감을 유보할 수 없기에 작품 읽기를 중도에서 포기하는 독자에게 편한 변명거리만 제공할 뿐이다. 하지만 이렇게 볼 수도 있지 않을까. 즉, 행여 작가는 어떤 문학 작품이든 읽다가 이른바 불신감으로 인해 작품 읽기를 중단하는 독자를 떨쳐내기 위한 전략을 구사하고 있는 것 아닐지? 따지고 보면, 오늘날과 같이 삶과 세계에 대한 간접 체험의 매체가 헤아릴 수 없이 많은 세상에 문학작품 읽기란 그 자체로서 이미 시대착오적인 것일 수 있다. 바로 이처럼 시대착오적인 문학작품 읽기로 독자를 이끌면서도 여전히 시대착오적이라고 해서 읽기를 꺼려하는 독자가 있다면 기꺼이 읽기를 중단해도 좋다는 메시지를 작가는 전하고 있는 것은 아닐지? 오로지 작품 읽기의 마지막 순간에 이른 독자에게만 응분의 보상을 의도하고 있는 것은 아닐지? 혹시 그것이 작가의 의도였다면, '작품 해설'이라는 명분으로 지금 내가 이 자리에서 이어가고 있는 이 글 자체가 말 그대로의 사족(蛇足), 아니, 불필요할 뿐만 아니라 작가의 의도를 해칠 뿐인 사족일 수 있다.

사족임을 알면서도 이제까지 이어온 논의를 관성에 따라 계속하자면, 연토의 이야기는 단풍동을 공략하려는 살촉군과 이를 방어하려는 단풍동 사람들 사이의 전쟁으로 이어진다. 전쟁의 와중에 "짐승이라 해도 단풍동의 미래를 진심으로 걱정하"던 생(660)은 죽음을 맞이한다. 준호는 살촉군을 무찌르는 데 필요한 "결정적인 해답"(670)을 연토와 계우에게 건넨 다음, 연토의 지시에 따라 그가 그토록 찾던 지상세계로의 통로로 가기 위해 연토의 곁을 떠난다. 준호는 "이제 누구도 지켜줄 수 없"는 사람, 그리하여 "온전히 그의 몫이 된" 삶을 살게 된 것이다(672). 그런 그가 연토와 계우에게 건넨 "결정적인 해답"은 무엇인가. 이는 그가 삼신어른이 머무는 삼신각에서 찾아 읽은 "『세상교통』이라는 책"을 통해 확인한 정보—즉, "마중물의 손잡이"가 "아름다운 방"에 있다는 정보—다(670). 연토와 계우는 합심하여 준호가 말한 "아름다운 방"을 찾아 들어가, 그곳에서 물꼬를 틈으로써 어미산으로 쳐들어온 살촉군을 "물 폭탄"(683)으로 퇴치한다. 이로써 연토는 맑은이들이 예상하고 기대했던 역할—즉, 단풍동을 지키는 역할—을 완수하게 된 것이다.

소설의 마지막에 이르러 작가는 「새로운 시작」이라는 제목의 짤막한 장(章)을 덧붙인다. 여기서 우리는 『단풍나무』의 이야기가 「시작」으로 시작됨을 떠올릴 수 있다. 하지만 「새로운 시작」은 소설의 이야기를 여는 앞선 「시작」과 달리 연토의 이야기를 담고 있다. 즉, 미래의 작가인 '나'의 이야기가 아니다. 「새로운 시작」에서 연토는 단풍동의 사람들이 전쟁으로 인해 희생된 사람들을 기리는 위령제를 지내게 되었음을 밝힌다. 위령제에서 사람들은 어미산에 감사해하고, 새 생명의 탄생을 위해 어미산을 새롭게 정비할 것을 다짐한다. 「새로운 시작」은 위령제를 지내는 동안 "무슨 기분

좋은 일이 있는지 [저만치 서 있는 자신의 아내 계우]가 나를 보며 환히 웃고 있다"는 연토의 진술(685)로 끝난다. 연토는 이것으로 이야기를 끝맺고 있지만, 우리는 상상 속에서 어른이세상에서 위령제 이후 계속 이어질 연토의 삶을, 또는 지상세계로 와서 단풍나무로 변신한 연토가 미래의 작가에게 들려 줄 이야기가 앞으로도 계속 이어질 것임을 믿어 의심치 않는다.

4. 논의를 마무리하며

『단풍나무』는 200자 원고자로 계산하여 3,000매 가량이 되는 방대한 분량의 소설이다. 나는 작품 읽기를 이어가는 동안뿐만 아니라 읽기를 마친 후에도 기꺼움을 느끼지 않을 수 없었는데, 이제 비로소 우리도 현대적 의미에서의 환상문학이라는 이름에 값할 만한 작품을 갖게 되었다는 판단에 따른 것이었다. 사실 우리말로 창작된 우리 주변의 환상문학을 보면, 대개의 경우 도입부도 거의 예외 없이 천편일률적이고, 이야기의 진행도 거의 예외 없이 천편일률적이다. 또한 서양의 환상문학에 영향을 받아서인지는 몰라도, 서양의 중세시대를 배경으로 하거나 마법이 난무하거나 마법의 지팡이나 검이 소도구로 등장하는 경우가 적지 않다. 그리고 작중 인물의 이름이나 지명 등 고유명사에 어찌 그리 출처 불명의 서양식 표현이 많은지! 글을 시작하며 잠깐 언급했듯, 상투화한 표현과 정형화한 내용의 환상세계로 독자를 이끄는 빤하고 도식적인 환상문학이 적지 않은 것이 오늘날 우리의 현실이다. 아울러, 현실도피 이외에 아무런 존재 이유도 없어 보이는 시대착오적인 환상문학이 적지 않다는 점도 지적하지 않을 수 없다. 사정이 그러하니, 어찌 환상문학이 제대로 문학으로서의 대우를 받을 수 있겠는가. 이런 상황에 비춰볼 때, 『단풍나무』는 예외적인 작품이 아닐 수 없다. 이제 『단풍나무』의 환상문학적 특성 가운데 아직 살피지 못한 몇몇 주안점을 짚어보는 것으로 우리의 논의를 마치고자 한다.

무엇보다 무녀 영기의 "[연토를] 도울 운명의 존재가 오고 있[다]"는 예언(41)이 제대로 실현되었는가의 문제다. 앞서 여러 차례 논의했지만, 연토는 준호를 통해 많은 것을 배우고 깨닫는다. 실제로 준호는 연토에게 많은 도움을 줄 뿐만 아니라 어른이세상의 사람들을 위해서도 많은 일을 한다. 하지만 그는 지상세계로 나가기 위한 출구를 찾으려는 집념에 매여 있을 뿐, 그를 감싸고 온갖 형태로 도움을 주는 연토에 대해서조차 "[그]를 생각했던 마음, 친구로서의 애틋한 정"을 갖고 있지 않던 것으로 보인다. 심지어 전쟁의 위급한 상황에서도 그는 "자신의 통로를 찾을 생각"(658)뿐이다. 결국에는 전쟁의 와중에 놓인 단풍동을 내팽개친 채 "컴컴한 칠흑 속"의 세상을 벗어나 "우리 세상으로 돌아"가자고 생을 부추기기까지 한다(664). 이처럼 이기적인 준호가 어찌하여 연토를 도울 "운명의 존재"인가. 앞서 확인했듯, 준호는 지상세계로 통하는 통로를 찾는 가운데 읽은 책을 통해 연토와 계우에게 살촉군을 무찌르는 데 도움이 될 "결정적인 해답"을 주고 있거니와, 이로써 그가 연토에게 도움이 되는 "운명적 존재"로서의 역할을 다한 셈이 되는 것은 아닐지?

따지고 보면, 준호가 남을 돕고 보살피는 일에 헌신적이지만 이와 동시에 자신과 관련된 일에는 이기적이라는 점은 준호라는 인물 자체에 '입체감'을 부여하는 것도 사실이다. 제4부에서 연토는 이기적일 뿐만 아니라 "약삭빠른" 준호를 "미워할 수는 없"음을 말하기도 하는데, "어떻게든 살아남는 것, 그것이 산 자의 단 하나의 의무"(658)라는 점을 부정할 수 없기 때문이다. 연토의 말대로 모든 생명은 어떻게든 살아남기 위해 갖은 애를 쓰는 존재이고, 특히 인간은 생이 그랬던 것처럼 극단의 경우 남을 죽음으로 몰기까지 할 정도로 이기적인 존재인지도 모른다. 사실『단풍나무』에 등장하는 어른이세상의 사람들도 이기적인 존재들—연토가 읽은 준호의 생각에 따르면, "오로지 자신의 이익과 안녕만이 관심사인 반 식물 반 동물의 괴물들"이자 "이해할 것도 상대할 것도 없는 쓰레기 같은 존재들" (277)—이기는 마찬가지다. 바로 이런 측면에 대한 진지하면서도 솔직한 묘사로 인해 작가는 그들 모두에게 응분의 '입체감'을 부여한다. 특히 걸핏 하면 화를 내고 타인에게 차갑고 냉소적인 미단, 미곤, 하전, 또는 매사에 자기중심적이고 온갖 면에서 밉상을 떠는 희실 등의 작중인물에 대한 작가의 묘사는 더할 수 없이 생동감 넘친다.

여기서 하나 짚고 넘어가야 할 것은 연토라는 인물 자체에 대한 작가의 묘사다. 그는 성실하고 착한 인간이며, 이타적인 정과 사랑을 넘치도록 지닌 인간이기도 하다. 또한 겸손할 뿐만 아니라 남을 배려하고 이해할 줄 아는 관대하고 너그러운 인간이기도 하다. 이처럼 나무랄 데 없는 인간 연토를 작가는 최상위층인 '맑은이'가 아니라 그 아래인 '하얀이'로 설정하고 있다. 그와 같은 설정을 한 작가의 의도는 어디에 있는 것일까. 이 물음에 대한 답은 살촉군을 무찌르고 단풍동을 방어하기 위한 "물 폭탄" 작전을 성공리에 수행한 뒤 계우가 연토에게 하는 다음과 같은 말에서 우리는 그 답을 찾을 수 있다.

맑은이들은 머리만 굴릴 뿐 세상을 이끌어갈 힘도, 감당할 능력도 없어. 그들이 가진 예지력 역시 미래의 위기에 행여 도움이 될지 모를 하찮은 열쇠, 자기들 스스로도 어디에 어떻게 꽂아야 할지 모르는 미래의 끊겨진 장면들일 뿐이야. 앞날의 충격적인 장면, 수많은 위험을 보는 그들로서는 세상의 모든 일, 삶의 시간에 대해 회의적일 수밖에 없어. 다른 이를 품거나 안심시킬 아량 따위는 기대할 수도 없지.

그들에 비해 운흘 연토, 너는 아냐. 앞날을 볼 능력이 없기 때문에 네게는 옳다고 믿는 일을 밀고 나갈 힘이 있어. 살아 있는 이들의 노력으로 운명이 바뀐다는 것을, 맑은이들이 보는 미래의 그림 역시 우리가 노력함으로써 바뀔

수 있는 밑그림일 뿐임을 너는 네 행동으로 증명하지. (678)

이상과 같은 계우의 판단은 곧 작가의 판단이 아닐지? 사실 연토가 예지력을 지니고 있지 않지만, 아니, "앞날을 볼 능력이 없기 때문"에 "옳다고 믿는 일을 밀고 나갈 힘"을 갖게 되었다는 계우의 판단(678)—나아가, 작가의 메시지—은 소중한 것이 아닐 수 없다. 따지고 보면, 지상세계의 이상적 또는 영웅적 인간 역시 연토와 같은 존재가 아니겠는가. 한걸음 더 나아가, 예지력을 지니고 있지 않지만 '옳다고 믿는 것을 글로 옮기는 사람'이 다름 아닌 작가라는 말을 이 자리에서 덧붙이지 않을 수 없다. 작가란 모름지기 『단풍나무』의 작중화자 연토와 같이 예지력을 갖추고 있지 않지만 자신이 옳다고 믿는 것을 독자에게 말할 수 있는 사람이리라.

끝으로 한마디 첨언하자면, 더럽고 냄새나는 존재가 인간이고 그런 한계를 벗어나지 못하는 것이 인간의 삶이라고 해도, 우리는 더럽고 냄새나는 우리의 삶을 포기할 수 없다는 엄연한 사실을 되풀이해서 말하지 않을 수 없다. 어찌 보면, 더럽고 냄새나는 부족한 존재가 우리 자신이고 또 부족한 인간이 이어가는 것이 우리의 삶이기 때문에, 우리는 그만큼 '인간'으로서 소중한 존재이고 우리의 삶이란 살아 볼 가치가 있는 것이 아니겠는가. 『단풍나무』는 인간과 인간의 삶에 대해 되돌아보고 반성할 소중한 기회를 우리에게 제공하지만, 이와 동시에 연토와 준호의 만남과 헤어짐의 이야기를 통해 결함투성이인 우리네 인간들과 인간들의 삶 자체에 대한 적극적이고 따뜻한 이해로 우리를 유도하는 것도 사실이다. 작가 윤영수의 환상적인 환상소설 『단풍나무』가 우리에게 소중함은 바로 이 때문이기도 하다.

죽음의 유혹과 죽음에의 저항, 그 안과 밖에서

— 이응준의 연작소설 『소년을 위한 사랑의 해석』과 '죽음 충동'의 의미

1. 작품 안으로 들어가며

　이응준의 연작소설 『소년을 위한 사랑의 해석』(문학과지성사, 2017년 6월)은 모두 아홉 편의 작품으로 이루어져 있다. 일반적으로 연작소설이 그러하듯, 이들 작품은 독립된 이야기인 동시에 몇몇 작중인물을 고리로 하여서로 연결되어 있기도 하다. 예컨대, 첫째 이야기인 「북극인 김철」에서 자살을 시도했다가 구조된 사람은 여섯째 이야기인 「그들은 저 북극부엉이에게 아무것도 해준 것이 없다」에서 은상길이라는 이름으로 재등장하며, 둘째 이야기인 「소년은 어떻게 미로가 되는가」의 작중화자인 이은파는 여덟째 이야기인 「떠나는 그 순간부터 기억되는 일」에 등장하는 이신적의 문학 선생이다. 또한, 소설 속에 중복 등장하는 인물 가운데 하나인 오재도 형사의 추적에 따르면, 이은파의 새어머니는 셋째 이야기인 「북쪽 침상에 눕다」의 작중화자인 남승건의 친어머니다. 한편, 넷째 이야기인 「소년을 위한 사랑의 해석」의 한승영은 다섯째 이야기인 「그림자를 위해 기도하라」에 등장하는 정이섭의 "먼 친구"다. 그리고 아홉째이자 마지막 이야기인 「옛사랑」의 작중화자인 조근상은 「소년을 위한 사랑의 해석」에서 한승영과

우연히 한방에 머물게 된 전직 국회의원이다. 유일하게 다른 연작과 인물을 공유하고 있지 않은 것이 있다면, 일곱째 이야기인 「전갈의 전문(電文)」이다. 하지만 이 이야기의 중심인물인 강해선은 「그림자를 위해 기도하라」에서 정이섭이 먹이를 주던 "외눈박이 고양이"를 애초에 치료해 준 사람이다. 바로 이 고양이는 「떠나는 그 순간부터 기억되는 일」에서도 다시 모습을 드러낸다.

요컨대, 작가는 시공간을 공유하는 일군의 사람을 향해 시선을 보내되, 그 각도를 달리하고 있는 것이다. 물론 대상을 향한 작가의 시선이 조건 없이 열려 있는 것은 아니다. 즉, 작가는 대상을 향해 시선을 열어 놓되, 그의 시선은 의도적이고 선별적이다. 이와 관련하여, 작가의 시선이 대체로 작가 자신의 실제 나이와 유사한 사십 대의 인물들을 향하고 있고, 그것도 자살 충동이나 이와 유사한 심리적 압박감에 시달리는 사람들이나 그들 주변 사람들의 삶과 의식을 향하고 있음에 유의하기 바란다. 아무튼, 이렇게 해서 설정된 소설의 전체적인 분위기는 어둡고 우울하다. 자살 충동이나 이와 유사한 심리적 압박감에 시달리는 사람들의 이야기인데, 어찌 그 분위기가 어둡고 우울하지 않을 수 있겠는가. 하지만 그것이 전부일까. 우리가 읽기에, 단순히 우울하고 어두운 이야기를 전하는 데 작가의 의도가 있는 것처럼 보이지는 않는다. 이에 관해서는 후에 다시 언급하기로 하자.

아무튼, 『소년을 위한 사랑의 해석』은 시작부터 자살에 관한 이야기로 시작되는데, 「북극인 김철」에서 김철은 "자살의 명소"인 "한강철교"에서 강물로 뛰어든 사람을 구조하고 사라지지만, 사실은 그도 자살을 계획하고 그곳에 간 것이었다. 그렇게 해서 자살에 이르지 못한 그는 마침내 여객선에서 바다 한가운데로 뛰어들어 서서히 죽음을 맞이한다. 이응준의 연작소설 『소년을 위한 사랑의 해석』에서 바다로 뛰어들어 죽음을 맞이하는 사람은 그만이 아니다. 「소년은 어떻게 미로가 되는가」의 작중화자인 이은파의 아버지도 유람선 갑판에서 실종된 것으로 알려져 있는데, 그 역시 김철과 마찬가지로 바다로 뛰어들어 생을 마감한 것으로 추정된다.

자살의 이야기는 계속 이어진다. 이은파의 진술에 따르면, "피 한 방울도 섞이지 않은 외삼촌"이 어느 날 갑작스럽게 아파트 베란다에서 뛰어내려 생을 마감했다는 것이다. 뿐만 아니라, 이은파의 짝사랑이자 첫사랑이었던 친구의 누나도 "닭 5천여 마리가 한꺼번에 불에 타 죽는 지옥도를 목도하고는" 미쳐서, "저수지에 몸을 던졌다가 이틀 뒤에 시체로 떠올랐다" (62쪽, 이하 책의 면수만을 밝히기로 함)는 것이다. 그리고 이은파를 자신의 친자식처럼 정성스럽게 키우고 돌봐 왔던 그의 새어머니도 "항암 치료를 거부한 채 마지막 나날들을 보내"(58)다가 죽음을 맞이하는데, 그녀의 선택 역시 소극적인 의미에서일지언정 자살을 암시하는 것일 수도 있으리라.

이뿐만이 아니다. 「북쪽 침상에 눕다」의 작중화자 남승건도 심각한 "자살 충동"에 시달린다. 아울러, 모래폭풍 속으로 걸어 들어간 그의 아버지의 죽음도 자살로 추정되며, 남승건의 애인인 허소정의 전 남편인 박규성조차 남승건에게 "자살을 예고하는 음성메시지"(94)를 되풀이해 남긴다. 이 이야기의 뒤에 가서 남승건은 그를 찾아온 박규성에게 자신이 집으로 돌아오지 않을 것임을 말하고 나가 숲 속의 "쓸쓸한 첨탑"으로 오르는데, 이 이야기 역시 그가 자살을 선택할 것이라는 암시를 주기도 한다. 이어지는 「소년을 위한 사랑의 해석」의 중심인물인 한승영은 "자살 심리와는 또 다른 자학의 경지"(118)에 묶여 있는 인물이다. 또한 태풍 때문에 발이 묶여 그와 우연히 한방에서 지내게 된 조근상도 "자살 쇼"를 의심케 하는 그런 인물이다.

다섯째 이야기 「그림자를 위해 기도하라」에도 자살 모티프가 예외 없이 등장한다. 누군가의 자살에 대한 소문과 추측이 이야기기의 일부를 이루는 이 작품에서 작가는 작중인물 정이섭의 생각을 통해 "우리 각자는 남모르게 자살 중인지도 모른다"(182)는 메시지를 전하기도 한다. 이어지는 「그들은 저 북극부엉이에게 아무것도 해 준 것이 없다」는 앞서 말했듯 자살을 기도했다가 구조된 은상길의 이야기다. 자살과는 직접 관계가 없는 이야기인 「전갈의 전문」에서도 "죄책감을 이기지 못"해서 "음독자살"한 "스물두 살 청년"(199)이 잠깐 언급된다. 한편, 「떠나는 그 순간부터 기억되는 일」은 "세 차례나 자살을 기도"한 이신적이라는 이름의 "천재 탈북 청소년"(209)의 이야기다. 역시 자살과는 직접 관계가 없는 이야기이자 연작소설의 마지막을 장식하는 「옛사랑」에서도 "가수 김광석"의 자살이 스치듯 언급된다.

이처럼 소설 전체를 덮고 있는 것이 '자살'의 그림자다. 그 때문에 이응준의 『소년을 위한 사랑의 해석』 자체가 이 주제에 대한 다면적인 관찰 보고서로 읽히기도 한다. 아마도 우리 문단에서 이 같은 유형의 작품을 찾아보기란 쉽지 않을 것이다. 이유는 무엇일까. 추측건대, '자살'이라는 말 자체가 우리 사회에서 금기어(禁忌語)이기 때문 아닐까. 따지고 보면, 사랑, 선, 삶, 행복, 소망, 평화와 같은 긍정적 의미의 말에 대비되는 미움, 악, 죽음, 불행, 탐욕, 전쟁과 같은 부정적 의미의 말을 금기어로 취급하는 사회는 없을 것이다. 하지만 '자살'과 같은 말에 대한 거부감은 어느 사회에서나 예외가 없어 보인다. 그 때문인지 몰라도, 문학에서조차 이 문제를 적극적으로 다룬 작품은 어느 사회에서도 많지 않아 보인다. 그런 측면에서 볼 때, 이응준의 『소년을 위한 사랑의 해석』은 예외적인 작품이 아닐 수 없다.

2. 작품 안에서

철학적 · 심리학적 관점에서 볼 때 자살은 '죽음 충동'(death drive)의 발현 양상 가운데 대표적인 예로 이해될 수 있거니와, 자살을 포함한 '죽음 충동'은 인간의 본성을 이해하는 데 필수적인 개념일 수 있다. 그럼에도 이에 대한 본격적인 탐구의 역사는 길어 보이지 않는다. 아마도 이 문제에 대한 진지한 탐구를 시작한 철학자는 아르투어 쇼펜하우어(Arthur Schopenhauer)일 것이다. 그에 의하면, 삶을 향한 의지는 행복보다 고통을 가져다주기 때문에 부정적이고 부도덕한 것이다. 이처럼 부정적이고 부도덕한 의지를 뛰어넘고자 할 때 문제 되는 것이 '죽음 충동'이라는 것이 그의 논리다. 이 같은 개념을 심리학에 도입한 사람이 지그문트 프로이트(Sigmund Freud)로, 그는 사람들에게 상흔(傷痕, trauma)으로 남아 있거나 슬프고 불쾌했던 일을 되풀이해 떠올리거나 정신적으로 다시 체험하고자 하는 기묘한 경향이 있음을 주목한다. 그리고 이에 대한 설명을 위해 『쾌락 원리의 저편』(Jenseits des Lustprinzips)에서 "사물의 원래 상태로 복원하려는 유기체 내부의 충동"이라는 개념을 정립한다. 말하자면, 유기적 생명체로 존재하기 이전의 무기적 상태로 되돌아가려는 자멸적(自滅的)인 의지가 인간 내부에 존재한다는 것이다. 이것이 바로 '죽음 충동'과 관련하여 프로이트가 정립한 개념의 요체다.

현실적으로 이 같은 '죽음 충동'은 자살을 포함한 인간의 온갖 파괴 본능을 이해하고 설명하는 데 도움이 될 수 있다. 하지만 그것이 철학적으로나 심리학적으로 논리화가 가능한 인간의 의지이자 본능임을 이해한다고 해서 그것으로 충분한가. 이해한다고 해서 곧 우리의 당면 문제가 해결되는 것은 아니다. 명백히 '죽음 충동'이 기존 사회 체제와 질서를 유지하는 데 부정적인 영향을 미치는 것은 사실이다. 그 때문에, 다시 말하지만,

이해하는 차원에서 논의를 끝내기란 어렵다. 따지고 보면, '이해'는 곧 '있는 그대로 수용'일 수 없거니와, 이해는 보다 나은 상황을 이끌기 위한 예비 단계에 불과한 것일 뿐이다. 하지만 이해가 선행되지 않는다면 상황 개선도 어렵지 않겠는가. 이처럼 이해를 위해서든 또는 상황 개선을 위해서든 우리가 자살과 같은 '죽음 충동'의 한 양상에 관심을 기울이지 않을 수 없음은 우리나라가 세계적으로 자살률이 가장 높은 국가 가운데 하나이기 때문이다.

물론 자살에는 여러 가지 원인이 있을 것이다. 이응준의 연작소설에 나오는 몇몇 사례가 보여 주듯, 자살이든 자살 충동이든 이는 명백히 삶에 대한 좌절과 분노에 기인한 것일 수 있다. 하지만 「소년은 어떻게 미로가 되는가」의 작중화자인 이은파가 말하는 외삼촌의 경우가 그러하듯, 뚜렷한 이유가 짚이지 않을 때도 있다. 이를 어찌 이해해야 할까. 쇼펜하우어나 프로이트를 들먹이며, 인간의 본능으로 치부하고 넘어가야 할까. 그럴 수는 없거니와, 무엇보다 자살과 관련하여 인간 내면에 대한 진지하고 섬세한 탐구와 이해가 앞서야 할 것이다. 이응준의 『소년을 위한 사랑의 해석』이 소중한 이유는 여기에 있다.

인간의 내면에 대한 진지하고 섬세한 탐구 작업이라고 할 수 있는 이응준의 연작소설의 작품 하나하나가 모두 개별적 분석과 이해의 대상이 될 수 있을 것이다. 하지만 주어진 지면을 고려하여 특히 문제적인 작품으로 판단되는 「북극인 김철」과 「소년은 어떻게 미로가 되는가」, 그리고 연작소설 자체에 제목을 제공한 「소년을 위한 사랑의 해석」만을 문제 삼기로 하자. 우리가 특히 이 세 작품을 주목하고자 하는 이유가 있다면, 「북극인 김철」은 자살에 이르는 한 인간의 복잡한 내면 심리에 대한 섬세하고 애정 어린 탐구라는 점에서, 「소년은 어떻게 미로가 되는가」는 겉으로는 이유가 짚이지 않는 어느 한 사람의 자살 및 주변 사람들의 고통에 초점이 맞춰진 이야기라는 점에서, 「소년을 위한 사랑의 해석」은 이유가 무엇이든 자살 충동에 이끌린 사람들이 이를 극복해 가는 과정의 이야기라는 점에서, 저마다 각별하게 의미 있는 작품으로 판단되기 때문이다.

　우리가 「북극인 김철」에서 무엇보다 주목하지 않을 수 없는 것은 이야기의 중심인물인 김철—또는 "북극인 김철"—이 보이는 기묘한 행동이다. 이야기가 전하는 바에 따르면, 앞서 언급했듯 김철 역시 투신자살을 위해 "한강철교"에 갔던 것으로 보인다. 하지만 "구두와 양말을 도로변에 가지런히 벗어둔 회색 양복 차람의 삐쩍 마른 한 중년 사내"가 강물 한가운데로 뛰어들자 그는 "꺼버린 촛불처럼 난간에서" 뛰어내려 "혼절한 회색 양복 남자를 안은 채 헤엄쳐 강을 건"넌다. "방금까지 파란 강물 아래 어둠 속에서 편안히 죽고 싶었으나 일면식도 없는 누군가를 예기치 않은 마음 때문에 살리느라 차마 괴로워 눈을 감지 못"한 것이다(12-14). 자살하러 갔다가 자살하려는 사람을 살리느라고 자살에 실패한 것이다. 과연 이것이 "재미있다고 재잘"거릴 일에 지나지 않는 것일까. 그렇다면, 김철의 이 같은 엉뚱한 행동이 의미하는 바는 무엇일까. 이 물음에 대한 작가의 답은 무엇일까.

　작가는 그런 행동을 한 김철을 "[사람]들이 알 수 있는 김철"이 아니라 "북극인 김철"(15)임을 힘주어 말한다. "북극인 김철"이라니? 우선 "[사람]들이 알 수 있는 김철"은 누구인가. 그는 "체대에 다닐 당시까지 국가 대표 철인 3종 경기 선수"였고 "매우 따뜻하고 답답할 정도로 정직했던 사람"이다. 그런 그이지만, 그는 또한 현재 오재도 형사가 "2년 남짓 뒤쫓고" 있는 "마흔다섯 살"의 "살인범"이자, 제삼자의 눈으로 보면 "정신병자"다. 그는 "삼 대째 이어오는 국내 유일의 종자 회사"를 "다국적 종자 기업"에게 빼앗긴 사람인데, 아내와 아내의 내연남을 망치로 때려 살해

했다. 심지어 자신이 "데리고 있던 상무"이자 "종자 회사가 망하는 데에 결정적인 역할을 했던" 사람도 망치로 때려 살해했다. 한편, 그에게는 "일본 이모 댁에 맡겨놓았던 열 살 고명딸"이 있었는데, "해일에 마을과 함께 떠내려가 시신조차 찾을 수 없게 돼버렸다." 그런 김철의 정황을 놓고 작가는 이렇게 정리한다. "억울한 사업 실패, 석연치 않은 이혼, 가장 소중한 존재의 죽음, 상처받은 자의 광기 어린 살인, 괴물이 돼버린 선한 사마리아인…… 뭐, 빤한 스토리만큼이나 세상은 부조리했다"(18-19).

요컨대, 사람들의 시선에 그는 "괴물이 돼버린 선한 사마리아인"이다. 하지만 그의 내면에는 또 하나의 그가 존재한다. 그것은 다름 아닌 "북극인 김철"이다. 다시 묻건대, "북극인 김철"이라니? 그는 "얼음이 다 녹아버려 바다에 떠 있다가 지쳐 가라앉으며 익사하는 북극곰"(16)과 같은 존재이자 "초봄 동물원의 따뜻한 햇살 안에서 미쳐버린 북극곰"(22)과 같은 존재라는 점에서, "천국처럼 하얀 북극"을 그리워하는 "북극인"이다. 어찌 보면, 북극의 얼음이 녹아 가라앉을 수밖에 없는 북극곰이나 북극에서 강제로 끌려나와 미칠 수밖에 없는 북극곰과도 같은 존재가 김철인 것이다. 다시 말해, 사람들을 살해하고 자신마저 죽이고자 하는 이른바 '죽음 충동' 또는 '파괴 본능'에 지배당하게 된 인간이기에 앞서 그 반대편에 놓이는 그 무엇—즉, 삶을 향한 의지와 희망—을 타의에 의해 빼앗기고 잃어버린 존재다. 그런 그이기는 하나, 그는 여전히 딸을 그리워하고 사랑한다. 심지어 그는 북극곰뿐만 아니라 배가 고파 "인간의 골목"으로 내려와 "인간의 마당과 주방"을 뒤지다가 죽임을 당한 멧돼지를 "혈육"처럼 느낀다. 그런 그이기에, 자살하러 갔다가 인간에게 버림받고 자살을 하려는 누군가를 얼떨결에 구조하는 일은 그에게 본능적이고 자연스러운 것일 수 있다. 하지만 그런 그를 이해할 수 있는 사람은 흔치 않다. 혹시 "자기도 모르는 사이 오재도 형사는 김철에게 연민이 생겼다"(19)면, 모르긴 해도 작중화자를 빼면 그를 이해할 수 있는 몇 안 되는 사람 가운데 하나가 오재도 아닐지?

하기야 어찌 인간이 천사의 속성을 완전히 결여한 괴물이나 악마일 수 있겠는가. 또한 '삶 충동'을 결여한 채 '죽음 충동'에만 이끌리는 인간이 어디 있을 수 있겠는가. 어찌 보면, 천사와 악마, '삶 충동'과 '죽음 충동'은 본래 인간의 내부에 '하나'로 존재하는 그 무엇이 아닐지? 다만 그 모습을 드러낼 때 너무나 다르기에 다른 각도에서 바라보고 다른 시각에서 이해해야 하는 것처럼 보이는 것은 아닐지? 작가가 「그들은 저 북극부엉이에게 아무것도 해 준 것이 없다」에서 말하듯, 그것은 물과 얼음 사이의 관계와 같은 것일 수도 있으리라.

> 물과 얼음은 본래 동일한 존재이지만, 다른 상황 속에서 상태가 다르기에 다른 존재로서 존재한다. 물을 얼음으로 냉각시키거나 얼음을 물로 녹이기 전에 물과 얼음에게 똑같은 질문을 던져서는 안 된다는 것이다. 물은 얼음이 되기 전에는 자신이 얼음이 될 수 있다는 사실을 인지하지 못하고 얼음은 물로 되돌아간들 얼음이었다는 전생을 기억하지 못한다. 물에게는 물에 대한 질문을, 얼음에게는 얼음에 대한 질문을 던져야 한다. 물은 물이고 얼음은 얼음인 것. 삶과 죽음이 엄연히 서로에게 그러하듯. (188)

문제는 "물에게는 물에 대한 질문을, 얼음에게는 얼음에 대한 질문을 던져야 한다"는 작중화자—즉, 작가와 동일시될 수도 있지만 작가와는 별개의 입장과 생각을 지닌 '암시적 작가'(implied author)—가 펼쳐 보이는 주장은 일종의 반어(反語, irony)일 수 있다는 데 있다. 사람들이 김철에게서 '김철'만을 볼 뿐 '북극인 김철'을 보지 못하는 것은 이 같은 주장에 얽매어 있기 때문 아닐까. 어찌 보면, 「북극인 김철」에서 '북극인 김철'

을 향한 작중화자의 시선은 「그들은 저 북극부엉이에게 아무것도 해 준 것이 없다」의 작중화자와 달리 "물과 얼음에게 똑같은 질문을 던져서는 안 된다"라는 명제를 스스로 거부하고 있는 것으로 판단된다. 하기야 "물과 얼음에게 똑같은 질문을 던져서는 안 된다"는 이른바 '상식적인 논리'에 이의를 제기하는 것이 곧 문학이 아닐까.

아무튼, 「북극인 김철」의 이야기는 김철이 바다에 뛰어드는 것으로 마무리된다. 바다에 뛰어든 "북극인 김철"은 "물안개가 피어오르는 저쪽에서" 다가오는 "북극곰"과 마주한다. 그것도 "배가 고파 사람들 마을에서 쓰레기통을 뒤지다가 전기에 감전"되어 "손목부터" 잘려 나간 "북극곰"과. 그처럼 훼손된 "북극인"과 만나 인사를 나눈 "북극인 김철"은 "바지 호주머니를 뒤적여 물 밖으로" "투명하고 작은 유리병"을 꺼내 뚜껑을 연다. 이윽고 "하얀 민들레 꽃씨들이 자우룩이 솟아올라 환하게 피어나더니 비가 부슬부슬 내리는 바다 위를 날아다니기 시작"한다. 작가의 시적인 정경 묘사는 여기서 그치지 않는다. "북극인 김철은 바닷속으로 들어"가, "어둠에 몸과 영혼을 맡긴 채 천천히 눈을 감[는]다"(이상 30-32). 이렇게 해서 "북극인 김철"은 세상과 "완전한 이별"을 한다. 이 같은 시적인 묘사로 인해 작가 이응준이 펼쳐 보이는 "북극인 김철"의 이야기는 단순히 "부조리한 세상"의 "뻔한 스토리"로 읽히지 않는다. 좌절한 어느 한 인간의 고통과 분노에 대한 깊고 따뜻한 이해와 연민과 애정의 마음, 그것이야말로 「북극인 김철」을 통해 작가가 우리에게 가 읽을 수 있는 작가의 마음이리라.

김철의 자살은 좌절과 상처와 분노로 인해 "선한 사마리아인"에서 "괴물"이 될 수밖에 없었던 한 인간 내부의 '죽음 충동'에 기인한 것이라고 볼 수 있다. 하기야 수많은 경우 자살에는 이처럼 외적 요인이 있게 마련이다. 하지만 「소년은 어떻게 미로가 되는가」의 작중화자 이은파의 "피 한

방울 섞이지 않은 외삼촌" 문장규의 자살에는 뚜렷한 외적 요인이 따로 있었던 것처럼 보이지 않는다. 이은파로서도 문장규가 "자살한 까닭은커녕 그의 자살 자체를 순순히 받아들일 수가 없"을 정도다. "화창한 늦봄 정오 무렵"에 "하얀 수건들만을 따로 모아서 건조대에 널"고 있던 "마흔 살"의 문장규가 "자신의 고급 고층 아파트 25층 베란다"에서 "훌쩍 뛰어내"린 것이었다. 왜 그런 것일까. 이은파에 따르면, "그는 단 한 방울의 술도 마신 상태가 아니었으며 마약을 비롯한 그 어떤 향정신성 물질의 흔적도 부검 소견에 기재되지 않았다." 아울러, "공적·사적 생활과 병원 진료기록, 정치 성향과 재정 상태 등에서 그의 이성과 감정과 육체 중 그 어느 것 하나라도 요동치게 만들 만한 요인 따윈 일절 발견할 수 없었노라고 사후 수사는 결론 내려졌다"(이상 36-39). 게다가, 그는 "유능한 변호사"에다가 "대단한 미인"을 "정해진 애인"으로 두고 있었다.

그런 그가 왜 갑작스럽게 자살을 택한 것일까. 이은파의 말을 빌리자면, "그의 자살은 순도가 매우 높은 미스터리"(39)가 아닐 수 없다. 바로 이 미스터리와 마주하여 우리는 프로이트가 말한 "사물의 원래 상태로 복원하려는 유기체 내부의 충동"을 들먹일 수 있으리라. 그렇다면, 유기체에서 무기체로 돌아가려는 자멸적 본능을 운위하는 것으로 만족해야 할까. 과연 이처럼 너무도 추상적이고 포괄적인 일반화—즉, '지당한 말씀'이긴 하지만, 구체적으로 아무런 설명력도 갖지 못하는 개념적 일반화—에 만족해야 할 것인가. 만족하지 않겠다고 해도, 어찌 그 이상의 해명이 가능하겠는가. 심지어 당사자인 이은파 자신도 "갈고리 모양의 의문부호"나 다름없는 "절대자" 또는 "신이라는 수수께끼"를 들먹일 정도(36-37)로 답답해하는 마당에.

의문에 대한 해답은 전혀 엉뚱한 데서 찾을 수도 있다. 이와 관련하여, 외삼촌의 옛 애인인 박현아와 만난 자리에서 이은파가 떠올리는 외삼촌의 말을 주목하기 바란다. 이은파에 의하면, 인간으로서의 '문장규'가 아닌 작가로서의 '문규'가 그에게 다음과 같이 말한 적이 있다는 것이다. (이은파의 설명에 따르면, "'문규'는 문장규의 작가명이다.")

탐미주의 예술가가 멋진 작품을 만들어내려면 절대적으로 필요한 자부심이라는 게 있다. 때로 그것이 주변을 좀 피곤하게 하거나 괴롭힐지라도 당장은 그야말로 어쩔 수가 없지. 인격을 함양할 시간에 작품을 잘못 만들어내는 것보다는 욕을 처먹을지라도 아름다운 작품을 토해내는 것이 예술가에게는 남는 장사이고 이 세계에도 훨씬 기여하는 일 아니겠어? 욕을 처먹는 장인이나 욕을 해대는 사람들이나 피차 어차피 죽으면 다 썩어 문드러지니까. 욕을 처먹는다고 죽는 것도 아니요 욕을 한다고 죽는 것도 아니다. 그러나 잘못 만든 작품은 이 세계에 두고두고 남아 사기를 치고 수백만 명의 영혼들을 썩어 문드러지게 만들잖아. (50)

"탐미주의 예술가가 멋진 작품을 만들어내려면 절대적으로 필요한 자부심이라는 게 있다"니? 또한 "인격을 함양할 시간에 작품을 잘못 만들어내는 것보다는 욕을 처먹을지라도 아름다운 작품을 토해내는 것이 예술가에게는 남는 장사이고 이 세계에도 훨씬 기여하는 일"이라니? 윤리와 사회 규범에 초연한 것이 예술가의 자부심일 수 있다는 암시가 읽히지 않는가. 그런 자부심을 앞세우는 예술가가 죽어서 다 썩어 문드러지기 전에 완성해야 할 "멋진 작품" 또는 "아름다운 작품"이란 과연 어떤 것일까. 논리의 극단화일지 모르지만, 자살에 의한 죽음은 작가로서의 '문규'와 인간으로서의 '문장규'가 공모(共謀)하여 완성하고자 했던 궁극의 "아름다운 작품" 또는 "멋진 작품"이 아니었을지? 다시 말해, 죽음을 끌어들임으로써 삶을 영원한 것으로 만드는 것이 그에게는 궁극의 예술 행위가 아니었을지? 물론 비유적인 말이기에 축자적(逐字的)인 의미 읽기가 바람직한 것은 아니지만, 그는 "가장 이상적인 예술은 전염병, 페스트"라고 말하지 않았던가. 이렇게 말할 수 있는 "매혹적인 악마 문규"(이상 52-53)라면, 어찌 그런 시도가 가당치 않은 것일 수 있겠는가.

이은파가 전하는 바에 따르면, 문장규는 "마흔 살이었지만 워낙 스타일이 나이스한 미남형이었기 때문에 아무리 많이 봐도 얼추 삼십 대 중반 정도로밖에는 보이질 않았"을 뿐만 아니라 "세련된 시니컬함에 솔직한 유머 감각"을 지닌 "예술가"였다(40-41)고 한다. 여기서 오스카 와이드(Oscar Wilde)가 그린 인물인 도리언 그레이, 영원한 젊음을 갈망했던 도리언 그레이를 떠올린다면, 이는 지나친 연상일까. 아무튼, 젊음이 완숙의 경지에 이르렀을 때 문장규가 스스로 택한 죽음의 길은 그 자체가 "아름다운 작품" 또는 "멋진 작품"의 완성을 위한 것은 아니었을지? 병사(病死)나 자연사(自然死)를 피해, 한창의 시기에 돌연히 죽음에 이르는 것이 그에게 삶에 대한 미학적 완성은 아니었을지?

따지고 보면, 자살을 택한 미시마 유키오(三島由紀夫)나 가와바타 야스나리(川端康成)와 같은 탐미주의 작가들이 존재하는 일본의 문단과 달리, 자살에 대한 탐미주의적인 미화(美化)의 경향은 우리 문단에서 낯선 것이다. 작가 이은파가 외삼촌의 자살 이유를 끝내 이해하지 못하겠다고 거듭 말하는 것은 이 같은 우리 문단의 상황을 암시하는 것일 수도 있지 않을까.

이에 대한 답이 무엇이든, 문장규의 자살은 이렇게 설명할 수도 있겠다. 이은파의 말대로 그와 박현아가 이어가고 있는 것은 문장규 연출의 "부조리극"—즉, "제작자는 비겁하게 숨어 있는 신이고, 어리석은 배우인 그녀와 나를 지도하고 있는 것은 죽어 버린 문장규"(54)인 그런 "부조리극"—일 수도 있거니와, 바로 이 "부조리극"을 완성하기 위해 문장규는 자살을 선택한 것이 아닐지? 그는 "부조리극"을 무대에 올리는 연출자로서의 역할에 충실하고자 했던 것은 아닐지?

하지만 그것이 그가 택할 수 있던 유일한 방법이었을까. 그리고 그것이 옳은 방법이었을까. 그럴 수는 없다고 하자. 그럼에도 여전히 그처럼 "순도가 높은 미스터리"와도 같은 자살이 우리 주변에 아주 없는 것은 아니지 않는가. 여기서 다시 이야기 속으로 돌아가자면, 스스로 죽음을 불러들여 삶을 미학적으로 완성하고자 하는 사람들의 명단에는 "바다 위 호화 유람선 위에서 뛰어[내린]" 이은파의 "무책임한 몽상가"(57)였던 아버지도, "마치 자살하는 것처럼 [모래폭풍] 안으로 저벅저벅 걸어 들어"(83)간 남승건의 아버지도, 심지어 항암 치료를 거부한 채 스스로 죽음의 길을 택한 이은파의 새어머니도 이름을 올려야 하는 것은 아닐지? 이은파의 새어머니가 택한 죽음의 길을 놓고, 어떤 이는 건강이 쇠약해져 추한 모습을 보이고 싶지 않았던 것이 그의 자살 이유 가운데 하나로 언급되는 가와바타 야스나리를 떠올릴 수도 있으리라.

아무튼, 문장규의 자살이 삶에 대한 미학적 완성이든 뭐든, 어찌 그에 대한 원망이나 비난이 없을 수 있으랴. "욕을 처먹는" 것은 지극히 당연한 일일 수밖에 없다. 오랜 세월 후 이은파와 만난 자리에서 문장규의 옛 애인 박현아가 "혼자서 홀린 듯 늘어놓[는]" 말에서 확인할 수 있듯. "분명히 나를 사랑하고 있었는데, 분명히. 그런데 어떻게 그럴 수가…… 절대 용서할 수 없어"(55). 문제는 박현아의 원망이나 비난이 '사랑'에서 비롯된 것이라는 데 있다. 어찌 보면, 문장규 연출의 "부조리극"의 부조리함을 더욱 도드라지게 하는 것이 바로 이 사랑이다. 사랑했음에도 불구하고 그처럼 버려두고 떠나다니? 이는 박현아의 원망과 비난일 뿐만 아니라 이은파의 것이기도 한데, "문장규, 피 한 방울 섞이지 않은 나의 외삼촌이자 나의 연인"(63)이라는 그의 고백이 전하듯 그도 문장규를 사랑했던 사람이기 때문이다.

이은파는 "어려서부터 내가 문장규처럼 변해갈까 봐 내심 두려워했던 것 같다"고 말하기도 하는데, '상대처럼 변해가는 것'은 곧 상대를 사랑한다는 증거—그것도 거의 맹목적으로 사랑한다는 증거—일 것이다. 그가 이제 문장규가 자살할 때의 나이에 이른 지금—즉, "그가 죽어 버린 지 10년이 넘어가는 지금"—까지도 "그런 공포에서 벗어나지 못하고 있는지도 모른다"(42)는 것은 아직도 그를 사랑하고 그리워함에 따른 습관과 상처 때문이 아닐까. 마치 그처럼 세월이 흐른 후에도 박현아가 "문장규가 술에 취하면 거의 어김없이 흥얼거리곤 하던" 노래를 읊조리는 것은 "일부러 하는 행동이 아니라 그녀의 뼈아픈 습관, 그리움의 상처"(51)이듯. 이처럼 여전히 상처에서 벗어나지 못할 만큼 이은파도 문장규를 사랑했다. 또한 문장규 역시 상대를 사랑했다는 확신은 박현아의 것일 뿐만 아니라 이은파의 것이기도 하다. "은파는 확신하고 있었다. 문규가 사랑했던 여인은 박현아였는지 모르겠으나, 문장규와 문규가 함께 사랑했던 사람은 바로 자신이었다는 것을." 이은파의 내면 진술은 이렇게 이어진다. "정말 연인에게서 용서할 수 없는 배신을 당한 것은 그녀가 아니라 거대한 짐승의 발자국 화석 위에 덩그러니 누워 함박눈으로 강림하는 신을 맞이하던 그 소년의 영혼이었다는 것을"(66).

요컨대, 배신을 당한 사람은 박현아뿐만 아니라 이은파이기도 하다. "늘 외로운 소년"이었던 이은파, "가족이 살고 있던 지방 도시에 있는 어느 조그만 산 중턱의 평지에서" 발견한 "거대한 짐승의 발자국 화석"(55) 위에 드러누워 외로움을 달래던 이은파 역시 배신의 상처에서 벗어나지 못하고 있다. 사실 「소년은 어떻게 미로가 되는가」는 사랑하는 누군가의 자살에 관한 이야기일 뿐만 아니라, 오랜 세월 후에도 그것이 가져다 준 상처에서 벗어나지 못하는 사람—프로이트 식으로 말하자면, '상흔'으로 남아 있거나 슬프고 괴로운 일 안에 자신을 가두는 사람—의 이야기이기도 하다. 하지만 그것이 전부는 아니다. 이 작품은 상처 또는 상흔에서 벗어나기 위해 몸부림치는 사람에 관한 이야기이기도 하다. 아니, 상처 또는 상흔에서 벗어나야 한다는 당위의 이야기를 담고 있는 것이 「소년은 어떻게 미로가 되는가」이기도 하다. 작품의 마지막에 이르러 작가는 이은파가 그와 같은 상흔 또는 상처에서 벗어나고 있음을 암시하고 있는데, 다소 길지만 다음을 인용하지 않을 수 없다.

> 은파는 꿈을 꾸었다. [중략] [꿈속의] 소년은 아무 소리도 없이 눈물을 흘리고 있었지만, 그것은 앞으로의 인생이 두려워서가 아니었다. 보이지 않는 어떤 따뜻한 손길 하나가 소년의 머리를 쓰다듬는 것을 느끼고 있기 때문이었다. 소년은 과거형 안에 갇힐 수는 없었다. 소년은 사랑에 좌절한 인간이라는 서글픈 괴물이 되기도 싫었다. 소년은 도저히 알 수 없는 질문들 때문에 오히려 빛나는 자신의 인생을, 사랑보다 위대한 그 질문들을 악령으로 만들어버릴 수는 없었다. 소년은 자신의 미로 안에 누워 있었으나, 고개를 왼편으로 돌리니 저기 멀리 사막의 아침 위에서 붉은 꽃 한 송이가 고요한 바람에 조금씩 흔들리는 것이 죽을 만큼 슬프지만 너무 아름다웠다. 비로소 소년은 거대한 짐승의 발자국 화석 밖으로 벗어나 세상이라는 미로 속으로, 자신의 어두운 가슴 밖으로 걸어 나가기 시작했다. (67-69)

지극히 시적인 문체의 서술로 이루어진 이은파의 꿈 이야기는 따로 설명을 요구하지 않을 정도로 그 의미가 자명하다. 하지만 「소년은 어떻게 미로가 되는가」에서 되풀이 언급되는 "거대한 짐승의 발자국 화석"이 의미하는 바는 짚고 넘어가야 할 것이다. 범박하게 말해, 이는 움푹 파인 공간이라는 점에서 '나만의 은신처'를 의미할 수 있다. 아니, 어머니의 품과 같은 곳, "육친의 어머니"에게서 "버림을 받은" 이은파로서는 되돌아갈 수 없는 어머니의 품을 대신할 수 있는 그런 곳을 암시할 수 있다. 하기야 어린아이들뿐만 아니라 어른들도 슬프거나 괴로울 때 숨어드는 '자기만의 공간'이 있지 않은가. 아무튼, "거대한 짐승의 발자국 화석"이라는 특정한 이미지는 좀 더 구체적인 의미 확인을 요구하거니와, 무엇보다 여기서 우리는 공룡과 같은 동물을 떠올릴 수 있다. 즉, 한 아이가 들어가 누울 정도로 커다란 공룡이 남긴 발자국이 화석이 되어 남아 있다고 가정하자. 그런 발자국 화석이 의미하는 바는 무엇일까.

이 지점에서 우리는 프로이트의 심리학과 관련하여 앞서 논의한 바를 다시 떠올릴 수 있는데, 화석이란 유기물이 무기화되었음을 의미하는 것이다. 무기화된 유기물의 흔적이라는 점에서, 이는 곧 유기체가 원래의 상태인 무기물의 상태로 환원된 것이 아닌가. 그곳을 이은파가 되풀이해서 찾거나 마음속에 떠올리는 것을 우리는 프로이트가 말한 '죽음 충동'과 연결할 수도 있으리라. 다시 말해, 의식하든 의식하지 못하든 이은파는 이 같은 프로이트적 충동에 이끌린 것은 아닐지? (『소년을 위한 사랑의 해석』에서 한승영은 마닐라에서 "창녀"와 함께 찾은 "마리화나 연기로 자욱"한 호텔 객실에서 "거대한 짐승의 발자국 화석" 위에 누워 있다는 착각에 빠져드는데, 여기에도 동일한 설명이 가능할 것이다.) 요컨대, "거대한 짐승의 발자국 화석" 위로 올라감은 곧 '죽음 충동'에 자신을 내맡기는 것으로 이해할 수도 있다. 만일 이 같은 의미 읽기가 가능하다면, 소년이 "거대한 짐승의 발자국 화석 밖으로 벗어나 세상이라는 미로 속으로, 자신의 어두운 가슴 밖으로 걸어나가기 시작했다"(69)는 시적 서술은 이은파를 오랜 세월 유혹하던 '죽음 충동'으로부터 그가 이제 벗어나게 되었음을 의미하는 것일 수도 있으리라. 이응준의 연작소설 『소년을 위한 사랑의 해석』의 전체적인 분위기는 어둡고 우울하지만, 작가가 이 연작소설을 통해 우리에게 전하고자 하는 바는 그것이 전부가 아니라는 우리의 판단은 무엇보다 이에 근거한 것이다.

「소년을 위한 사랑의 해석」에는 앞서 언급했듯 태풍으로 인해 여행지에서 발이 묶인 두 사람이 등장한다. 한 사람은 자신을 "일개 번역쟁이"로 지칭하는 동시에 "십여 년간 봉직하고 있던 불문학과 전임교수 자리를 사직하고는 홀로 여행을 떠"(134)난 한승영이며, 다른 한 사람은 "참신한 스타 국회의원"이었지만 "어느 날 갑자기" "총선 공천을 스스로 반납하고 정계에서 사라져"(130) 버린 이른바 "전직 의원님"인 "오십 대 초반"의 조근상이다. 작품의 주된 내용은 이 두 사람이 주고받는 대화 및 나이가 어린 쪽으로 판단되는 한승영이 이어가는 내면의 생각, 그리고 주어진 상황에 대한 두 사람의 반응으로 이루어져 있다.

이 작품에서 먼저 우리가 주목하고자 하는 것은 한승영이 "완벽한 적막과 어둠에 갇혀버렸으면" 하는 심리 상태—즉, "자살 심리와는 또 다른 자학의 경지"(118)—에 내몰려 있다는 점이다. 그런 심리 상태가 그를 이번 여행으로 이끌었는지도 모른다. 하지만 그가 무엇 때문에 "자살 심리와는 또 다른 자학의 경지"에서 벗어나지 못하는 것일까. 작품에는 이 물음에 대한 구체적인 답이 없다. 다만 한승영은 "자신이 사랑에 대한 능력을 아예 잃어버렸음을 서서히 깨달아갔다"고 밝히고 있거니와, "고통 말고는 다른 것일 수 없는 [이 같은] 과정"(134-35)에 대한 그의 고백에 비춰 우리는 그 정황을 추정할 수 있을 뿐이다. 한편, 한승영의 입장에서 볼 때, 조근상은 "왜 저토록 냉소와 자기모멸의 노예가 돼 필리핀의 외딴섬에 틀어박혀 있는지 도무지 납득이 가질 않"(130)는 인물이다. 그는 또한 "감색 플라스틱 약병"에 담긴 "파라티온"을 소지하고 있는데, 앞서 잠깐 언급했듯 한승영에게 "유치찬란한 자살 쇼라도 벌이려는 것인가"(127)라는 의문을 갖게 하는 인물이기도 하다. 한승영 자신도 "망가진 인생"으로 인해 괴로워하고 있는 마당에, 조근상과 같은 "어처구니없는 인간"과의 만남이 어찌 편한 것일 수 있겠는가. 그와의 만남은 한승영에게 "찌질하고 성가신

악연"(127)일 뿐이다.

둘 사이의 관계에 전기(轉機)가 찾아오는 것은 어느 날 밤 한승영이 잠에서 깨어나 보니 조근상이 약병과 함께 사라진 다음이다. 한승영은 "우비를 쓴 채 손전등을 들고서 호텔 밖으로" 그를 찾아 나섰다가, "비에 흠뻑 젖"은 채 "자신의 얼굴에 손전등 불빛이 머물거나 말거나 바다만을 바라보고"(141) 있는 그와 만난다. 조소와 야유와 비난을 퍼붓는 한승영에게 조근상은 예기치 않게 자신의 비밀을 토로한다. 그는 자신의 국회의원 자리를 노리는 친구로부터 "동성애자라는 사실을 교묘한 방법으로 폭로하겠다"는 협박을 받은 적이 있다. "형제보다 더 가깝다고 믿었던 벗으로부터 자신의 정체성을 약점 잡혀 배신당한" 것이었다. 엎친 데 덮친 격으로, "이러한 위기 속에서 떳떳하게 맞서 싸우지 못하고 대중 몰래 방황을 일삼는 자신에게 절망하여 사랑하는 사람이 떠나버렸다"는 것이다. 한승영은 조근상의 고백을 접하고는 "몇 글자만 떼어내면 그것은 다름 아닌 자신의 고백이어야 함"에 "가슴 한구석이 서늘해"진다(이상 143-44). 이어지는 두 사람의 대화에서 한승영의 대꾸는 조근상을 향한 것일 뿐만 아니라 자기 자신을 향한 것이기도 하리라.

> "나 말이야, 너무 멀리 온 거 아닐까?"
> "……돌아가면 됩니다. 다시 시작하면 됩니다."
> 태풍이 있으니 별이 보일 리 없었다. 그러나 한 남자가 한
> 남자에게 비밀을 이야기했다.
> "의원님, 돌아갑시다."
> "……"
> "돌아갈 수 있습니다." (144)

이렇게 말하며 한승영은 "조근상의 어깨에 손을 얹[는]다." "눈송이가 닿으면 녹아버리는 낙담한 인간의 어깨에" 손을 얹자, "젖어 있"는 눈으로 조근상이 한승영을 쳐다본다. 그런 그의 모습에서 한승영은 "소년, 두 주먹을 단단히 쥐고 그렁그렁 눈물이 맺혀 지붕 위에 피뢰침처럼 서 있는 한 소년"(144)을 본다. 이는 이야기의 시작 부분뿐만 아니라 중간에서 한 승영이 떠올리는 환영(幻影)으로, 한승영 자신의 모습인 동시에 그가 바다 한가운데 "둥둥 떠 있"을 때 건져 올린 "한 송이 흰 민들레꽃"—한승영의 묘사에 따르면, "뭔가 너무나 작고 애잔한 것"(115-116)—의 모습이기도 하다. "한 송이 흰 민들레꽃"이라니? 「북극인 김철」에서 "북극인 김철"이 바다에 흩뿌린 "하얀 민들레 꽃씨"가 꽃으로 피어난 것일까. 환상의 세계에서나 가능할 법한 그런 식의 상상은 접기로 하자. 다만 "북극인 김철"의 "민들레 꽃씨"나 한승영의 "민들레꽃"은 사랑과 삶의 의지를 지시하는 그무엇일 수 있으리라는 추정만을 덧붙이기로 하자. 하지만 그렇게 소박한 추정만으로 끝낼 수는 없다. 이는 사랑과 삶의 의지를 암시하되, 아직 제자리를 찾지 못한 채 바다와 같은 막막한 공간을 표류하는 사랑과 삶의 의지가 아닐지? 이러한 해석과 함께할 때, "두 주먹을 단단히 쥐고 그렁그렁 눈물이 맺혀 지붕 위에 피뢰침처럼 서 있는 한 소년"의 모습은 자연스럽게 바다 위를 떠도는 "민들레 꽃씨" 또는 "민들레꽃"과 '하나'로 모아질 수도 있으리라. 그리고 한승영이 조근상의 모습에서 그런 소년을 보았다고 함은 비록 표류 중이긴 하나 사랑과 삶의 의지가 아직 죽지 않았음을 보았다는 것으로 읽을 수도 있으리라.

바닷가에서 돌아오는 길에 두 사람은 마을 소년들과 "윗옷을 벗은" 채 "내리는 비를 그대로 맞으면서 삼십 분 남짓 격렬한 농구를 끝마"친다. 그리고 "한승영과 조근상은 파뿌리가 되어 콘크리트 바닥에 대자로 누워버렸고, 소년들은 뭐가 그렇게들 우스운지 한참을 깔깔거[린]다." 곧이어,

두 사람도 "대체 뭐가 그렇게들 우스운지 한참을 깔깔거[린]다"(이상 145). 우리는 여기서 이제 이 두 사람이 삶과 사랑을 다시 시작하고 삶과 사랑으로 다시 돌아갈 수 있게 되었다는 암시를 읽을 수도 있으리라.

마치 한승영과 조근상의 마음에서 태풍이 걷히듯, "그토록 휘몰아치며 영원히 떠나지 않을 것만 같던 태풍이 애초에 없었던 듯" 걷힌다. 잠자리에서 깨어난 한승영은 조근상이 그의 "가장 어두웠던 과거의 요점을 새로운 친구에게 우정의 징표로 맡기고 혼자 떠난"(147-48) 것을 확인한다. 곧이어 "우정의 징표"인 약병 속 파라티온을 좌변기 속에 버리고 한승영도 섬을 떠날 채비를 하는데, 그런 그의 생각을 전하는 작가는 서술은 밝고 환하다.

> "이별은 사랑보다 영적으로 훨씬 충만한 상태이다. [중략] 이별이 아무리 지독한 괴로움이라고 하더라도 사랑이 이별을 왜곡하고 모함할 수는 없다. 사랑이 때로는 감옥이 되듯 이별이 늘 아픔의 가치만을 가지고 있는 것은 아니다. 이별은 사람을 진정으로 사랑하게 한다"라고 했던 그 사랑의 말. 소년, 두 주먹을 단단히 쥐고 그렁그렁 눈물이 맺혀 지붕 위에 피뢰침처럼 서 있는 한 소년, 그런 익숙한 환영 따윈 이제 승영의 상대가 못 되었다. 그리고 곧 그 소년은 태풍이 사라진 그 길을 따라, 그 섬에서 떠날 거였다. 소년은 더 이상 소년이 아니었다. 살아 있다면 당연히 시체가 아니다. 삶이란 죽음이 꾸고 있는 꿈이 아니다. 우리는 각자 처음부터 끝까지 혼자이지만 고독은 대자유의 또 다른 이름이다. (149)

우리가 짧은 글 안에 이처럼 여전히 한 번 더 긴 인용에 기대고자 함은 '자살에 대한 다면적인 관찰 보고서'와도 같은 이응준의『소년을 위한 사랑의 해석』이 결코 자살에 관한 우울한 이야기 모음집이 아님을 힘주어 밝히고 싶기 때문이다. 어찌 보면, 자살 충동에 이끌리는 사람들에 대한 깊고 애정 어린 관찰과 이해의 이야기이기도 하지만, 그 충동에서 벗어나는 사람들에 대한 여전히 깊고 애정 어린 관찰과 이해의 이야기라는 점에서 이응준의 연작소설『소년을 위한 사랑의 해석』이 갖는 의미를 찾아야 할 것이다.

3. 작품 밖으로 나가며

이응준의 연작소설『소년을 위한 사랑의 해석』의 원고와 처음 만날 때부터 내 마음에 떠올라 계속 자리를 지키던 두 편의 시가 있다. 하나는 조병화의 「철학교수 강 박사의 죽음」으로, "철학교수 강 박사"가 시인에게 말을 건네는 형식으로 된 이 시에서 강 박사는 퇴직 후 퇴직금을 일시불로 받아 쓸 만큼 쓰고 나서 목선 한 척, 장작 한 더미, 기름 한 통, 술 한 병을 사겠다고 말한다. 이어지는 강 박사의 계획은 다음과 같다.

> 이렇게 해서/ 어느 날 나의 철학으로 견디던 끝날/ 썰물에 배를 밀고 바다 한가운데로/ 술을 마시며 나갈 겁니다// 그리고 술에 취해서 정신이 몽롱할 때/ 기름 뿌린 장작더미에 불을 지를 겁니다.// 그리고 배와 더불어 하늘로 하늘로/ 활 활 불이 되어 날아오를 겁니다.[4]

자신의 "철학"으로 견딜 만큼 견디다가 더 이상 버틸 수 없을 때, 바다로 나가 그 한가운데서 자신을 불태움으로써 스스로 삶을 마감하겠다니? 만물의 근원인 바다로 나가 원상(原狀)으로 되돌아가겠다는 메시지가 또렷이 읽히지 않은가. 사실 이 시의 시적 화자인 철학교수 강 박사는 극작가이자 시인으로 활동하기도 했던 강월도(姜月道)라는 이름의 실존 인물

---

4) 조병화, 「철학교수 강 박사의 죽음」 제2-4연, 『조병화 시 전집 6』(국학자료원, 2013), 644쪽.

이다. 추측건대, 강 박사가 이 시에 등장하는 극적인 죽음의 시나리오를 들먹였을 때, 시인을 포함하여 누구도 그가 공연한 호기를 부리는 것이라고 믿었을 것이다. 그런데 그런 그가 2002년 부산에서 제주로 향하는 여객선에서 바다로 뛰어들어 66세의 나이로 생을 마감했다. 비록 시에 담긴 극적인 죽음의 시나리오를 그대로 실행에 옮기지는 않았지만, 그는 바다 한가운데서 자신의 생을 마감한 것이다. 마치 이응준의 『소년을 위한 사랑의 해석』에서 "북극인 김철"과 이은파의 아버지가 그러했듯.

또 한 편의 시는 카리브 해의 섬나라 자메이카의 여성 시인 헤더 로이즈(Heather Royes)의 「테오필러스 존스는 벌거벗은 채 킹 스트리트를 따라 걸어 내려갔다」라는 시다.

> 시월 십팔일 월요일에/ 테오필러스 존스는 벗어 젖혔다./ 아스팔트처럼 새까맣고 넝마 같은 자신의 팬츠를./ 그리고 벌거벗은 채 킹 스트리트를 따라 걸어 내려갔다./ 그날은 공휴일이었지-/ 그래서 다만 몇 사람만이 보았지,/ 의기양양한 그의 활보를,/ 갈색 털이 덮인 그의 억센 몸을,/ 앞에서 털럭거리는 그의 성기를./ 테오필러스 존스는 오래전부터/ 이렇게 하고 싶었다.[5]

그가 "아스팔트처럼 새까맣고 넝마 같은 자신의 팬츠를" 벗어던짐은 인습, 관습, 문명의 옷을 벗어던짐을 암시하는 것이리라. 당연히 그가 알몸으로 거리를 활보하자 "미친놈"이라고 외치며 그를 따라가는 아이들도 있다. 하지만 아이들은 곧 흥미를 잃고 뒤돌아선다. 한편, 바닷가에 있던

---

5) Heather Royes, "Theophilus Jones Walks Naked Down King Street," *Jamaica Woman: An Anthology of Poems*, ed. Pamela Mordecai & Mervyn Morris (London: Heinemann, 1980), 73-74쪽.
On Monday, October 18th,/ Theophilus Jones took off/ his asphalt-black, rag-tag pants/ and walked naked down King Street./ It was a holiday—/ and only a few people saw/ his triumphant march,/ his muscular, bearded-brown body,/ his genitals flapping in front./ Theophilus Jones had wanted/ to do this for a long time. (제1연)

대부분의 사람들은 자기 일에 열중하여 그런 그를 보지도 못한다. 곧이어 테오필러스 존스는 바다로 걸어 들어가 더 이상 걷기가 힘들어지자 헤엄을 쳐 바다 한가운데로 향한다. 이윽고 "헤엄을 멈추고는/ 햇볕을 즐기며 잠시 떠 있다가" "몸에 힘을 빼고는/ 바닷물이 그의 몸을/ 삼키도록 내버려" 둔다. 이는 곧 문명과 문화에서 벗어나 원초적인 근원의 세계로 돌아가려는 사람의 상징적 몸짓이 아닐까. 여기서 우리는 프로이트가 말한 바있는 "사물의 원래 상태로 복원하려는 유기체 내부의 충동"을 다시금 들먹일 수도 있으리라. 아무튼, 시인은 테오필러스 존스가 죽음에 이르는 과정과 그 이후를 다음과 같이 묘사한다.

> 테오필러스 존스의 몸은 가라앉았다./ 천천히./ 굽혀진 그의 다리가 천천히 가라앉고, 천천히/ 그의 머리 위에 얹은 팔이 가라앉고/ 천천히 타래진 그의 머리가 가라앉았다, 천천히./ 마침내 그의 몸은 보이지 않게 되었다./ 오렌지 껍질 몇 개가, 낡은 주석 깡통 하나가,/ 그리고 바닷물에 흠뻑 젖은 담배 상자 하나가/ 그가 침몰한 자리 위를 떠돌고 있었다./ 그러는 동안 바로 그 근처에서/ 느린 해류 위에서 작은 물고기를 찾아 헤매던/ 물총새 한 마리가 몸을 틀어/ 내려앉았다./ 햇빛에 반짝이는 바다 위, 물보라 이는 바다 위로.[6]

여기서 읽을 수 있는 시인의 메시지는 무엇일까. 바다는 그의 죽음에 눈 하나 깜짝이지 않는다. 쓰레기가 떠도는 바다 위에는 여전히 쓰레기가 떠돌고, 바닷새들은 여전히 먹이를 찾아 헤맬 뿐이다. 요컨대, 바다는 말이 없다. 바다뿐만 아니라, 앞서 잠깐 살폈듯 인간 세상도 무심하기는 마

---

6) Theophilus Jones went down / slowly,/ slowly his bent legs, slowly/ his arms above his head,/ slowly his locksed hair,/ slowly./ Until nothing could be seen of him.// Some orange peel, an old tin-can/ and a sea-saturated cigarette box/ floated over his demise,/ while near by,/ a kingfisher—scavenging for sprats/ on a low current— veered down/ and landed,/ in a spray of sunlit water. (제3-4연)

찬가지다. 그것이 인간 세상일까. 되묻건대, 그것이 정녕코 인간사일까.

작가 이응준의 시선에 그것이 인간사의 전부는 아니다. 이 세상에는 누군가가 강물에 뛰어들어 자살을 시도하자 한순간 자신의 의도한 바가 무엇인지를 잊은 채 곧바로 강물로 뛰어들어 그를 구하는 사람도 있고, 자살의 유혹에서 벗어나도록 누군가를 위로하고 보듬어 안는 사람도 있다. 또한 가까운 사람의 자살로 인해 오랜 세월 고통스러워하는 사람도 있지만, 마침내 고통에서 벗어나 새로운 삶을 향해 나아가는 사람도 있다. 그것이 바로 이응준의 시선에 비친 세상이다. 이응준의 연작소설집에 담긴 이 같은 인간 세계와 마주하는 동안, 문득 "강 박사"의 자살 소식을 접하고 시인 조병화가 감당했어야 할 충격이 짚이기도 한다. 다시 말하건대, 시인은 그가 그런 극적인 죽음의 시나리오를 실천에 옮기리라고는 꿈에도 생각지 못했을 것이다. 만에 하나라도 그럴 낌새를 알아차렸다면, 어찌 그런 방식의 죽음에 이르도록 그를 버려두었겠는가. 이응준의 『소년을 위한 사랑의 해석』이 우리에게 소중한 이유는 여기에도 있다. 작가 이응준은 꿈에도 생각지 못한 일이 현실이 될 수 있음을 문학적인 이야기를 통해 우리에게 일깨우고 있는 것이다. 문학이란 무언가에 대한 깨달음을 강요하지 않는 담론이기에, 작가는 우리가 직면해야 할 문제를 스스로 깨닫도록 우리를 이끌고 있는 것이다. 때로 작가의 시적인 묘사가 지나쳐 그 의미가 모호하거나 혼란스러운 경우가 더러 있지만, 그와 같은 모호함과 혼란스러움이 바로 현실 속 우리네 인간의 생각과 느낌이 아니겠는가. 이를 작가 이응준은 '있는 그대로' 드러내어 우리의 공감을 얻고자 한 것은 아닐지?

소설 쓰기와 거짓 이야기 만들기, 그 경계에서

— 권정현의 단편소설 「옴, 바라마타리아 – 종교의 탄생」과 언어의 타락

1. '소설 쓰기'와 언어의 타락

언제부터인가 우리 시대의 정치가들은 상대의 모함을 공격하고 자신의 결백을 주장하고자 할 때 '소설 쓴다'는 표현을 입에 올리기 시작했고, 이로 인해 '소설 쓰기'에는 '거짓말 꾸며대기'라는 경멸의 함의가 담기게 되었다. 사실 영어에도 'tell a story'라는 말은 '이야기하다' 이외에 '거짓말하다'의 의미를 갖거니와, 이야기꾼으로서의 작가란 거짓말쟁이라는 불명예를 감수해야 하는 존재인지도 모른다. 물론 작가란 거짓말을 하되 이로써 남을 모함하거나 궁지에 모는 사람도, 사적 이득을 취하는 사람도 아니다. 그는 거짓말을 꾸며내되 이를 통해 인간의 삶에 대한 진실을 드러내고 새로운 통찰을 이끄는 존재다. 하지만 작가가 타락하면 그는 거짓말쟁이나 사기꾼이 될 수도 있는데, 시류에 영합하여 시대의 에토스를 그릇된 방향으로 이끌거나 거짓되고 편협한 사회 정의와 비뚤어진 윤리 의식을 조장할 수도 있기 때문이다.

물론 그런 작가들도 있겠으나, 정작 소설 쓰기를 욕되게 하는 사람은 공공연하게 소설 쓰기를 천명하는 작가들 자신이 아닐 것이다. 오히려 진

실을 말한다고 떠벌이면서도 작가들보다 더 흐드러지게 '소설을 써 대는' 온갖 부류의 사람들이 이에 포함될 것이다. 어찌 보면, 말이나 글로 밥을 벌어먹고 사는 사람이라면 누구든 혐의를 받을 수도 있겠다. 사실 그들 가운데 어떤 이는 어찌나 번드르르하게 '소설을 써 대는지' 또는 거짓말을 만들어 내는지, 누구라도 속아 넘어가지 않을 재간이 없어 보일 정도다. 그처럼 탁월한 이야기꾼에는 앞서 언급한 몇몇 정치가들뿐만 아니라 정치에 관여하든 관여하지 아니하든 우리 사회의 지도자 역할을 하는 여타의 사람들도 일부 포함된다. 물론 그들이 의도적으로 악의적인 이야기를 만들어 내지는 않을 것이다. 하지만 '소설을 써 댐'으로써 사회를 혼란스럽게 한다는 점에서 보면 감언이설로 남을 속이는 여느 사기꾼이나 협잡꾼과 크게 다를 바 없으리라. 아니, 위치가 위치이니만큼 그들은 더욱 심각하고 광범위한 악영향을 미칠 수도 있다.

하지만 어디 그런 사람들뿐이랴. 어느 때부터인지 몰라도 말이나 글로 사회를 혼탁하게 하는 사람들의 대열이 좀 더 길어지게 되었다. 이른바 자서전을 대필(代筆)하거나 기획과 주문에 따라 전기(傳記)를 생산하는 일이 일종의 직업으로 자리하게 되었기 때문이다. 물론 그런 일에 종사하는 사람들은 문학적 글 쓰기로 밥을 벌어먹고 살기 어렵기 때문에 고육지책으로 마지못해 이를 떠맡아 하는 것이리라. 아무튼, 그들 덕택에 우리는 정치계든, 기업계든, 사회사업계든, 종교계든, 각 분야의 거물급 인사들이 얼마나 올곧고 선한 인간인가를, 심지어 비범하고 영험한 인간인가를 '원하지 않더라도' 알게 되었다. 어쨌거나, 낯간지러울 정도로 누군가를 미화하고 신비화하는 그런 종류의 자서전이나 전기가 넘쳐나는 우리의 현실을 어찌할 것인가.

가히 '언어의 타락'이라는 이름에 걸맞은 그와 같은 현상이 우리 사회를 어지럽히고 있는 것이다. 하지만 우리 사회의 누구도 이를 심각하게 문제 삼지 않는다. 핏대를 가득 올려 상대의 '소설 쓰기'를 비난하던 정치가가 어느 사이에 웃음 띤 얼굴로 비난 대상과 악수를 나눔으로써 '소설 쓰기'에 대한 공방을 아주 쉽게 무화(無化)하듯. 혹시 언어에 민감한 것 같지만 여전히 언어에 둔감한 것이 우리 사회는 아닐지? 미국의 작가 로버트 피어시그(Robert Pirsig)가 소설『선과 모터사이클 관리술』에서 지적했듯, "구약의 '말씀'이 그 자체의 내적 신성성(神聖性)을 갖추고 있는 유대교·기독교 문화에서 우리는 기꺼이 말을 위해 자신을 희생하고 말에 의지하여 삶을 살고 말을 위해 죽고자 하는 인간들과 만날 수" 있지만, 그들과 전혀 다른 문화적 배경을 지니고 있기 때문인지 몰라도 우리는 말의 무게가 갖는 의미에 대해 비교적 덜 심각하게 생각하는 것처럼 보인다. 아니, 언어의 타락이라는 문제에 대해 상당히 너그럽고 관대해 보인다. 어쩌면, 불필요할 정도로 범람하는 외래어에 대한 우리 사회의 지나친 관용도 이와 무관하지 않을 것이다. 아울러, 언어의 타락에 구체적 사례라고 할 수 있는 사기죄나 위증죄 등에 대해 서양 기독교 문화권에 비해 우리 사회가 상당히 너그러운 처벌을 내리는 것도 이 때문이 아닐지?

하지만 언어의 타락이 우리 사회의 정치·경제·문화·교육·종교의 구조와 흐름에 미치는 악영향을 속 편하게 외면할 수 있는 사람은 얼마나 될까. 그런 사람이 적든 많든, 언어의 타락이라는 문제는 우리 사회의 앞날을 위해서라도 우리 모두가 다각적으로 진지하게 검토해야 할 과제일 것이다. 우리가 권정현의 단편소설「옴, 바라마타리아―종교의 탄생」(『한국소설』 2017년 4월호, 『본질과 현상』 2017년 가을호 재수록)을 주목하는 이유는 여기에 있다. 이 작품에서 권정현은 '이야기 만들기'가 어떻게 '소설의 탄생'을 뛰어넘어 "종교의 탄생"까지도 가능케 하는가를, 그리고 그러한 일에 신문기자나 대필 작가와 같은 사람들이 원하든 원하지 아니하든 어떻게 관여하게 되는지를 흥미롭게 추적하고 있다. 물론 이 작품의 의의는 여기에만 있는 것이 아니다. 어찌 보면, 그의 소설은 일부 작가들에 대한 일종의 희화화—그것도 정색을 한 채 천연덕스럽게 펼쳐 보이는 희화화—일 수도 있거니와, 오늘날 작가들의 위상과 의미에 대한 뼈아픈 자기반성을 감출 듯 드러내고 있는 문제작으로 읽히기도 한다. 좁은 지면이긴 하나 간략하게나마 이 소설이 의미하는 바에 대해 우리 나름의 진단을 시도하기로 하자.

2. 예언과 해석 사이, 그리고 '소설 쓰기'

모두 다섯 토막의 이야기로 이루어진 이 소설의 첫째 토막에서 작중 화자인 '나'는 "1977년에 태어나 2012년에 죽은 한 예언자"에 대한 "믿거나 말거나 한" 그런 종류의 "상투적인 탄생 설화"에다가 "예언자의 유년"에 대한 "온갖 추측과 설"이 난무했음을 언급한다(「옴, 바라마타리아」 168-169쪽, 인용은 『본질과 현상』의 재수록본에 따른 것으로, 이하 면수만을 밝히기로 함). 그리고 자신이 그런 이야기들을 정리하여 활자화한 장본인임을 밝힌다. 아무튼, '나'는 예언자에 대한 부정적인 이야기는 채택하지 않았음을, "온갖 추측과 설"에 덧붙여 예언자를 미화하고 신비화하는 이야기를 "임의로 지어"냈음(169)을 고백한다. 아울러, 그와 같은 자신의 작업에 대해 "교단 관계자들은 지금껏 한 번도 토를 달지 않았"음(169)도 덧붙인다. 그 모든 일을 수행한 '나'는 누구인가. 이야기의 진행 과정에 우리는 그가 예언자의 행적과 말을 담은 이른바 "경전"의 "대필 작가"임을 확인하게 된다.

둘째 토막의 이야기에서 '나'는 예언자로 불리는 "지리산 청년"이 '예언자'로 이름을 떨치게 된 경위를 추적한다. 먼저 "우연히 겨울 지리산을 찾게 된" 한 월간지 기자가 산속에서 "명상에 잠긴 젊은 청년"을 만난다. 그

청년이 "기도에 기도를 거듭"한 끝에 "과거와 현재, 미래를 꿰뚫는 천안통"을 얻게 되었다고 말하자, 기자가 "농담 삼아 국운 비전을 청"한다. 그러자 그가 "씩 웃으며 '내년이면 끝난다'고 대답"했다고 한다. 내친김에 기자가 "2년 후에 열릴 한일 월드컵을 화제에 올리자" 이번에는 "손가락 네 개를 펼쳐" 보였다는 것이다. 기자는 이를 각각 IMF 체제 극복과 4강 진출로 해석한다(이상 169-170). 그리고 2년 후에 또 다른 기자가 그에게 "신년 예언"을 청하자, "올해 초반, 하늘과 땅에서 각각 큰 화가 닥치지만 후반부터 좋아져"라는 예언을 내놓았다는 것이다. 이듬해에 북핵 문제가 터지고 지하철 사고가 나자 기자는 "지리산 청년의 예언 이번에도 대 적중"이라는 기사를 올린다. 그런데 기사를 올린 다음 어렵사리 찾아온 기자에게 청년이 "북한은 뭐고 지하철은 뭡니까?"라고 묻는 것이 아닌가(이상 172-173). "지리산 청년"의 이 같은 엉뚱한 물음과 이어지는 "동문서답"이 암시하듯, 앞선 경우에도 그렇겠지만 이번 경우에도 예언 적중은 기자의 '꿈보다 좋은 해몽'과 다름없는 '해석' 덕택이 아닐까. 유명세를 타자 "지리산 청년"에서 "지리산 도령"으로 명칭이 바뀐 후에 그가 내놓은 예언이 적중했다는 온갖 이야기도, 따지고 보면, '꿈보다 좋은 해몽' 식의 말 그대로 '해석'에 따른 것이리라.

　여기서 우리는 두 가지의 문제를 제기할 수 있다. 먼저 예언이란 "지리산 도령"의 예언처럼 두루뭉술할 수밖에 없는 것일까. 사실 예언이란 미래를 짐작하여 말하는 것이기에 막연한 것이 될 수밖에 없는지도 모른다. 그렇다면, 미래에 대한 막연한 말은 모두 예언일까. 어찌 보면, 미래에 대한 막연한 말을 예언으로 '둔갑시키는 것'은 다름 아닌 누군가의 해석일 것이다. 다시 말해, 예언이 예언인 것은 그것을 예언으로 받아들이는 사람이 있기 때문인 것이다. 여기서 또 하나의 문제를 제기할 수 있는데, 사람들이 그처럼 '꿈보다 좋은 해몽'을 통해 무언가 막연한 말을 예언으로 둔갑시키는 데 열을 올리는 이유는 과연 무엇일까. 권정현의 소설에 등장하는 기자들처럼 사람들의 시선을 끄는 기삿거리 또는 이야깃거리에 대한 강박 의식 때문일까. 그럴 수도 있겠지만, 그렇다면 일반인들은? 이와 관련하여, 예측이 어려운 시대와 사회를 살아가는 사람일수록 미래에 대한 불안으로 인해 온갖 예언에 매달린다는 관점을 주목할 수도 있으리라. 즉, 온갖 예언이 난무하는 시대와 사회는 그 시대와 사회가 그만큼 불안함을 반증하는 것일 수 있다. 우리 사회가 '지리산 청년'이든 '지리산 도령'이든 그런 부류의 인간을 예언자로 대접하는 경향을 보이고 있다면, 이는 바로 이런 맥락에서가 아닐지?

　"지리산 청년" 또는 "지리산 도령"에 대한 예언자 대접이 확실해질수록 그에게 몇 가지의 변화가 일어난다. 무엇보다 자신의 예언에 대한 극화(劇化)가 앞서는데, 월드컵 4강 진출과 관련하여 그는 후에 이렇게 말한다. "월드컵 얘기 말인데 그때 담당기자와 농담 삼아 몇 강이나 들지 내기를 했던 것 같아요. 그때 나도 모르게 4강이란 소리가 입 밖으로 나왔고요" (173). 명백히 "손가락 네 개를 펼쳐" 보이는 것과 "나도 모르게 4강이란 소리가 입 밖으로 나"오는 것 사이에는 차이가 있다. 막연한 몸짓을 구체적인 언명으로 바꾼 것은 아닐지? 그로써 예언자로서 자신의 신뢰도를 높이고자 했던 것은 아닐지? (따지고 보면, 그런 종류의 예언에 관한 한 월드컵 승패 여부를 높은 확률로 맞혀 유명해진 파울[Paul]이라는 이름의 문어가 "지리산 도령"보다 한 수 위다.) 아무튼, 유명세를 타자, 그는 "순박한 청년"에서 정확한 발음과 힘에 넘치는 말투의 소유자로, 또한 "전보다 더 날카롭게 올라가서 정말로 신기(神氣)라도 든 것처럼 매서움이 느껴"지는 눈매의 소유자(175)로 바뀐다. 예언자 대접을 받기 위해 그는 자신의 외모나 말투에서 눈매까지 바뀌어야 함을 의식하게 된 것 아닐지? 곧 이어 한층 더 극적인 변화가 일어나는데, 그는 이제 예언에 대한 대가로 돈을 요구하기에 이른다. 세속화된 것이다. 돈을 요구하는 이유 또한 지극히 세속적인데, 여자가 생겼다는 것이다.

세속화에 방점을 찍듯, 곧 이어 "지리산 도령 덕후 모임"이라는 인터넷 카페가 개설되고, 그들의 모임 장소인 "지리산 명상 쉼터"라는 곳까지 문을 연다(177). 이른바 "종교의 탄생"이 임박해진 것이다. 이 같은 상황의 진행 과정에 가장 큰 역할을 한 주체는 물론 언론으로, 그를 신비로운 예언자로 만드는 데 결정적인 역할을 한 사람들이 기자라는 점에서 그러하다.

셋째 토막의 이야기는 "딱히 지리산 도령을 추종한다기보다 예언에 관심이 많은 사람들이 모인 커뮤니티"가 어떻게 변질되었는가와 관련된 것으로, 언론이 "지리산 도령의 신통함을 부각시키는 데 집중"하자, "지리산 도령"은 이에 "장단을 맞추듯 예언 가락을 뽑아" 내기도 하고, 어느 순간 자신이 "신의 대리자"라고 말하기까지 한다. 이와 관련하여, "열혈 추종자들 몇몇에게는 그날의 발언이 마침내 그에게서 신성을 확인하는 시간"이 되었으리라는 것이 작중화자인 '나'의 판단이다. 여기에다가 이른바 "신이한 이적"이라고 할 만한 일들도 계속 이어진다. 하지만 그 내용을 들여다보면 과장된 것이고, "신이한 이적"이란 "지리산 도령의 영험으로 돌리는 [추종자들의] 미덕"에 따른 것일 뿐이다. 하지만 이로 인해 "지리산 도령"은 "자신의 의지와 무관하게 날이 가면 갈수록 신이하고 영적인 존재가 돼" 간다(이상 178-180).

넷째 토막의 이야기는 "예언자가 죽기 직전 해"에 관한 것으로, 이제 그의 예언은 거칠 것이 없어진다. 하지만 이 역시 '나'의 판단에 의하면 대단치 않은 것이다. 즉, "면밀히 따지면 마야의 예언이나 노스트라다무스, 계속해서 생명력을 연장해 온 요한 계시록의 내용을 짜깁기한 것에 불과"한 것일 뿐이다. 그렇거나 말거나 그의 추종자들은 "부지런히 글을 퍼 날"

랐고, 이에 따라 "덩달아 기자들도 바빠"진다(이상 181). 이제 기자들의 역할과 추종자들의 역할이 바뀐 셈이다. 처음에는 기자들이 부지런히 해석에 열을 올리고, 추종자들이 이를 따라가느라고 바쁘지 않았던가. 이제 지리산에 가 있지도 않은 "지리산 도령"이 지리산에서 김정일의 죽음을 예언했다는 식의 근거 없는 낭설—이른바 '소설 쓰기'—이 언론에 등장할 지경에 이른다. 사태가 이 지경에 이르자, "지리산 도령"이 응급실로 실려 갔다가 퇴원한 후에 종적을 감추지만 그럼에도 그의 "주가는 계속 치솟"는다. 그런 정황을 작중화자인 '나'는 다음과 같이 요약한다.

굳이 그가 나서지 않아도 세상사 신통방통한 예언의 흐름은 끝없이 반복 재생산되며 지리산 도령을 닿을 수 없는 신이한 존재로 끌어 올리는 자발적 시스템이 마련되었다. 특별히 예언을 문제 삼는 사람은 없었다. 대중들이 필요로 하는 건 예언의 진위 여부보다 익명의 타인들과 실시간으로 커뮤니케이션할 텍스트들이었다. 그들은 [중략] 누군가 실시간으로 전해 온 이야기를 실시간으로 전하는 정보 운반자의 역할에 더 만족해했다. 빛의 속도로 전송되는 이야기의 원천들을 질료 삼아 사람들은 밥을 먹고 일을 하며 길을 걷거나 잠을 자거나 술을 마셨다. 그리고 조금 덜 고독해 했다. (182)

이제 "종교의 탄생"을 위한 모든 여건이 갖추어진 셈이다. 여기에다가 필요한 것이 있다면 아마도 종교의 교리를 담은 "경전"일 것이다. 바로 이 지점에 "대필 작가"인 '내'가 이야기의 무대에 등장하는데, '나'는 "예언자가 사방에 뿌려 놓은 이야기의 씨앗을 경전이라는 형태로 수습"하는 일을 맡아 하게 된 것이다. 어찌 보면, 기자들의 '소설 쓰기'는 추종자들의 '소설 쓰기'라는 과정을 거쳐 마침내 "대필 작가"—그것도 타칭 "나라에서 열 손가락 안에 드는 대필 작가"(184)—에 의한 '소설 쓰기'의 단계에 이른 것이다. 이렇게 말할 수도 있겠다. 신흥 종교의 탄생을 위해 기자들과 추종자들의 온갖 '소설 쓰기'가 동원된 끝에 마침내 작가까지 한몫 거들게 되었다고.

물론 신흥 종교의 탄생을 부정적으로만 보아서는 안 될 것이다. 작중화자가 말하듯, "신이한 이적을 무기 삼아 어려움에 처한 중생들을 구제한다는 점에서 한 종교의 교주가 맡는 역할은 악당을 무찌르는 슈퍼맨이나 배트맨의 영역과 크게 다르지 않다"(184)는 관점에서 보면, 그러하다. 아울러, "상상 속에서나 존재하는 슈퍼맨과 배트맨, 원더우먼에게 애나 어른이나 미친 듯 열광하는 것처럼" "신자들"이 "교주"의 "활약상"에 열광하고 여기서 "위안"을 얻는다(184)는 관점에서 보면, 그것으로써 종교가 할 일을 나름대로 하는 셈이 될 터이니까. 하지만 이 같은 논리는 일종의 궤변일 수 있는데, 오락적 기능을 지니는 슈퍼맨, 배트맨, 원더우먼을 영적 기능을 지니는 종교적 지도자와 동일시하는 것은 인간의 복잡다단한 정신 활동을 일차원적인 것으로 단순화하는 논리일 수 있다는 점에서 그러하다. 누구도 종교의 교주를 대하듯 슈퍼맨, 배트맨, 원더우먼을 대하지 않을 뿐만 아니라, 이들을 종교적 교주로 받들지도 않는다. 다시 말해, 종교란 슈퍼맨 등을 만화가가 꾸며 내듯 꾸며 낼 수 있는 것도 아니고, 그렇게 해서도 안 된다. 어찌 보면, "순박한 시골 청년"의 엉뚱한 말이나 몸짓을 예언으로 둔갑시키는 것도 언어의 타락을 부추기는 행위이지만, 교주를 미화하고 신비화하는 경전을 '대필'함으로써 종교를 만드는 데 한몫을 하는 것 역시 언어의 타락을 부추기는 행위다. 아니, 종교의 교주를 슈퍼맨 등과 동일시하는 논리 자체가 언어의 타락을 예고하는 것일 수도 있겠다. 비록 이야기를 시작하는 부분에서 자신이 이야기를 "임의로 지어" 냈다고 고백하긴 했지만, 우리는 작중화자인 '내'가 문제의 예언자에 대해 보인 냉정한 이해와 균형감각에 신뢰를 보내지 않을 수 없었다. 하지만 이 같은 궤변으로 자신의 대필 작업을 정당화하는 '나'를 어떻게 여일하게 신뢰할 수 있겠는가. 이제 우리 논의의 초점은 자연스럽게 작중화자인 '나'로 옮겨가지 않을 수 없다.

3. 작중화자와 작가 사이

권정현의 작품 속 작중화자인 '나'는 넷째 토막의 이야기에서 이렇게 말한다. 즉, "경전을 만들고 나면 자연스레 교단이 형성되고, 교단이 형성되면 아무리 신실한 마음으로 출발한 사업이라도 변질되고 썩어 악취가 진동함을 심심찮게 보아온 탓"에 "경전을 만든다는 게 마음에 들지 않았다"고. 하지만 놀랍게도 "돈을 보자 ['내' 안에서 일던] 마음의 갈등이 깔끔하게 정리"되었다는 것이다. 곧 이어 '나'는 "개운치 않은 일거리를 만날 때마다 그랬듯이 스스로를 위로하는 문장을 곱씹"기도 한다. "이건 어차피 일일 뿐이다"라고. 돈에 눈이 멀어 개운치 않지만 경전을 대필하게 되었고, 또한 나름의 자기 위안도 꾀하게 되었다는 것이다(이상 184).

소설의 작중화자인 '나'는 이처럼 돈이 궁하거나 돈에 약한 사람일 뿐만 아니라, 스스로 자신의 원칙을 깨뜨리는 사람이기도 하다. 이와 관련하여 우리는 '내'가 대필을 해도 "정치가의 글은 대필하지 않는다는 것"과 "진실이 결여된 글, 즉 의뢰자의 프로필을 치장하기 위해 있지도 않은 과거를 조작하는 글을 쓰지 않겠다는 것"이 나름의 원칙(183-184)임을 밝히고 있음을 주목할 수 있다. 하지만, 거듭 말하거니와, '나'는 첫째 토막의 이야기에서 밝혔듯 의뢰자를 미화하고 신비화하는 에피소드를 "임의로 지어" 내지 않았던가. 그는 스스로 원칙을 위반한 셈이다. 우리를 더욱 불편케 하는 것이 있다면, '내'가 "지리산 청년" 또는 "지리산 도령"을 예언자로서 신뢰하지 않음을 이야기 곳곳에서 암시하고 있음에도 여전히 "경전"을 대필하는 일을 멈추지 않았다는 점이다. 오히려 '나'는 "신성한 마음으로 경전을 집필해 나갔"음을 밝히기도 하고, "기존 종교에서처럼 세상의 문제를 선과 악의 대결로 파악하지 않고 '끝없는 진보'라는 개념을 도입한 것은 지금 생각해도 괜찮은 선택"이라는 식의 낯간지러운 자평을 덧붙이기도 한다(185). 어디 그뿐이랴. "시간에 쫓겨 급조했지만 그럭저럭 만족할 (만한) 수준"이라는 또 한 번의 낯간지러운 자평에 이어, "제2, 제3의 경전들이 거듭 집필되어 내 부족함이 채워지기를 바라"기도 한다(186). 여기서 암시되는 '나'의 자기합리화 또는 자기도취를 어떻게 이해해야 할 것인가.

다섯째 토막의 이야기는 경전이 만들어진 다음 해인 "2012년 2월" "지리산 도령"이 "자신을 부쩍 따르던 젊은 여성과 모텔에서 밤을 보낸 뒤 아침에 시신으로 발견"된 것으로 시작한다. 이어지는 작중화자인 '나'의 다음과 같은 진술은 사망한 "지리산 도령"을 교주로 하는 "종교의 탄생"이 완성되었음을 암시한다.

남편을 관에 넣어 재로 만들며 [지리산 도령의 아내는] 남편의 유지를 받드는 데 전 생애를 걸겠다고 다짐했다. 그녀의 손에는 이미 잘 정리된 한 권의 경전이 들려 있었으니, 이름하여 『천음경(天音經)』이었다. 명상 쉼터와 카페 회원을 중심으로 모인, 3백 명도 더 되는 추종자들이 일제히 대기실 바닥에 엎드려 『천음경』을 펼쳐 놓고 "옴 바라마타리아"를 외치던 순간을 나는 지금도 짜릿하게 기억한다. 옴 바라마타리아! 옴 바라마타리아! [중략] "모든 일이 속히 이루어지소서"라고 중얼거린다면, 그것이 옴 바라마타리아다. "사업이 잘 풀리게 해 주십시오"라고 생각한다면, 그것 역시 옴 바라마타리아다. "마누라와 헤어지게 해 주십시오"라든지, "로또에 당첨되게 해 주십시오"라는 기도에도 쓸 수 있는 만능 진언이 바로 그것이다. (187)

여기서 감지되는 것도 다름 아닌 새로운 종교에 대한 '나'의 냉소다. 이는 예언자로서의 "지리산 도령"에 대한 냉소가 암시되는 '나'의 앞선 진술

속의 태도와 맥을 같이하는 것이다. 문제는 이처럼 종교가 탄생하는 일을 가능케 한 경전의 대필자인 '나'에게 "교단을 홍보하거나 교단의 일을 기록할 필경사"로 일을 해달라는 제안(187)이 들어왔을 때 '내'가 보인 반응이다. '나'는 괜찮은 조건의 제안임에도 불구하고 이를 거절하는데, 그 이유가 "지리산 도령"에 대한 냉소나 그로 인해 새롭게 만들어진 종교에 대한 불신 때문이 아니다. 이유는 놀랍게도 "대필 과정에서 알게 된 교단의 재정 상태가 너무나 형편없었기 때문"(188)이다. 요컨대, 이번에도 문제가 된 것은 '돈'이다. 다시 말해, '돈'이라는 문제가 없다면, '나'는 새롭게 만들어진 종교가 어떤 것이든 이를 위해 일을 할 수도 있었다는 것 아닌가.

냉소를 멈추지 않으면서도 여전히 "신성한 마음으로 경전을 집필"하고, 나아가 "제2, 제3의 경전들이 거듭 집필"되기 바라는 '나'라는 인간을 어떻게 이해해야 할까. 아울러, 냉소에서 감지되는 시각의 냉정함과 끝까지 돈을 문제 삼는 판단의 왜곡됨에서 감지되는 '나'의 이중성을 어떻게 받아들여야 할까. 이해하기 어려운 이 같은 '나'의 진술과 태도에서 우리는 타락한 우리 시대 작가의 모습을 읽을 수도 있으리라. 어쨌거나, 언어의 타락에 결정적인 역할을 한 장본인은 이른바 "경전"이라는 '소설 쓰기'에 매달렸던 '나'라는 "대필 작가"가 아닐지?

작가 권정현은 자신의 작품 「옴, 바라마타리아—종교의 탄생」을 통해 그와 같은 작가의 모순된 태도와 진술을 아무런 부연 설명 없이 제시하고 있다. 여기서 우리는 소설의 작중화자인 '나'와 작가 권정현 사이의 관계에 대해 생각해 볼 수도 있으리라. 일반 독자라면 누구나 소설 속의 '나'를 작가 권정현 자신으로 이해하고자 하는 유혹을 느낄 수도 있는데, 이 경우 작가 권정현은 '신뢰할 수 없는 작가'로 치부될 수도 있다. 작중화자인 '나'의 이중성으로 인해 작가 권정현을 신뢰할 수 없는 작가로 넘겨짚을 수도 있기 때문이다. 그렇다면, 권정현은 과연 신뢰할 수 없는 작가일까.

바로 이 지점에서 우리는 미국의 비평 이론가 웨인 부스(Wayne Booth)의 '암시적 작가'(implied author)라는 개념을 끌어들이지 않을 수 없거니와, 1인칭 소설 속의 작중화자인 '나'와 작품을 쓴 작가는 분리해서 보아야 한다는 논리가 이 개념의 핵심이다. 말하자면, 소설에 등장하는 신뢰할 수 없는 작중화자는 작가가 만들어 낸 '암시적 작가'일 뿐, 실존하는 현실의 작가 자신이 아니라는 것이다. 이런 관점에서 보면, 권정현의 작품 속 작중화자인 '나'는 신뢰할 수 없는 일부 타락한 작가의 모습을 작품 속에 '있는 그대로' 드러내기 위해, 그리고 돈을 미끼로 하여 궁핍한 작가의 타락을 부추기는 우리 시대와 사회의 현실을 고발하기 위해 작가가 창조한 가상 인물로 이해할 수 있다. 작가 권정현은 그처럼 자기모순을 드러내는 이중적 태도의 "대필 작가"와 그가 처한 현실을 조금도 흔들림이 없이 냉정하게 있는 그대로 작품 속에 그리고 있거니와, 그런 측면에서 볼 때 권정현의 작품은 우리 시대의 일부 작가에 대한 냉정하고 심각한 희화화로 읽히기도 한다. 「옴, 바라마타리아─종교의 탄생」가 언어의 타락에 대한 고발을 뛰어넘어 한 편의 주목할 만한 작품으로서 지니는 의의는 여기서 찾을 수도 있을 것이다.

강물의 푸름과 인간의 슬픔이
함께 하는 곳에서
— 이정의 소설 『압록강 블루』와 분단의 현실

1. 어떻게 읽을 것인가

지난 20세기에 분단국의 운명을 짊어져야 했던 국가가 여럿 있었지만, 그 가운데 유일하게 남한과 북한은 오늘날에도 여전히 분단국으로서의 아픔을 감내하고 있다. 분단 상태의 지속화로 인해 야기되는 문제 가운데 무엇보다 심각한 것은 남북한 사이의 반목과 이에 따른 서로에 대한 이해 결여일 것이다. 이 같은 반목과 이해 결여는 우리에게 언젠가 현실이 되어야 할 통일의 길로 나아가는 데 걸림돌이 될 수 있다. 따라서 갈등 해소를 위한 노력과 함께 이해의 폭을 넓히기 위한 노력이 어떤 형태로든 지속되어야 한다. 문제는 이해를 위한 노력이 남북한의 경제적 격차라든가 정치 · 문화적 차이를 도식화하는 선에서 더 나아가지 않는 경우를 종종 목격할 수밖에 없다는 데 있다. 이 같은 도식화는 결코 바람직한 이해의 길을 약속하지 않는다. 그렇다면, 어찌할 것인가. 무엇보다, 인간 세상 어디에서나 그러하듯 북한에도 다양한 인간이 다양한 삶을 살아가고 있다는 인식, 새삼스러울 것도 놀랄 것도 없는 지극히 평범한 이 같은 인식에 바탕을 둔 상대에 대한 깊이 있고 따뜻한 이해를 시도해야 할 것이다. 문학이 소중한 이유는 여기에 있다. 문학이 소중하다니? 인간과 인간의 삶에 대한 깊이와 온기를 지닌 이해로 우리를 이끄는 인간의 모든 지적 활동 가운데 문학만큼 직접적이고 효과적인 것은 없기에 하는 말이다.

이 같은 이유 때문에 우리는 여느 때와 마찬가지로 분단 상황의 현실과 관련해서도 문학에 눈길을 주지 않을 수 없다. 말하자면, 남북한 분단에 따른 갈등과 이해 결여의 상황과 마주하고 있는 우리에게 문학은 어느 때나 그러하듯 중요한 길잡이 역할을 할 수 있다. 그리고 문학에 눈길을 돌렸을 때 요즈음 특히 눈에 띄는 작가가 있다면, 그는 지난 2010년 문예지 『계간문예』를 통해 늦깎이로 등단한 작가 이정이다. 알려진 바에 의하면, 그는 경향신문 기자로 재직할 당시 우연한 기회에 북한 문제에 관심을 갖게 되었고, 남북한 문화 교류를 위해 북한을 수차례 찾게 되었다고 한다. 또한 북한 사람들과의 만남을 위해 중국을 수백여 차례 다녀왔다고 한다. 아무튼, 그는 등단 이후 북한과 북한 사람들을 소재로 한 작품 창작에 전념하고 있거니와, 그의 작품은 북한 사람들에 대한 도식적이고 상투적인 이해를 거부한다. 즉, 그는 작품을 통해 북한 사람들의 삶과 생활에 대한 구체적이고 섬세한 이해로 우리를 이끈다. 그 과정에 어쩔 수 없이 날카로운 비판을 드러내기도 하지만, 그가 북한 사람들의 향해 던지는 시선에서는 언제나 깊은 이해와 따뜻한 사랑의 마음이 감지된다. 그의 소설 『압록강 블루』(서울셀렉션, 2018년 3월)가 생생하게 증명하듯.

이정의 『압록강 블루』를 읽는 동안 나는 내내 일본의 작가 엔도 슈사쿠(遠藤周作)의 "침묵의 비(碑)"에 새겨진 비명(碑銘)을 떠올렸다. "인간은 이토록 슬픈데, 주여, 바다는 너무도 푸릅니다"(人間がこんなに哀しいのに 主よ 海があまりに碧いのです). 『압록강 블루』에 등장하는 북한의 만화영화 연출가 로일현의 삶에 그늘처럼 드리워진 깊은 슬픔이 내 마음을 저미었기 때문이다. 하지만 엔도 슈사쿠의 비명을 떠올리게 할 만큼 깊은 슬픔이 드

리워진 삶을 사는 이가 어찌 로일현뿐이겠는가. 그럼에도 유독 『압록강 블루』를 읽는 동안 엔도 슈사쿠의 비명이 마음에서 떠나지 않았던 이유는 무엇일까. 무엇보다 소설의 제목에 등장할 뿐만 아니라 소설 속 이야기의 배경으로 자주 언급되는 압록강 때문이리라. 압록강의 이름과 관련해서는 몇 가지 견해가 있지만, 나는 특히 '물빛이 오리[鴨]의 머리 색깔처럼 푸르다[綠]'는 뜻에서 붙여진 이름이라는 시적인 해석에 이끌린다. 애석하게도 나는 아직 압록강을 직접 눈으로 확인할 기회를 갖지 못했다. 하지만 이 같은 해석에 이끌리기에 '푸른 바다'의 이미지를 일깨우는 엔도 슈사쿠의 비명을 떠올렸던 것이리라. 이제 나는 '푸른 바다'를 '푸른 강'으로 바꿔 이렇게 읊조려 본다. '강은 저리도 푸른데, 인간은 이리도 슬픕니다.'

아무튼, 『압록강 블루』의 작가 이정이 북한의 로일현과 같은 사람이 이어가는 경제적으로 어려운 삶의 이야기를 작품 안에 담고 있고 그의 삶에 드리워진 깊은 그늘에 관심을 보이고 있는 것도 사실이지만, 그렇다고 해서 그의 소설을 단순히 북한 사회의 어두운 면을 파헤치고 드러내려는 이념적 의도에서 창작한 작품으로 읽어서는 안 될 것이다. 따지고 보면, 북한에든, 남한에든, 아니, 세상 어디에든, 빈곤은 있게 마련이고, 빈곤이 직접적인 이유든 아니든 슬프고 고통스런 삶을 이어가는 사람들이 있게 마련이다. 다시 말해, 인간 세상 어디에나 그늘이 있게 마련이다. 『압록강 블루』와 같은 소설을 이념적 도식화에 기대어 특정한 어느 한 사회의 현실과 체제를 비판할 목적에서 창작된 작품으로 좁혀 읽어서는 안 될 것이라는 우리의 입장은 이 같은 생각에 따른 것이다. 우리가 작가 이정이 '작가의 말'에서 밝히고 있는 그의 입장에 유념함도 이 때문이다.

사람들은 북한에 대해서 의견을 개진하는 이를 그 의견의 가치나 진위에 관계 없이 좌우로 편을 갈라서 판단하는 경향이 있다. 자신들의 입장과 조금이라도 다를 경우, 북한은 무조건 악이라고 주장하는 이들은 친북세력이 아닐까 하는 사시의 눈길을 보내며 자신들만이 애국자라고 굳게 믿는다. 나쁜 보수가 미국 편만 든다고 주장하거나 약자 편에 서는 것이 정의라고 여기는 이들은 혀를 차며 자신들만이 민족주의자, 통일세력임을 과시한다. 이들 모두 자신이 아닌, 다른 이의 목소리를 대변하는 것은 아닌지 의심이 든다. 어쨌든 결과적으로 또 하나의 견고한 휴전선을 만드는 데 이바지하는 셈이다. (『압록강 블루』 359-60쪽, 이하 책의 면수만을 밝히기로 함)

요컨대, 우리는 북한, 북한 사회, 북한 사람에 관한 글이라면 어떤 종류의 글이든 이를 "[글]의 가치나 진위에 관계없이 좌우로 편을 갈라서 판단하는 경향"을 경계해야 할 것이다. 『압록강 블루』가 북한 사회에 삶을 근거를 두고 살아가는 사람들의 모습과 그들이 처한 북한 사회의 냉혹한 현실을 더할 수 없이 생생하게 드러낸 작품임에는 틀림없지만, 이는 결코 입장에 따라 좌우로 나뉘는 사람들 사이에 벌어지곤 하는 이념적이고 정치적인 논쟁의 근거와 자료가 되어서는 안 될 것이다. 정녕코, 『압록강 블루』는 지리적으로 가깝지만 제대로 볼 수 없고 체제적으로 멀어 제대로 볼 수 없는 북한 사람들의 삶과 고뇌를 예민하고 섬세하게 문학적으로 형상화한 작품이다. 나아가, 이는 애정 어린 시선으로 대상을 응시하면서도 여전히 균형 감각을 잃지 않는 작가의 시선이 감지되는 작품이기도 하다.

이제 나는 남은 지면에서 『압록강 블루』라는 이 소설이 드러내는 바의 의미 가운데 우리가 특히 주목해야 할 것이 무엇인지를 짚어 보고자 한다. 아울러, 글을 마무리하는 자리에서 암시적이긴 하나 그래도 여전히 선명하게 감지되는 소설의 서사 구조적 특성에 대해 잠시나마 살펴보고자 한다.

2. 로일현의 선택이 의미하는 바를 짚어 보며

이정의『압록강 블루』는 남한의 만화영화 감독인 오혜리가 남북 합작 만화영화 제작을 위해 평양을 찾는 것으로 시작된다. 북한의 관계자를 설득하는 일이나 남한에서 제작비를 마련하는 일에 이르기까지 온갖 난관을 거친 끝에, 오혜리는 드디어 중국의 단둥에서 북한의 만화영화 연출가 로일현 및 그와 함께 온 애니메이터들과 작업을 시작한다. 소설의 이야기에서 큰 줄기를 이루는 것은 그와 같은 작업이 진행되는 과정에 일어나는 크고 작은 일들이다. 아무튼, 작업이 진행되는 도중 로일현이 실종되기도 하며, 급기야 그의 친구이자 동서지간인 방기태의 탈북에 연루되었다는 혐의로 납치되듯 북한으로 송환되는 사건이 일어나기도 한다. 곧 혐의에서 벗어나긴 하나, 그는 "M시 시당 책임비서"의 일에 연루되어 2개월 동안 노동단련소에서 강제노동을 당한 뒤에 풀려난다. 다시 M시로 돌아가지만 얼마 후에 그는 딸 은숙이를 데리고 압록강을 건너 "조국을 탈출"(322)한다. 강을 건너는 도중 경비병의 총에 맞아 팔에 부상을 입고 강 한가운데서 딸과 헤어지기도 하지만, 그는 "조선족 리 씨"에 의해 극적으로 구출된다. 그리고 우여곡절 끝에 선양으로 가서 만화영화 제작 작업을 계속하던 오혜리와 해후한다. 팔의 부상에도 불구하고 로일현은 자신의 역할에 온 힘과 열정을 다함으로써 오혜리와 시작했던 작업을 원래 예정했던 시간에 맞춰 성공적으로 끝낸다.

이렇게 내용을 정리해 놓고 보면, 우리가 앞서 말한 '북한 사람들의 삶과 고뇌'에 대한 작가의 문학적 형상화가 어떤 면에서 예민하고 섬세한 것인지가 쉽게 짚이지 않는다. 어찌 이처럼 짤막한 정리로 이야기에 담긴 삶의 숨결과 온기를 되살릴 수 있으랴! 우리가 이야기의 내용을 문제 삼기보다는 이야기를 통해 제시되는 인물에 논의를 집중하고자 함은 이 때문이다.

『압록강 블루』에는 크게 두 부류의 사람이 등장한다. 이를 남북한을 경계로 나누자면, 열린 사회의 남한 사람들과 닫힌 사회의 북한 사람들로 이분화할 수도 있겠다. 하지만 이런 종류의 이분화는 우리가 앞서 경계한 도식화에서 벗어날 수 없고, 따라서 인간과 인간의 삶에 대한 의미 있는 이해에 이르기란 어렵다. 이로 인해, 우리가 새롭게 상정하고자 하는 것이 인간의 성품이나 삶에 대한 기본 태도에 근거한 이분법이다. 다시 말해, "치료해 주다가 공안한테 걸리면" "무사하지 못할" 것(313)을 빤히 알면서도 부상당한 탈북자들을 치료하는 데 정성을 다하는 오혜리의 "대학 동창"이자 "착한 의사"(355)인 형욱이나, "시민을 위해서라면 몸을 사리지 않"기에 로일현이 "존경하던 분"(280)인 북한의 "M시 시당 책임비서"와 같은 인물을 한편에 놓을 수 있으리라. 그리고 온갖 난관에도 불구하고 매사에 성실하고 진지하며 열정적인 오혜리 역시 누구나 호감을 가질 만큼 긍정적인 성품의 인물이다. 한편, 그들과는 다른 부류의 인물들이 있다. 예컨대, "여차하면 회수하도록 부모님과 혜리의 집을 담보로 한 전환사채 형식"을 강요하고 이를 실행에 옮기는데다가 "투자금 수령 때마다 10퍼센트의 리베이트를 대표의 뒷주머니에 찔러 준다는 이면 조건까지 붙"일 정도로 차갑고 이악스런 남한 쪽의 투자사 대표(14), 돈벌이를 위해서라면 "복잡한 관계를 냉정하게 정리하는 뱀눈"(207)의 소유자인 북한의 "밀수꾼 주익"(206)은 앞서 제시한 인물들과는 다른 부류의 인물들이다. 또한 "자기가 가진 권력을 감추어서 과시하는 법을 모"(7-8)를 뿐만 아니라 "아랫사람들은 저를 위해서 존재한다"(253)고 믿는 듯 행동하는데다가 "걸핏하면" "남을 의심하는"(241) 보위원 강성철 역시 누구도 호감을 가질 수 없는 그런 인물이다.

하지만 이 같은 이분법 역시 도식화이기는 마찬가지가 아닌가. 사실 이

상과 같은 도식적인 이분법만으로는 쉽게 포착하기 어려운 인물이 바로
이 글을 시작하며 논의의 초점을 모았던 로일현이다. 명백히 그는 전자의
부류에 속하는 몇몇 사람들처럼 선한 사람이다. 석유 탐사 도중 조난당해
모두가 굶주릴 때 방기태가 "슬그머니" 손에 쥐어 준 "마른 명태 쪼가리"
를 혼자 먹지 않고 "잘게 찢어 대원들에게 한 쪽씩 나눠 주"는 데(48)서 보
듯, 그는 형욱처럼 남에게 베풀 줄 아는 너그러운 사람이다. 동시에, 그의
눈에 "사회주의의 마지막 전사"(196)로 비치는 M시의 시당 책임비서만큼
이나 그는 자신의 역할에 충실하고 책임감이 강한 사람이기도 하다. 그리
고 그는 물론 오혜리처럼 매사에 성실하고 열정적인 사람이기도 하다. 하
지만 로일현에게는 그를 '그답게' 만드는 무언가가 더 있다.

바로 이처럼 그를 '그답게' 만드는 과외의 무언가를 지닌 인물 로일현을
생생하고도 입체적으로 그리고 있다는 점에서, 이정의 소설『압록강 블루』
는 문학적으로 값지고 소중한 작품이 아닐 수 없다. 정녕코, 북한 사람에
대한 이정의 이야기가 도식적이지도 않고 뻔하지도 않은 것이 되도록 하
는 데 결정적인 역할을 한 것은 인간 로일현에 대한 입체적인 묘사와 서술
에 있다고 해도 지나친 말이 아닐 것이다. 이제 이정이 우리에게 제시하는
로일현이라는 인간에 좀 더 깊은 눈길을 주기로 하자.

로일현은 평양의 "지질대학"을 나왔지만 한때 "아동영화 일"에서 "꽤 성
공을 거"둔 사람(40)이다. 하지만 "고난의 행군시기"에 그는 "가진 것이 지
하자원밖에 없다고 해도 지나친 말이 아닌 나라"의 한 사람으로서 "나라
가 살아나야 자신이 살아날 것"이라는 새삼스러운 깨달음(42)에 힘입어,
석유 탐사를 위해 압록강변의 국경도시 M시로 가는 일을 자청한다. 이로
써 그는 이른바 "자추"—즉, 자진해서 추방당한 이—라는 빈정거림의 대
상이 되기도 한다. 아무튼, 석유 탐사가 결국에는 실패로 끝난 뒤에 "부업
지 개간반"에 투입되었을 때, 그는 "육체노동만이 내 열정을 가장 확실한

성과로 보여 줄 수 있"다는 믿음에 입각하여 스스로 "노동자로 [자신의] 신분을 바꿔 달라고 요청"하기도 한다(66). 그 때문에 그는 심지어 "자추가 맹추가 됐"(66)다는 비웃음의 대상이 되기까지 한다. 이 일화가 암시하듯, 그는 진실로 자신에게 엄격한 사람이다. 어찌 보면, 방기태의 힐난처럼 "공화국의 고뇌를 혼자서 다 짊어진 것처럼"(62) 생각하고 행동하는 것처럼 보일 정도로 고지식한 사람이 그이기도 하다.

그런 그이지만, M시에서의 삶은 입에 풀칠하는 일조차 어려울 정도로 어려워진 상태다. 게다가, 견디다 못해 장사 일에 나섰던 아내의 행방마저 묘연해진 상태이기도 하다. 그러니 어찌 슬픔과 절망이 그의 것이 아닐 수 있겠는가. 희망을 걸었던 만화영화 제작 일이 무위로 끝나 M시로 되돌아가야 할 상황에 이르자, 그의 슬픔과 절망은 더욱 깊어만 간다. "돌아가면 다시 대면하게 될 지겨운 가난과 죽도록 애를 써도 되지 않을 일들이 눈앞에서 빙빙 맴돌"(46)기 때문이다. 비록 "제 힘으로 나라를 지키고 일으키자"(62)는 이른바 '주체사상'에 대한 믿음과 "외국을 드나드는 자들이 묻혀 들여온 쉬파리들이 쉬를 슬면 사회주의 둑이 터진다"(72)는 생각이 그의 의식을 지배하고 있지만, 고지식하고 매사에 엄격한 사람인 그조차 어찌 흔들리지 않을 수 있겠는가. 이를 말해 주듯, 중국에 나가 일을 할 수 있을 것이라는 방기태의 말에, 그는 "몸에 이제야 피가 돌기 시작한 것처럼" "심장"이 "쿵쿵" 뛰는 것을 느낀다(73).

하지만 중국의 단둥으로 나와 일을 하는 동안에도 로일현은 여전히 고지식함과 자신에 대한 엄격함, 인간으로서의 성실함을 잃지 않는다. 그의 행동과 말과 모습을 보면, 소설 속의 인물인 "한국 무역업자 이 사장"이 말하듯, 그는 진실로 "남에게는 한없이 관대한 반면, 안 되는 일은 다 자기 탓으로 돌리는 성격"을 지닌 사람, "책임감이 강한" 대신 "갈라파고스 제도에서 독자적으로 진화해 온 거북이처럼 외부세계에서 경쟁하는 법을 모르는 게 큰 흠"인 사람, "세상을 알기도 전에 다른 짐승에게 먼저 잡혀 먹힐 것" 같은 사람이다(150). 그렇지 않다면야, 어찌 오혜리가 그에게 그처럼 강하게 이성으로서의 호감을 가질 수 있겠는가. 로일현을 향한 오혜리의 호감이 지극히 자연스러운 것일 수밖에 없는 것임을 강조하려는 듯, 인간 로일현에 대한 작가의 서술은 진지하고 따뜻하다.

아무튼, 단둥에 나와 생활하는 동안, 세상을 보는 로일현 자신의 눈에 변화가 일어나는 것도 사실이다. 그가 오혜리에게 건네는 다음과 같은 말에서 이를 확인할 수 있다.

"제 눈이 이상하단 말입니다. 안 보이던 것들이 또렷하게 보인단 말입니다. 먹고픈 대로 먹고, 말하고픈 대로 말하고, 여행하고픈 대로 여행하고, 사랑하고픈 대로 사랑하고……. 기런 것들이 제 두 눈에 막 보인단 말입니다. 이렇게 눈이 밝아져도 되나 모르겠습니다." (139)

문제는 '눈이 밝아져도 되나 모르겠다'는 그의 진술에 있다. 어찌 보면, 여기서 노일현이 느끼는 감정은 눈앞의 현실이 바뀌었을 때 누구나 느낌직한 그런 종류의 불안감일 것이다. 그와 같은 심리적 불안감에도 불구하고, 북한 사회에 대한 로일현의 믿음과 신뢰가 변질된 것은 아니다. 오혜리와 나누는 대화에서 확인할 수 있듯, 그는 여전히 "우리 민주주의는 계급의 적인 자본가와의 투쟁에서 얻어내는 노동자의 전유물"(137)임을 굳게 믿는다. 바로 이런 믿음의 마음가짐을 우리는 "우리 식대로 살면서 주체적인 힘을 먼저 길러야 하는 겁니다"라든가 "약자가 강자와 친해지면 자칫 강자의 괴뢰가 될 수 있습니다"와 같이 "당의 목소리에 채널을 맞춘 느낌"이 드는 그의 발언(159)에서도 감지할 수 있다. 사실 그는 이제나저제나 생사와 행방을 알 수 없는 아내로 인해 슬퍼하고 괴로워하고 있지만, 심지어 아내의 행방을 수소문하기 위해 작업장을 이탈하여 방기태의 작은아버지가 거주하는 중국의 숭장허에 다녀오기도 하지만, M시의 책임비서가 확신하듯 결코 "도망칠 사람"이 아니다(205).

그럼에도, 앞서 잠깐 언급했듯, 북한으로 강제 송환되어 M시로 돌아오고 나서 얼마 뒤에 로일현은 "조국을 탈출"한다. 그가 "조국을 탈출"한 이유는 무엇일까. 그는 탈출 뒤에 해후한 오혜리에게 이렇게 말한다. "견뎌내기 위해서 태어난 것"처럼 "당에 몸과 마음을 다 의탁하고 무한정 견디는 것"이 자신의 삶이었지만, 자신이 "소중히 여겨온 가치가 어느 순간 가차 없이 무너졌"다(343)고. 그렇다면, 그가 "소중히 여겨온 가치"는 무엇인가. 이 물음에 대한 답을 위해 우리는 로일현이 M시로 돌아와서 탈출을 감행할 때까지 삶을 살펴보지 않을 수 없는데, 그는 술에 취해 나날을 보낼 뿐만 아니라 집을 찾아온 인민반장과 말다툼까지 한다. 탈출을 감행하는 날에는 "이불 속에 누운 [딸] 은숙 곁에 앉아서"(294) 숨죽여 울기까지 한다. 이 모든 정황에 비춰볼 때, 그는 갈등과 고뇌의 시간을 보냈음을 알 수 있다. 그리고 그러한 갈등과 고뇌는 자신이 의지해 온 체제에 대한 회의에 따른 것일 수도 있겠다. 하지만 과연 그럴까.

로일현이라는 사람의 성품에 비춰볼 때, 그것이 직접적이고 결정적인 이유 같아 보이지는 않는다. 체제에 대한 회의와 같은 추상적인 이유가 고지식하고 자기에게 엄격한 그를 갑자기 "조국을 탈출"하는 일로 몰아갔다고 보기는 어렵기 때문이다. 이와 관련하여 우리는 그가 강제 연행되어 보위부에서 취조를 받던 때를 살펴보지 않을 수 없는데, 역시 앞서 이야기했듯 방기태의 탈북에 연루되어 취조를 받던 그는 곧 협의에서 벗어난다. 하지만 곧이어 M시의 시당 책임비서가 옥수수 밀수입을 기도한 사실이 발각되고, 그가 단둥에 머물 때 시당 책임비서의 부탁으로 그 일을 도왔던 것도 드러난다. 어떻게 해서 일이 그런 방향으로 진행된 것일까. 로일현은 시당 책임비서의 밀수입을 대행하던 "밀수꾼 주익"의 부정행위에 협조하지 않자 주익이 "이게 마지막 기회란 걸 잊지 마," "후회하지 마"와 같은 말(216)로 자신을 협박했던 것을 기억에 떠올리고, 그가 "돈을 챙긴 뒤"(324)에 당국에 신고했음을 직감한다. 아무튼, M시의 주민들에게 필요한 식량을 걱정하던 끝에 밀수입을 시도했던 시당 책임비서에게는 "사욕을 채우기 위한 옥수수 밀무역"을 한 것으로 혐의가 씌워진다. 이에 로일현은 "시당 책임비서를 옹호한다는 생각"으로 "사실대로" 말을 하지만, "말하고 보니 그를 배신한 것 같아" 쓰린 마음을 주체하지 못한다. 여러 정황을 종합할 때, 주익을 잘못 다뤄 시당 책임비서를 궁지로 몰아넣지 않았나 하는 자책감이 그를 괴롭혔을 것이다. 사실을 밝히려 했지만, 뜻하지 않게 시당 책임비서를 "배신한 것 같"다는 죄책감 때문에도 그는 몹시 괴로웠을 것이다. 결국에는 "시당 책임비서의 신의까지 저버린 처지"(325)가 되었다는 생각에 사로잡힌 그는 극도의 자기 비하에 시달린다. "더는 선택의 여지가 없는 막다른 길로 사회가 자신을 밀어내고 있"다는 느낌이, 눈에 띄는 사람마다 자신에게 "너는 이 나라에서 살 수 없어," "너 같은 반동에게는 안 맞아"라고 외쳐대는 것 같다는 느낌이 그에게 들었던 것(325)은 이 때문이리라. 요컨대, 체제에 대한 회의보다는 자신에 대한 죄책감과 자책감이 "조국"에서 자신을 스스로 추방하도록 그를 내몰았던 것은 아닐지?

만일 단순히 체제에 대한 회의 때문에 이른바 "탈출"을 감행했다면, 그에게 선택은 쉬웠을지 모른다. 즉, 그가 뒤로한 체제와 대립관계에 있는 체제를 택하는 일이 어려운 일이 아니었을 수도 있다. 사실 오혜리가 만화영화 제작 작업을 완료한 다음 형욱과 함께 로일현의 서울행을 준비하는 것은 로일현의 "탈출"을 당연히 체제에 대한 회의 때문일 것으로 이해함에 따른 것이리라. 이제 오혜리는 "일현이 서울로 가는 것을 기정사실화"(340)하고 있지만, 다음 인용에서 보듯 그는 뜻밖의 반응을 보인다.

"이제부터는 행운이 곱으로 따를 거예요. 그래야만 하니까요."

혜리가 일현의 손을 잡으며 말했다. 작별인사를 하자는 뜻이었다. 일현은 더 머물다 가도록 말리고 싶었다. 혜리와 함께 있는 시간이 길지 않을 것 같다고 막연히 생각하고 있었다. 하지만 붙잡을 명분이 없었다. 밤이 늦었다. 일현은 억지로 얼굴을 조금 폈다. 욱신욱신 쑤시던 통증은 차츰 가라앉았다.

"서울에 가지 않을 겁니다."

일현은 마침내 도망치지 못하도록 가슴속에 단단히 붙들어 맨 각오를 입 밖에 꺼냈다. 이렇게 못을 박으면 더는 흔들리지 않으리라. 혜리와 형욱이 잘못 들었나 의심하는 표정으로 일현을 멀뚱히 바라보았다. 미묘한 분위기 속에서 침묵이 흘렀다. (340-41)

서울행을 마다한 로일현은 이렇게 말한다. "이젠 무슨 일이든 제가 혼자서 해 볼 차례라고 생각합니다"(342). 사실 그의 결심은 이미 굳어진 것으로, "조국"을 떠날 결심을 한 뒤 그는 혜리를 향해 이렇게 독백을 이어가기도 한 바 있다. "이젠 제 힘으로, 제 의지로 살아 보겠어요. 무엇이 되었든 제 스스로 선택해 봐야겠다고요"(322). 결국 그의 선택은 북한을 떠나 남한으로 향하는 것이 아니다. 이처럼 남한을 선택지(選擇肢)에서 제외하는 로일현의 선택이 의미하는 바는 무엇일까. 아니, 이 같은 그의 선택을 어떻게 이해해야 할까. 여기서 다시 앞의 논의로 돌아가지 않을 수 없는데, M시의 시당 책임비서—"지금쯤은 이승의 사람이 아닐 수도 있"(325)는 그가 "존경하던 분"—에 대한 죄책감과 이에 따른 자기 환멸감이 아니었다면, 아무리 삶이 슬프고 어렵다고 해도 그가 "조국을 탈출"하는 일을 꿈이라도 꿨을까. 그런 의미에서 볼 때, 거듭 말하지만, 로일현이 자신의 "조국"을 등진 것은 스스로 자신을 벌하기 위해 선택한 '자기 추방'으로 이해하지 않을 수 없다. 여기서 우리는 "남에게는 한없이 관대한 반면,

안 되는 일은 다 자기 탓으로 돌리는 성격"의 소유자가 로일현이라는 "한국 무역업자 이 사장"의 말을 되새기지 않을 수 없다. 사실 무언가가 잘못되었을 때 그 원인을 자신이 아닌 남에게서 찾는 습성을 좀처럼 떨치지 못하는 것이 우리네 허약한 인간들이다. 말하자면, 로일현과 같은 사람은 우리 주위에서 찾아보기 쉽지 않다. 그런 의미에서 그는 "갈라파고스제도에서 독자적으로 진화해 온 거북이"와 같은 사람, 그리고 "아직 한반도에 남아 있"는 귀하디귀한 "우리 민족의 순종"(147)이 아닐 수 없다.

3. 회지정리와 이자정회의 구도가 의미하는 바를 되새기며

남한의 감독 오혜리와 북한의 연출가 로일현이 합작으로 제작하는 만화영화는 〈새〉다. 그리고 이 만화영화의 주인공은 6.25 전쟁의 와중에 남한으로 피난을 온 소년 원민호로, 영화는 그가 피난을 떠나는 장면으로 시작하여 남한으로 와서 온갖 눈물겨운 고생을 겪는 이야기로 이어진다. 그런 그는 후에 "남한에서 훌륭한 조류학자로 성장"(182)하는데, 그는 어느 날 북방쇠찌르레기라는 이름의 철새가 "이북"뿐만 아니라 "이남에도 날아온다는 사실"을 확인한다(141). 북방쇠찌르레기는 "일제강점기에 중학교 교사로 있던 민호 아버지가 이북 지역에서 최초로 발견해 신문에 대서특필되었던 새"(141)다. "그 새를 발견"한 원민호는 "이북에 남아 있을지 모를 부모님을 떠올"린다(141). 이어서 그는 "인공 번식시킨 북방쇠찌르레기를 휴전선 인근에서 북쪽으로 날려 보내는" 일을 "7년 동안"에 "13번째" 계속(161)하는데, "발목[에] 은색 식별가락지가 끼워져 있"는 그 새들이 마침내 "평양새연구소의 소장인 민호 아버지"의 눈에 띈다(162). 그리고 "민호 아버지"는 "국제조류학회"를 통해 남한에서 "북방쇠찌르레기를 날려 보낸 이"가 자기 아들인 원민호임을 알게 된다(181). 마침내 평양새연구소가 보낸 "부모님의 최근 사진"(334)을 받아 봄으로써 "남북이산가족 원민호 교수"는 영상으로나마 "56년 만에 부모 상봉"이라는 감격을 맛본다 (332).

이상과 같은 이야기가 소설의 진행 과정에 조금씩 차례로 제시된다. 보다 더 정확하게 말하자면, 만화영화의 제작을 이어가는 동안 오혜리와 로일현이 내용과 관련하여 상의하는 과정에 자연스럽게 이야기의 장면 장면이 소개된다. 이로써 소설의 독자에게는 만화영화 〈새〉의 이야기가 소설 『압록강 블루』의 이야기와 함께 제공되는 셈이 되는데, 어찌 보면 후자는 '이야기 속의 이야기'의 역할을 한다고 볼 수 있다. 이처럼 '이야기를 품은 이야기'와 '이야기 속의 이야기'가 함께하고 있다는 점에서, 『압록강 블루』는 구조적으로 일종의 '액자소설'에 해당한다고 할 수도 있으리라. 문제는 액자소설이라는 구조가 어떤 문학적 효과를 갖는가에 있다. 이에 대한 논의는 헤아릴 수 없이 많지만, 그 가운데 우리가 주목하고자 하는 것은 암스테르담 대학의 서술이론학자인 미에케 발(Mieke Bal)의 주장이다. 그에 의하면, 액자소설을 구성하는 '이야기를 품은 이야기'와 '이야기 속의 이야기'는 서로에 대해 '기호'와 '의미'의 역할을 한다는 것이다. 『압록강 블루』에 담긴 이야기를 예로 들자면, 오혜리와 로일현의 이야기는 원민호와 그의 아버지의 이야기가 갖는 의미를 규정하고 밝히는 기호 역할을 하고, 원민호와 그의 아버지의 이야기는 오혜리와 로일현의 이야기가 갖는 의미를 규정하고 밝히는 기호 역할을 한다고 정리할 수 있을 것이다. 다시 말해, 소설 속의 두 이야기는 모두 사람들—좀 더 상황에 충실하자면, 어쩌다 남북한에 나뉘어 거주하게 된 사람들—의 '만남과 이별' 또는 '이별과 만남'의 이야기라는 점에서, 서로가 서로의 의미를 밝히고 심화하는 기호일 수 있다.

문제는 소설 속 오혜리와 로일현의 이야기는 '만남→이별'의 구조로 전개되고 있고, 원민호와 그의 아버지의 이야기는 '이별→만남'의 구조로 전개되고 있다는 데 있다. 즉, 오혜리와 로일현의 이야기가 만남에서 시작하여 이별로 완결된다면, 원민호와 그의 아버지의 이야기는 이별에서 시작하여 만남으로 완결되고 있다. 요컨대, 역전된 구조의 두 이야기가 서로 대칭관계를 이루며 소설 속에서 나란히 제시되고 있는 것이다. 이처럼 오혜리와 로일현의 만남이 이루어지는 시점에서 원민호와 그의 아버지 사이의 이별이 이야기되고, 원민호와 그의 아버지 사이의 만남이 이야기되는 시점에서 오혜리와 로일현의 이별이 구체화된다는 점이 의미하는 바는 무엇일까.

어찌 보면, 서로 역전된 구조의 두 이야기를 병치함으로써 『압록강 블루』는 '만남과 이별' 또는 '이별과 만남'이란 시공간을 초월하여 어느 때 어느 곳에서나 일어나는 인간사임을 암시하고 있는 것이 아닐지? 말하자면, 이정의 소설은 회자정리(會者定離)의 아픔과 이자정회(離者定會)의 기쁨이 어느 때 어느 곳에서나 함께하는 것이라는 인간사의 진리를 전하는 것으로 읽히기도 한다.

하지만 이것으로 전부가 아니다. 또 하나의 관점에서 두 구조의 이야기 사이의 상관관계를 살펴볼 수 있거니와, 이와 관련하여 〈새〉의 이야기와 『압록강 블루』의 이야기에 등장하는 사람들은 시간적으로 과거와 현재의 인물들로 나뉠 수 있음에 유의하기 바란다. 즉, 시간적으로 본다면, 원민호와 그의 아버지는 오혜리와 로일현보다 과거 시대의 사람이다. 이에 비춰 두 이야기를 하나로 합쳐 시간적으로 정리하면, '이별→만남→이별'의 구도가 될 수 있다. 한편, 회자정리와 이자정회라는 말이 하나로 묶이는 순간 합쳐진 두 말이 암시하는 것이 바로 '순환의 이치'라는 관점에서 보면, '이별→만남→이별'의 구도는 자연스럽게 '이별→만남→이별→만남'의 구도로 확장될 수도 있으리라. 이렇게 본다면, 언젠가 미래에는 남한의 오혜리와 북한의 로일현이, 또는 오혜리·로일현·원민호·원민호의 아버지에 해당하는 남북한 사람들 누군가 사이의 '이별→만남'의 구도가 현실화될 수도 있으리라는 추측을 해 봄직도 하다. 이와 관련하여, 소설의 결말 부분에 이르러 한국으로 돌아온 오혜리가 해변의 바닷새를 바라보면서 마음속으로 이렇게 묻고 있음에 유의할 수도 있다. "일현 선생님, 저 새가 우리 사이에 가교가 될까요, 북방쇠찌르레기처럼?"(358). 명백히, '만남→이별'의 구도 속에 놓인 오혜리가 원민호와 그의 아버지의 이야기가 갖는 '이별→만남'의 구도를 자기 미래의 구도가 되기를 희망하고 있지 않은가. 또한 원민호와 그의 아버지의 이야기 속의 북방쇠찌르레기가 오혜리와 로일현의 이야기 속에서 만남을 의미하는 이른바 '기호'가 되고 있음에도 유의할 수 있을 것이다.

바로 이 지점에서 우리는 로일현과 행방불명이 된 그의 아내 사이에 행여 이루어질지도 모르는 미래의 재회를 떠올릴 수도 있겠다. 이와 관련하여, 로일현이 선양에서 오혜리와의 극적인 만남을 이룬 자리에서 그녀에게 한 다음과 같은 말을 상기하기 바란다. "날짐승들을 볼 때조차 혹여 저놈들이 북방쇠찌르레기처럼 아내 소식을 알까봐 눈길을 떼지 못한 적이 적잖았댔습니다"(327). 명백히 그가 꿈꾸고 있는 것도 '이별→만남'의 구도이고, 이때에도 여전히 북방쇠찌르레기는 만남을 의미하는 '기호'로서의 역할을 한다. 물론 여기서 로일현이 꿈꾸는 만남의 대상은 오혜리가 아니라 자신의 아내다. 오혜리로서는 아쉬울지 모르나, 그녀를 그에게로 이끄는 인간적 매력은 바로 그의 그런 말에서 확인되는 인간적 성실성과 여일함이 아닌가. "도망친 아내를 저처럼 죽자 살자 찾겠다고 하는 남자를 싫어할 여자는 없지 하는 생각"(303)까지 하는 이가 오혜리임에 유의하기 바란다.

무의미한 말일지 모르나, 오혜리와 로일현의 만남은 미래에 이루어질 수도 있고 이루어지지 않을 수도 있으리라. 하지만 앞서 잠깐 말했듯 남북한의 오혜리 · 로일현 · 원민호 · 원민호의 아버지에 해당하는 사람들 사이의 '이별→만남'의 구도는 필연의 귀결이 되지 않을 수 없으리라. 확대 해석이 허락된다면, '이별→만남'은 두 이야기를 병치시켜 놓는 가운데 소설『압록강 블루』가 궁극적으로 일깨우고자 한 것은 바로 이 구도가 아닐지? 지금은 서로 떨어져 있지만 남과 북이 언젠가는 만나 하나가 되리라는 소망을 여운으로 남기고 있는 것은 아닐지? 정녕코, 남북의 통일은 언젠가 우리의 현실이 될 것이다. 아, 이를 말하는 순간, 나는 만남의 순간이란 또다시 이별을 예감해야 하는 순간이라는 데로 내몰리기도 한다. 혹시 그것이 인간사(人間事)와 인간 역사(歷史)의 필연적 귀결일 수도 있겠지만, 알 수 없는 먼 미래에 대해서는 생각지 말기로 하자. 다만 가까운 미래에 남북이 통일되는 기쁨의 순간이 오리라는 믿음을『압록강 블루』에 기대어,『압록강 블루』를 계기로 삼아 굳게 다지기로 하자.

하지만 미래의 꿈과 희망을 이야기하는 도중에도 우리는 여전히 우리가 처한 오늘날의 분단 현실을 외면할 수 없다. 마찬가지로, 우리는 자신을 북에서 자진 추방하지만 남으로 향할 수도 없는『압록강 블루』의 로일현과 같은 작중인물이 견뎌야 하는 아픔과 슬픔에서도 눈을 뗄 수 없다. 글을 마무리해야 할 시점에 이르러 다시금 로일현의 선택에 마음이 쓰이는 것은 이 때문이리라. 아마도 지금 이 순간 내가 그러하듯 로일현의 선택을 놓고 생각을 이어가는 이들 가운데는 최인훈의 소설『광장』을 떠올리는 사람도 있을 것이다. 로일현이 그러하듯,『광장』의 주인공인 전쟁포로 이명준은 포로 송환의 과정에 남한도 아니고 북한도 아닌 제3국을 택한다. 하지만 제3국인 인도로 향하는 배 타고르호(號)의 선상에서 이명준은 깊은 상념을 이어가던 끝에 바다라는 "푸른 광장"을 향해 몸을 던진다.『압록강 블루』의 로일현은 어떤 길을 택할까. "환자복을 개서 침대 한편에 올려"(350) 놓고는 아무도 모르게 병원을 빠져 나간 로일현의 앞에는 어떤 운명이 기다리고 있을까. 이를 알 수 없지만, 이명준의 이야기와 함께 로일현의 이야기는 우리에게 다시금 남북 분단이라는 슬프고 뼈아픈 현실을 다시금 되씹어 보게 하는 것이 사실이다.

어찌 보면, 슬픔은 단순히 로일현 개인의 것이 아니라 우리 모두의 것이기도 할 것이다. 언뜻 내가 한창 젊었을 때인 1983년 눈과 귀를 모았던 특별 생방송 프로그램인 '이산가족을 찾습니다'가 마음에 떠오른다. 남한 전체를 눈물바다로 만들었던 그 방송 프로그램과 함께, 자연스럽게 그 당시 수많은 사람의 마음을 울리던 노래인 〈누가 이 사람을 모르시나요〉가 떠오르기도 한다. 곧이어 노래가 일깨우는 슬픔의 분위기가 어느 사이엔가 내 마음에 전이되어 가슴이 저미기 시작한다. 그렇다, 분단의 운명에 처한 남북한 사람들의 슬픔은 이리도 깊지만, 오리의 머리처럼 푸른빛을 띤 압록강처럼 세월은 무심하게 흘러가고 세상사는 무심하게 이어질 뿐이다. 어찌 이렇게 되뇌지 않을 수 있으랴. '강은 저리도 푸르지만, 인간은 이리도 슬픕니다.'

제4부

역사적 사실과 문학적 형상화 사이에서

노근리 사건의 문학적 형상화,
그 사례와 마주하여[1)]

— 정은용의 체험 기록에서 필립스의 『락과 터마잇』과 이현수의 『나흘』에 이르기까지

1. 노근리 사건의 전말과 문학적 형상화 작업

역사란 어딘가를 향해 가는 것일까, 아니면 되풀이되는 것일까. 만일 되풀이되는 것이라면, 인류 역사에 진보란 없는 것일까. 그리고 만일 어딘가를 향해 가는 것이 인류 역사라면, 이는 진보를 향해 가는 것일까, 아니면 퇴보를 향해 가는 것일까. 이 같은 물음에 답이 쉽지 않음은 역사의 어느 순간에 서서 둘러보아도 인류 역사는 일정한 규칙이나 법칙에 따라 진행되고 있는 것처럼 보이지 않기 때문이다. 그럼에도 불구하고, 다음 인용에서 보듯 사람들은 인류 역사와 관련하여 진보 여부를 놓고 끊임없이 논쟁을 이어 왔다.

사람들은 때때로 진정한 의미에서의 진보란 존재하지 않는다고 주장한다. 대규모 전쟁을 통해 대량 학살을 자행하는 문명이, 갈수록 양이 엄청나게 증가

---

1) 이 글은 2010년 12월 20일 노근리국제평화재단 주최로 개최되었던 학술 세미나(주제: "예술 · 문학적 차원에서 본 노근리 사건의 기억과 의미")와 2014년 6월 28일 한국문인협회 주최로 거행된 한국문학 심포지엄(주제: "한국 전쟁 문학의 어제와 오늘")에서 발표한 것을 수정 및 보완 작업을 거쳐 완성하였다.

하는 쓰레기로 땅과 바다를 오염시키는 문명이, 강요된 기계적 삶으로 개개인을 몰아감으로써 개인의 존엄성을 훼손시키는 문명이, 바로 그런 문명이 어찌 수렵 채취와 농경을 통해 이어져왔던 선사 시대의 소박한 삶에 비해 진보라고 할 수 있겠는가. 하지만 이 같은 주장은 비록 낭만적으로 보면 호소력이 있을지 모르나 타당성을 유지하기란 쉽지 않은 것이다. 원시 종족 사회는 현대 사회보다 한결 더 개인의 자유를 허용하는 데 인색했다. 고대의 전쟁은 현대의 전쟁보다 도덕적으로 정당화되기 어려운 이유를 빌미 삼아 치러졌다. 쓰레기 발생의 주범인 공학 기술은 환경에 피해가 가지 않게 쓰레기를 처리하는 방법을 찾아낼 수 있고 또한 실제로 찾아내고 있다. 원시인의 생활을 묘사한 학교 교과서의 그림들에는 때때로 이 원시인의 삶을 고달프게 했던 요인들이 빠져 있다. 고통, 질병, 기아, 단지 생존을 유지하기 위해 해야 했던 고달픈 노역은 어디에서도 확인되지 않는 경우가 많다. 생존을 유지하기조차 어려운 고통스러운 상황에서 현대적 삶으로의 이행은 냉정하게 판단할 때 진보라고 하지 않을 수 없다.[2]

위의 논의에서 우리는 진보를 주장하는 쪽이 "고대의 전쟁은 현대의 전쟁보다 도덕적으로 정당화되기 어려운 이유를 빌미 삼아 치러졌다"는 것을 논의 근거 가운데 하나로 들고 있음을 확인할 수 있다. 하지만 아무리 그럴 듯한 이유를 빌미 삼아 현대의 전쟁이 발발한다고 해도 "도덕적으로 정당화되기 어려운" 일들이 전쟁 중 너무도 자주 일어나는 것은 예나 지금이나 다름없다. 양민 학살이 그 예가 되는데, 한국 전쟁 초기 1950년 7월 26일부터 29일까지 충북 영동군 영동읍 하가리 및 황감면 노근리 일대에서 미군이 저지른 양민 학살 사건은 인간에게 과연 이성과 윤리라고 하는 것이 존재하는가의 의문을 갖게 한다. 이른바 인류 역사상 최고의 문명국으로 일컬어지기도 하는 미국이라는 나라에서 파병되어 온 군인들이 저지

2) 로버트 피어시그, 『선과 모터사이클 관리술』, 장경렬 역 (문학과지성사, 2010), 230-31쪽.

른 노근리 양민 학살은 아무리 너그러운 마음으로 이해하려 해도 결코 이해하기 쉽지 않은 사건이다. 도대체 왜 그런 일이 저질러졌던 것일까. 그 이유를 묻기 전에 먼저 이 '노근리 사건'의 전말을 간략하게나마 살펴보기로 하자. 노근리 사건 홈페이지에 나오는 사건의 개요는 다음과 같다.

> 1950년 7월 23일: 정오 영동읍 주곡리 마을 소개 명령 (영동읍 주곡리 주민 → 임계리로 피난).
> 1950년 7월 25일: 저녁 영동읍 임계리에 모인 피난민 (임계리, 주곡리, 타지역 주민) 500-600명을 미군이 남쪽(후방)으로 피난 유도. 이 날 야간 영동읍 하가리 하천에서 미군에 의해 피난민 노숙.
> 1950년 7월 26일: 정오 경 4번 국도인 경부간 도로를 이용 황간면 서송원리 부근에 피난민 도착. 미군의 유도에 따라 국도에서 철로로 행로 변경. 이 날 정오 경 미군 비행기 폭격 및 기총 소사로 철로 위 피난민 다수 사망.
> 1950년 7월 26일 오후 – 7월 29일 오전: 노근리 개근철교(쌍굴)에 피신한 피난민에 대해 미군의 기관총 사격으로 다수의 피난민 사망.[3]

홈페이지에 밝혀진 바에 따르면, 당시 사망한 양민이 250명에서 300명에 이른다고 한다. 이 사건의 진상이 AP 통신을 통해 낱낱이 보도되자 미국 정부와 한국 정부는 공동 조사를 실시했고, 조사 결과 가운데 특히 우리의 주목을 끄는 것은 "미군은 북한군이 통상 피난민 대열의 민간인 그룹으로 가장하여 방어선을 통과한 후, 후방에서 미군 진지를 공격하는 침투 가능성에 대하여 두려워하였다"[4]는 대목이다. "사건 배경" 가운데 하나로 내세운 이 같은 진술은 "피난민"에 대한 "미군의 기관총 사격"이 어쩔 수

---

3) www.nogunri.net/intro/intro_01.html.
4) www.nogunri.net/public/public_02_03.html. 이하의 인용은 이 자료에 의거함.

없는 것이었음을 암시하는 것처럼 보이기도 하는데, 이와 관련하여 "일부 한 측 피해자 및 미 참전 장병들"은 "미군이 피난민들을 철로 쪽으로 인솔하여 게릴라 침투 여부와 무기 및 기타 금지 품목 소지 여부를 확인하기 위해 짐 검색을 실시하였다고 기억하고 있다"고 증언했던 점을 상기해야 할 것이다. 물론 "이러한 검색이 실시된 사실을 기억하지 못하고" 있는 증인도 있다고 하지만, '기억하지 못한다'를 '그런 적이 없다'는 말로 받아들일 수는 없다. 더욱이, 보고서에 따르면, 사건 당사자들이 "미군이 산 속의 안전한 마을인 임계리에 있던 수 미상의 피난민들을 주곡리를 경유하여 4번 도로를 따라 노근리 방향으로 인솔하였다고 증언"하고 있고, 비록 "지명과 날짜에 대해서는 기억하지 못하고" 있지만 "마을에서 주민들을 호송했던 것"을 "미 참전 장병들"도 기억하고 있다는 점에 비춰볼 때, "피난민 대열의 민간인 그룹으로 가장"한 북한군이 아님을 미군도 이미 인지하고 있었던 것으로 봐야 할 것이다.

이 같은 점에 비춰보면, "미군은 북한군이 통상 피난민 대열의 민간인 그룹으로 가장하여 방어선을 통과한 후, 후방에서 미군 진지를 공격하는 침투 가능성에 대하여 두려워하였다"는 진술이 노근리 사건에 대한 설득력 있는 이유가 될 수 없음은 명확하다. 그렇다면, 무슨 이유로 미군은 그토록 많은 양민 학살을 며칠에 걸쳐 자행했던 것일까. 말하자면, 우리는 '도대체 왜 그런 일이 저질러졌던 것일까'라는 원론적인 물음으로 되돌아가지 않을 수 없다. 문제는 이에 대한 설득력 있고 만족스러운 답변이라 할 만한 것이 아직 제시되어 있지 않다는 데 있다. 이런 점에서 볼 때, 노근리 사건은 아직 미해결의 과제가 아닐 수 없다.

이처럼 아직도 미해결의 과제로 남아 있는 노근리 사건에 대한 문학적 형상화는 관계 당국이나 언론 매체의 '공식적인 조사'의 지평(地平)을 넘어서 사건의 의미를 짚어보게 한다는 점에서 나름의 의미를 지니는 작업이라고 할 수 있겠다. 문학이 지닌 예민한 촉수는 '공식적인 조사'로서는 드러낼 수 없는 이면의 진실에 다가가게 하는 효과적인 수단이 될 수 있기 때문이다. 또한, 문학은 허구의 산물이긴 하나, 사건의 특수성이나 일회성을 뛰어넘어 무언가 보편적 진실에 접근하게 하는 수단이 될 수 있기 때문이다. 일찍이 아리스토텔레스가 "시"는 "보편적인 것을 말하는 경향"을 지닌 반면 "역사는 개별적인 것을 말하기 때문"에 "시는 역사보다 더 철학적이고 중요하다"고 했을 때,[5] 그가 염두에 두었던 것은 이 점일 것이다.

어찌 보면, 문학의 힘은 보편적인 것을 말함으로써 이면의 진실을 드러낼 수 있다는 점에서뿐만 아니라, 당대의 시대적 여건으로 인해 아무도 자유롭게 진실을 말하거나 밝힐 수 없을 때 이에 굴하지 않고 '허구'의 틀을 빌어 제 목소리를 낼 수 있다는 점에서도 찾을 수 있다. 사실 노근리 사건의 진상을 밝히려는 어떤 노력도 성공하지 못하고 있을 때 이를 공론화하는 데 기폭제가 된 것은 바로 문학 작품이었다. 『주간 동아』 1999년 10월 14일자에 의하면, 노근리 사건의 피해자 가운데 한 사람인 양해찬 씨는 사건의 "모든 진실을 밝혀 내고야 말겠다"고 다짐한 바 있지만, 그 옛날에는 "노근리 학살 사건에 대한 진상 규명이 필요하다는 이야기를 마을사람 앞에서 꺼냈다가 경찰서에 끌려가 혼이 나기도 했다"고 한다. 이는 물론 당시 미국과 관련하여 한국이 처해 있던 정치적 상황 때문이었다. 아무튼, 피해자 쪽에서 갖은 노력을 다 하였음에도 불구하고 진상 규명이 이루어지지 않던 상황에서 "노근리 학살 사건을 많은 사람들에게 알리는 기폭제"가 된 것은 다름 아닌 정은용의 실화 소설인 『그대, 우리의 아픔을 아는가』였다. 이 소설이 1994년 4월 15일에 발간된 것을 계기로 "유족들의 진상 규명 노력은 활기를 띠기 시작"했으며, 그 무렵 그 문제를 다룰 대책

---

5) 아리스토텔레스, 『시학』, 손명현 역 (박영사, 1960), 63쪽.

위원회가 구성되기도 했다. 이 위원회의 노력으로 인해, 급기야는 1994년 7월 7일 AP 통신의 기자들이 이 사건에 대한 기사화를 시도하게 되었고, 결국에는 사건의 진상을 밝히라는 미국 클린턴 대통령과 한국의 김대중 대통령의 지시가 이어지게 되었던 것이다.[6]

이렇듯 노근리 사건의 진상을 밝히는 데 결정적인 역할을 한 것은 한 편의 문학 작품이었다. 노근리 사건을 보도하여 퓰리처상을 받았던 기자 가운데 한 사람인 AP 통신의 기자 찰스 헨리는 2008년 11월 『경향신문』과 가진 이메일 인터뷰에서 이렇게 말한 적이 있다.

> 저는 노근리에 관한 보도가 정은용 씨의 『그대, 우리의 아픔을 아는가』의 발간과 함께 1994년부터 시작되었다는 사실을 알고 있습니다. 저는 또한 당시 『말』지와 『한겨레신문』, 그리고 제가 믿기에 연합 통신이 정은용 씨의 책에 대해 보도를 했고, 이 책이 주장하는 노근리에서 자행된 피난민 학살 및 이에 대한 진상 규명을 위한 생존자들의 탄원을 기사화했다는 사실도 알고 있지요.[7]

정은용의 『그대, 우리의 아픔을 아는가』가 없었다면, 오늘날 노근리 사건에 관해 일반 사람들이 현재 알고 있는 진실은 과연 얼마나 될까. 문학의 힘이 위대함을 새삼 일깨워 주었다는 점에서 그의 노력은 더할 수 없이 값진 것이다. 그리고 우리가 이제까지 이루어진 노근리 사건에 대한 문학적 형상화를 검토하고자 함도 바로 문학의 힘에 대한 이 같은 믿음 때문이다. 정은용의 소설이 발간된 이후 노근리 사건을 다루는 여러 편의 문학 작품

---

6) shindonga.donga.com/docs/magazine/weekly_donga/news204/wd204bb030.html. 이상의 논의는 『주간 동아』 204호(1999년 10월 14일)에 실린 「노근리 학살의 진상: 쌍굴에 몰아넣고 "두두두두…"」 참조.

7) news.khan.co.kr/section/khan_art_view.html?mode=view&artid=200812101555165&code=900315. 『경향신문』 2008년 12월 11자 참조. 인터넷에는 헨리 기자와 이메일 인터뷰의 원문이 게재되어 있는데, 위의 인용은 영문 인터뷰 내용의 일부를 우리말로 옮긴 것이다.

들이 발표되었는데, 정은용의 작품 및 그 외에 주목할 만한 소설 두 편을 검토함으로써 노근리 사건이 우리에게 의미하는 바가 무엇인지의 과제를 놓고 다시 한 번 반성과 성찰의 기회를 갖기로 한다.

2. 정은용의 『그대, 우리의 아픔을 아는가』

『그대, 우리의 아픔을 아는가』[8]를 창작한 정은용은 흔히 말하는 '전문적 문인'이 아니다. 그는 경찰계에 오랫동안 몸담았던 분으로, 문단에는 아무런 연고가 없다. 후에 다시 경찰계에 몸을 담긴 하지만 전쟁 전에도 경찰이었던 그는 1950년 7월 24일 고향인 충북 영동군을 떠나 대구로 피난길에 오른다. 말하자면, 노근리 사건이 일어날 당시에 그는 현장에 없었다. 아무튼, 그 다음 날인 7월 25일 뒤에 남아 있던 그의 아내와 가족도 미군과 경찰의 소개 명령에 따라 피난길에 올랐다가, 결국에는 노근리 사건의 현장에서 참상을 겪게 된다. 그때 정은용은 어린 아들과 딸을 잃는다. 사건 현장에서 부상을 당한 채 살아남은 몇 안 되는 사람 가운데 한 사람이었던 그의 아내는 우여곡절 끝에 부산으로 옮겨지고, 그곳에서 남편과 "슬픈 해후"를 한다. 이 같은 개인적 사연을 포함한 사건의 전말을 정은용은 『그대, 우리의 아픔을 아는가』에 담고 있는데, 그는 이 소설의 머리말에서 말하듯 "고희"를 넘어선 나이에도 불구하고 "내가 지금 세상에 알리지 아니하면 이 사건이 영영 역사 속에 묻혀버릴 것 같아 글을 쓰기 시작"했던 것이다(정은용, 5).

하지만 전문적 문인이 아님에도 불구하고 그가 쓴 소설은 깊은 호소력을 지니고 있는데, 우리가 판단하기로는 전쟁에 대한 그의 기록이 사적인

---

8) 정은용, 『그대, 우리의 아픔을 아는가』 제3판 (1994: 다리미디어, 2007). 이 책에 대한 앞으로의 인용은 본문에서 밝히기로 함.

것임에도 불구하고 더할 수 없이 객관적이고 차분한 필체를 통해 이루어진 것이기 때문일 것이다. 그는 자신의 감정을 드러내는 대목에서도 절제의 미덕을 잃지 않고 있다. 심지어 노근리 사건에서 미군이 저지른 만행의 직접적인 피해자임에도 불구하고 그는 결코 절제와 균형의 미덕을 잃지 않은 시각으로 미국을 바라보고자 한다.

> 1910년 한일 합방 이래 85년 간 우리들의 입술에서는 '슬픈 노래'가 떠난 적이 없었습니다. 그런데 그 이유의 많은 부분이 미국에 있었다는 사실은 너무나도 가슴 아픈 일입니다.
>
> 그러나 지금 우리는 미국이 앞으로도 우리의 변함 없는 친구이길 원합니다. 그리고 우리 마음속에 응어리져 있는 아픔이 지워지도록 힘써 줄 것과 아울러 노근리 학살 사건에 대해서 양심적이고 성의 있는 조치를 위해 줄 것도 바랍니다. (정은용, 6)

> 이러한 살상 사건이 벌어졌다는 사실 자체가 우방인 한·미 두 나라 사이에 있어서 지극히 불행한 일이기는 하지만, 미국이 인권을 존중하는 국가답게 앞으로 그들의 군대에 의해 이러한 사건이 세계 어느 곳에서도 다시는 재발되지 않도록 하는 데에 이 글이 도움이 되었으면 하는 것이 나의 바람인 것이다. (정은용, 170)

결코 분노에 찬 목소리의 토로가 아니기에 『그대, 우리의 아픔을 아는가』는 문학적으로도 높은 완성도를 유지하게 된 것이리라. 문학적 완성도를 향한 작가로서의 정은용의 노력이 엿보이기도 하는데, 예컨대, 피난길을 재촉하던 도중 당도했던 "왼쪽 철로 밑으로 휑하니 뚫린 굴"에 대한 묘사에서 이를 확인할 수 있다.

한참을 걸어 황간 가까이에 당도했을 때 왼쪽 철로 밑으로 횡하니 뚫린 굴이 시야에 들어 왔다. 굴속이 무척 시원스러워 보였다. 나는 무엇인가에 끌리듯 그 속을 향해 걸어 들어갔다.

돌짝과 자갈·모래들이 불규칙하게 깔려 있는 바닥의 오른쪽 터널 벽 밑으로 가느다란 물줄기가 흐르고 있었다. 나는 배낭을 벗어 던지고 상의 단추를 따고 가슴팍을 풀어헤쳤다. 그리고 그 물줄기에 세수를 했다.

얼굴에서 떨어지는 물방울 소리와 나의 헛기침 소리가 이끼와 습기로 우중충한 콘크리트 벽에서 미세하게 메아리쳤다.

나는 허리춤에서 수건을 빼서 얼굴을 닦았다. 그런데 웬일일까? 이때 갑자기 온몸에 소름이 끼치고 오싹해짐을 느꼈다. 공포 같은 것이 온몸을 엄습해 왔다. (정은용, 81)

소설 속의 '내'가 느끼는 공포감에 대한 묘사는 이야기를 극적인 것으로 만들기 위한 것, 문학적 배려에서 나온 허구적인 것일 수도 있다. 하지만 비록 그것이 허구적인 것이라 해도 위의 에피소드가 갖는 문학 내외(內外)적 효과는 줄어들지 않는다. 아니, 며칠 후에 벌어질 비극적 사건의 현장을 지나가면서도 이를 예감만 할 뿐 결코 알 수 없는 것이 인간사임을 보여주는 효과적 서술일 수도 있고, 또한 앞으로 이곳에서 일어날 사건에 대한 독자의 호기심을 자극하기 위한 서술일 수도 있다. 하지만 우리는 실제로 소설 속의 '나'에게 그와 같은 공포감이 밀려 왔을 수도 있다고 생각한다. 뒤에 가서 검토할 『락과 터마잇』(Lark and Termite)의 작가 제인 앤 필립스(Jayne Anne Phillips)가 암시하듯, 인간에게는 이성과 상식을 뛰어넘는 육감 또는 예감이 존재한다. 그리고 이 같은 육감과 예감은 세상을 살아가고 이해하는 데 필요한 인간의 능력 가운데 하나다. 문제는, 소설 속의 주인공이 어린 아들과 딸의 죽음을 막을 수 없었던 것처럼, 예감이나 육감에도 불구하고 미래에 닥칠 환난을 막을 수 없는 것이 인간의 한계라는 데 있다.

『그대, 우리의 아픔을 아는가』가 담고 있는 이야기는 물론 노근리 사건에 관한 것만이 아니다. 이 소설은 1948년 교회를 나가기 시작한 소설 속 화자인 '나'의 아내에 관한 이야기로 시작되며, 빠른 속도로 이야기가 전개되어 1950년 6월 25일 전쟁이 발발하던 날 어떻게 '나'의 식구가 서울 영등포구 도림동에 모여 있게 되었는가로 이어진다. 곧 이어 6월 28일 '나'의 가족은 피난길에 오르게 되고, 수원을 지나 오산에 도착하여 "화차의 지붕 위"에 올라탄 채 대전에 도착한다. 대전에 있는 "형의 집"에 들렀다가 다시 '나'는 충북 영동의 고향 마을로 피난길을 이어간다. 앞서 살펴본 것처럼, 그곳에서 얼마간을 보낸 후 7월 24일 '나'는 먼저 피난길에 오르고, 뒤에 남아 있던 가족은 다음 날 피난길을 나섰다가 참변을 당한다. 소설 속의 '나'는 피난길에서 우연히 노근리 사건의 현장에서 도망쳐 나온 "조카뻘 되는 정구식"과 만나게 되고, 그를 통해 사건 현장에서 자신의 아내가 부상을 당했다는 소식을 듣는다. 이윽고 대구에 도착하여, "피난 형무관 및 가족 수용소"에 가서 형과 만난다. 그리고 얼마 후 부산에서 전화가 오고 이를 통해 자신의 아내가 부산에 가 있음을 알게 된다. 천신만고 끝에 부산에 도착하여 아내와 만난 '나'는 아이들의 소식을 묻는다.

"애들은 어디 있소?"
나는 아내의 얼굴을 들여다보았다.
"……"
아내는 흐느끼기만 했다.
"여보, 어디 있냔 말이오."
"……"
아내는 소리를 높여 울었다. 그녀의 등이 크게 파도쳤다. 나는 아이들이 죽었을 것이라는 불길한 예감을 했다. 이 예감의 뒤를 따라 걷잡을 수 없는 비감

이 나의 골수 속으로 파고들었다. '이제 내 생애에 있어서의 모든 행복은 끝이 났다.' (정은용, 119)

소설의 제4장 "슬픈 해후"는 이렇게 끝이 난다. 그 뒤를 채우고 있는 여백은 문자 그대로 슬픔의 무게와 절망의 강도를 대변하는 것일 수 있다. 마치 의식의 공간이 하얗게 비어져 있는 듯한 느낌을 줌으로써 여백은 더할 수 없이 강한 극적 효과를 거두고 있다.

이어지는 제5장 "두 얼굴의 미군"은 사건에 대한 "배경 설명"으로 시작된다. 1950년 7월 20일 대전이 함락되는 광경에서 시작하여 7월 25일 새벽 "재"를 넘어 피난길을 떠나는 사람들의 이야기가 이어진다. 이윽고 소설 속의 '나'는 "가족이 많아 꼼짝달싹 못하는 우리 집과 같은 처지에 있는 가정이나 앞날을 낙관하는 사람들"(정은용, 125)이 그 이후에 겪어야 했던 사건의 현장을 생생하게 묘사한다. 물론 소설 속의 '나'는 사건 현장에 없었기 때문에 제5장의 이야기는 작가 정은용 자신의 체험을 기록한 것이 아니다. 다시 말해, 이는 '나'의 아내를 포함하여 사건 현장에 있던 사람들이 들려주는 이야기를 바탕으로 하여 소설 속의 '내'가 재구성한 것이라고 할 수 있다. 하지만 이 같은 재구성은 지극히 치밀하고 자연스럽다. 그리하여 비록 정은용이 전문적인 작가 또는 문인은 아닐지 몰라도 얼마만큼 뛰어난 문학적 소양을 갖추고 있는 사람인가를 가늠케 하기도 한다.

소설의 제6장 "병사들의 합창"은 7월 29일 "인민군"의 터널 진입과 함께 사건을 종료된 다음의 이야기로 이루어져 있다. "비극의 현장에서 죽지 않고 몸에 상처만 입은 사람"들의 이야기가 이어지고 있는 것이다. 소설 속 '나'의 아내가 입은 "마음의 상처"는 모든 사람의 상처를 대변하는 것이라 할 수 있거니와, "육신의 상처가 치료되는 데 반비례해서 마음은 오히려 그 아픔의 도를 더해갔다"(정은용, 158)는 진술은 단순히 그의 아내에게만 해당하는 것이 아니리라. 이 "마음의 상처"는 육체적 상처를 입지 않은 사람들 모두가 공유하는 것—말하자면, "이 사건 당시 죽임을 당한 자의 유족이나 상해 입은 본인들"이 함께 나누고 있는 것—으로, 이 "마음의 상처"로 인해 소설 속의 '나'를 포함한 모든 사람들은 다음과 같은 의문에서 벗어날 수 없게 된다. "왜 미군이 무고한 양민들을, 한 사람도 아닌 그 많은 사람들을 잔인하게 살상했을까?"(정은용, 167). "한시도 잊지 않고 간직해 온" 이 의문에 대해 소설 속의 '나'는 세 가지 이유를 추정해 보기도 하지만, 어떤 이유에서든 민간인 살상은 결코 정당화될 수 없음을 힘주어 말한다.

소설의 마지막 부분은 다시금 빠른 속도로 전쟁의 고통 속에 삶을 살아가는 사람들의 이야기와 전쟁의 진행 상황에 초점을 맞춰 전개된다. "칼을 갈고 활에 시위를 먹이는 남과 북 양쪽의 적대 행위는 [휴전 협정] 조인의 순간부터 다시 시작되고 있었던 것이다"(정은용, 301)로 끝나는『그대, 우리의 아픔을 아는가』는 앞서 말한 바 있듯 노근리 사건 자체에 관한 이야기만을 담고 있는 것이 아니다. 아마도 노근리 사건에 대한 이야기만을 찾은 독자라면, 이 소설은 소설가 이건숙의 말대로 "기승전결이 정확하고 논리적인 구조를 지닌 작품은 아니다"(정은용, 11)는 판단에 이를 수밖에 없을 것이다. 하지만 만일 이 소설을 노근리 사건뿐만 아니라 어느 한 개인이 한국 전쟁이 시작할 무렵부터 끝날 때까지 겪었던 일에 대한 생생한 기록으로 본다면 이는 더할 수 없이 짜임새가 있는 작품으로 읽힐 수 있다. 사실『그대, 우리의 아픔을 아는가』는 어떤 역사학자도, 언론인도 쓸 수 없는 예민하고 생생한 기록이다. 실제로『그대, 우리의 아픔을 아는가』는 한국 전쟁 이후 세대의 사람들에게 그 동안 추상적인 이야기로만 남아 있던 피난길의 정황을 생생하게 전하고 있거니와, 이 부분만을 따로 떼어낸다 하더라도 더할 수 없이 소중한 전쟁 문학의 유산이 될 수 있을 것이다. 하지만 『그대, 우리의 아픔을 아는가』가 무엇보다 소중한 이유는 망각의 늪에 묻혀 잊힐 뻔한 전쟁 중의 만행을 문학의 이름으로 고발하고, 이를 통해 많은 사람의 마음을 움직였다는 점일 것이다.

3. 제인 앤 필립스의 『락과 터마잇』

노근리 사건에 대한 문학적 형상화를 시도한 작품 가운데 그 어느 것보다 시적인 동시에 아름답고, 아름다운 동시에 섬세하고 단아한 예를 들자면, 이는 미국의 작가 제인 앤 필립스의 『락과 터마잇』[9]이다. 이는 정녕코 더할 수 없이 깊고 더할 수 없이 따뜻한 소설이다. 지난 2009년 전미 우수 도서 선정 심의회의에서 최종 후보 가운데 하나로 올라갈 정도로 문학성을 널리 인정받은 이 소설은 여러 면에서 주목할 만한 작품이기도 하다. 먼저, 이 소설은 일반 소설과 달리 이중의 이야기 구조로 되어 있어, 플롯을 쉽게 요약할 수가 없다. 말하자면, 통념적 의미에서의 소설을 기대하는 독자라면 누구나 당황하지 않을 수 없는 작품인 것이다. 둘째, 아마도 이 소설만큼 이중(二重)의 시각에서 이야기를 전개하여, 사건을 입체적으로 조명한 작품은 찾아보기 어려울 것이다. 이중의 이야기 구조 가운데 하나가 충북 영동에서 1950년에 벌어졌던 노근리 사건이다. 미국 문화의 주류에 속해 있는 백인계의 저명한 작가가 "잊힌 전쟁"으로 일컬어지는 한국 전쟁 중에 일어났던 사건을 소설의 소재로 취하고 있다는 점은 그 자체만으로도 주목의 대상이 되지 않을 수 없다. 셋째, 이중의 이야기 구조 가운데 다른 한 축을 이루는 것은 노근리 사건 당시 전사한 한 미군의 아이에 관한 이야기로, 그 아이는 아버지가 죽던 바로 그 순간 뇌수종

---

9) Jayne Anne Phillips, *Lark and Termite* (Vintage, 2010). 이 책에 대한 앞으로의 인용은 본문에서 밝히기로 함.

증(腦水腫症)으로 인한 불구의 몸으로 세상에 태어난다. 아군의 사격에 척추를 다쳐 하반신을 쓰지 못한 채 죽어가던 아버지의 몸 상태를 그대로 이어받은 듯, 걷지도 못하고 말도 못하는 동시에 보지도 못하는 상태로 태어난 그 아이에게는 다만 예민한 청각만이 주어져 있을 뿐이다. 바로 그 아이를 극진한 사랑으로 돌보는 이들이 그 아이와 어머니는 같지만 아버지가 다른 누나, 그리고 그들의 이모다. 소설에서 누나와 이모는 자기가 세상을 보는 바를 1인칭 서술 화법으로 이야기하고 있으며, 아이의 아버지와 아이의 이야기는 3인칭 서술 화법을 통해 제시되고 있다. 이 모든 다중(多重)의 시각이 하나로 모여 하나의 입체적이고도 깊은 이야기의 공간을 형성하고 있는 것이다.

소설의 시공간적 배경은 먼저 1950년 7월 26일부터 7월 28일까지 충북 영동 노근리에 있는 철교 아래쪽의 터널이다. 이 시공간을 배경으로 하여 미군 병사 로버트 레빗(Robert Leavitt)의 이야기가 전개된다. 이어서 1959년 7월 26일에서 7월 28일까지, 그리고 7월 31일 웨스트버지니아의 윈필드(Winfield)가 또 하나의 시공간적 배경으로 등장하는데, 이를 배경으로 하여 전개되는 것은 레빗의 아들 터마잇(Termite), 터마잇과 아버지가 다른 그의 누나 락(Lark),[10] 그리고 그들의 이모 나니(Nonie)가 살아가는 삶의 이야기다. 그리고 소설의 끝부분에는 또 하나의 시공간적 배경이 설정되어 있는데, 이는 1951년 7월 31일 켄터키의 루이빌(Louisville)로, 이를 배경으로 하여 아주 간략하게 레빗의 아내 롤라(Lola)가 남편의 전사 소식

---

10) 소설 속 주인공 '락'(Lark)과 '터마잇'(Termite)은 우리말로 각각 '종달새'와 '흰개미'로 번역될 수 있다. 영미 문화권에서 종달새는 '아침' 또는 '영혼의 깨어남'을 상징하는 동시에, '사랑하는 사람이 지키고 따라야 하는 의무나 계율'을 상징하기도 한다. 한편, 락의 동생인 터마잇은 이름이 아니라 별명이다. 이 별명은 락의 동생이 시각과 언어 능력을 결여한 채 오로지 청각에만 의지하여 세상을 이해할 뿐만 아니라 끊임없이 손가락을 움직이기 때문에 주어진 것이다.

을 접한 뒤 스스로 죽음에 이르는 이야기가 제시된다.

소설의 이야기에 따르면, 레빗은 "주곡리, 노근리, 임계리"(Phillips, 28)의 사람들을 소개한 다음 이들을 피난길로 이끈다. 두 개의 터널로 이루어진 철교 아래쪽의 다리에 이르렀을 때쯤 레빗은 자신의 길을 가로막고 서서 도움을 청하는 소녀와 만난다. 소녀는 이제 다 자란 아이를 등에 업고 있으며, 근처에는 노파가 쓰러져 있다. 아이를 업은 채 노파를 안아 일으키기에는 힘이 부쳤던 것이다. 이럴 경우 도움의 손길을 주지 말라는 것이 군대의 지침이었고, 그 역시 얼마 전 이를 자기 부하들에게 교육한 바 있다. 레빗은 "간청이 아닌 단호한 요청"(Phillips, 29)을 하는 듯한 소녀에게 고개를 끄덕이고 소녀에게 다가간다. 소녀는 아이를 레빗에게 맡기고 노파를 일으켜 세운 다음 부축하고는 걸음을 옮긴다. 레빗은 자신이 안고 있는 아이가 장님임을 확인한다. 그 때문에 소녀는 아이를 내버려 둔 채 할머니를 부축하러 갈 수 없었던 것이다. 걸음을 옮기는 동안 전투기가 나타나 기총소사를 한다. 레빗은 아이를 안고 노파를 움켜잡고 놓지 않는 소녀를 들어 안다시피 한 채 터널로 피신한다. 등을 터널 밖으로 한 채 그들을 대피시킨 다음 돌아서서 자신의 부하들에게 돌아가려는 순간 그는 등에 총을 맞고 무릎을 꿇은 채 앞으로 쓰러진다. 소녀는 터널 안으로 그의 몸을 옮겨, 심하게 부상당한 그를 돌본다. 하지만 소녀의 돌봄에도 불구하고 정신을 잃고 사경을 헤매다 "아무도 움직이지 않을 때까지 사격"(Phillips, 243)을 하는 미군에 의해 죽음에 이른다.

물론 노근리 철교의 아래쪽의 터널에 미군이 있었다는 증언은 없다. 하지만 작가 필립스의 상상 속에서 몸을 제대로 가누지 못하는 미군 한 명이 터널로 옮겨지게 되었고, 결국에는 그곳에서 죽음을 맞이하는 것으로 이야기를 설정하고 있다. 이 역시 역사적 사실의 변형 아닌가. 하지만 이는 결코 역사적 사실에 대한 무책임한 변형으로 보이지 않는다. 오히려 노근리 사건에 대한 문학적 형상화를 위한 작가 개인의 작가적 고뇌의 산물로 여겨지기까지 하는데, 이는 무슨 이유 때문인가. 작가가 우리에게 보여 주고자 하는 것은 불구인 동생과 노쇠한 할머니를 지키려 하는 소녀의 강인한 의지와 사랑이, 그리고 그 절박한 사랑의 마음 앞에서 감히 고개를 돌리지 못하는 한 군인—부하들에게 가르치는 군대의 지침을 스스로 어길 만큼 강렬한 사랑의 힘에 압도된 한 군인—의 모습이 너무도 강렬한 연민과 감동의 마음을 불러일으키기 때문이리라. 그리고 이를 보여 주려는 작가의 의지에서도 역시 "간청이 아닌 단호한 요청"을 읽히기 때문이리라. 바로 여기에 문학의 힘이 놓이는 것 아니겠는가.

또 하나의 축을 이루는 이야기는 이미 앞서 말한 바와 같이 불구인 소년 터마잇과 그를 헌신적으로 돌보는 소년의 누나 락, 그리고 락과 터마잇을 자신의 자식처럼 돌보는 아이들의 이모 나니의 삶에 관한 것이다. 공교롭게도 윈필드라는 마을에는 노근리 철교 아래의 터널을 연상케 하는 터널이 있고, 바로 그곳은 터마잇이 매료되어 있는 장소로 그는 누나의 도움을 받아 그곳을 즐겨 찾는다. 그리하여 윈필드의 철교 아래쪽 터널은 락이 터마잇에게 주는 사랑의 마음이 어린 장소라고 할 수 있다. 따지고 보면, 노근리 철교 아래쪽 터널은 죽음의 장소이기도 하지만, 윈필드의 철교 아래쪽 터널과 마찬가지로 사랑의 마음이 있던 장소이기도 하다. 이와 관련하여 우리는 눈먼 자신의 동생을 보호하려 하고 레빗을 돌보았던 소녀가 있던 장소가 노근리 철교 및 터널임에 다시금 떠올려야 할 것이다. 아무튼, 노근리 철교 아래쪽의 터널을 들이닥친 죽음의 사격이 있었듯, 노아의 홍수를 연상케 할 만큼 엄청난 홍수가 윈필드 마을을 휩쓴다. 그 홍수로부터 소년의 누나 락은 소년 터마잇을 보호하고, 그리하여 둘은 홍수를 피해 살아남는다. 노근리 사건의 현장에서 눈먼 동생과 그를 필사적으로 보호하려던 소녀의 모습이 터마잇을 재난으로부터 보호하는 락의 모습과 겹쳐지고 있는 것이다.

필립스가 소설『락과 터마잇』을 통해 이야기하고자 하는 것은 무엇보다도 '사랑의 마음'이다. 불구인 동생과 할머니를 어떻게 해서든 보호하려 하고 또 죽어 가는 레빗을 돌보는 한국인 소녀가 지닌 사랑의 마음, 소녀와 그 가족의 안위를 위해 자신의 몸을 희생함으로써 죽음의 문턱에 이른 순간에도 자신의 사랑하는 아내와 앞으로 태어날 자신의 아기에 대한 생각의 끈을 놓지 않는 미군 병사 레빗이 지닌 사랑의 마음, 아버지가 다른 어린 동생인 터마잇에 대해 극진한 정성을 기울이는 락이 지닌 사랑의 마음, 락과 터마잇을 자신의 친자식처럼 돌보는 그들의 이모 나니가 지닌 사랑의 마음 등등—이 소설을 수놓고 있는 것은 온통 따뜻하고 아름다운 사랑의 마음이다. 비록 사람들을 죽음으로 몰아가는 무자비한 전쟁과 자연의 재해 그 자체를 거부하거나 피할 수 없는 것이 소설 속 인물들의 운명이라고 해도, 사람과 사람을 따뜻하게 연결하는 사랑의 마음은 어떤 정황에서도 소멸하지 않은 채 영원하리라는 작가의 메시지가 작품 속에 담겨 있음을 감지하지 못할 독자는 아마도 없으리라!

필립스가 소설을 통해 암시하는 전쟁에 대한 시각은 아래 인용에서 보듯 동양의 윤회적 세계관을 암시한다.

> 전쟁은 결코 끝나지 않는다. 연기자가 다르고 무대가 다르더라도 이는 모두 하나의 전쟁일 뿐이다. 전쟁은 몇 년이고 몇 달이고 잠들어 있다가, 다시금 화염에 휩싸인 제 머리를 쳐들고는 정치 체제가 바뀐 것을, 지형이 변화한 것을, 무기가 다시 주조된 것을 확인한다. (Phillips, 6)

하지만 이와 관련하여 우리가 유의해야 할 점은 필립스가 소설을 통해 보여 주듯 사랑 역시 끊임없이 되풀이되는 윤회적인 것이라는 점이다. 위의 인용에서 "전쟁"이라는 단어를 "사랑"이라는 단어로 바꾸고, "화염"이라는 단어를 "온기" 또는 "열기"로 바꾸면, 우리는 또 하나의 메시지를 위의 인용에서 읽을 수 있으리라. 바로 이 메시지로 인해, 어둡고 슬프지만 그럼에도 불구하고 따뜻하고 아름다운 필립스의 소설 『락과 터마잇』은 노근리 사건의 문학적 형상화라는 측면에서 더할 수 없이 소중한 작품이다.

4. 이현수의 『나흘』

노근리 사건을 다룬 소설 가운데 또 하나 우리의 주목을 요구하는 것은 이현수의 『나흘』[11]이다. 이현수는 정인용과 마찬가지로 충북 영동 출신의 작가로, 작가는 「작가의 후기」를 통해 "2001년 무렵 노근리 사건이 언론에 보도되었을 때"까지 "노근리 쌍굴에서 그런 일이 있었다"는 사실에 대해 전혀 모르고 있었다고 한다. 작가는 어른들이 자신과 같은 후세대에게 그 사건에 대해 말해 주지 않았던 이유는 무엇일까에 대한 의문이 작품 창작에 동기가 되었음을 밝히고 있다. "오래도록 혼란에 휩싸인 채 서성"이던 작가는 "셀 수 없이 많"은 분들의 "도움"을 받는 동시에 작가 나름의 상상력을 동원하여 『나흘』이라는 소설을 창작한 것이다.

노근리 사건이 일어났던 '나흘'의 기간을 작품의 제목으로 삼고 있는 이 소설은 다큐멘터리 전문 제작회사의 감독인 김진경과 그녀의 할아버지인 김태혁의 1인칭 진술을 각각 장(章)별로 차례로 번갈아 병치해 놓은 방식으로 이루어져 있다. 또한 중간에 노근리 사건의 현장에 있었던 미군 병사 버디 웬젤의 1인칭 진술이 하나의 장으로 삽입되어 있다. 이 세 등장인물의 시각과 진술이 겹쳐 놓음으로써 나름의 독특한 시각과 관점을 동원하

---

11) 이현수, 『나흘』(문학동네, 2013). 이 책에 대한 앞으로의 인용은 본문에서 밝히기로 함.

는 일이 작가에게 가능할 수 있었거니와, 이를 통해 작가는 노근리 사건에 대한 재조명을 시도한다.

소설의 설정에 따르면, 김태혁은 조선 왕조 대대로 왕을 모시던 "내시"의 가문에 양자로 입적된 사람이다. 왕조의 몰락으로 왕을 모시는 책무에 더 이상 묶이지 않게 된 내시 반종학의 양아들 김치석은 내시 집안 특유의 족보인 "양세계보(養世系譜)를 없애기 위해 생가의 먼 친척"(이현수, 93)인 김태혁을 양아들로 받아들인 것이다. 김태혁은 그의 양부나 "사당"에 모신 집안의 어른들과 달리 "고자"가 아니지만 "결혼하지 않"은 채, "사촌 태명"의 "딸 채희의 딸인 진경"을 "호적에 올"려 친손녀처럼 양육하고 그 뒤를 돌보아 온 사람이다. 그런데 그의 집으로 서울에서 혼자 살던 진경이 어느 날 내려온 것이다. "중학교를 졸업하고 곧장 서울로 올라가 학교를 다"니고 할아버지의 바람과는 달리 집에 잘 내려오지 않던 진경(이현수, 115)이 고향인 영동으로 내려와 집을 찾은 이유는 무엇인가. 물론 노근리 사건을 다큐멘터리로 제작하는 일 때문이다. 회사 제작 국장의 "열의와 성의"(이현수, 67)에도 불구하고, 진경은 "마을 사람들이 단체로 함구한 사건을 파헤치고 싶은 생각이 터럭만큼도 없거니와 그 사건을 찍다가 내 신분이 들통 날까 염려되"(이현수, 71)어 한사코 그의 제안을 마다한다. 하지만 진경은 마침내 제작 국장의 성화에 못 이겨 "[후배 감독인] 박이 노근리를 맡고 내가 뒤에서 돕는 조건"(이현수, 76)으로 제작에 참여하기로 하고 일을 진행하는 과정에 영동으로 내려온 것이다.

집으로 온 진경은 할아버지와 마을 사람들의 말을 통해, 그리고 후배 감독 박이 이메일로 보내온 자료를 통해, "1950년 7월 26일부터 7월 29일 아침까지 나흘 동안 학살이 지속되었"(이현수, 137)던 사건, 그러니까 문제의 노근리 사건에 대해 차츰차츰 눈을 뜬다. 아울러, "노근리 쌍굴에서 있었던 일은 죽을 때까지 마을 사람들 모두 입에 올리지 않기로 맹세를 한"

(이현수, 222) 연유가 무엇인지에도 눈을 뜬다. 심지어, 노근리 사건과 관련하여 자신의 어머니에게, 또한 친할머니와 친할아버지에게, 그리고 그녀의 집안과 집안 주변의 사람들에게 어떤 놀라운 일이 일어났었는지에 대해서도 하나하나 알아가게 된다.

이현수의『나흘』은 작가의 상상력과 필력이 돋보이는 탁월한 문학 작품이다. 특히 주목해야 할 부분은 김태혁의 회상을 통해 전하는 사건의 현장에 대한 묘사로, 이에 대한 작가의 언어는 더할 수 없이 생생한 현장감과 극적 긴장감으로 충만해 있다. 실로 작가의 탁월한 작가적 역량과 필력을 엿보게 하는 작품이 다름 아닌『나흘』이다. 따지고 보면, 역사적 사건에 대한 소설적 형상화란 말처럼 쉬운 것이 아니다. 우리가 우리 주변에서 종종 목격할 수 있듯, 역사적 사건에 대한 문학적 형상화는 적지 않은 경우 역사적 사건을 단조롭게 나열하고, 그 사건이 일어난 현장이나 주변에 있을 법한 지극히 평면적인 몇몇 가공의 인물 또는 시간이 지난 다음 문제의 사건을 정형화된 시각으로 바라보는 인물을 군데군데 기계적으로 배치하는 선에서 머무는 경우가 적지 않다. 사실 우리가 이 자리에서 논의 대상으로 삼고 있는 정은용, 필립스, 이현수의 소설을 제외하면 노근리 사건에 대한 여러 편의 문학적 형상화는 대체로 그와 같은 범주에서 크게 벗어나지 못하는 것이라고 해도 지나친 말이 아닐 것이다. 다시 말해, 이현수의『나흘』은 살아 숨 쉬는 인간의 삶과 함께 역사의 현장으로 우리를 이끄는 또 하나의 보기 드문 작품이라고 하지 않을 수 없다.

그럼에도 불구하고, 이현수의『나흘』은 여러 가지 측면에서 문제적인 작품이기도 하다. 앞으로 새롭게 창조되어 우리 앞에 모습을 드러낼 노근리 사건에 대한 문학적 형상화가 어떤 것이든 그러한 형상화를 시도하는 작가들이라면 경계해야 할 문제점들이 그의 작품에서 몇몇 확인된다는 뜻에서 하는 말이다.

무엇보다 문제 삼아야 할 것이 있다면, 이는 작가가 『나흘』의 8장에서 소제목으로 제시한 "삶에는 비밀이 꼭 필요하다"라는 말이 갖는 의미일 것이다. 이는 "세상을 살아가는 덴 비밀이 꼭 필요하다"는 진경의 할아버지 입에서 나온 말을 제목으로 바꾼 것이리라. 아무튼, 진경은 "죽을 때까지 마을 사람들 모두 입에 올리지 않기로 맹세를 한" 일을 다큐멘터리라는 이름으로 드러내기 위해 고향을 찾은 것이라고 할 수 있다. 바로 그런 일을 그처럼 공개적으로 드러내는 것에 대해 진경은 과연 얼마나 진지하게 고민하는 것일까. 물론 처음부터 망설였던 것이 사실이고, "할아버지와 뼈들네, 노근리 쌍굴에서 살아남은 사람들을 인터뷰하는 것은, 그들이 세상에 숨긴 비밀을 고백하라고 유도하는 것은 너무 가혹한 일이 아닐까"(이현수, 229)라는 자문(自問)에서 드러나듯 여전히 망설이고 있는 것도 사실이다. 그리고 결코 드러내지 말아야 할 부분이 있음을 끝까지 자각하고 있는 것도 사실이다.

> 그래도 숨길 수 있는 부분이 있다면 나는 끝까지 숨길 작정이었다. 불을 낸 엄마에 대해서도 내가 먼저 알아야 했다. 그래야만 찍을 것과 찍으면 안 되는 것, 그럼에도 찍을 수밖에 없는 것들의 목록을 분류할 수 있다. 설사 엄마의 일이 노근리 사건과 관련이 없대도 다큐를 찍는 중에 알려질 수도 있으니까. 그것만은 무슨 수를 쓰든 막아야 했다. (이현수, 307)

하지만 "죽은 우리 언니의 복수를 하기 위해"(이현수, 279) 할아버지의 친구였던 박기훈에게 "앵속을 지속적으로 대"(이현수, 280)주었던 뼈들네의 비밀은 어찌할 것인가. 뼈들네의 그와 같은 비밀이 드러날 수 있음에도 불구하고, "뼈들네 아줌마라는 카드를 어떻게 써먹나, 온통 그 생각뿐"이라든가 "아줌마의 충격적인 모습을 찍어서 시청자들의 눈물을 쏙 뺄 작정"이라는 진경의 계획(이현수, 274)은 과연 옳은 것일까. "찍을 것과 찍으면 안 되는 것, 그럼에도 찍을 수밖에 없는 것들"을 미리 챙긴다고 해서 그런 일에 대한 통제가 끝까지 가능할까. 만일 통제 불가능한 상태에서 사람들의 상처를 덧나게 할 수도 있다면, 다큐멘터리 제작에 뛰어들기보다는 이를 단념하는 것이 진경에게는 더 합당한 선택이 아니었을까. 그럼에도 불구하고, 진경은 다큐멘터리 제작을 위한 준비 작업을 하나하나 이어간다. 그것이 과연 진경의 할아버지와 뼈들네를 비롯한 마을 사람들과 관련하여 진경이 취할 수밖에 없는 올바른 선택일까.

이 같은 물음을 던진다고 해서, 우리가 "노근리 사건의 베일을 벗기"려는 모든 이들의 노력과 열정 자체가 지니는 의미를 부정하자는 것은 아니다. 다만 소설의 내용대로라면 "죽을 때까지" "입에 올리지 않기로 맹세를 한" 마을 사람들에게 문제의 비밀을 입에 올리게 하고자 할 때, 최소한 비밀을 폭로하는 일을 떠맡아 하는 사람이 그렇게 해야 하는 이유까지도 소설 속에 구체화되어야 하리라는 점을 지적하고 싶을 따름이다. 물론 "안나 아줌마"가 이메일을 통해 "마을 사람들이 노근리 사건에 관해 쉬쉬했던 것"은 "입에 담기엔 무거운 말이어서" "의도적으로 회피한 구석도 있었을 것"(이현수, 322)이고, 그것이 이유가 될 수도 있다. 하지만 그것이 "세상을 살아가는 덴 비밀이 꼭 필요하다"는 판단을 압도하는 이유가 될 수 있을까. 만일 그러하다면 여전히 그 이유는 무엇일까. 이 같은 물음에 대해 작가가 충분한 답을 제공하고 있는 것처럼 보이지는 않는다.

이현수의 『나흘』과 관련하여 또 하나 지적하고 싶은 점은 다음의 물음으로 요약될 수 있다. 즉, "죽을 때까지 마을 사람들 모두 입에 올리지 않기로 맹세"를 했음에도 불구하고, 도대체 어떤 이유로 "언론을 통해 사건이 이슈화"(이현수, 121)되었던 것일까. 다큐멘터리 제작 감독으로서의 진경과 같은 사람이라면, 당연히 노근리 사건의 희생자 명단에 "영동읍에 사

는 희생자는 칸이 부족할 정도로 빡빡하게 적혀 있"는 반면 "노근리 사람
이 단 한 명도 포함되어 있지 않"은 점에 대해 "수상[하]다"(이진수, 121)고
생각해야 할 뿐만 아니라, '어찌해서' 사건이 언론을 통해 "이슈화"되었는
지에 대해서도 수상하다고 생각해야 하지 않을까. 하지만 작가가 보여 주
는 진경의 의식 세계에서는 그런 기미가 확인되지 않는다. 하기야, 진경이
이 점마저 수상해하는 것으로 작품의 이야기를 설정하는 경우, 맹세에 따
라 누구든 사건에 대해 입에 올리지 않지만 진경이 비로소, 또는 '최초'로,
그 비밀을 캐내게 되는 것으로 설정해 놓은 작품의 구도 자체가 허물어질
수도 있을 것이다. 아무튼, 이미 앞서 지적한 바와 같이, 노근리 사건이
언론을 통해 이슈화되는 데에는 정은용의 『그대, 우리의 아픔을 아는가』가
출간될 무렵에 구성되었던 대책위원회의 노력이 컸으며, 이를 통해 확인
할 수 있듯 "노근리 사건의 베일을 벗기"려는 노력은 이미 오래전부터 진
행되어 왔다. 즉, 노근리 사건과 관련이 있는 사람들이 소설의 설정처럼
"쉬쉬했던 것"만은 아니다. 자칫하면, 소설의 설정을 따르는 경우, 대책위
원회를 구성한 사람들은 소설에서 말하는 "맹세"를 일부 사람이 이미 깬
것으로 해석될 수도 있고, 비록 작가가 의도한 것은 절대 아니겠지만 이런
해석은 사건의 진실을 밝히고자 고군분투했던 대책위원회의 활동을 하찮
은 것으로 폄하하는 것이 될 수도 있으리라. 결코 작가가 의식하지는 않았
겠지만 의도치 않은 이 같은 함의를 가능케 할 수 있다는 점에서도 문제의
소지는 여전히 존재한다. 혹시, 만에 하나, 어쩌다 자신이 또는 자신만이
모르고 있었던 점에 대한 작가의 과장된 이해가 『나흘』이라는 소설의 서사
를 이끈 것은 아닐지? 유감스러우나, 작가는 이런 의문에서 자유로울 수
없을지도 모른다.

　한편, 진경은 "언론을 통해 사건이 이슈화되고 나서 노근리 사건 대책
위원회가 생겼다"(이현수, 121)고 적고 있는데, 바로 위에서 살펴보았듯, 언

론을 통해 사건이 이슈화되기 훨씬 전에 이미 대책위원회가 생겼다는 사실을 지적하지 않을 수 없다. 또한, 진경은 "쌍굴에서 일어난 일을 덮기 위해 노근리 사건의 희생자 명단에도 이름을 올리지 않았던 그들인데"(이현수, 228)라고 진술하기도 하는데, 진경—즉, 의문에 잠겨 있는 작가의 소설 속 분신(alter ego)일 수도 있는 진경—은 바로 이것을 노근리 사건의 희생자 명단에 "노근리 사람이 단 한 명도 포함되어 있지 않"은 이유로 보고 있는 것은 아닐지? 정녕코, "노근리 사람이 단 한 명도 포함되어 있지 않"다는 사실에 대해 진경이 갖는 의문은 결코 단순하게 여길 성질의 의문에 해당하는 것일 수 없다. 이는 앞서 인용한 바 있는 필립스의 서술—즉, 피난민 대열에 주곡리와 임계리 사람들뿐만 아니라 노근리 사람들도 있었다는 서술—과는 다른 차원의 문제적인 진술이 아닐 수 없기 때문이다. 그 이유는 "노근리 사람이 단 한 명도 포함되어 있지 않"다는 사실에 대한 진경의 확인은 이와 연결되지 않을 수 없는 진경의 진술—즉, "쌍굴에서 일어난 일을 덮기 위해 노근리 사건의 희생자 명단에도 이름을 올리지 않았던 그들"이라는 진술—의 무게를 견디어야 하기 때문이다. 아무튼, 역사적으로 이미 밝혀져 있듯, 노근리 사건은 미군이 영동읍의 임계리와 주곡리 일대로 들어가 그곳 사람들에게 소개 명령을 내리고 강제로 이동을 시키는 도중에 일어난 사건이다. 희생자 명단에 노근리 사람의 이름이 포함되어 있지 않은 이유는 여기에서 찾아야 할 것이다. "노근리 사람이 단 한 명도 포함되어 있지 않"은 사실을 비밀을 지키자는 마을 사람들의 "맹세" 때문인 것으로 볼 여지를 남기고 있는 작가의 서술은 지나치게 작위적인 것일 수 있다는 데서 문제적인 것이 아닐 수 없다.

물론 작가는 「작가의 말」을 통해 『나흘』은 소설이기 때문에 사건이 일정 부분 변형될 수밖에 없"음을 밝히고 있으며, 바로 이 점을 "고향 어른들도 이해하리라 믿는다"고 말한다. 말할 것도 없이, 소설은 가공의 이야기를 다룬 허구라는 관점에서 볼 때 "사건이 일정 부분 변형"되는 것 자체가 흠이 될 수는 없다. 하지만 아무리 소설이 가공의 이야기를 다룬 허구라고 하더라도 역사적 사건을 다루는 소설이라면 적어도 역사적으로 규명된 명백한 사실 또는 공적(公的)인 문헌이나 자료 자체를 변형하거나 왜곡해서는 안 될 것이다. 바로 이 때문에 우리가 문제 삼고자 하는 것은 『나흘』에 직접 인용의 형식으로 소개되어 있는 2001년 2월 1일에 BBC가 방영한 노근리 사건 관련 프로그램의 내용이다. 이른바 "2001년 2월 1일, 영국 전역에 방영된 BBC 다큐 프로그램"의 내용(이현수, 136-143)은 놀랍게도 "모두 죽여라"라는 말 이외의 모든 내용이 완전히 다른 것으로 '변형'되어 있다.[12] 이처럼 공적인 기록까지 작가가 전하고자 하는 이야기를 위해 변형하는 것까지 소설가에게 '창작상의 권리'로 주어진 자유일 수 있을까. 만일 작가가 자신의 이야기를 위해 자유로운 상상 속의 이야기를 전개하고자 했다면, "2001년 2월 1일, 영국 전역에 방영된 BBC 다큐 프로그램"이라는 말을 통해 독자를 미혹시키기보다는 문제의 프로그램을 아예 가상의 방송국과 가상의 "다큐 프로그램"으로 명명했어야 했을 것이다. 실재하는 "2001년 2월 1일, 영국 전역에 방영된 BBC 다큐 프로그램"으로 독자를 오인케 하고, 그럼으로써 역사적 사실에 대해 사실과 다르게 이해할 소지를 독자에게 제공하는 일은 소설가에게 주어진 이른바 '창작상의 자유'의 범위를 넘어서는 것일 수 있다.

『나흘』이 펼쳐 보이는 이야기들—진경의 집안 내력에 관한 이야기, 명희나 뼈들네가 노근리 사건 당시 겪어야 했던 시련에 대한 이야기, 진경의

---

12) BBC 방송국의 노근리 사건에 대한 Special Documentary Program인 "Kill 'em All: American War Crimes in Korea"의 대본을 입수하여 이를 대조해 본 결과 『나흘』의 해당 내용과는 제목 이외에 일치하는 것이 없다. 이 프로그램이 한국의 EBS 방송에서 번역 방연된 것으로 알고 있는데, 아무리 자유로운 번역을 했다 하더라도 소설 속에 제시된 내용이 될 수 없음은 물론이다.

어머니와 조부모들이 살아야 했던 신산한 삶에 대한 이야기, 그 밖에 수많은 소설 속 허구의 이야기들—의 대부분이 개연성 있고 짜임새 있는 구성 및 뛰어난 현장감으로 인해 작품의 문학성을 높여 주고 있음은 누구도 부정할 수 없을 것이다. 하지만 그 점이 역사적 사실 또는 문서나 자료의 내용에 대한 자의적(恣意的)인 변형마저도 너그럽게 "이해"해 주어야 할 이유가 되는 것은 아니다.

또 한 가지 부차적인 문제점을 지적하자면, 『나흘』이라는 작품에 제시된 내시 가문의 조상과 관련된 이야기의 비중이 필요 이상으로 무겁다. 그리하여, 우리의 판단에 따르면, 소설의 핵심 주제인 '나흘 동안의 사건에 관한 이야기'에 대한 초점을 상대적으로 약화하고 있다. 내시 가문의 조상과 그 후손에 관한 이야기의 상당 부분은 또 한 편의 의미 있는 소설의 소재가 되었을 수도 있지 않을까.

5. 마무리, 또는 이해와 사랑을 위하여

어쩌면, 노근리 사건을 뛰어넘어 전쟁의 모든 피해자들이 가해자들에게 요구하는 것은 특히 필립스의 소설에서 강하게 확인되는 사랑의 마음일 것이다. 다시 말해, 가해자들 역시 그들의 마음에도 사랑이 존재함을 보여 달라는 것일 수 있다. 이런 관점에서 볼 때, 가해자 또는 그 사건과 관련하여 책임을 져야 할 사람들에게 노근리 사건의 피해자들이 원하는 것이 있다면, 이는 무엇보다 과오를 인정함으로써 사랑의 마음을 회복하는 일, 바로 그것이리라. 이 같은 과정을 거칠 때 비로소 양자 사이에 이해의 길이 열릴 수 있으리라는 것이 전쟁의 와중에 저질러진 그 모든 사건의 피해자들이 믿는 바일 것이다. 어디 그뿐이랴. 사랑의 마음을 회복하고 이를 통해 상호 이해의 길을 여는 것이야말로 앞으로 세계 어디에서도 일어날 수 있는 '제2의 노근리 사건'을 미연에 막는 데 필요한 첫걸음이 될 수도 있을 것이다. 그리고 '제2의 노근리 사건'이 다시는 일어나지 않을 수 있도록 우리 모두가 미력이나마 쏟을 때 우리는 비로소 인류 역사와 관련하여 이 글의 시작 부분에서 말한 바 있는 이른바 "발전"을 이야기할 수 있지 않겠는가. 요컨대, 진부한 말로 여겨질지 모르나 필요한 것은 다름 아닌 이해와 사랑의 마음이다. 바로 이 같은 이해와 사랑의 마음을 일깨우는 문학 작품이 노근리 사건과 관련하여 앞으로도 계속 새롭게 탄생하기를 바랄 따름이다. 아니, 노근리 사건이 남긴 것과 같은 전쟁의 상처를 어느 하나 남기지 않고 모두 치유하는 데 빛이 될 만한 문학적 형상화의 작업 자체가 앞으로도 계속 이루어지기를!

역사적 사실과 소설적 허구,
그 사이의 거리를 가늠하며
― 백시종의 소설 『강치』와 문학의 역할

1. 역사적 진실과 소설적 허구 사이에서

백시종의 『강치』(문예바다, 2013년 9월)를 통독하고 나서, 나는 소설이 출간된 해이자 지난해인 12월 25일의 일을 떠올렸다. 그날 망중한을 즐기느라 텔레비전을 켜니, 성탄절마다 단골로 텔레비전 화면을 장식하는 영화 가운데 하나인 〈주여, 어디로 가시나이까?〉가 방영되고 있었다. "어어, 또 저 영화네." 이미 두어 차례 본 적이 있기에 채널을 바꾸려다가, 마음을 바꿔 영화에 다시 눈길을 주었다. 달리 눈길을 끄는 프로그램이 없음을 이미 알고 있었기 때문이었다. 그런데 네로가 불타는 로마를 바라보며 악기를 연주하는 장면에 이르자, 전에 없이 이런 생각이 들었다. 아무리 사악한 인간이라지만, 도시에 불을 지르고 불타는 도시를 바라보며 악기를 연주하다니! 도대체 저런 인간이 있을 수 있을까. 이거 혹시 꾸며낸 이야기 아닐까. 생각이 여기에 미치자 영화에서 눈길을 거두고, 자료를 찾아보기 위해 책상 앞에 앉았다.

널리 알려져 있듯, 영화 〈주여, 어디로 가시나이까?〉는 폴란드의 작가 헨릭 셍케비치(Henryk Sienkiewicz)가 1895년 발표하고 그에게 노벨문학상의 영광을 안겨 준 동명 소설에 근거한 것이다. 혹시 영화의 극적 효과를 위해 소설을 제멋대로 변형한 것은 아닐지? 이런 의문에 이끌려 나는 그날 인터넷에서 구한 이 소설의 영역판을 읽어 보았다. 소설을 읽어 보니, 영화에서와 마찬가지로 방화의 주범은 로마의 황제 네로로 되어 있었고, 불타는 로마를 바라보며 네로가 '불타는 트로이도 이보다 더 장대한 광경을 보여 주지 못했으리라'라는 경탄의 마음을 노래에 담는 동시에 류트(lute)를 연주한 것으로 되어 있었다. 정말 그랬을까. 네로가 정말로 그런 사람이었을까.

여전히 의구심을 떨치지 못한 채 로마 역사에 관한 자료를 이것저것 찾아보았다. 자료에 의하면, 소설과 영화에서 다뤄지고 있는 로마의 대화재는 서기 64년에 발발했다고 한다. 이 화재 사건이 있고 나서 약 5년 후에 태어난 로마의 역사가 수에토니우스(Suetonius)는 네로가 방화의 주범일 뿐만 아니라 로마가 불타는 동안 이를 바라보며 트로이 멸망을 소재로 한 노래를 부르는 동시에 수금(竪琴, lyre)을 연주했다는 기록을 남겼다고 한다. 하지만 이런 정보도 있었다. 당시 로마에는 유사한 대화재가 빈번히 일어났다고 한다. 아울러, 문제의 화재가 발발한 당시 9세의 나이였던 또 다른 로마의 역사가 타키투스(Tacitus)는 전혀 다른 기록을 남겼다고 한다. 즉, 화재 당시 로마를 떠나 있던 네로가 소식을 듣고 급히 로마로 돌아가서 광범위한 구호 정책을 폈다는 것이다. 또한 타키투스는 화재 장면을 바라보며 네로가 수금을 연주했다는 것은 풍문일 뿐이었다는 기록도 남겼다고 한다. 아무튼, 네로가 후에 화재의 희생양으로 기독교인들을 지목하고 그들을 무자비하게 처형했다는 기록까지 타키투스는 자신의 역사서에 남겼다고 한다. 요컨대, 타키투스의 역사서에 기대는 경우, 적어도 네로가 방화범이라는 혐의 및 불타는 로마를 바라보며 악기를 연주했다는 혐의는 근거 없는 것이다. 이 같은 혐의를 입증할 만한 역사적 자료나 증거는 찾아보기 어렵다는 것이 역자학자들의 일반적 견해이기도 하다. 즉, 근거 없이 덮어씌운 혐의에 불과한 것일 가능성이 높다는 것이다.

도대체 어느 쪽이 진실일까. 이를 확인할 길은 없지만, 기독교인들을 희생양으로 삼아 박해한 폭군이라면 더 철저하게 폭군으로 묘사하고자 했던 사람들이 수에토니우스의 편에 서고자 했던 것만큼은 사실임이 틀림없어 보인다. 흥미로운 것은, 수에토니우스가 당시의 화재와 관련하여 네로를 폭군으로 기록하고 있지만, 이 화재와 관련하여 희생양이 되었다고 알려진 기독교인들에 대한 기록 자체는 하나도 남기지 않았다는 사실이다. 물론 수에토니우스는 기독교인도 아니었다.

이 같은 사실을 확인하고 나서, 나는 잠시 '객관적 기록이나 사실 진술이라는 주장 뒤에 숨어 있는 이데올로기'에 대한 오늘날의 비평 및 철학 이론 쪽의 논쟁을 떠올려 보기도 했다. 논쟁을 역사 기록 쪽에 맞추자면, 역사 기록이란 객관적이고 공정한 사실 기록이 아니라 역사가의 입장이나 시대의 요구에 따른 해설이자 재현일 수 있다는 논리로 요약될 수 있다. 따지고 보면, 어디 역사 기록뿐이랴. 당장 오늘 일어난 사건에 대한 신문이나 방송의 보도만 봐도 그렇지, 어찌 그처럼 서로 다를 수가 있는가. 이른바 보수 쪽과 진보 쪽으로 정리하는 경우, 우리는 오늘날 일어나는 사건에 대해서도 서로 판이한 보고와 기록과 해석이 존재함을 목도하지 않을 수 없다. 어찌 소설이나 영화가 역사적 진실이나 사실을 밝히지 않았다고 불평할 수 있겠는가.

이제 백시종의 『강치』로 돌아가자. 이 소설은 1950년대의 '독도의용수비대'에 관한 이야기를 다루고 있다. 소설 속 이야기에 나는 놀라지 않을 수 없었다. 나는 초등학교 5학년이었던 1963년 바로 이 독도 의용수비대에 관한 이야기를 아동용 잡지에서 읽었던 기억을 지금까지 간직하고 있기 때문이다. 자세한 내용이야 기억나지 않지만, 민간인 몇 사람이 의용수비대를 조직하여 영웅적으로 독도를 지켰다는 이야기였다. 당시 그 이야기에 어린 내가 엄청 감동했던 것이 내 기억 속에 남아 있을 뿐만 아니라, 나는 그때 알게 된 수비대 대장의 이름까지 아직 기억하고 있다. 하지만 그 모든 이야기가 진실이 아닐 수도 있다니! 백시종의 『강치』에 담긴 전혀 다른 '주장'은 나에게 하나의 충격이었다. 하지만 이 소설을 다시 읽으면서 나는 앞서 언급한 〈주여, 어디로 가시나이까?〉를 보다가 의문에 빠져들었을 때만큼이나 깊은 생각에 잠기게 되었다. 백시종의 『강치』가 단순히 사실이 아닌 것에 저항하여 사실을 밝히는 데 그 목적이 있는 작품이 아닐 수도 있다는 판단에 이르게 되었기 때문이다. 어찌 보면, 소설의 본질 또는 역할에 대한 깊은 성찰로 독자를 유도하는 것이 『강치』일 수 있다는 생각에까지 이르게 되었다. 현재의 글은 이와 관련하여 나의 생각을 정리해 보는 데 그 목적이 놓인다.

2-1. 어느 쪽이 진실인가

『강치』는 은퇴한 신문 기자인 '내'가 옛날 신문사에 다닐 때 알게 된 대학 후배로부터 전화를 받고 그와 만나는 것으로 시작된다. 이름이 박상기인 그 후배는 '나'에게 도움을 요청한다. 후배에 의하면, "독도에 한이 맺힌 분"(『강치』 33쪽, 이하 인용에서는 면수만 밝히기로 함)이 있는데, 그가 "대통령을 따라 독도에 갔던" "소설가들"(32)을 만나고 싶어 한다는 것이다. 후배는 그 일이 가능하도록 도와달라고 '나'를 찾은 것이다. 뒤에 가서 밝혀지지만, "독도에 한이 맺힌 분"은 울릉도에서 근무했던 전직 경찰이자 "독도수호동지회"의 회장인 "허삼도"다. 아무튼, '나'는 후배의 간곡한 부탁을 차마 거절할 수 없어 소설가들에게 전화를 건다. 하지만 "한두 달 안에는 작가와의 면담이 가능하지 않다는 결론"(34)에 이른다. 그러자 후배는 '나'에게 소설가들을 대신해서 책을 써 줄 것을 부탁한다. 무엇에 관해? 물론 독도의용수비대의 진실에 관해서다. 물론 '나'는 완강하게 거절하지만, 어쩌다 호기심에 끌려 컴퓨터 인터넷을 통해 이에 대한 정보를 얻는다. 그가 얻은 정보에 따르면, "독도의용수비대는 1953년부터 약 3년 8개월 동안 독도에 무단 침입한 일본에 맞서 독도를 지킨 순수 민간 조직"(39)이다. 그리고 "최종적으로 수비대에 남은" 대원들 "33명"을 이끌던 "수비대 대장은 황철민"(40)이다. 이 같은 정보를 확인한 '나'는 "역사 속의 인물일 뿐인 이사부와 안용복이 아니라, 황철민과 함께 무기를 들고 일본 군함과 전투를 벌였던 동료들이 눈 버젓이 뜨고 살아 있는 시대를 나도 더불어 숨 쉬고 있었으므로 황철민이라는 인물이 더 위대해 보인다"(43)는 생각까지 하게 된다.

곧이어 후배 박상기가 막무가내로 "퀵으로 부친" 독도의용수비대와 관련된 자료를 들추다가, '나'는 깜짝 놀란다(44). 독도수호동지회의 회장 허삼도가 "국무총리에게 보낸 탄원서"에 의하면, "독도의용수비대는 허위로 날조된 천인공노할 유령 단체"(45)이기 때문이다. 탄원서에 담긴 허삼도의 주장에 따르면, "지금 국가와 국민이 인식하는 의용수비대는 본시 독도를 지킬 목적으로 결성한 단체가 아니"(48)다. 다만 "당시 울릉군재향군인회(회장 황철민)가 지방유관기관의 후원기금으로 울릉도 어업조합(지금 수산업협동조합 전신)으로부터 1954년에서 1956년까지 3년간 독도미역채취권(당시 울릉도에서 유일한 이권)을 취득, 황철민 등 11명이 입도 체류할 때, 의용경찰이란 명분하에 경찰에서 총기를 대여 받아 그해 7월 중순까지 울릉경찰병력이 상주하기 전 약 4, 5개월간 일본순시선을 감시하며, 경찰경비업무에 협조"(48)했을 뿐이라는 것이다. 아울러, "그중 9명은 황철민의 청에 의하여 같은 해 12월 30일자로 순경에 특채되어 저희[즉, 허삼도 등 경찰]와 같은 조건의 경찰로서 윤번제 경비업무를 수행"(48)했다는 것이다.

이어서 '나'는 허삼도가 보낸 탄원서에 대한 관계 당국의 답변 내용까지 확인하는데, 그 내용은 다음과 같이 요약될 수 있다. "현재까지 알려진 독도의용수비대의 공적 일부가 사실이 아닌 것과 통신사 신분의 경찰과 함께한 사실은 확인되었으나, 그 외에는 엇갈리는 증언 외에 당시의 경찰 작전명령서, 근무 명령서 등 객관적인 자료가 없는 상태에서 의용수비대 실체를 부정 또는 경찰이 경비를 전담하였다고는 할 수 없음"(55). 요컨대, 국가는 독도의용수비대의 존재를 인정하고 있는 것이다. 어디 그뿐이랴. 정부는 "독도의용수비대에 참여한 사람 전원에게 훈장"을 "추서"하고, "국고를 3백50억 원씩이나 배정"한다(66, 67).

과연 어느 쪽이 진실인가. 독도의용수비대는 "허위날조"이고, 황철민은 "사기협잡꾼"인가(65). 아니면, "독도수호동지회"는 "경찰출신 나부랭이들이 급작스럽게 작당한 조직"(65)으로, 허삼도의 주장이야말로 터무니없는 것일까. 그렇다면 그가 왜 국무총리에게 탄원서를 보내는 등 그처럼 이 일에 매달린 것일까. "날조 조작된 역사를 바로잡아야 한다는 각오"(47)를 이유로 내세우지만, 과연 그럴까. 물론 이 같은 의문은 소설 속 '나'의 것이기도 하지만, 소설을 읽는 독자의 몫이기도 하다.

이어지는 이야기에 의하면, 소설 속의 '나'는 허삼도와 만난다. 만난 자리에서 허삼도는 황철민 일행이 독도에 간 것은 "1954년 꽃피는 4월 어느 봄날"(87)이었고, "정확히 6개월 후에 국립경찰청으로부터 소요예산이 울릉도경찰서로 하달됨으로 하여 7명의 경찰이 독도에 정식 주둔하게 되었고, 그 경비대 소속으로 허삼도가 직접 독도에 상륙"(100)하게 되었음을, 그리고 "독도군사령관 황철민이 직접 지휘하여, 일본 해안보안청 소속 순시함과 총격전을 벌여 퇴치했다는 그럴듯한 전과 또한 전혀 근거 없는 새빨간 거짓말임"(100)임을 밝힌다. 소설 속의 '나'에게 허삼도는 황철민의 인간됨됨이에 대해, 또한 황철민이 독도에 가서 "남자들 정력에 그만이라는 그 물개를 황철민이 모조리 잡아 족"친 다음 그렇게 해서 얻은 "해구신 (海狗腎)을 요로요로에 선물로 보내, 권력자들의 환심을 독차지했"음(119) 을 밝히기도 한다. (탄원서의 내용과 허삼도의 증언 사이에는 수치상의 불일치 가 여러 곳 존재한다. 이는 허삼도의 착각에 의한 것일까, 착각에 의한 것이 아니 라면 허삼도의 증언에는 신뢰하기 어려운 부분이 있음을 암시하기 위한 작가의 의도를 반영하는 것일까.)

소설 속의 '나'는 허삼도와 만난 다음 곧 후배 박상기와 함께 울릉도로 떠난다. 소설 속의 '내'가 울릉도에 가서 남상훈이라는 사람과 만났을 때 동원한 표현을 빌리자면, "요즘 유행하는 말로 불편한 진실"(202)이 무엇 인가를 확인하기 위해서다. 아무튼, 배를 타고 울릉도로 향하던 도중 '나' 는 어느 한 할머니를 만나 그녀로부터 "해방되고 3년째 되던 여름"에 독도 에서 "미군"의 "독도 폭격 사건" 때문에 "많은 어부들이 희생되었"던 사건 이 있었음을 확인하기도 한다. 마침내 울릉도에 도착한 '나'는 그곳에서 미 역채취권에 관한 이야기, 황철민이라는 사람의 인간됨됨이 등 허삼도의 주장을 뒷받침해 줄 수 있는 사람들인 장학구, 방금 언급한 남상훈, 서봉 수와 차례로 만난다. 물론 '내'가 그들에게 듣는 이야기는 단순히 허삼도의 주장과 관련된 것뿐만이 아니다. 세 사람과 만남을 통해 '나'는 "독도 미 군 폭격 사건"에 대한 자세한 내막까지, 또한 "독도 강치"라 불리는 "바다 사자" 또는 "물개"의 씨가 마르게 된 연유까지 확인한다. 그리고 나름대로 고지식하고 꼿꼿한 삶을 살아왔고 현재 살아가고 있는 이들 장학구, 남상 훈, 서봉수라는 사람들의 인감됨됨이를 확인한다. 어찌 보면, 그들은 모두 남상훈의 집 대문을 장식하고 있는 "자강불식(自强不息) 후덕재물(厚德財 物)"(190)이라는 한자 성어로 요약되는 삶을 살아가는 사람들이라고 할 수 있다. 남상훈의 설명에 따르면, "자강불식은 자신에게 엄격한 단속을, 후 덕재물은 땅의 형세가 곤괘이니, 군자는 이것을 본받아 두터운 덕으로써 만물을 실으라고 가르치는 내용"(199)의 말이다.

소설 속의 '내'가 울릉도에 가서 장학구, 남상훈, 서봉수와 만나는 과정을 다룬 이야기는 소설 전체의 약 절반가량을 차지하는데, 이 부분을 읽다 보면 많은 사람들이 허삼도의 주장에는 나름의 근거가 있고 황철민은 사기협잡꾼이라는 확신 쪽으로 마음이 기울기 십상일 것이다. 마치 〈주여, 어디로 가시나이까?〉가 폭군 네로와 관련된 일반의 속설을 강화해 주듯. 하지만 〈주여, 어디로 가시나이까?〉는 여전히 소설이든 영화든 상상의 산물인 허구의 이야기 아닌가. 마찬가지로 『강치』 역시 상상의 산물인 허구의 이야기다. 얼핏 보기에, 『강치』는 사실을 파헤치고 증언하는 '사실 조사 보고서' 같아 보이기도 한다. 앞서 동원했던 표현을 다시 끌어들이자면, '사실이 아닌 것에 저항하여 사실을 밝히는 데 그 목적이 있는 사실 조사 보고서' 같아 보이기도 한다. 하지만 이 같은 사실 조사 보고서가 소설 『강치』일까. 작가 백시종은 이 같은 판단을 경계하려는 듯 소설 속에 독도의 용수비대와 관련된 이야기만을 담고 있지 않다. 그렇다면 어떤 이야기가 담겨 있고, 그것이 암시하는 바는 무엇일까. 이제 이를 검토해 보기로 하자.

2-2. 무엇을 위한 소설인가

『강치』가 '사실이 아닌 것에 저항하여 사실을 밝히는 데 그 목적이 있는 작품'이라는 인상을 강하게 심어 주는 데 결정적인 역할을 하는 것은 아마도 "날조된 역사를 바로잡기 위해"로 시작되는 헌사(獻辭)일 것이다. 속표지 바로 다음 지면의 중앙 상단을 차지하고 있는 이 헌사에는 어느 한 인물의 평생에 걸친 노력과 좌절이 암시되고 있거니와, 그는 누구인가. 무엇보다 이 헌사 자체에 눈길을 주기로 하자.

날조된 역사를 바로잡기 위해 평생을 투쟁하다가 끝내 뜻을 이루지 못하고 2003년 8월 27일 새벽, 포항에서 영면한 김산리 옹의 영전에 이 책을 바친다. (5)

"김산리 옹"이라니? 『강치』의 뒷부분에 나오는 「작가의 말」을 통해 작가가 밝히고 있듯, 그는 "1950년부터 1965년까지 울릉도 경찰서 경비과장으로 근무했던"(294) 사람으로, 우리는 그가 소설 속 허삼도 회장의 모델임을 쉽게 추론할 수 있다. 작가에 의하면, "후배 화가"의 소개로 만나게 된 김산리 옹은 "악수가 끝나자마자" 작가 앞에 "다짜고짜 잡동사니 같은 서류철들"을, "사방 귀퉁이가 닳아 한눈에 구차스러워 보이는 자료들"을 펼쳐 놓았다고 한다(294). 그리고 독도의용수비대와 관련하여 일반인들에게 알려진 것과 다른 내용의 증언을 이어나갔다고 한다. 말할 것도 없이, 김산리 옹의 이 같은 증언 내용이 소설 창작에 기본 동기가 되었음은 물론이다. 아울러, 문체를 감안할 때, 소설의 앞부분에 제시된 허삼도의 탄원서나 이에 대한 정부의 회신은 김산리 옹의 것이라는 추정도 가능하다. (후에 작가에게 확인한 바에 따르면, 실제로 이는 김산리 옹의 서류 내용을 그대로 옮긴 것이라고 한다.)

이상의 사실만을 놓고 보면, 『강치』는 김산리 옹 자신이 말한 "역사의 진실을 밝히기 위한 몸부림"(294)을 소설화한 것이라는 추론도 가능하다. 하지만 이 같은 추론이 가능하다고 해서 김산리 옹의 주장을 작가가 '있는 그대로 사실로 받아들이고 있다'는 뜻이 될 수는 없다. 비록 작가가 김산리 옹의 "몸부림"에 깊은 공감을 한다고 해서, 그것이 곧 그의 주장에 전적으로 동의하고 있는 것이라고 할 수는 없기 때문이다. 이처럼 주장을 하는 쪽과 주장에 귀 기울이는 쪽 사이의 필연적인 거리를 작가가 의식하고 있음을 보여 주기라도 하듯, 소설 속의 '나'는 허삼도에 대한 의혹의 시선을 늦추지 않는다. 예컨대, "날 회장이라고 부르지 말고, 장로라고 불러 주시오"라는 허삼도의 요구에 '나'는 이렇게 생각한다. "왜 갑자기 회장에서 장로로 호칭을 바꿔달라는 것일까. 그래, 그만큼 당신의 진정성을 강조하고 싶은 것이겠지. 허삼도는 정직하다. 진실하다. 절대로 거짓말하지 않는다…… 그러나 나는 그것을 액면 그대로 받아들이고 싶은 생각이 없다. 아무래도 노인 특유의 교활한 위선 같았기 때문이다"(85). '나'와 허삼도 사이의 대화는 다음 단계까지 나아간다.

"그것은…… 따로 장로님께서 이해를 하셔야 합니다. 실제로 많은 사람들이 장로님의 탄원서에 대해 부정적인 시각을 갖고 있거든요. 아니, 독도수호동지회라는 조직 자체가 순수하지 못하다고 평가하는 겁니다. 회원 모두가 경찰에 종사한 탓으로, 그 공적에 대해서도, 지원금에 대해서도, 직접적인 이해관계가 얽혀 있기 때문에……."
한데 허삼도는 생각 외로 벌컥 화를 내지 않는다. 천연덕스럽게, 아니, 그토록 여유작작하게시리,
"누가 그걸 몰러?"라고 응대한다. 그래도 입매는 청양고추처럼 맵다. 앙다물어 더 뻣뻣한 모양새로 허삼도가 말한다.
"그래서 대통령을 따라갔던 소설가들을 만나려고 그렇게 애를 태웠던 거 아뇨." (125-126)

여기서 우리가 주목해야 할 것은 허삼도가 "날조 조작된 역사를 바로잡아야 한다는 각오"(47)를 내세우지만 그가 부정하지 않듯 탄원서와 관련해서는 "그 공적에 대해서도, 지원금에 대해서도, 직접적인 이해관계가 얽혀" 있다는 사실이다. 이와 관련하여, 우리는 "그래서 대통령을 따라갔던 소설가들을 만나려고 그렇게 애를 태웠던 거 아뇨"라는 허삼도의 대꾸가

의미하는 바가 무엇인지 따져 봐야 할 것이다. 아무튼, 허삼도는 소설가들을 만나고 싶어 하지만 전직 신문기자인 '나'와 만난다. 이에 대해 그는 "소설가들보다 더 훌륭하고, 더 적절한 분을 만나게 되었지만서두"(126)라 말한다. 소설가들보다 더 훌륭하다니? 이는 물론 수사(修辭)에 불과한 것이리라. 허삼도가 "대통령을 따라 헬기를 타고 독도를 방문했던 소설가 중의 한 사람이 그런 내용의 글을 써주면 그보다 더 좋은 방안이 없겠지만"(127)이라 말하는 데서 알 수 있듯, 그가 만나고자 했던 사람은 단순한 '소설가'가 아니라 '권력 근처에 있는 소설가'다. 말하자면, 그가 필요로 했던 것은 '권력 근처에 있는 소설가'의 영향력이다. 이를 통해 관계 당국에 의해 자신의 탄원서가 받아들여지는 것이 그가 원하는 바다.

이를 간파했다면, 어찌 소설 속의 '내'가 허삼도의 정직성과 진실성을 "액면 그대로 받아들이고 싶은 생각"에 이를 수 있겠는가. 그럼에도 불구하고, 소설 속의 '내'가 자신의 비용은 물론 후배 박상기의 비용까지 부담하면서 울릉도로 가서 독도의용수비대 논란과 관련된 사람들과 차례로 만나는 이유는 무엇일까. 이는 물론 '진실'에 대한 전직 신문기자인 '나'의 호기심 때문이리라. 동기가 어디에 있든, 소설의 이야기에 따르면 '나'는 허삼도의 주장이 근거가 없는 것이 아님을 확인한다.

그렇다면, 바로 이 점이 곧 작가가 김산리 옹의 주장을 '진실'로 인정하게 되었음을 암시하는 것일까. 여기서 우리가 주목해야 할 것은 소설의 후반부에 '내'가 장학구, 남상훈, 서봉수를 만나는 과정이나 그들과 나누는 대화는 전적으로 작가 자신의 창작물—즉, 작가가 상상력을 동원하여 지어낸 허구의 이야기—이라는 점이다. 작가가 나에게 개인적으로 밝힌 바에 의하면, 장학구의 모델이 된 인물의 경우 인장을 파는 기술을 갖고 있었고 미역 채취 일꾼들을 위해 자신의 배를 몰아 독도들 드나들었다는 점, 남상훈의 모델이 된 인물의 경우 통신사 자격증을 지니고 있었다는 점, 서봉수의 모델이 된 인물의 경우 일등 사수였으며 가수로서의 재질을 지닌 사람이었다는 점, 그리고 무엇보다 세 사람 모두 미역 채취 일에 참여했고 후에 경찰로 특채되었다는 점 등등 이미 알려진 사실에 근거하여 창조된 인물이라고 한다. 게다가 이들 인물의 모델이 된 사람들 가운데 누구와도 실제로 만날 기회를 얻지 못했다고 한다. 이 모든 점을 감안할 때,『강치』는 몇 가지 기본적인 사실에 근거하여 작가 백시종이 창조한 상상과 허구의 문학 작품일 따름이다. 따라서『강치』를 김산리 옹의 주장이 옳은 것임을 증명하기 위한 사실 고증으로 잘못 이해해서는 안 될 것이다.

거듭 말하지만,『강치』는 결코 작가가 김산리 옹의 입장에 서서 김산리 옹의 주장이 진실임을 입증하기 위해 창작된 소설이 아니다. 그는 다만 김산리 옹의 증언에서 소설적 이야기의 가능성을 감지하고, 이를 소재로 한 편의 소설을 창작한 것일 뿐이다. 하지만 이를 통해 작가는 현재 사실로 받아들여지고 있는 것에 반(反)하는 주장이 있을 수 있음을, 그리고 여기서 한걸음 더 나아가 사실로 받아들여지고 있는 것 자체가 사실이 아닐 수도 있음을 자각하도록 우리의 의식을 일깨우고 있다. 어찌 보면, 문학의 역할과 본질은 여기서 찾아야 할 것이다. 즉, 굳어져 화석화된 사유와 인식에 충격을 가하는 것, 그것이 다름 아닌 문학의 역할이고 여기에 이른바 문학의 본질이 놓이는 것이리라.

그럼에도 불구하고, "날조된 역사를 바로잡기 위해 평생을 투쟁하다가 끝내 뜻을 이루지 못"한 김산리 옹에게 "이 책을 바친다"는 헌사의 언급으로 인해,『강치』를 "날조된 역사를 바로잡기" 위한 시도로 읽힐 여지는 여전히 존재한다. 즉, 작가가 김산리 옹을 대신하여 역사를 바로잡으려 한다는 인상을 불식하기란 쉽지 않다. 작가가 이런 오해의 여지에도 불구하고 앞서 말한 헌사를 작품 앞에 제시하는 이유는 무엇일까. 이는 무엇보다 그의 주장이 동의할 수 있는 것이든 그렇지 않은 것이든 한 인간의 집념과 열정에 대한 경의를 표시하기 위한 것일 수 있다. 나아가, 헌사는 또한 작품에 박진감(verisimilitude)을 부여하기 위한 일종의 문학적 제스처일 수 있다. 다시 말해,『강치』라는 허구의 문학 작품을 창작하면서 작가가 작품에 부여한 현실감과 현장감을 일층 강화하기 위한 부가적인 제스처일 수 있다. 본질적으로 소설은 작가가 창조한 허구이지만, 어떤 작가든 자신이 창작한 허구가 사실보다 더 사실적인 것으로 만들기 위해 각고의 노력을 기울인다. 말하자면, 작품의 박진감을 확보하기 위해 최선을 다한다. (심지어 극도로 비현실적인 이야기로 이루어진 환상문학의 경우에도 예외가 아니다.) 이 같은 작가의 노력에 '잘못 인도되어' 소설을 사실 자체에 대한 사실적 기록으로 잘못 받아들이는 독자가 있다면, 이는 독자 자신의 소양과 판단의 문제이지 작가를 탓할 일이 아닐 것이다.

2-3. 다시, 어느 쪽이 진실인가

사실 작가가 김산리 옹의 증언에 긍정적인 이해의 시선을 보내면서도 이와 동시에 저항하고 있음을 보여 주는 소설 속의 '장치 아닌 장치'가 있는데, 이는 바로 '나'의 후배 '박상기라는 인간의 존재'다. 소설 속의 '나'는 박상기가 어떤 인간인지를 소설의 한 장(章)에 걸쳐 자세하게 이야기한다. "부모도, 형제도, 친척도 아무도" 없이 자라난 고아임을 고백한 바 있는 후배 박상기의 성품과 관련하여, '나'는 "박상기가 갖고 있는 식별의 잣대는 옳고 그름이나, 선이나 악이 아니라, 본인에게 유리하냐, 불리하냐가 기준이 되는 식"(12)이었다고 말한다. 또한 박상기의 과거 행동에 대해 '나'는 이렇게 말하기도 한다.

박상기는 일찍이 우리를 배신하고 재벌 총수 쪽으로 기어들어가 밀대노릇을 자청했던 것이다. 그리고 그에 상응하는 보상을 받은 것이었다. 사장 비서실 요직이 그것이다. 어차피 얼굴마담으로 선발된 발행인 사장도 충직한 셰퍼드가 필요했던 터다. 처음 나를 찾아와 갖은 아양을 다 부렸던 것처럼 박상기는 새로운 파트너로 만난 사장 무릎에 앉아 갖은 재롱을 다 떨었으므로, 기왕지사 다홍치마라고 직계 동문 후배에게 전권을 위임해버린 것이었다. (16)

요컨대, 박상기는 이기적이고 기회주의적인 인간이다. 이런 성품에 걸맞게 그는 출세하자마자 "천연덕스럽게 총각 행세"를 하여 "재벌 총수가 개최한 파티에서 만난 로열패밀리가의 이혼녀"의 관심을 끈다(20). 이어서 "평생 동반자로 정해진 조강지처를 내팽개치"(20)고 새로 만난 여자와 혼사를 준비하다가, 재벌 총수의 노여움을 산다. "노발대발"한 재벌 총수가 그를 "일반 기자로 환원시키도록 명령"하자, 박상기 역시 "주저 없이 사직서를 내던"지고 여자와 함께 "미국으로 줄행랑을 친"다(22). 그런 그가 "십년 하고도 삼 년을 훌쩍 넘"긴 시점에 '나'에게 전화를 한 것이다.

　전화를 하고 찾아온 박상기는 "비 맞은 장닭처럼 후줄근해" 보인다. 그런 그가 그 동안 여자와 헤어지고 헤어지는 조건으로 받은 돈도 모두 날린 끝에 노숙자 생활까지 하게 되었음을 실토한다. 이어서, "교회에서 나온 선교요원 중에 한 사람이었는데, 저에게 각별한 관심을 쏟아주어, 술을 끊게 되고, 안내하는 대로 교회에 나가게 되고, 그녀가 제공하는 일자리를 얻게 되"(30)었을 뿐만 아니라, 그녀와의 관계가 연인관계로까지 발전하게 되었음도 고백한다. 문제는 "박상기보다 아홉 살이나 더 손위이고, 게다가 중학교에 다니는 아들에다, 초등학생 막내를 가진 사별한 과부라 하더라도, 노숙자 출신의 근본 없는 사내를 사위로 맞아들일 만큼 다급한 처지가 아니었기 때문"(31)에 그녀의 아버지가 그를 심하게 반대한다는 것이다. 그녀의 아버지는 바로 허삼도로, 허삼도는 딸에게 이렇게 닦달한다. "그녀석 옛날에 신문사 기자 노릇 했다면서? 진짠지 가짠지 모르겠지만, 아니, 진짜라면 그 소설가들하고 친분이 있을 거 아냐? 그놈 시켜서 그 소설가를 나하고 만나게 해달란 말이다. 글쎄, 당장 만나면 더 좋고"(33). 박상기가 '나'를 찾은 것은 이 때문이다. 즉, 앞서 밝혔듯, "한때" '나'와 "친분이 두터웠던" 문제의 소설가들(34)과 만날 수 있도록 도와 달라고 하기 위해 찾았던 것이다.

다소 장황하다고 할 정도로 우리가 이야기의 도입부에 초점을 맞춘 것은 이 부분이 독도의용수비대와 관련된 소설 속 이야기가 갖는 위상을 정해 줄 수도 있기 때문이다. 요컨대, 소설 속의 '내'가 독도의용수비대의 진실에 관해 관심을 갖는 데 결정적인 역할을 한 사람은 이기적이고 기회주의적인 동기에 몰려 '나'를 찾은 인간, 신뢰할 수 없는 인간인 박상기다. 뿐만 아니라, 앞서 살펴보았듯, 박상기로 인해 만나게 된 허삼도 역시 자신의 이해관계에 얽혀 있는 인간이다. 신뢰할 수 없는 사람의 유도로 인해 확인하게 된 '진실'에, 또한 자신의 이해관계에 얽혀 있음을 부정하지 않는 사람의 주장에 과연 얼마만큼 신뢰를 보낼 수 있겠는가. 확신컨대, 실제로 작가를 김산리 옹에게 소개한 "후배 화가"나 김산리 옹은 그처럼 신뢰할 수 없거나 이해관계에 얽혀 있는 사람은 아니었을 것이다. 그럼에도 불구하고, 작가가 소설적 구도 안에서 이에 대응되는 인물인 박상기와 허삼도를, 특히 박상기를 그처럼 부정적으로 묘사하고 있는 데는 이유가 있을 것이다. 무엇보다 소설 속 허삼도의 주장이나 소설 속의 전직 신문기자 '내'가 찾아가는 이른바 '진실'과 거리를 두기 위한 것 아닐까. 우리는 신문이나 잡지에서 '해당 글의 내용은 본지의 입장과는 무관함을 밝힙니다'와 같은 문구를 종종 목격하는데, 소설 속의 내용과 관련하여 이런 종류의 입장천명에 해당하는 것이 바로 신뢰할 수 없는 인간 박상기 및 이해관계에 얽혀 있는 인간 허삼도의 등장 아닐까.

아무튼, 소설 속의 '나'는 박상기와 울릉도를 가기 위해 동해에 도착하여 막 배에 오르려는 순간 작은 사건이 일어난다. 누군가가 박상기를 알아보고는 그에게 다가와 "이 사람, 집도 고향도 다 팽개치고 도망쳤다고 하더니"(131)라는 말까지 한다. 하지만 박상기는 "사람 잘못 보신 것 같네요"라는 말로 그를 물리치고, 자신은 그곳 근처의 고아원에서 자랐음을 '나'에게 거듭 밝힌다. 아무튼, 소설의 끝에 가서 그의 말은 거짓으로 판명된다. 즉, 그는 혼자 월북한 아버지를 제외한 어머니와 함께 살던 오남매의 막내였다는 사실이 밝혀진다. 결국 박상기는 철저하게 자신을 숨겼던 것이다. 물론 그럴 만한 동기가 없는 것은 아니었으니, 월북자 가족에 부과되는 연좌제 때문에 감수해야 했던 고통에서 벗어나기 위한 것이었다. 이유가 어디에 있든, 정체성 자체까지도 거짓에 가리고 있는 자가 박상기라는 사실이 드러난 것이다. 이처럼 박상기의 거짓이 드러나는 것으로 소설의 이야기는 끝나는데, 소설의 종결 부분을 이렇게 처리한 작가의 의도는 과연 무엇일까. 아니, 박상기의 존재를 통해 작가가 암시하고자 하는 의미는 무엇일까. 특히 이 질문은 소설의 거의 마지막 부분에 이르러 제시된 '나'와 박상기 사이의 다음과 같은 대화와 관련하여 거듭 던지지 않을 수 없다. 과연 이 대화에서 암시되는 박상기의 진지함을 어느 선까지 받아들일 수 있는 것일까.

"제 생각도 그렇습니다. 여기서만은…… 양면성이 존재하지 않는 것 같습니다. 개연성도 마찬가집니다. 독도 문제만은 중도도 중간도 없는 것 같습니다. 극단이라고 해도 어쩌는 수 없습니다. 닫힌 문을 열어젖히든지, 그것이 안 된다면 아예, 벽을 허물든지 해야 되지 않겠습니까?"

"그야, 그렇지."

"그런데 선배님…… 톡 까놓고, 객관적으로 말해서 말이죠…… 우리 장인될

어른은 일단 제쳐 놓고······ 아주 객관적으로······ 독도가 우리 땅이라는 지상
명제를 전제로 말입니다. 황철민이라는 허수아비를 내세워 영웅을 만들어야
일본하고 힘겨루기 하는 데 유익한 걸까요? 일본이 다케시마 운운하고 억지
를 부리는 일을 그래야 퇴치시킬 수 있는 걸까요?"

"그게 무슨 도움이 되겠어?"

"그렇죠? 도움될 게 없는 거죠?"

"상황을 거꾸로 돌려놓고 봐도 민간인이 나섰다고 하는 것보다 대한민국 국
립경찰이 일찍부터 독도를 지켰다고 주장하는 게 훨씬 의미 있고 정정당당하
지 않겠어?"

"선배님, 바로 그겁니다."

"그거라니?"

"그게 바로, 책을 쓰셔야 할 이유입니다. 제 말 틀렸습니까?" (282-283)

어찌 보면, '신뢰할 수 없는 인간 박상기'에 대한 이야기로 시작하여 '거
짓으로 자신을 위장한 인간 박상기'에 대한 이야기로 끝나는 소설 『강치』
는 '그 안의 담긴 이야기' 또는 '이야기가 이끈 또 하나의 이야기'를 전적으
로 신뢰하지 말라는 암시를 담고 있다는 인상까지 준다. 다시 말해, 그 안
에 담긴 이야기가 아무리 진실한 것이라고 해도 '거짓에 감싸인 진실' 또
는 '거짓이 인도한 진실'일 수 있다는 인상을 주기도 한다. 이 경우 '진실'
이 진실이라고 해도 과연 그 진실의 진실성을 얼마나 깊이 신뢰할 수 있겠
는가. 어찌 보면, 이처럼 복잡하고 미묘한 구도에 의지함으로써, 작가는
'진실 여부가 문제되는 문제' 자체와 문학적 거리를 유지하고자 했는지도
모른다. 물론 이 같은 구도에도 불구하고 여전히 『강치』 안에 담긴 이야기
는 강한 설득력을 지닌 진지한 것이라는 사실을 누구도 부정할 수 없을 것
이다. 바로 이 때문에 이야기를 접한 우리는 이러저러한 상념으로 이끌리
지 않을 수 없다. 과연 역사적 진실이나 사실과 관련하여 소설이 할 수 있

는 역할은 무엇일까. 아울러, 소설이란 허구임에도 불구하고 그 나름의 문학적 진실을 드러내기 위한 도구라면, 소설적·문학적 진실이 역사적·현실적 진실과 관련하여 지니는 의미는 무엇일까. 나아가, 진실과 허구 또는 진실과 허위 사이의 경계는 어디일까. 그리고 그 경계는 명료한 것일까, 아니면 모호한 것일까. 하지만 『강치』와 관련하여 사람들은 무엇보다 우리가 애초에 제기한 질문을 끊임없이 떠올리지 않을 수 없을 것이다. 즉, 어느 쪽이 진실인가. 이 물음이 여전히 유효한 한, 우리는 앞서 말했듯 작가가 김산리 옹의 증언에 긍정적인 이해의 시선을 보내면서도 이와 동시에 저항하고 있다는 결론에 이르지 않을 수 없다.

3. 논의를 마무리하며

이제까지 검토했듯, 〈주여, 어디로 가시나이까?〉에서 네로에 대한 작가의 시각이 명백하게 드러나 있는 것과 달리, 『강치』에서는 독도의용수비대를 둘러싼 논란에 대한 작가의 시각이 명백하게 드러나 있지 않다. 하지만 바로 그 점을 문제 삼아 작가의 시선을 옹호하거나 비판하는 일은 결단코 문학 비평이나 분석의 정당한 역할이 될 수 없다. 다만 작가가 무언가의 주제나 문제를 어떤 구도 속에서 작품으로 형상화하고 있는가, 바로 그것이 문학 비평이나 분석의 관심사가 되어야 할 것이다. 아무튼, 우리가 이제까지 검토한 바에 따르면, 거듭 말하지만 작가가 "날조된 역사를 바로잡기 위해 평생을 투쟁하다가 끝내 뜻을 이루지 못"한 김산리 옹에게 깊은 이해의 마음을 보내고 있음을 부정할 수는 없다. 김산리 옹의 "사방 귀퉁이가 닳아 한눈에 구차스러워 보이는 자료들"에 근거하여 소설의 핵심 주제—즉, 독도의용수비대의 진실이 무엇인가라는 주제—에 대한 소설적 형상화를 시도했다는 사실 자체가 이를 증명한다. 또한 그와 같은 이해의 마음이 있었기에 작가는 자신의 상상력을 한껏 끌어올려 소설의 후반부에 담긴 가상의 이야기를, 가상의 이야기임에도 불구하고 생생한 숨결이 느껴지는 울릉도 사람들—장학구, 남상훈, 서봉수라는 인물—과의 만남 이야기를 완성할 수 있었을 것이다.

하지만 역시 거듭 말하지만 『강치』는 김산리 옹의 주장을 있는 그대로 받아들여 이를 문학적으로 형상화한 작품으로 보기 어렵다. 우선 김산리 옹의 소설적 형상화에 해당하는 작중인물인 허삼도를 향한 소설 속 '나'의 시선은 결코 긍정적인 것이라고 할 수 없다는 점에서 그러하다. "날조 조작된 역사를 바로잡아야 한다는 각오"를 내세우지만 허삼도 역시 이해관계에서 자유로울 수 없는 인물임을 '나'는 감지하고 있거니와, 이는 독도의 용수비대과 관련된 소설 속 허삼도의 주장이 말 그대로 누군가의 주장일 수 있다는 인상을 독자에게 심어 준다. 나아가, 소설 속 '나'와 허삼도 사이의 만남이 이루어지는 데 계기가 된 것은 박상기라는 신뢰할 수 없는 인물의 이해관계라는 점을, 또한 소설 속 이야기의 시작과 끝이 이 인물에 초점이 맞춰져 있다는 점을 주목하지 않을 수 없는데, 이 같은 소설적 구도에서 우리는 작가가 문제의 핵심에 다가가되 어떤 방식으로 다가갈 것인가를 놓고 고심했던 흔적을 읽을 수도 있으리라. 어찌 보면, 작가 백시종은 박상도라는 인물의 존재를 작품 속에 설정함으로써 독도의용수비대과 관련된 김산리 옹의 주장과 관련하여 작가적 위치를 유지하고 또한 그의 주장과 최소한의 거리를 유지하고자 했던 것이리라.

어떤 논의를 이어가든 우리가 되풀이하여 유념해야 할 점이 있다면, 이는 바로 『강치』가 작가가 상상력의 도움을 받아 창작한 '문학 작품'이지 어느 한 주장이 사실임을 검증하고 밝히기 위해 작성된 '사실 조사 보고서'가 아니라는 사실이다. 바로 이 점을 간과할 때 『강치』에 대한 어떤 형태의 독해도 오해의 여지에서 자유로울 수 없을 것이다. 한편, 우리는 또한 이 소설의 제목이 "강치"라는 점에도 유념해야 하는데, 표면상 독도의용수비대에 관한 소설로 보이는 이 작품의 제목을 작가가 굳이 "강치"라고 설정한 이유는 무엇일까. 작가는 「작가 후기」에서 "독도를 주제로 한 각종 에세이며 생태학적으로 접근한 환경서, 연구서, 보고서, 역사를 배경으로 한 각종 인문서적, 예컨대 소설이며 시"(294)에 대해 언급하고 있거니와, 이 가운데 특히 우리의 주목을 끄는 것은 "생태학적으로 접근한 환경서"라는 말이다. 작가가 비교적 최근에 발표한 소설 『물』(계간문예, 2007)이나 『오주팔이 간다』(문이당, 2008)이 보여 주듯, 그는 최근 생태학적 문제에 대한 문학적 형상화에 깊은 관심을 보여 왔다. 물론 『강치』가 단순히 생태학적 환경에 대한 작가의 관심에서 비롯된 작품이라 할 수는 없지만, 『강치』의 제목이 "강치"임은 독도의 생태계에 대한 작가의 이 같은 관심을 반영한 작품이라고 할 수도 있으리라.

　『강치』에서 일종의 '부주제'(副主題, subplot)로 다루어지는 또 하나의 소재가 있다면 이는 종군위안부 문제로, 소설 속의 이야기에 의하면 '내' 아내의 왕고모는 "열여섯"(75)의 나이에 "일본군에 잡혀"(70)가 성노예로 살아야 했던 "종군위안부 출신"(69)이다. 바로 이 종군위안부가 역사적 실체임을 증명하는 온갖 자료에도 불구하고, 현재 일본 정부는 그 존재를 완강히 부정한다. 마치 일본 정두가 역사적으로 근거가 없음에도 불구하고 독도에 대한 영유권을 완강히 주장하듯. 『강치』에서 다뤄지고 있는 소재가 어디 이뿐이랴. 이와 관련된 논의는 앞서 잠깐 언급한 미군의 "독도 포격 사건"에 초점이 맞춰질 수도 있으리라. 하지만 우리가 각별히 문제 삼아야 할 것은 박상기와 관련된 이른바 연좌제와 관련된 문제다. 과연 연좌제 때문에 가족을 버리고 자신의 정체를 숨긴 박상기라는 인간을 우리는 어떻게 받아들어야 할까. 그런 그에 대해 작가나 소설 속의 '나'는 어떤 태도를 보이고 있는 것일까. 이처럼 어느 하나 쉽게 넘어갈 수 없는 주제들이 이 소설 안에 복선으로 깔려 있기에,『강치』는 그다지 길지 않은 소설임에도 불구하고 결코 쉽게 읽히지 않는다. 그리고 그와 같은 복선 구조 때문에, 아니, 이에도 불구하고, 여전히『강치』를 독도의용수비대에 대한 기존의 이해를 비판하는 소설로 읽힐 여지가 있는 것도 사실이다. 물론 그렇게 읽을 수도 있겠지만, 그렇게 하는 것이『강치』에 대한 올바른 접근 방법이 될 수는 없다. 이처럼 쉽게 읽고 넘어가서는 안 될 소설인『강치』에 대한 올바른 이해를 위해서는 앞으로도 적지 않은 이해와 분석의 작업이 뒤따라야 할 것이다.